LA FIN DU VOYAGE

DU MÊME AUTEUR

DANS CETTE COLLECTION

MERCI, COLONEL FLYNN
DEUX CŒURS DE FEMMES
LE CŒUR A SES RAISONS
AFIN QUE NUL NE MEURE
BOIS D'ÉBÈNE
DOCTEUR LAND
L'HOMME AU MASQUE BLANC
LA FIN DU VOYAGE
NOIRS SONT LES CHEVEUX DE MA BIEN-AIMÉE
SANGAREE
DIVINE MAITRESSE
HOPITAL GÉNÉRAL
NON PAS LA MORT MAIS L'AMOUR
LA ROUTE DE BITHYNIE
LA ROUTE DES OMBRES
STORM HAVEN
OPÉRATION ÉPIDÉMIE
FUITE SANS RETOUR
AMOUR AUX BAHAMAS
CHIRURGIEN AU LONG COURS
LE PROCÈS DU Dr SCOTT
LORENA
LE DÉSIR EST ROI
LE MIRACLE EST POUR DEMAIN
LE SANG DU DRAGON
UN MÉDECIN PAS COMME LES AUTRES
BON SANG NE PEUT MENTIR
DE GALÈRE EN PALAIS
LE GLAIVE ET LA CROIX
CAPITAINE CARTER
LA ROSE DE JÉRICHO
LE SALAIRE DU PÉCHÉ
LA MOISSON DU DIABLE
NUIT DES CARAIBES
L'AMOUR EST AU BOUT DU VOYAGE
A LA POINTE DU BISTOURI
CET INCONNU, SEMMELWEIS
FEMMES DE MÉDECINS
LE CŒUR D'UN AUTRE
LE MIRAGE DORÉ
LA GRANDE PEUR DU Dr BARNE
L'HOPITAL DE LA HAINE
L'HOPITAL PERDU
FEMMES EN BLOUSE BLANCHE
LE VISAGE DU PARDON
LES DIEUX S'AFFRONTENT

FRANK G. SLAUGHTER

LA FIN DU VOYAGE

PRESSES POCKET

PRESSES POCKET
8, RUE GARANCIÈRE, PARIS

Le titre original de cet ouvrage est :

SPENCER BRADE M. D.

Traduit de l'anglais par DORINGE

ISBN 2-266-00315-1

1

IL se tenait, souriant de contentement, devant la porte du bâtiment chirurgical sur laquelle on lisait son nom, en petites lettres bien nettes. Demain, sous ce nom, il y aurait une seconde ligne gravée dans la glace. La légende se lirait ainsi :

SPENCER BRADE M. D.
Professeur assistant de Chirurgie.

Avec le temps, le jeu naturel des événements abrègerait cette seconde ligne en Professeur de Chirurgie. Pour l'heure, l'ambition qui, dix courtes années plus tôt, lui avait paru inaccessible était sur le point de se réaliser. Aucun de ses anciens camarades de Faculté ne s'y serait attendu, alors qu'il était un charmant jeune étudiant en médecine, au cœur léger, d'une coquetterie pointilleuse, mais qui, pourtant, n'avait jamais laissé sa voiture, son importante garde-robe, ses relations sociales et toutes les autres élégances qui lui étaient naturelles intervenir dans la recherche honnête et approfondie de la science à laquelle il s'était voué.

Lui-même ne s'en serait pas cru capable. Et pourtant cette espérance était implicite au fond de son cœur lorsque, avec ceux de sa classe, il avait entendu le vieux « Paddy » Ryan prononcer à l'adresse des nouveaux diplômés son annuel message de conseils, de cette voix vibrante qui retentissait encore à travers les cliniques d'Europe et d'Amérique comme la voix des nobles desseins et de la ferme autorité, entraînant par le monde entier le respect du corps médical.

L'insolente voiture de Spencer Brade avait disparu maintenant, en même temps que bien d'autres splendeurs d'une existence extravagante. Le goût de Brade pour le luxe avait dû s'effacer lorsque la fortune familiale s'était trouvée balayée dans la grande débâcle, quinze ans après la guerre, laissant le jeune Spencer livré à ses seules ressources, à un maigre reliquat d'héritage qu'il dispersa, sans profit mais avec plaisir, et auquel il ne songeait qu'avec des regrets normaux. Ces privations ne l'avaient pas trop durement éprouvé. Son tempérament était joyeux et léger, et, comme la plupart de ceux de ce genre, ondulait, avec, entre les crêtes d'enthousiasme, des creux de dépression lorsque les choses allaient mal.

Au cours de ses études médicales, les occasions de découragement avaient été rares. Heureusement doué d'un esprit prompt à comprendre, d'une mémoire solide et de la précieuse capacité d'isoler totalement son cerveau de tout contact extérieur pendant le travail, il était arrivé au but avec aisance et brillamment. Personne n'obtient sans effort le diplôme de Lakeview. Mais ce dur effort ne fut pas trop dur pour Spencer Brade. Le travail de laboratoire, les analyses sanguines au milieu de la nuit, la réparation de nègres ivres accidentés, les fractures réduites sous la violente lumière blanche de la salle des urgences, tout cela faisait partie du jeu, marquait les tours de polissage nécessaires pour transformer l'interne gauche en un chirurgien parfait. Le premier avancement important avait été sa nomination de chirurgien résident; c'en avait été un autre que de voir, après quatre années de pratique, son nom en tête de la liste des instructeurs en chirurgie. Et maintenant allait venir ce triomphe convoité par toute l'ambitieuse jeunesse de la grande clinique; demain, à la lecture des promotions, il serait nommé assistant du grand docteur Robert Powers.

Seul un homme formé à Lakeview peut comprendre ce que cela signifie réellement, d'être professeur là, un homme dont chaque fibre est imprégnée, pénétrée des traditions et des coutumes qui mettaient Lakeview à part des milliers d'autres hôpitaux du pays. Ce n'était pas seulement un hôpital, Lakeview. C'était un pilier de feu, un phare, le signe de tout ce qu'il y avait de meilleur, de plus serviable, de plus altruiste, de plus éloigné de toute compromission en médecine et en chirurgie. Nul ne pouvait sentir pleinement ces choses, s'il n'avait des années durant foulé le carrelage usé de ses salles. Nul, s'il n'avait passé des heures sur les chaises branlantes de ses classes de conférences, s'il n'avait vu le soleil levant inonder la porte de la salle des urgences, le dimanche matin, tandis qu'il s'employait à régler le péage dominical des accidents, à raccommoder les corps broyés dans les collisions d'autos, à recoudre les coupures nettes infligées par les rasoirs, à réparer les mâchoires démolies et les yeux pochés au cours de bagarres dans les bars miteux, nul, s'il n'avait passé par ces meules inexorables, aimant cela et en demandant encore, nul ne pouvait comprendre et sentir ce que signifiait le fait et la fierté de porter sur son épaule la bannière de Lakeview devant le public et devant le corps médical lui-même.

Il tourna le coin du petit bureau de poste de l'hôpital, fermé maintenant car il était plus de cinq heures, dépassa la nouvelle aile destinée aux travaux de recherches et dont le donateur serait révélé demain, lors de la lecture du palmarès, et entra dans le vaste hall que dominait un christ de marbre, haut d'un étage et demi, qui rendait pareils à des nains les humains évoluant sous la rotonde vitrée. Cette statue était un symbole de tout ce que l'hôpital représentait pour l'humanité souffrante et brisée.

— Pas de communications pour moi, miss Wythe? s'enquit-il auprès de la téléphoniste aux cheveux gris.

— Aucune, docteur Brade.

Il remercia d'un signe de tête :

— Vous allez au palmarès demain?

— En quinze ans, je n'ai pas manqué une sortie de promotions, dit-elle. Je serai là pour entendre la bonne nouvelle vous concernant. Ce sera une nomination très populaire.

Spencer Brade sourit. Dans le couloir, il rencontra un ancien camarade d'études, Marc Travers. Il n'avait jamais eu d'amitié pour Travers, bien qu'il le respectât. Avec une fortune derrière lui, Travers s'était néanmoins montré un travailleur appliqué, dur à la besogne, régulier, mais dépourvu d'imagination. Son large visage sérieux au-dessus des épaules massives revêtit une expression de gêne, de malaise, comme si l'homme était contrarié de rencontrer Brade à ce moment-là. Sûrement, ce n'était pas jalousie de sa part, à cause de la promotion : la nature de Travers ne s'était jamais montrée mesquine. Spencer dit cordialement :

— Hello, Travers!

— Oh! hello, Brade!

Il y eut une pause. Puis :

— N'avez-vous pas oublié votre parapluie? Ça tombe à flots!

— Mon épiderme est à l'épreuve de l'eau, lança joyeusement Spencer. Imperméable. Et j'aime la pluie.

Travers parut faire un effort pour continuer la conversation. Spen attendit, le regardant avec curiosité.

— Eh bien! bonne chance, Brade, finit-il par articuler d'une voix creuse. J'ai toujours dit que vous étiez le meilleur de notre année, meilleur que moi, et de beaucoup.

— Quelle blague! Mais c'est gentil à vous, Travers. Au revoir.

« Il *est* jaloux, pensa Brade. Et il essaie de se faire croire qu'il ne l'est pas. Diablement drôle sa façon de féliciter un camarade! »

Il piqua une course pour rattraper un autobus qui le déposa près de chez lui. Il n'avait rien à faire avant dix heures, moment où Flick Fleming, qui était de service au premier quart, faisait en son honneur une réunion amicale où la bière coulerait à flots. Pour l'instant, la joie le maintenait dans une agitation qui le forçait à prendre de l'exercice, histoire de dépenser son trop plein d'énergie. Il allait boire un verre, mettre un imperméable et partir pour une longue promenade. Il avait besoin de pleine campagne, besoin de se détendre les jambes et d'emplir ses poumons du doux air chaud de la nuit de mai.

Une autre ligne d'autobus l'emmena jusqu'à quelque faubourg lointain où il descendit. Longeant une avenue bordée de cabanes plantées au petit bonheur, il reconnut le voisinage. Des heures durant, il avait attendu dans une de ces demeures qu'un autre bambino aux yeux noirs vînt accoître la famille déjà nombreuse d'un Italien, marchand de maïs grillé. Des champs bientôt s'étalèrent à droite et à gauche. Puis il atteignit une route en béton qui montait jusqu'à un pont sous lequel une rivière entraînait une eau turbulente et boueuse. Grimpant sur l'arche, il se pencha, trouvant dans les tourbillons écumeux une réponse à son tumulte intérieur Derrière lui, une voiture glissa presque jusqu'au parapet et s'arrêta. Ses longues lignes grises, le ronronnement paisible de son moteur indiquaient une marque coûteuse. Les lanternes s'éteignirent, ne laissant que la minuscule lueur rouge des feux de position. Des amoureux, probablement. Des fugitifs du country club distant de deux ou trois kilomètres. Qu'ils s'embrassent à leur aise. Ils ne le dérangeaient pas, et, quant à lui, il n'avait certes aucune intention de les importuner.

La portière de la voiture s'ouvrit et une silhouette légère sortit dans la pluie, réduite pour l'instant à une sorte de médiocre crachin. C'était une jeune fille. Elle semblait regarder autour d'elle avec incertitude. Brade demeura immobile. Il était certain qu'elle ne l'avait pas remarqué. Elle descendit jusqu'à la rive, cherchant soigneusement l'endroit où poser les pieds, puis elle prit un sentier qui conduisait en amont. Il n'en était pas certain, mais il lui semblait qu'elle tenait un petit objet dans une main, tandis que de l'autre elle maintenait son long manteau dans lequel s'engouffrait le vent.

La curiosité de Spencer s'éveilla. Quel endroit était-ce là pour un rendez-vous? Y avait-il par là une maison ou une péniche où quelque amoureux attendait sa venue? Il longea le parapet pour mieux l'observer.

La jeune fille émergea d'un bouquet de saule, qui voilait à demi un endroit où la pente se faisait plus abrupte; elle cherchait sa voie d'un pied attentif. Soudainement, il eut, comme un choc, l'idée qu'elle allait peut-être se jeter dans le torrent. Il cria.

Il ne put se rendre compte exactement de ce qui se passa ensuite, tant ce fut prompt. Mais, à son tour, il entendit un cri. Elle sembla lancer quelque objet au loin, puis elle glissa sur la déclivité et la violence du courant l'entraîna vers Brade.

Un dégoût positif envahit son esprit. Il ne voyait aucune raison qui lui intimât de risquer une vie dont il pensait tant de bien en faveur d'une étrangère qui était probablement folle ou, en mettant les choses au mieux, une imbécile hystérique. Jusque-là, c'était un raisonnement solide, logique, inattaquable. Mais, au fond de lui, un instinct s'éveillait qui lui interdisait formellement de demeurer impassible et de laisser une femme se noyer.

Dans les deux ou trois secondes pendant lesquelles le flot s'empara d'elle, Brade réfléchit avec froideur et promptitude. S'il sautait par-dessus la grille du pont, d'aplomb dans la rivière, il était probable que, même s'il parvenait à se saisir d'elle, tous deux seraient projetés contre les piles et rendus inconscients. Mais à quelque cent mètres en aval se dessinait une forte courbe sur la gauche, où le courant se massait avant de tourner vers son lit. S'il connaissait quelque chose à la pression de l'eau, un objet flottant, à la condition qu'il flottât jusqu'à ce point, virerait vers la rive avant d'être à nouveau précipité en avant.

Il dégringola du pont, franchit la grille et, sur le chemin du halage, prit son élan vers le point avantageux. Scrutant le courant vers l'amont, il ne distingua rien tout d'abord. Peut-être était-elle accrochée par ses vêtements à quelque roc ou à quelque souche? Puis il aperçut une masse bleu foncé qui roulait et dansait dans les flots presque à ses pieds. S'agrippant à un saule solidement enraciné, il se pencha en avant et put saisir le long manteau. Ce ne fut pas un grand effort ensuite que de traîner sa rescapée sur la rive.

Il l'étendit sur le sol et fit un examen sommaire : elle respirait, mais une sorte de râle semblait indiquer que de l'eau avait pénétré dans ses poumons. Une surface livide à sa tempe droite témoignait de sa rencontre avec quelque obstacle dans sa descente impétueuse. Traumatisme pas très grave puisque sa respiration était égale et régulière. Elle serait promptement d'aplomb si l'eau dans ses bronches et l'exposition au froid humide n'amenaient aucune complication. Alors il la souleva sur son épaule et remonta avec elle sur la berge. Elle n'avait pas repris conscience lorsqu'il la déposa sur les coussins de la voiture, mais la respiration était meilleure, le râle plus faible. S'il ne pouvait juger encore avec certitude de la gravité de son état, une chose était certaine : elle devait être emmenée quelque part et soignée au plus vite. Il se glissa sous le volant, mit le moteur en marche, et se dirigea vers la ville, calant de l'épaule le corps inerte lorsqu'ils passaient sur un cassis ou sur une bosse de terrain, ou quand il fallait s'arrêter à un carrefour. Une fois elle bougea légèrement et gémit, mais ses yeux ne s'ouvrirent point.

La chose logique à faire eût été de l'emmener à Lakeview. Mais Flick Fleming était de service à l'hôpital et Brade fit la grimace à l'idée qu'il n'aurait pas fini d'en entendre sur sa façon de « les faire revenir à la nage ». Et, de plus, quelque chose en lui était touché extra-professionnellement. Elle avait l'air si jeune, si désemparée... Il flottait autour de cet épisode une sorte de mystère et d'incertitude qui le troublait. A supposer qu'il l'emmène à l'hôpital et fasse son rapport, ce serait interprété comme une tentative de suicide et transmis à la police. Mais était-ce bien là la vérité? Il n'en était pas tellement sûr. Peut-être son cri à lui l'avait-il fait sursauter, lui faisant ainsi perdre pied sur la pente glissante?

De plus, à en juger par sa voiture et ses vêtements, elle était riche. Spencer Brade imaginait aisément tout ce que les journaux tireraient d'une telle affaire. Il en pouvait résulter un scandale suffisant pour gâcher sa vie. Encore qu'il envisageât clairement les conséquences, au cas où elle lui mourrait entre les mains, il décida de la ramener chez lui et de l'y soigner.

Son appartement, au premier étage, consistait en une petite pièce, une chambre à coucher et une cuisinette. Il y porta la jeune fille, passant par la porte de service afin de ne pas attirer l'attention. En l'allongeant sur son lit, il vérifia son pouls : il était fort et régulier. Elle était solidement bâtie, hâlée, probablement sportive : il pensa qu'après une nuit de sommeil elle serait d'aplomb.

Aussi méthodiquement que s'il avait dévêtu n'importe quel patient dans le coma, il enleva les vêtements mouillés de l'inconnue comme on pèle un fruit mûr. Sa peau était bleue de froid; il l'enveloppa dans un peignoir éponge et se mit en devoir de lui masser les bras et les jambes à travers l'épaisseur cotonneuse du tissu. La couleur revint faiblement à son visage, signe que la circulation se rétablissait malgré le choc et l'immersion. Elle gémit une fois, tandis qu'il lui frappait vivement les joues, ses paupières se soulevèrent à demi puis retombèrent à nouveau. D'une bouteille presque vide, Brade versa un peu de whisky, écarta les lèvres pâlies et fit couler dans la gorge une bonne part du liquide. Elle avala automatiquement, il recommença. Cela ferait un stimulant pour le quart d'heure, en même temps qu'un sédatif qui allait l'endormir un peu. Il l'enveloppa soigneusement dans des couvertures de laine, ne laissant guère de visibles que le nez et quelques mèches de cheveux cuivrés éparses sur l'oreiller.

Dans la salle de bains, il se déshabilla promptement et passa sous la douche. Quand il reparut, en pyjama et robe de chambre et plein d'un bien-être dû à une vigoureuse friction, il constata que la jeune fille avait bougé et qu'elle était étendue sur le côté, un beau bras bien modelé replié sous la tête. Il s'attribua ce qui restait dans la bouteille, pour atténuer un peu l'inconfort du matelas en noyaux de pêches sur lequel il s'étendit sur le divan de son studio.

L'aventure était son lot : il le pensait avec satisfaction en s'allongeant sur sa couche dure et en tirant la couverture sur ses épaules. Il imaginait le sifflement par lequel Flick Fleming accueillerait le récit d'une aussi excitante soirée. Ce n'était pas tous les jours, se disait Brade, qu'on sortait de chez soi seul et dans la pluie pour y rentrer avec une belle inconnue.

2

LA lumière matinale coulait par la fenêtre de son studio lorsque Spencer Brade, qui ne dormait que d'un œil, entendit du bruit dans la chambre à coucher.

— Demeurez tranquille, cria-t-il. J'arrive.

Son invitée ne répondit point. Quand il entra, elle s'était calée sur un coude et regardait la porte.

— Comment vous sentez-vous? demanda-t-il.

— Je n'en sais encore trop rien!

Les finales doucement chantantes et les inflexions paresseuses trahissaient la fille du Sud. Les yeux noirs étaient troublés. Elle se laissa lentement aller en arrière, regardant le plafond.

— Mal quelque part?

— Raide. De partout.

— C'est assez naturel. Vous avez été considérablement roulée et bousculée.

— Qui m'a déshabillée?

— Moi.

Son regard atteignit lentement le visage du garçon. Elle frissonna.

— Est-ce qu'il s'est passé quelque chose?

— Des tas de choses se sont passées. Ne vous en préoccupez pas.

— Vous savez ce que je veux dire, fit-elle, devenue sombre. Quelque chose m'est-il arrivé — ici — dans votre lit?

— Oh ! ça !...

Il riait, elle se détendit quelque peu.

— Je suis médecin. C'est pourquoi vous êtes dans mon lit. Pour cela et pour aucune autre raison au monde.

Les longs doigts minces de la jeune fille explorèrent le bandeau qui lui serrait le front.

— C'est vous qui m'avez mis cela?

— Oui. Et laissez-le tranquille.

Elle examina ses mains :

— Je suis dégoûtante !

— Vraiment je n'ai pas eu le temps de vous nettoyer hier soir. Vous pourrez prendre un bain quand cela vous chantera. Cet après-midi, peut-être.

Elle réfléchit un moment.

— Vous n'êtes pas marié, déclara-t-elle.

— Pourquoi dites-vous cela?

— On ne sent pas la présence d'une femme ici. Pas même d'une domestique.

— Je ne peux pas me permettre les fantaisies de luxe, dit-il légèrement.

— Ça ne vous fait pas mal de devoir y renoncer?

— Qu'est-ce qui vous permet de croire que j'ai dû y renoncer?

— Cette robe de chambre que vous portez... C'est de la soie spéciale de Balthazar, n'est-ce pas? C'est du luxe.

— Astucieux, répondit-il.

Intérieurement il se dit : « Curieuse personne ! Dans les circonstances où elle se trouve, elle s'amuse à faire des déductions sur l'état présent et passé de mes finances. »

Elle se plaignit doucement.

— Ma tête bourdonne !

— Le repos arrangera cela. Dites-moi. Il n'est pas encore sept heures. Ce que vous avez de mieux à faire, c'est de vous rendormir. Il faut que je sorte. Je serai de retour vers dix heures et je vous apporterai de quoi déjeuner. Pour l'instant, je vais vous donner quelque chose qui vous garde tranquille.

Il s'en fut dans la salle de bains et revint avec une capsule de pentobarbital qu'elle avala avec obéissance.

— Cela vous fera dormir trois ou quatre heures, dit-il. A propos, miss Grahame, je suis le docteur Spencer Brade.

— Et comment connaissez-vous mon nom? demanda-t-elle brusquement.

— La carte de votre voiture...

— Que savez-vous d'autre à mon sujet?

— Rien... Si... Vous avez vingt et un ans et vous habitez à Charlesville, en Georgie.

— Connaissez-vous Charlesville?

— Je n'y ai jamais mis les pieds de ma vie.

— Est-ce que ma voiture est très endommagée?

— Certes non ! Pourquoi le serait-elle?

— Sais pas. Je me sens plutôt vague.

— N'essayez pas de penser. Allongez-vous et tâchez de dormir. La salle de bains est dans le couloir à votre droite. Prenez bien garde en vous levant. Vous pourriez vous sentir un peu floue.

— Traumatisme?

— Ne vous en inquiétez pas. C'est moi qui ferai le diagnostic. Pour ce qui est de vous, vous n'avez qu'à obéir aux ordres.

Leur conversation se renoua vers dix heures et demie, autour d'un café, de petits pains et de la marmelade. La jeune fille était installée dans le plus grand fauteuil et portait, sur un pyjama assez usé, le fameux peignoir de Balthazar.

Sa première question fut :

— Où sont mes vêtements?

— Je les ai portés chez le teinturier. Au risque de ma chère et précieuse réputation. Promis pour onze heures. Du moins en théorie. Il sera plus probablement deux heures et demie.

— Suis-je prisonnière jusqu'à cet instant?

— Vous pouvez envoyer acheter d'autres vêtements si vous êtes pressée !

— Du tout...

Son visage était redevenu sombre.

— En tant que médecin, je vous recommande

de vous étendre dans ce fauteuil pendant que je fais la vaisselle.

— Il me semble que je devrais vous aider, mais je ne suis bonne à rien.

— Je ne m'attends pas à ce qu'il en soit autrement. Pas après ce choc sur la tête.

— Ce n'est pas ce que je veux dire. Je ne suis bonne à rien. Jamais. Pour quoi que ce soit.

— Oh ! bien ! Vous n'en avez peut-être jamais eu besoin.

Elle l'entendit siffler en travaillant dans la cuisinette. Bientôt il reparut, séchant soigneusement la dernière cuiller avec un torchon. Elle parvint à lui sourire en tournant la tête vers lui.

— Savez-vous ce qui me paraît extraordinaire en vous, docteur Spencer Brade?

— Tout, j'espère ! Vous êtes ma première cliente à domicile !

— Vous semblez un homme extraordinairement heureux.

Elle parlait avec une espèce d'envie.

— Pas mal deviné.

— C'est plus que du bonheur à vrai dire. Il y a une sorte d'excitation qui s'y mêle. Comment dire? C'est de la joie... Quel est le mot?... de l'enthousiasme...

— Un excellent mot. Il fera très bien l'affaire.

— Une jeune fille ? J'espère que c'est une jeune fille !

— Non. Aucune fille dans le tableau.

— Mais ce doit être quelque chose de *très* bon.

— Purement professionnel. Toutefois, vous avez raison. Quelque chose d'excellent. Vous avez le don d'observation, jeune personne !

— C'est un secret?

Il devinait que l'intérêt attentif qu'elle lui manifestait était un moyen de détourner d'elle-même son propre esprit. Et il approuva.

— Pas le moins du monde, répondit-il. C'est d'un intérêt purement personnel et technique. Mais puisque vous l'avez voulu, sachez tout !

Gaiement, en termes teintés d'humour et acceptables au profane, il esquissa pour elle les lignes générales de sa vie : son adolescence dans le Kentucky où le gazon est bleu, quatre années agréables et non sans profit académique à Princeton, la tendance qui se dessinait nettement vers la chirurgie et qui l'avait amené à Lakeview, les restrictions relatives de ses années d'études, mitigées par son absorbant enthousiasme pour son travail, ses espérances, et l'ambition longtemps chérie qui était maintenant sur le point de se réaliser.

— Je suis né avec une cuiller d'argent dans la bouche, c'est un fait, et j'arrive à la maturité avec un scalpel dans la main. Bien sûr, j'aurais aimé avoir les deux, mais, si j'avais dû choisir, j'aurais pris le scalpel sans hésiter. Tout est donc fort bien. Et notre petite saga se termine ainsi, par une réunion de la Faculté ce soir, au cours de laquelle notre héros sera nommé professeur assistant de chirurgie.

— C'est un résultat brillant pour un homme aussi jeune que vous, n'est-ce pas?

— Epilogue d'un ouvrage essentiellement éducatif et moral, admit-il avec un sourire : *Comment un gamin gâté devient un parfait pédagogue en dix années agréables.*

— Quel fut votre stimulant?

— L'argent. Ou plutôt l'absence d'argent. Papa a perdu la partie et le petit Spencer a dû s'y coller courageusement.

— Jamais aucun regret pour ce bon vieux temps?

Il la regarda gaiement :

— Pourquoi poser cette question?

— Le regrettez-vous?

— Ma foi, on n'a pas un jour tout, et le lendemain rien, sans en éprouver quelque regret!

— Je me demande si cette perte n'a pas été un avantage pour vous.

— Peut-être bien. Peut-être sans cela ne serais-je pas professeur aujourd'hui.

— Et vous aimez l'être?

— Plus que tout au monde.

Au bout d'un instant, et comme un peu confus de la ferveur de cet aveu, il ajouta :

— Cela donne tellement plus de satisfactions que la clientèle particulière!

— Mais pas autant d'argent, n'est-ce pas?

— Cela non. Suffisamment toutefois. L'avancement de ce soir grossira de façon assez substantielle mon enveloppe de paye. Alors vous voyez, considéré sous mon angle personnel, le monde n'est pas trop mal fait.

Elle sembla méditer attentivement ses paroles, puis :

— Est-ce pour cela que vous vous êtes montré si bon avec moi? Pour payer votre dette à un monde généreux?

— Pas tellement ça. Les circonstances vous ont plus ou moins jetée à ma tête, vous savez.

— Mais vous auriez pu me conduire à un hôpital et m'y déposer. N'est-ce pas la méthode courante?

— Et la police aurait pu vous poser des questions embarrassantes, n'est-ce pas?

— La police !

Elle parut se ratatiner, se réduire. Il pensa : « Elle a eu affaire à la police ! »

— Voyons, je n'imagine pas que vous ayez conduit votre voiture jusqu'ici, à minuit, pour faire tout habillée une exhibition de plongeon du cygne dans une rivière en furie.

— *Qu'est-ce* que vous imaginez?

— C'est en dehors du sujet. La police, elle jugerait que vous vouliez vous suicider.

— Mais je ne voulais pas !

Il haussa les sourcils :

— Vraiment pas? Accident, alors?...

— Vous ne me croyez pas?

— Non, répondit-il tranquillement.

— Pourquoi?

— Parce que vous ne vous croyez pas vous-même. Vous faites ce que vous pouvez pour essayer de vous persuader.

— Oh ! je vous en prie, ne vous mettez pas à faire de l'esprit avec moi ! supplia-t-elle. Je suis déjà assez embrouillée comme cela !

Elle se leva, marcha jusqu'à la fenêtre, regarda le sol inondé de soleil, puis regagna son siège où elle s'installa, les coudes sur les genoux.

— Je ne sais pas, dit-elle. Et ça, c'est la vérité !

— Ça se pourrait, concéda-t-il.

— J'étais descendue pour jeter quelque chose, et,

quand je l'eus fait, une sorte de rage froide me souleva comme une vague, je haïssais tout, moi-même, cette vie que vous trouvez si belle, le monde entier... Et je me retrouvai dans l'eau... Et j'en fus navrée...

— Bon, dit-il, ça va comme ça. Appelons la chose un accident. Mais ne recommencez plus.

— Non. C'est une promesse. Je la tiendrai.

— Je vais prendre un bain maintenant. Voulez-vous un journal du matin?

Elle secoua la tête.

— Je préfère me reposer, tout simplement.

Par-dessus le jaillissement et les éclaboussures de l'eau qui emplissait bruyamment la baignoire, elle l'entendit siffler. Elle entendit aussi le choc de la porte extérieure poussée contre le mur et pensa que ce pouvait être le teinturier livrant ses vêtements nettoyés. Une voix cordiale prononça :

— Spenny! Damné cochon paresseux! Pourquoi ne vous levez-vous pas le matin?

Une petite silhouette, un visage éveillé et rougeaud apparurent de l'autre côté de la portière. La voix continuait :

— Ça ne répond pas au téléphone. Ça ne vient pas à... Ah! nom de d'là!...

Le visiteur venait de découvrir Carol Grahame.

— Vous désirez voir le docteur Brade?

Elle parlait avec une parfaite sérénité.

Les yeux du nouveau venu étaient ronds de stupéfaction. Après avoir pénétré d'un élan dans la chambre, il se mettait à reculer à la manière d'un chiot qui se trouverait soudainement en présence d'un insecte aux possibilités inconnues, mais suspectes.

— Excusez-moi, dit-il faiblement. Je ne savais pas qu'il y avait une fem... je ne s-s-savais pas...

— Aucune importance. Le docteur Brade est dans son bain.

— Evidemment, fit l'autre en rougissant jusqu'au plus ardent écarlate. Ce n'est pas ce que je voulais dire...

Il bredouillait, se sentant visiblement de plus en plus mal à l'aise.

Le bruit d'eau agitée cessa. L'intrus regarda la jeune fille avec perplexité.

— Docteur Brade, appela-t-elle. Un de vos amis est ici.

— Hein? Qui? Quoi?

— C'est moi, Spen. Moi, Flick Fleming, dit timidement l'autre.

— Que diable!... Entre par ici.

— Excusez-moi, marmonna le visiteur.

Toujours à reculons, comme s'il quittait une Altesse royale ou bien comme s'il tenait à protéger ses arrières, il disparut à l'angle du couloir.

Spencer Brade cessa de se frictionner pour demander :

— Qu'est-ce que tu fiches ici à cette heure?

— Je suis navré, mon vieux, navré et tout! Je n'aurais jamais envahi ton domicile si j'avais su.

— Su quoi?

— Que tu avais une demoiselle ici! C'est pourquoi tu nous as laissé tomber hier soir. je ne te blâme pas!

— Est-ce que tu n'as pas d'yeux dans ton absurde tête, non?

— Et comment que j'en ai! rétorqua vivement son ami. Et comment que la dame est agréable à regarder! Quel visage! Ben, nom de d'là! Tu as vraiment la chance des innocents aux mains pleines, Spen!...

— Passe-moi la chemise qui est derrière toi, et redescends sur terre. Si tu n'étais pas un âne tel qu'on n'en fait plus, tu aurais remarqué qu'elle a un pansement autour du front.

— Maintenant que tu me le dis... Ohohoh!...

La lumière se faisait lentement.

— Une malade? demanda-t-il. Une cliente? C'est cela?

— Quelle intelligence! fit Brade, admiratif. Elle saute aux infaillibles conclusions avec toute la précision et la rapide légèreté d'une vache pleine. Maintenant retourne près d'elle et tâche de la distraire pendant que je m'habille.

Il poussa le visiteur dans le couloir et cria :

— Miss Grahame, voici le docteur Foster Fleming. Traitez-le avec douceur. Il n'est pas aussi faible d'esprit qu'on pourrait le supposer à première vue.

Elle sourit au jeune homme troublé et dit :

— Asseyez-vous, docteur Fleming. Souhaitez-vous que je me retire pendant que vous causerez avec le docteur Brade? Est-ce privé?

— Aucunement, un simple message.

Et comme son ami entrait :

— Powsie t'attends à son bureau à midi.

— Merci, j'y serai.

— Sa promotion, expliqua Fleming à la jeune femme. Il est en route pour les sommets. Il ne travaille pas aussi dur qu'un gars méritant tel que moi, et qu'est-ce qu'il obtient pour ce faible effort? Tout.

— Tu es un menteur, dit Brade. Je travaille tandis que tu dors.

— Pour regagner ton retard. Alors, non seulement il rattrape le peloton, mais il prend la tête.

— Ce qu'il essaye de vous faire entendre, miss Grahame, c'est que je suis un génie. Loin de moi l'idée de le contredire.

La jeune fille questionna Fleming en souriant :

— Est-ce que vous ne réussissez pas assez bien vous-même?

— C'est laborieux, c'est laborieux. Un honnête vieux cheval de labour.

— Travailler dur, c'est là sa forme favorite de vantardise, affirma Brade.

— Pas de danger qu'on dise jamais cela de toi, mon vieux, rétorqua son ami.

— Cessez de vous quereller et que l'un de vous me donne une cigarette.

Les deux jeunes gens bondirent, galvanisés.

Carol était appuyée en arrière contre le dossier du fauteuil, à l'aise, les pieds croisés, silhouette mince et désirable à ce que permettait d'en juger le peignoir de soie légère, et ses yeux souriaient. Spencer Brade se rendit compte que la ferveur admirative de son visiteur était justifiée. Même avec le bandeau qui détruisait l'équilibre et décalait les proportions de son visage, elle était indéniablement une jeune personne fort séduisante. Fleming enchaînait la conversation :

— Pourquoi laisses-tu ton appareil décroché, Spen? Par crainte qu'on t'interr... Oh! voilà que je remets cette gaffe!

Carol Grahame rit tout haut.

— Si vous voulez dire que j'ai passé la nuit ici, c'est parfaitement exact. Mais j'étais inconsciente la plupart du temps.

Brade remarquait dans ses manières une dureté sardonique dont il avait déjà senti précédemment de faibles indices. Peut-être n'était-elle pas aussi enfantinement innocente qu'elle semblait?

— J'ai essayé de te joindre toute la matinée. Pas de réponse. Dans quel but ce silence, Spen? Quelle est la grande idée?

— Simple et mesquin ressentiment de la part de la compagnie du téléphone. La note était payable le 10... Ou alors...

— Oh! fit la jeune fille. Qu'est-ce que... Où est la compagnie du téléphone?

Brade se raidit.

— Non, merci. De toute façon, je déménagerai bientôt.

— Vous pourriez considérer cela comme partie de vos honoraires, non?

— Pas d'honoraires.

— Je n'aime pas cela, protesta-t-elle. Suis-je une cliente assistée?

— Les règles syndicales sont ce qu'elles sont.

Flick Fleming expliqua :

— Nous n'avons pas le droit de faire de la clientèle payante.

Brade se leva :

— On parle trop ici! La malade se fatigue.

Le plus jeune médecin comprit :

— Excusez-moi, dit-il en se levant à son tour.

— Pas du tout, fit allégrement la jeune fille. Cela m'a ragaillardie.

— Vous feriez mieux d'aller vous coucher un peu, recommanda Brade. Il y a du lait et des gâteaux secs dans le frigidaire. Ça ne vous fera pas de mal de ne manger que légèrement. Dormez si vous pouvez. Quand je reviendrai, nous verrons ce qu'il y a à faire.

Les deux hommes avaient à peine atteint le milieu du couloir que Fleming ouvrit le feu.

— Où l'as-tu découverte, Spen?

Brade donna une version revue et corrigée de ses aventures de la nuit précédente, en se plaçant sous l'angle de l'accident.

— Où habite-t-elle?

— Quelque part en Georgie.

— Oh ! Elle n'est pas de Baltimore? Où est-elle descendue?

— A vrai dire, j'ai oublié de lui poser la question.

— Elle doit être riche.

— Je ne le lui ai pas demandé non plus. Où prends-tu cette idée?

— Quelque chose d'indéfinissable. Ses façons aisées, confiantes, j'imagine.

— Tu as peut-être raison. Elle ne m'a pas fourni beaucoup de détails à son propre sujet.

— Mystère et beauté, hein? Prends garde à toi, vieux !

— C'est toi l'aigle blessé, Flick. C'est à toi de prendre garde.

L'autre soupira volcaniquement.

— Je n'ai jamais rien vu de pareil depuis la dernière fois que j'ai été amoureux, Spenny ! Eh bien ! bonne chance ! Embrasse pour moi le vieux Powsie sur le front ! Et dis-lui que, s'il dispose encore de quelques emplois bien payés, tu connais un jeune homme méritant qui n'attend qu'une chance de se faire sa place au soleil.

3

CE qui frappa Spencer Brade lorsqu'il entra dans le bureau du docteur Robert Powers, fut l'apparence troublée du grand chirurgien.

— Asseyez-vous, Brade, dit-il. Je crains d'avoir de mauvaises nouvelles pour vous !

Avant de poser la question, Brade avait déjà la froide certitude de ce que serait la réponse :

— La nomination?

— Oui, je regrette.

— Qui l'obtient?

— Marc Travers.

— Travers ! Dieu du Ciel ! Qu'est-ce que Travers vient faire là-dedans?

— Travers est un travailleur industrieux, un homme solide et sur qui on peut compter.

Le vieux Powsie parlait sans conviction.

— Est-ce là le motif? Attendez un instant. Vous n'avez pas besoin de répondre.

Les soupçons et la fureur envahissaient l'âme du jeune homme.

— J'ai vu hier le vieux Perley Travers qui fouinait par-là. C'est *lui* le mystérieux millionnaire qui nous a donné le laboratoire de recherches. *Voilà* la raison.

Le chef de service marcha silencieusement jusqu'à la fenêtre et regarda la bâtisse nouvelle, comme pour se fortifier dans la résolution prise.

— L'annonce de ce don sera faite ce soir, dit-il.

— Les emplois à vendre ! A Lakeview ! Oh ! Seigneur !

— Vous vous oubliez, Brade, dit sèchement le docteur Powers.

La réponse vint, rapide, sauvage, désespérée :

— J'aurais bien d'autres choses à oublier, quand le diable y serait ! Dix années de dur travail et d'absurdes espérances ! Et Marc Travers décroche l'emploi. Si ce n'est pas de la vente au plus offrant, qu'est-ce que c'est ?

— Ça ne m'est pas plus agréable qu'à vous, répondit son aîné. Mais il existe d'autres considérations que vous n'avez peut-être pas envisagées.

Il les énuméra.

— Les hôpitaux, dit-il, les grandes cliniques sont comme les gens. Ils ont besoin d'argent pour assurer leur existence, pour continuer leur travail. Leur devoir est partiellement de maintenir les traditions anciennes, les choses qu'elles représentent, d'établir et de faire durer des règles médicales qui serviront de guide aux autres. Partiellement de découvrir, de former, d'appointer, d'entretenir des yeux attentifs et sûrs, des mains habiles et entraînées, pour ramener les corps souffrants de la maladie à la santé, ou pour les soulager et les aider jusqu'à ce que la mort les prenne et termine leur détresse. Tout cela exige de l'argent...

» Partout, les donations se sont réduites; les placements ne procurent plus les gros intérêts d'autrefois. Les hôpitaux, les écoles de médecine, les fondations les plus riches elles-mêmes doivent s'accrocher à toutes les pailles pour se maintenir à flot, pour être en état de fournir le matériel clinique indispensable aux étudiants, s'ils veulent acquérir l'expérience nécessaire à la connaissance de leur métier.

» C'est quelque chose de beaucoup plus important que votre carrière ou la mienne, mon garçon, acheva Powers avec compassion.

— Il faut bien qu'il en soit ainsi, répondit Brade

avec une amertume inapaisée, pour qu'une institution comme Lakeview en arrive à lui sacrifier ses principes et la justice même.

Le vieux Powsie soupira.

— Je ne puis vous blâmer d'avoir cette déception sur le cœur. C'est un retard. Mais rien qu'un retard. Rien de définitif. Votre chance viendra.

— Pas ici.

— Pourquoi pas ici? Ici est votre place. Ici est votre carrière.

— Plus maintenant. Ça ne me suffit plus. Ça fera l'affaire de Travers et de ceux qui lui ressemblent. Pas la mienne.

Les petits yeux calmes, écartés, attentifs, le regardaient sans ciller. « Curieux, pensait Brade, assez mal à son aise, comme ce petit homme potelé pouvait à volonté devenir impressionnant ! »

— Vous considérez que Lakeview n'est plus assez bon pour vous désormais? Vous ai-je bien compris?

— C'est bien cela.

— Je vais vous dire à présent quelque chose à propos de vous-même que j'aurais peut-être passé sous silence, Brade. J'ai suivi votre développement pendant votre dernière année d'école. Vous êtes un étudiant brillant. Vous avez une grande dextérité manuelle et de l'assurance. Vous êtes né pour être chirurgien. Mais il y a une autre face à tout cela, et là Marc Travers vous est supérieur. Jamais je ne l'aurais choisi de préférence à vous, et vous le savez. Toutefois, puisque vous vous permettez de parler de lui de façon méprisante, il est bon que vous sachiez par où vous péchez vous-même. Vous ne pouvez résister à aucun désappointement, vous n'êtes pas beau joueur. Lorsque vous avez raté d'un cheveu la bourse Arline Corcoran, vous avez boudé et vous vous êtes estimé lésé. Il y eut des périodes où votre travail est descendu au-dessous de ce qu'il pouvait être — oh ! de façon temporaire seulement, je le sais. Vous êtes toujours revenu à de bons sentiments ! Mais il y eut des intervalles où vous avez gâché votre temps, mené la vie à trop grandes guides, trop bu aussi.

— Je n'ai jamais mérité de rappel de conduite, fit l'autre un défi dans la voix.

— L'absence de réprimandes n'est pas tout. L'habileté naturelle n'est pas tout ! Pour atteindre au sommet de l'efficacité et de l'utilité — et c'est ce que j'avais espéré pour vous — il faut être quelqu'un, avoir du caractère.

— Merci, docteur Powers.

Dans son cœur, il savait qu'il faisait piètre figure en tâchant de trouver un refuge dans le sarcasme, mais sa fierté blessée le poussait.

— J'ai l'idée que ce que je possède de caractère me suffira pour le but qu'à partir de maintenant je vais poursuivre.

— Ce qui veut dire?

— L'argent. Le dur argent. Rien d'autre ne vaut la peine de se fatiguer les méninges. L'accord Travers...

— Un instant, monsieur ! Il n'y a jamais eu aucun accord, et je ne saurais vous permettre d'employer ce mot.

— Oh ! très bien. La nomination, alors. La nomination Travers me donne raison, n'est-ce pas? Ce que j'ai essayé de mériter par beaucoup de travail et au moins — vous êtes le premier à l'admettre — une certaine adresse, a été acheté pour lui en marché libre et lui a été livré ! Bon. Je vais, moi, m'efforcer de monnayer mon diplôme M. D. (1).

— Jeune homme, dit Powsie, je ne vous ferai pas de sermon. Mais vous êtes-vous arrêté à réfléchir à quoi cet M. D. vous engage? Ce qu'il signifie?

— Je sais ce qu'il signifie pour moi ! Médecin débrouillard. Monnaie d'abord. Brade le Gagne-Gros, ce sera moi.

— Où croyez-vous que vous mèneront ces théories?

— A une clientèle élégante et riche. Oh ! je serai correct. Je veillerai à l'éthique, soyez-en sûr. Une éthique du diable ! J'aurai une façade magnifique. Cela se doit si on veut faire impression sur les gens

(1) Docteur en médecine.

qui comptent. Voyez ce qu'a fait Eaves-Smith. Et voyez ce qu'a déjà réussi Falconer à Philadelphie.

— Mais je ne voudrais ni de l'un ni de l'autre comme assistant, fit dédaigneusement le maître.

— Eh bien ! monsieur, si vous en avez fini avec moi, je pense que je vais vous quitter et aller boire.

— Vous parlez comme un enfant gâté, Brade, dit Powsie. Néanmoins je pense, j'espère que vous vous en tirerez. Vous valez trop pour vous mettre à la chasse d'un piètre succès.

Il tendit une main potelée.

— Bonne chance et bon sens ! Que la lucidité vous revienne, ajouta Powers avec un sourire mélancolique. Quand sonnera ce jour de guérison, revenez-nous.

Pour atteindre au plus tôt son but avoué, Spencer Brade s'arrêta dans deux bars avant de se souvenir de la patiente qui l'attendait chez lui. Il ne pouvait pas s'occuper d'elle étant ivre. Il allait donc la soigner, la mettre en état, l'embarquer et la conduire où elle souhaiterait aller. Après quoi, il entreprendrait sérieusement de faire ce qu'il fallait pour oublier, momentanément du moins, les instants les plus amers de sa vie.

Carol Grahame, endormie dans le fauteuil, s'agita, s'étira et ouvrit les yeux. Quelqu'un remuait dans la chambre à coucher.

— Est-ce vous, docteur Brade? appela-t-elle.

Il sortit de l'autre pièce et vint dans le studio, demeurant debout et la regardant fixement. Il passa devant elle pour ouvrir largement la fenêtre, et elle sentit une traînée d'alcool dans l'air. Assis en face d'elle, il lui tâtait machinalement le pouls. Sa voix, en l'interrogeant, était morne et sans inflexions, comme pourrait l'être celle d'un robot. Quelque chose de son état d'âme devait se lire sur son visage, tandis qu'il se tenait à côté de la jeune fille, comptant machinalement les battements de son pouls et demandant des nouvelles de son état. Elle retira son poignet.

— Je vais très bien, dit-elle, mais c'est vous qui n'allez pas ! Qu'est-ce qui vous est arrivé?

— Rien.

— Ce n'est pas à moi qu'il faut raconter cela, dit-elle. Vous avez l'air de quelqu'un d'autre. Et ce n'est pas une amélioration! Qu'est-ce qui se passe?

— Pourquoi vous chargerais-je de mes ennuis? demanda-t-il morose.

Attentive, alerte, elle l'étudiait, réfléchissait. Quand elle parla, ce fut délibérément.

— Nous sommes deux personnes dans le lac, dit-elle. J'ai le pressentiment que nous pouvons, en nous aidant l'un l'autre, reprendre pied sur la terre ferme.

— Je ne vois pas comment, prononça-t-il. Et d'ailleurs...

Sa déclamation tourna court. La jeune fille n'était pas toute sympathie, mais surtout décision : il céda, impressionné par ce calme.

— Oh bien! j'ai déversé tant de bla-bla sur mon compte ce matin!... Vous pouvez aussi bien entendre la suite maintenant. Toute l'histoire n'était qu'une blague. Je n'ai pas le poste. Encore un beau rêve parti au diable! Buvons là-dessus.

— Vous avez déjà bu, il me semble.

— Sûr! Deux verres. Et j'ai l'intention d'en boire dix autres. Ou peut-être vingt.

— Alors notre conversation peut attendre.

— Cette chose-là est désormais au-delà de toute conversation. De quoi vous et moi parlerions-nous ensemble?

— Je pourrais avoir une proposition à vous faire.

— Tiens, tiens! Il ne s'agit pas d'une petite opération, par hasard?

Elle frémit et, cessant un moment d'être sur ses gardes, questionna :

— Comment savez-vous que je suis dans cette situation?

— Je l'ignore... médicalement. Psychologie déductive. Quand une jolie fille sort d'une voiture de cinq mille dollars pour trébucher et tomber dans un torrent de minuit, c'est généralement un cas de *cherchez l'homme* (1). Mais je ne suis pas professionnellement intéressé par l'avortement.

(1) En français du le texte.

Du moins pas encore. Il se peut que je me laisse tenter plus tard.

— Et je n'y suis pas intéressée davantage. Je n'en pourrais supporter l'idée. Je me sentirais souillée pour toute ma vie.

— Alors quelle peut bien être votre petite proposition?

— Elle le considérait dubitativement.

— Etes-vous bien sûr de vous trouver en état de l'entendre? C'est si important.

— Donnez-moi deux minutes.

Il entra dans la salle de bains. Quand il en sortit, elle était assise devant la table desservie et lui fit signe de s'asseoir en face d'elle.

« Tête froide, songea-t-il. Je ferai bien de me surveiller auprès de cette oisillonne ! »

Il dit tout haut :

— Je me suis fait une piqûre de caféine. Maintenant, vous pouvez y aller.

Se penchant en avant, elle mit ses coudes sur la table, posa son menton dans ses mains réunies en coupe et scruta longuement Brade, de ses yeux sombres et méditatifs.

— Gardez la pose, dit-il. J'aimerais avoir un tableau de vous ainsi. Mais comment l'intituler? Messaline? Cassandre? Ou Scarlett O'Hara (2)?

— Je ne joue pas un rôle.

— Revenons à la réalité. J'attends.

Sans baisser son regard, elle dit :

— Envisageriez-vous de m'épouser?

Il sourit.

— Très flatteur. Mais pourquoi me choisir? Rien d'un soudain et fatal coup de foudre, je suppose?

— Pas l'apparence d'un coup de foudre, dit-elle tranquillement. Et même pour ce qui est de ma préférence personnelle, je ne sais pas si je n'aimerais pas mieux votre petit camarade rouquin.

— Flick Fleming? Alors pourquoi ne pas le choisir, lui?

(1) Personnage d'*Autant en emporte le vent*, roman fameux de Margaret Mitchell.

— Si je sais juger un visage, il a trop de caractère. Je doute qu'il veuille.

La réponse était froide et paisible.

— Oh ! une physionomiste ! commenta Brade, pas plus flatté que cela. Merci pour la réconfortante comparaison. Mais j'ose dire que vous êtes dans le vrai.

— Ou s'il acceptait, continua-t-elle, cela partirait d'un autre motif qui pourrait amener des complications. Il pourrait s'éprendre de moi. Vous, non.

— Qu'en savez-vous?

— Vous êtes trop plein de vous-même, à ce qu'il me semble.

— Encore de la flatterie ! Vous en devenez presque servile, ma chère. Allez-y. Quel est l'appât?

— L'argent. Est-ce qu'il ne vous tente pas?

— C'est la seule chose qui me tente.

— Alors j'aimerais savoir plus complètement ce qui s'est passé ce matin pour provoquer en vous une telle transformation.

Il le lui dit. Avec les détails qu'il jugeait utiles à la clarté du tableau.

— Vous en avez donc fini? demanda-t-elle.

— Définitivement et absolument. Je verrais toute la cambuse et ses occupations au diable plutôt que...

— Quel est votre plan? Que feriez-vous si vous le pouviez?

— De la chirurgie de portefeuille. Je m'installerais dans un endroit riche et j'opérerais les bourses. Fini l'idéal; ça ne mène nulle part !

— Il n'y a aucun idéalisme dans mon offre. Combien faudrait-il pour avoir un cabinet médical à Charlesville, où je demeure?

Il fit quelques rapides calculs au dos d'une enveloppe.

— Deux mille dollars, et ça pourrait se faire dans un style du tonnerre !

— Le jour de notre mariage, je vous donnerai deux mille dollars.

— Parfait. Mais comment vivrai-je?

— Je prendrai l'obligation légale de vous verser cinq cents dollars par mois jusqu'au moment où vous serez d'aplomb sur vos pieds. Donnez-moi la liste de vos dettes locales et elles seront payées. Grâce à mes relations au pays, vous rencontrerez les gens que vous avez besoin de connaître. Le reste dépendra de vous.

— Et je prendrai soin du reste ! affirma-t-il.

— Quand le moment viendra, nous pourrons nous arranger pour divorcer avec le minimum de scandale. En attendant, nous vivrons sur une base purement d'affaires. Combien de temps vous faut-il pour vous décider?

Il la regardait, stupéfait.

— Mon Dieu, finit-il par dire. Et vous n'avez que vingt et un ans !

— J'ai beaucoup vieilli depuis un mois, assura-t-elle posément.

— Y a-t-il d'autres obligations?

Elle réfléchit. Puis :

— Je vous considère comme un homme de bonne naissance et de bonne éducation. Dans ma famille, un certain niveau social et professionnel est de règle. Je ne voudrais pas d'un mari qui me ferait honte.

— Montrez-moi l'argent, et je serai à la hauteur.

— Alors marché conclu?

— Vous venez de vous acheter un mari. Corps, bottes et culottes; canon, culasse et chien; ligne, hameçon et bouchon; avec les principes et une âme immortelle par-dessus le marché, pour faire bon poids. Sentez-vous le soufre, dame Méphistophélès? Pour quand attendons-nous notre enfant?

— Ah ! taisez-vous !

— Pardon ! Je ne poserai plus de questions inconvenantes.

Elle fit un effort pour se maîtriser.

— C'est bien ainsi. Vous avez le droit de savoir ce qui me concerne. Seulement — je n'en suis pas encore là !...

— Bien sûr que non ! s'exclama-t-il avec une contrition rapide et sincère. Vous voyez, je ne suis pas plus brillant comme médecin que comme fiancé. Mais j'aimerais savoir quand nous devons nous marier.

— Après-demain, serait-ce trop tôt?

— Pas du tout. Prenons un verre là-dessus! Elle se détendit faiblement.

— Pour moi, dit-elle, faites un martini.

Quelques instants après, ils choquaient leurs verres.

— Plus tard, dit-elle encore, quand tout sera terminé, je reviendrai visiter Lakeview. J'ai toujours été attirée par la chose médicale. Jadis, je pensais même que j'aimerais être médecin.

— Une poule médecin? Avec ce visage? Vous mettriez la révolution dans n'importe quelle classe.

Elle continua, ignorant le compliment plutôt grossier.

— J'ai suivi un cours d'infirmière en amateur. Je pense que c'est dans mon sang. Allston King était mon grand-oncle.

— L'orthopédiste? Je lui tire mon chapeau. Il a « fait » beaucoup d'argent?

— Il a fait beaucoup de bien, protesta-t-elle chaleureusement. Tandis qu'il se mourait, les gens qu'il avait aidés et soulagés venaient devant l'hôpital et priaient pour lui.

— Pour ma part, je préférerais leur paiement à leurs prières.

Elle le considéra, son menton à nouveau posé dans la coupe de ses deux mains.

— Etes-vous réellement aussi mesquin que ça? Ou bien est-ce une pose que vous affectez, parce que vous avez été si cruellement blessé?

Le martini, ajouté à ce qu'il avait bu précédemment, distillait en ses nerfs une chaleur sans délicatesse.

— Ne vous occupez pas de moi, fit-il d'un ton changé. Parlons de nous. Que diriez-vous, Carol — je fais aussi bien de me mettre tout de suite à vous appeler ainsi — que diriez-vous d'un autre verre et ensuite d'un dîner au restaurant; après quoi nous reviendrons ici? N'avez-vous jamais réfléchi à la théorie du mariage à l'essai? Il y a quelque chose à dire en sa faveur, à mon avis.

Elle vida son verre et le posa avant de répondre.

— Le nôtre, dit-elle sans emphrase particulière, est un mariage sur le papier. Il ne comporte aucune autre clause implicite. Un mariage blanc. Est-ce clair?

— Clair et froid. Parfait. Vous dictez les conditions, je les accepte.

Elle se leva.

— Je pars maintenant. Vous pourrez m'appeler à l'hôtel *Belvédère* si vous changez d'avis. Je vous écrirai probablement quelques détails ce soir.

Il l'aida à mettre son manteau.

— Voulez-vous que je vous conduise jusque-là? Non? Très bien. Bonne chance. Et, Carol, je suis très peiné pour vous, si cela peut vous réconforter un peu.

— Ne le soyez pas, répondit-elle paisiblement. Les choses sont fort bien arrangées pour moi et je l'espère, pas trop mal pour vous.

— Je courrai la chance, dit-il.

4

SA lettre arriva par le premier courrier. Avant de l'ouvrir, Spencer Brade étudia curieusement l'écriture de l'enveloppe. Elle était petite, ferme, régulière. Pas du tout la main d'une fille volage qui se laisserait tomber à quelque séduction facile. Il ferma les yeux pour mieux retrouver son visage. Belle? Impressionnante? Flick Fleming en avait paru convaincu. Ce n'était pas de la beauté pourtant, au sens technique et classique. Il doutait que ce visage pût supporter une analyse critique. Mais cela importait peu. Il était plein de chaleur et de caractère. De gaieté aussi, lui semblait-il. De possibilités de passion, dans les yeux lents et ombragés, dans la bouche généreuse. De force dans le menton ferme et le modelé précis du front. Encore que cela lui parût fort incongru, il sentait dans tout cet ensemble quelque chose de pathétique.

Brade fit son thé, grilla son toast et s'assit pour une lecture attentive de la lettre.

Ceci sera plus aisé à écrire qu'à dire. Comme arrière-plan, imaginez une enfance sans parents

— les miens moururent alors que j'étais bébé — entourée par une surveillance étroite et anxieuse, une tante demoiselle, demoiselle à l'extrême, qui commença par me gâter et finit par m'emprisonner. Enormément d'argent : les filatures Grahame. Vous en saurez davantage plus tard.

A dix-sept ans, très jeune encore pour mon âge, je fis une escapade avec un garçon qui était mon aîné d'un an. Ce fut idylliquement innocent et maladroit : guère plus que de nerveuses pressions de mains et un hâtif baiser pour souhaiter bonne nuit. Mais le garçon était Irlandais, « pas de notre monde », et même Irlandais yankee. Vous savez ce que cela signifie pour un cercle étroit et fermé dans le Sud. Cependant, il n'en serait rien résulté de dramatique, j'imagine, si Philippe n'avait puisé dans la caisse de son patron pour m'offrir un cadeau d'anniversaire. Sa pauvre mère, hystériquement désolée, raconta la chose à la police, et mon nom fut dans tous les titres des comptes rendus de simple police. Vous imaginez sans peine la sorte de nauséeuse histoire qu'ont pu en faire les reporters. Depuis, j'ai une incurable horreur de la publicité des journaux. Et je vous dois donc une toute particulière reconnaissance pour avoir fait en sorte de me l'éviter dans le cas actuel.

Tante Candy (Miss Candace Grahame, vous aurez largement l'occasion de la connaître avant d'en avoir fini) entra en transes inquiètes et moi j'entrai dans un couvent. Au temps des vacances, j'étais chaperonnée à un doigt de la limite que je pouvais supporter. J'aurais aussi bien pu vivre dans un poumon d'acier. A vingt et un ans, je me mis en grève. Même alors, avec des quantités d'argent à ma disposition, j'étais trop annihilée pour m'affirmer ouvertement. L'invitation pour une croisière sur le yacht de sa famille que me fit une camarade de couvent me fournit une ouverture et un alibi.

Je préparai un certain nombre de lettres que Sara Marvel fut chargée de mettre à la poste dans divers ports de l'Amérique du Sud, et je pris la route de la liberté. Miami Beach m'attirait parce que je n'y connaissais personne. Je descendis au meilleur hôtel, fis connaissance de quelques femmes parfaite-

ment respectables et commençai de voir la vie. Vous avez probablement vu dans les colonnes des mondanités le nom de Toni d'Zaril. (Le lecteur arrondit ses lèvres en un sifflement silencieux.) *Il se disait comte. Il l'était probablement. Il avouait vingt-neuf ans et les avait pour le moins. Je pense que je devrais le haïr, mais il n'en est rien. C'était une créature ensoleillée, aussi irresponsable qu'un chardonneret. Nous nous sommes bien amusés ensemble. Si j'avais été profondément éprise de lui... mais cela n'a plus d'importance à présent. Nous fûmes mariés par un juge de paix.*

Tony voulait que le mariage fût tenu secret pendant quelques mois. Une histoire de petit héritage familial quelque part dans les Balkans, à condition de ne point se marier avant la trentaine. Cela ne me gênait en rien. Le mystère enchantait mon désir non encore émoussé d'aventure. Je ne crois pas, au surplus, m'être sentie extrêmement mariée; simplement libre de mes mouvements, indépendante et gaie. Nous achetâmes une voiture — du moins je l'achetai — et nous passâmes des semaines épatantes. La police rejoignit Tony à Washington. C'était à propos d'argent. Il me jura qu'il n'avait pas été malhonnête. Je crois volontiers qu'il ne l'avait pas été selon sa manière de voir. Je le tirai de là et l'affaire fut, comme on dit, étouffée. Tandis qu'il était chez son avocat, un jeune attaché de la légation, hideux et très poli, me rendit visite et m'apprit, avec de multiples expressions de regrets, l'existence d'une épouse précédente quelque part en Europe orientale. Quant Tony revint, il nia tout et provoqua en duel le jeune homme laid. Mais le jeune homme laid, toujours très poli, avait des documents. Alors ils discutèrent un moment à voix basse dans leur langue, et Tony s'écroula, et délira, et menaça de se suicider et, en fin de compte, déclara qu'il allait partir pour Sofia, ou dans quelque lieu de ce genre, obtenir un divorce et m'épouser à nouveau. J'essayai de lui donner quelque argent pour le voyage, mais il ne voulut point le prendre. Il m'assura qu'il ne m'avait pas épousée pour mon argent, mais parce qu'il m'aimait et qu'il allait faire en sorte de m'obli-

ger à le croire. Cela n'avait désormais plus d'importance. J'aurais refusé de le rééspouser s'il était revenu, mais j'étais sûre qu'il ne reviendrait pas.

Pendant quelque temps, je crus que j'étais très malheureuse. Et puis, je me mis à me demander pourquoi je n'étais pas plus malheureuse. Ensuite je me mis à me demander autre chose. C'était tout nouveau pour moi, ce que j'éprouvais, et tout d'abord je ne soupçonnai même pas ce que ce pouvait bien être. Jamais il ne m'était venu à l'esprit que cela pouvait m'arriver. Pour une femme mariée depuis trois mois, j'étais encore vraiment innocente. Je vins ici, à Baltimore, pour savoir à quoi m'en tenir. Lorsque les analyses montrèrent ma condition, je fus horrifiée. Cela ne me paraissait pas juste. Evidemment je songeai à une opération. Et je m'aperçus que je ne pourrais m'y résoudre. Que si je m'y décidais, je ne me sentirais plus jamais propre à l'intérieur. Un homme, même un médecin, a peut-être du mal à comprendre cela. Et voilà toute l'histoire. Si vous en voulez savoir davantage, je suis prête à répondre à toutes les questions que vous êtes en droit de poser.

Une chose encore. Je n'étais pas sortie pour me tuer l'autre soir. Je voulais jeter les bagues, bague de fiançailles et alliance, qu'il m'avait données. Elles étaient d'ailleurs probablement fausses. Et tout à coup quelque chose s'est emparé de moi, une sorte de rage. Et puis j'étais dans l'eau. Vraiment je ne suis pas de cette espèce de lâches. Je suis contente que vous m'en ayez tirée. Maintenant que vous connaissez les faits, si vous êtes toujours résolu à aller jusqu'au bout, je ferai de mon mieux pour que vous n'ayez pas à regretter votre marché.

Carol

Brade décida que c'était là une bonne lettre. Droite, intelligente et courageuse. Elle lui apprenait ce qu'il avait le droit de connaître. Le reste, il pourrait le découvrir quand l'occasion s'en présenterait. Il y réfléchissait encore lorsque Fleming entra. Le rouquin était véhément. Il venait d'apprendre la nouvelle.

— De toutes les manœuvres pouilleuses et puantes ! Les dégoûtants, les grippe-dollars, les bas...

— Coupe tout cela, Flick !

— Je pourrais l'encaisser de n'importe qui, sauf du vieux Powsie. Comment a-t-il pu...

— Powsie était coincé.

— Tu vas rester ici, j'espère, et leur faire rentrer ça dans les boyaux !

Brade secoua la tête.

— Je sais quand je suis battu. Je pars.

Le visage de l'autre se couvrit.

— Oh ! sans blague, Spenny ! Ça ne te ressemble pas. Ne leur permets pas de te passer dessus comme ça, sans dire ouf ! Qu'est-ce que tu vas faire ?

— Me marier.

— Te *quoi* ? Te marier ! Eh bien vrai ! Avec quoi ?

— Avec l'argent de la dame.

— Toi ? Tu es un fieffé menteur. Tu ne feras pas cela.

— Je ne l'aurais pas fait avant-hier. Je le ferai demain. Et tu m'aideras.

— Comme quoi ?

— Garçon d'honneur.

— Du diable !

Brade le regarda avec un large sourire.

— Attends de savoir qui est la fiancée.

— Je n'ai pas besoin de l'entendre dire pour le savoir. C'est cette vieille harpie de veuve Frances, cette esthétiquement opérée, cette peinte à la main, qui te pourchasse comme une chatte folle. Oh ! Spen, elle a quarante ans. Je te verrais en enfer avant de me voir te seconder dans cette vente aux enchères.

— Tu te trompes de damoiselle, mon jouvenceau.

Fleming se gratta l'oreille.

— Alors, c'est cette petite assistante sociale blonde, Emmy Harvey. Elle est décente, je pense. Je ne voudrais dire aucun mal d'elle, sauf qu'elle a moins de bon sens qu'une oie fraîchement éclose. Et elle le prouvera, si elle épouse un type-à-dix-dollars-par-mois sans avenir.

— Mal deviné une fois de plus, dit Brade avec calme. C'est Carol Grahame, la jeune femme que tu as vue hier ici.

— Tu es fou ! tordu ! tombé sur la tête et faible d'esprit ! Quoi, tu ne la connaissais même pas ! A moins que tu ne m'aies raconté des blagues avec l'accident et que mon premier soupçon ait été fondé ! Mais ça n'a pas l'air d'être son genre ! Etait-ce faux l'histoire de l'accident.

— Que non ! Vrai, honnête et franc. Comme elle. Coup de foudre.

— Ce ne serait pas impossible de ta part, concéda le visiteur. Mais de la sienne?

— Grand merci et donne-toi un coup d'œil dans la glace.

— Oh ! j'admets que tu as un certain quelque chose. Tu n'es pas un exaltant jeune premier, mais tu as un air de « que-tous-ces-détails-aillent-au-diable » qui envoûte réellement les filles ! Prends par exemple la veuve...

— Supprime la veuve?...

L'analyste continua son examen.

— Tu parles bien. Excellent style auprès du lit d'une malade. Tes vêtements ont toujours l'air de venir du meilleur bloc (1) de la 5e Avenue (2) avec l'effet du neuf soigneusement atténué comme il sied à un homme de goût; juste assez pour être intéressant. Et tu agis toujours comme si les choses devaient tout naturellement t'arriver entre les mains, mais comme si tu t'en fichais autant que d'une datte au cas où elles ne viendraient pas. Oui... évidemment... tu as quelque chose pour toi...

— Supprime ça aussi ! Me serviras-tu de témoin?

— Bien sûr ! Mais j'aimerais mieux changer de place avec toi.

— Elle aurait un meilleur mari, dit Spen, soudainement grave. Eh bien ! nous avons à nous occuper de quelques détails préliminaires.

— Laisse-les-moi, je m'en charge. C'est moi qui dirige cette expédition. Prête-moi ton rasoir électrique pour que je fasse tomber ma grande barbe, et j'irai ensuite tenir conférence avec la future.

Demeuré seul, Brade fit le compte de ses disponibilités. Il avait sept dollars et cinquante cents li-

(1) De *Block*, pâté de maison, équivalent de notre « îlot ».
(2) L'avenue la plus chic de New York.

quides, et cinquante dollars environ à son compte en banque. Disons vingt-cinq pour le voyage à Charlesville et quinze pour vivre jusqu'au moment du départ. Le reliquat lui laissait de quoi se permettre un geste élégant. Il commanda dix dollars de roses blanches qu'il fit livrer à l'hôtel le matin même, téléphona au repasseur de mettre ses quatre complets en état et sortit pour s'offrir une cravate de quatre dollars et un œillet blanc. Le garçon d'honneur, quand il revint, le trouva en train d'écrire des lettres.

— Demain, onze heures, à l'hôtel de ville, annonça-t-il. Je suis le frère adoptif de la mariée! Nous t'attendrons là.

— Parfait.

— Eh, dis donc, Spenny?

— Oui? quoi? Vide ton sac.

— Comme argent de poche? Je pourrais t'en passer cinquante...

— Et mettre quoi chez ma tante? Ton microscope? Non, vieux frère. Je suis paré de ce côté.

— Bon. Onze heures précises. Antichambre du bureau du troisième étage. N'enterre pas ta vie de garçon, pour éviter d'être en retard.

Le calendrier au mur de la salle d'attente indiquait vendredi 4 juin. La pendule marquait onze heures vingt-sept. Le docteur Fleming s'énervait et transpirait sur sa chaise. Carol Grahame, aussi fraîche et nette qu'un lis, regardait par la fenêtre. Dans un autre coin, un jeune couple se querellait tandis qu'une femme âgée essayait en pleurant de ramener la paix. La silhouette de la fiancée ne permettait pas de douter qu'elle n'eût besoin d'une alliance.

— Combien de temps encore allons-nous attendre? demanda Carol.

— Il doit être coincé quelque part, dit son compagnon, visiblement mal à son aise.

Et il ajouta avec ferveur :

— Damnée soit son âme d'idiot!

— Dans quinze minutes, dit Carol en regardant paisiblement la pendule, je serai hors d'ici. Et ce sera probablement tant mieux.

— Donnez-lui une chance, plaida Fleming. Cette pendule avance de trois minutes.

— Il peut avoir renoncé, qu'en pensez-vous? Elle était toujours placide.

— Je ne pense pas, répondit-il faiblement.

— Téléphone pour le docteur Fleming, annonça une voix. Téléphone pour le...

Mais déjà il était hors de la pièce. En deux minutes il était de retour, épanoui.

— Tout va bien. Il a été coincé, je vous l'avais dit. Il arrive.

— Dans quinze, non, dans quatorze minutes? questionna implacablement la jeune fille.

Suffoqué, Fleming se dit à part lui que, pour douce et joyeuse qu'elle parût, cette jeune personne n'avait rien d'un agneau bêlant et résigné.

— Je n'ai pas compris ce qui l'a retardé, dit-il. Il y avait de la friture dans l'appareil. Il n'a guère cessé de crépiter.

L'horrible pensée lui était venue que peut-être Spencer avait pris un bain interne d'alcool pour la circonstance. S'il en était ainsi, il cognerait la tête de cet infernal imbécile jusqu'à ce qu'elle se détachât.

— Mon train part à une heure cinq.

Mon train, souligna mentalement Fleming. Pas *notre* train.

— Réfléchissez, dit-il d'une voix implorante. Il y a d'autres trains! Vous n'avez pas envie d'une bagarre publique, n'est-ce pas? Je suis terriblement fort. Et vous ne sortirez de cet immeuble que sur mon cadavre.

Elle lui sourit.

— J'aime la fidélité, dit-elle. En tout cas, il fera bien d'avoir une bonne excuse.

— Oh ! il en aura une, il en a toujours une, répondit imprudemment l'ami.

Spencer Brade n'était pas le moins du monde en humeur de s'excuser lorsque, à onze heures trente-cinq, il entra crânement dans la salle. Son vêtement bleu marine repassé de frais portait des traces de poussière. Ses manchettes étaient souillées et fripées et son front était balafré de noir.

— Hi, Flick ! dit-il à son ami.

Puis, à sa future épouse :

— Au regret. Malchance du vendredi. Retenu.

— Et qu'est-ce qui, diable, a bien pu te retenir? s'enquit Flick.

— Une urgence. J'ai perdu la notion du temps.

Grommelant toujours, l'autre s'en fut voir si l'employé pouvait s'occuper d'eux. Carol regarda la pendule, puis son mari. Ses sourcils se relevèrent. Brade en fut agacé et questionna brusquement :

— Vous faut-il un rapport écrit?

— Je suppose que vous auriez pu avertir. Cela n'a pas été agréable pour moi.

— Il n'est pas très facile de faire avertir lorsqu'on travaille sous un mur écroulé.

— Je vois. Mais *deviez-vous* le faire?

— Non. Je ne *devais* pas. Seulement on ne passe pas à côté de ce genre de choses lorsqu'on se trouve être le seul homme utile présent. Deux ouvriers étaient pris dessous. L'un d'eux serait mort.

— Je croyais, dit-elle, impertubable, qu'à dater d'hier vous étiez à la poursuite de l'argent et de rien d'autre. Il y a peu de chance pour que des ouvriers payent de gros honoraires, n'est-ce pas?

— La question n'est pas là et je ne vous demande pas de comprendre.

— Je comprends pourtant peut-être. Un peu.

Elle lui toucha légèrement la main.

— Merci pour les roses. C'était une pensée aimable. Voici revenir notre ami Flick. Vous avez terriblement tendu ses nerfs !

Puis, avec un drôle de coup d'œil à Brade :

— Et si j'avais fait répondre au téléphone qu'à moins de votre arrivée immédiate je vous laisserais en plan?

— Ça n'aurait pas fait la moindre différence. Je ne pouvais pas *les* laisser en plan.

— Je me sens plus rassurée à l'idée de vous épouser, dit-elle. Allons-y.

Le garçon d'honneur les conduisit vers un pupitre au-dessus duquel se lisait l'indication *Licences de mariage*. L'employé portait un vêtement noir et des manches de lustrine de la même couleur. Sans prendre la peine de les regarder, il tendit la main vers une pile de formules.

— Noms?

— Spencer Brade, docteur en médecine.

L'employé inscrivit le nom sur la première ligne, d'une bizarre écriture nerveuse. Il attendit.

— Carol Grahame, dit doucement la jeune fille.

— Ages?

— Vingt-neuf ans.

— Vingt et un.

— Nés?

— Logan, Kentucky.

— Charlesville, Georgie.

Les autres détails furent demandés, fournis, notés.

— Trois dollars, s'il vous plaît.

L'argent fut versé, la licence remise.

— Merci. Justice de paix. Troisième porte plus loin.

Le juge de paix était gras et bénin et une chique de tabac enflait sa joue. Il cracha dans le crachoir à côté de son bureau, prit la licence d'une main et, de l'autre, s'empara d'un petit livre noir.

— Vous êtes témoin? (Ceci à Fleming.) Okay. Il nous en faut un autre. Hep, Pearl. (Ceci lancé par-dessus son épaule.) Venez ici et témoignez.

La sténographe blonde s'approcha. Le juge commença de réciter devant le livre ouvert avant qu'elle eût atteint le milieu de la pièce.

— Joignez vos mains.

Il ne regardait pas le livre en parlant.

— Vous — il s'arrêta pour donner un coup d'œil à la licence — vous, Carol Grahame, prenez-vous cet homme pour être légalement votre époux?

— Oui.

La réponse fut claire et prompte.

— Vous — nouveau coup d'œil à la licence — Spencer Brade, docteur en médecine, prenez-vous cette femme pour être légalement votre épouse?

— Je la prends.

Sa voix lui parut résolue et décidée comme s'il traitait une affaire. Pourquoi pas? C'était une affaire, non?

— Alors je vous déclare mari et femme.

Le gros homme les regarda, attendant. La blonde

sténographe les épiait du coin de l'œil. Fleming souriait d'une oreille à l'autre. Ah! Oui! bien sûr. L'épisode final du mariage. Brade se pencha vers l'épouse nouvellement acquise. Elle tendit ses lèvres. Elles étaient fraîches, douces, pas hostiles. Flick semblait plein d'espoir. Elle fit, en souriant, signe de la tête, et Spen l'embrassa. Tout était régulier.

— Mes honoraires sont de cinq dollars, dit le juge de paix en signant le certificat.

Les témoins signèrent après lui. Le mari paya, en pensant à son argent de poche qui fondait.

La voiture de Carol était à la porte. Ils dirent au revoir à Fleming et montèrent.

— Il me reste juste le temps d'aller chercher mes valises et de prendre mon train, dit-elle. Je laisse la voiture, elle me sera expédiée demain.

— Il ne me sera guère possible de partir avant une semaine, fit Brade.

Elle acquiesça d'un signe de tête. Puis :

— Ce sera parfait. J'aurai habitué tante Candy à l'idée de votre présence prochaine. Où en êtes-vous au point de vue argent?

Elle posait la question tout naturellement. Il rougit néanmoins.

— Je puis m'en tirer.

— Vous feriez mieux de me permettre de vous en laisser.

— Peut-être. Mais j'aimerais mieux pas.

— N'est-ce pas là un excès de délicatesse?

— Peut-être. Mais, voyez-vous, je n'ai encore jamais été gigolo jusqu'ici!

Ils arrivaient à l'hôtel. Elle se retourna et le regarda dans les yeux.

— Spen, dit-elle résolument, nous pouvons rendre tout ceci difficile l'un pour l'autre, ou nous pouvons le rendre facile. Il n'y a pas de motif pour que nous ne vivions pas une vie plaisante, même si ce n'est que temporaire. Nous sommes tous les deux des gens bien élevés. Si vous n'aviez pas été un gentleman, je ne vous aurais pas épousé. Vous n'auriez pu trouver votre place dans la vie telle qu'elle est à la maison. Peut-être est-ce là du snobisme. Je n'y puis rien changer. Je n'en ai même ni l'intention ni le désir. Je ne prétends pas admirer votre forme d'ambition.

Mais c'est vous que cela concerne. Vous êtes en route pour faire des tas d'argent? Ma foi! c'est le cas de tous les hommes d'affaires qui réussissent. J'espère que c'est très bien ainsi. Quand vous aurez atteint le succès, si cela vous met l'esprit plus à l'aise, vous pourrez me rembourser ce que je vous aurai prêté. Mais ne commencez pas par vous sentir honteux d'être l'obligé, ou bien ça va gâcher nos vies assez désastreusement, qu'en pensez-vous?

Elle parlait avec décision, mais pourtant avec des inflexions amicales et chaudes qui le touchèrent.

— Vous avez raison, naturellement, dit-il. Et c'est à la fois intelligent et délicat de mettre les choses sur le pied du prêt. Je me rends bien compte que ce que vous voulez, c'est ménager mon amour-propre. Eh bien! si vous n'y voyez pas d'inconvénient, je préfère ne pas prendre l'argent de la main à la main, encore que ce soit, sans doute, enfantin de ma part. Envoyez-le à ma banque. Et, Carol, je pense que vous êtes un vrai camarade.

Elle rit.

— Ça va mieux. Continuez à penser ainsi. Nous y arriverons.

Il attendit pendant qu'elle faisait porter ses bagages dans un taxi, puis il l'accompagna au train. Elle lui tendit la main en le quittant.

— Je vous écrirai quel aura été l'accueil à Charlesville, quel remue-ménage aura créé la situation nouvelle. Télégraphiez la veille de votre arrivée, cela vaudra mieux. Bonne chance.

A la banque, le lendemain, il trouva un crédit de deux mille trois cents dollars. De quoi s'installer et payer toutes ses dettes. Elle devait avoir fait un virement télégraphique dans le train. Beaucoup de compétence et un sens précis des affaires, se dit-il avec plus d'admiration que d'agrément. Il avait l'impression d'épouser un administrateur parfaitement organisé.

Brade traversait le couloir, emportant ses instruments hors de la pièce qu'il laissait vacante, lorsqu'il rencontra le docteur Powers qui sortait de son bureau. Powers semblait déprimé.

— Hello, Brade. Pas changé d'avis?

— Non, monsieur.

— Je voudrais que vous en changiez, dit le maître avec une indubitable sincérité. Je souhaite toujours vous garder ici.

— Je crains de ne pouvoir faire vivre une femme sur les microscopiques casse-croûte qu'alloue Lakeview.

— Une femme?

— Oui. Je me suis marié ce matin. Mrs Brade a de l'argent. Beaucoup d'argent. N'allez-vous pas me féliciter?

— Non, dit le vieux Powsie.

Il s'éloigna, traînant les pieds, hochant la tête avec regret.

5

DEPUIS que Brade avait relevé la vitre de la voiture Pullman et s'était mis à considérer le paysage, le train se hâtait parmi les champs de jeune tabac et de coton. On était loin déjà, en plein cœur du Sud. La chaleur qui envahissait le wagon l'en avertissait. Dans une heure, il serait à Charlesville, confronté avec une vie incertaine et nouvelle. Ça ne le tracassait pas. Il avait beaucoup d'assurance, aussi bien personnelle que professionnelle. Mais il débordait d'une saine curiosité.

La lettre d'information promise par Carol était une sorte de guide à l'usage du nouveau marié. Il la reprit dans sa poche pour une lecture supplémentaire.

Je ne mens pas bien. Je n'aime pas la tromperie, même quand elle est nécessaire. Je m'en suis bien tirée avec tante Candy. Vous et moi nous sommes rencontrés à une soirée de danse à Trenton, il y a cinq semaines, et avons eu le coup de foudre l'un pour l'autre. Flèche en plein cœur. Mariage en trois jours. Tenu secret à cause de quelques complications mineures, de votre côté. A vous de les inventer.

(Elle me donne le vieux sac à porter, réfléchit Brade. Suis-je censé aussi me procurer une famille? Je pourrais me servir de l'oncle Marsh à cet effet. Il est trop sénile pour formuler une objection.)

La tante Candace, à ce qu'il avait appris, pouvait fort bien ne pas l'adopter du premier coup. Il serait à l'essai. Mais elle serait polie et courtoise, elle l'était toujours. Toutefois, qu'il se méfie des questions insidieuses. Elle était aussi ferme qu'une trappe d'acier. Tout ce qu'il dirait serait enregistré pour références a une mémoire implacable. Leurs récits, à lui et à Carol, devaient concorder, ou alors il y aurait du grabuge. Le mieux, en ce qui le concernait, serait de se tenir sur une réserve courtoise pendant quelque temps. Il pourrait être très préoccupé par son nouveau travail.

Charlesville, à ce qu'il semblait, était en pleine période de fêtes mondaines. Déjà Carol avait été entraînée dans le tourbillon. Il y aurait d'autres soirées pour le présenter à la société locale. Son nom était inscrit comme aspirant membre au Country Club et au Club Beauregard. Son parrain était Owen James. Owen était une manière de cousin au troisième degré. Quiconque était quelqu'un à Charlesville était, plus ou moins, apparenté. Carol espérait qu'il s'entendrait bien avec Owen, lequel avait été clergyman, mais, exaspéré par l'attitude « restez-à-longueur-de-bras-de-distance » qui était celle du clergé vis-à-vis des pauvres, il avait démissionné et s'était tourné vers la médecine pour demeurer en contact plus étroit avec le peuple des taudis auquel il s'intéressait.

(Pas trop bon, ça! pensa Brade. Probablement quelque « jeteur de psaumes » !)

Elle était jeune et gaie, cette lettre, avec même une nuance de défi. Entre les lignes, il lisait l'inquiétude latente qu'il ne pût s'ajuster à la façon de vivre des Grahame. Elle aurait pu lui faire confiance sur ce point. Après tout, cependant, elle le connaissait à peine.

Elle signait « loyalement vôtre, Carol ». (Cela lui plut.) Ce n'était ni trop, ni trop peu. Cela marquait son intention de vivre à la hauteur des termes de leur marché, avec un peu de cordialité en plus. Il y avait un P. S.

Tante Candace ne sait encore rien de mon état. Il faut que nous parlions de ça.

Il déchira la lettre en tout petits morceaux, qu'il fit passer par la fenêtre, puis il se rendit à la toilette. Il se rasa soigneusement, secoua le nouveau complet en tissu tropical qu'il s'était acheté et fit avec un soin particulier, devant la glace, le nœud de sa cravate. Un homme obèse, qui s'éventait avec un journal plié, l'interpella avec bonne humeur.

— Assez content de vous, pas vrai, p'tit gars?

Brade sourit.

— Dame, y a-t-il quelque chose de sérieusement raté en moi?

— Pas à première vue. On se brique, histoire de leur montrer qu'on est un peu là, pas vrai? Charlesville?

— Oui.

— Quelle est votre spécialité?

— Spécialité? Ah! oui! La médecine?

— Fourniture de produits pharmaceutiques?

— Oh! non! la pratique.

— Heuheu! Depuis longtemps?

— Débuts.

L'autre siffla entre ses dents.

— Les médecins grouillent dans Charlesville comme les poux sur la tête d'un pauvre homme. La ville en est bourrée. Population de cent mille âmes environ : eh bien! je parierais qu'il y en a bien un millier qui peuvent faire suivre leur signature des lettres M. D. Vous serez le mille et unième. Ben! Que Dieu vous aide! C'est une assez bonne ville à sa manière, si on veut. Je la fais dix fois l'an. Mais je n'y vivrais pas quand même on me logerait à l'hôtel de ville. Trop de suie dans l'air pour mon goût. O. K. si vous avez des accointances avec des gens bien, le gratin. Ça ne m'étonnerait pas de vous voir gagner la partie, vous avez l'air d'appartenir au clan qu'il faut. Quelle est votre branche?

— Aucune en particulier. Chirurgie générale.

— Ça ne vous mènera nulle part. Faut une étiquette. Ça impressionne les gens.

— Comment en savez-vous si long à ce sujet? questionna Brade amusé.

— Je voyage pour un groupe de publications commerciales. L'une d'elles est médicale. Vous ferez bien de réfléchir à ce que je vous ai dit. La spécialisation ou la mort. Peut-être que ce sera la mort de toute façon.

Revenu à son fauteuil, Brade se demanda comment il n'avait pas examiné la question plus tôt. Le transpirateur obèse était dans le vrai. La spécialisation voilà le point essentiel. Le surplus de médecins ne l'inquiétait pas. C'était une condition générale. On pouvait en venir à bout en établissant les contacts qu'il fallait, et en se concentrant sur un point. Lequel? Quelle spécialité choisir?

La chirurgie, c'était très bien. Mais n'importe qui peut se dire chirurgien, et beaucoup ne s'en font pas faute. Mettre l'accent sur une branche de la chirurgie, pour se placer hors du peloton? Par une heureuse fortune, il avait été bien entraîné dans tous les domaines : six mois de neurologie, six mois d'urologie, un an de gynécologie.

Il réfléchit amoureusement au banditisme oto-rhino-laryngo. Rien dans la médecine, n'offre d'aussi gros profits pour aussi peu de peine. Prenez par exemple la cloison déviée, et les sinus continuellement infectés qui ont besoin de constantes irrigations pour être en fin de compte opérés, moyennant quatre ou cinq cents dollars. Et les amygdales, qui doivent toujours être enlevées. Et les belles oreilles qui menacent perpétuellement de donner des mastoïdites, et s'y décident souvent. Pouvait-on imaginer plus parfaite prévarication que l'oto-rhino-laryngo?

Evidemment, il pouvait s'installer comme un Jean-à-tout-faire. Extirpant aujourd'hui des amygdales ou des végétations, demain l'ongle incarné du petit dernier, le bébé de la Mrs le jour suivant. Mais cela, après tout, c'était de la bibine. C'était la ligne de conduite facile et flemmarde du praticien *catch-as-catch-can,* cherche-et-apporte, de l'homme dépourvu d'énergie et d'ambition pour rester à la traîne au lieu de marcher avec la musique. Or Brade se flattait de n'avoir pas un seul pouce de paresse dans le corps. Ce qu'il y avait de moins probable au monde, c'est qu'il se laissât aller, et qu'il devînt négligent et nonchalant. Il était déterminé et résolu à faire de l'argent, mais tout à fait disposé à travailler véritablement pour l'acquérir.

La gynécologie exige de la part du chirurgien un travail de qualité, mais elle permet les plus riches perspectives. Le seigneur a été bon pour les gynécologues, pensait-il avec le cynisme qui, depuis quelques jours, colorait ses réflexions. Les femmes dépensent plus d'argent que les hommes pour leur corps, pour le soigner, au-dehors et au-dedans. La Providence a surchargé les chères créatures de tout un jeu d'organes accessoires qui se trouvent perpétuellement grippés et ont un constant besoin d'être revisés. Elle les a dotées aussi d'un système nerveux tendu à tel point que la moindre chose fait sauter les ressorts et détend toute la mécanique. Oui, vraiment, lorsqu'Il créa les femmes, le Seigneur a dû penser aux gynécologues et préparer leur gagne-pain. Il y a une belle récolte légitime à faire dans ce domaine. Quant aux requins, aux peloteurs, aux piqueurs, avec leurs topos sur les hormones pour ceci et hormones pour cela, les femelles de l'espèce constituent pour eux une incontestable mine d'or.

Il avait considéré, avec une tolérance méprisante, la tactique des spécialistes coûteux qui appellent les grosses épouses de directeurs de banques « Chère Madame » et s'intéressent de si flatteuse manière au détail de leurs symptômes. Parfait. Si c'était rentable, il ferait preuve d'une technique aussi souple que celle du plus souple et du plus expert des hypocrites.

Le train ralentissait à présent, traversant la rivière large et boueuse qui encerclait la ville. Par-ci par-là, des Noirs pêchaient mélancoliquement, installés dans des barques délabrées. A l'extrémité du pont s'élevait une vaste bâtisse. A travers les nombreuses fenêtres, on pouvait voir beaucoup d'hommes et de femmes, plus de femmes que d'hommes, penchés sur des machines. Des machines qui filaient le coton, des machines qui tissaient les fils. Une filature. Il en avait vu déjà pendant un long voyage en Floride. Des filatures de coton où une humanité suante tissait pour couvrir les corps.

Le train dépassa la grande bâtisse. Maintenant,

c'étaient de petits cottages (1). Rangée après rangée. Rue après rue. Certains n'étaient guère que des boîtes à peine plus spacieuses que des caisses d'emballages. Des cours, derrière, débordaient d'ordures et de débris. Du linge pendait en travers des portes, sur des palissades démantibulées. On distinguait des enfants aux jambes torses, au ventre enflé par la maladie et la mauvaise nourriture. Quelques femmes passaient, blêmes, les cheveux en broussaille, le visage figé en ce masque que donnent des années de travail, de grossesses successives, de repas misérables, la contemplation de l'agonie de leurs enfants, mourant de tuberculose l'un après l'autre, et toussant le flot écumeux de leur propre sang. Ils ne présentaient pas un joli spectacle, ces cottages groupés là. Brade pressentit qu'ils rapportaient beaucoup. Vaguement, il se demanda si l'argent de Carol en provenait. Baste! c'était son affaire à elle, non la sienne à lui.

Il y aurait grandement à faire ici pour un praticien. Et ce serait sans doute un excellent moyen de gagner une renommée favorable dans la communauté que de réserver une part de son temps à cette activité charitable. Ces gens des filatures, ces enfants aux jointures enflées par la tuberculose, au dos déformé par le mal de Pott, voilà ceux qui avaient besoin de son habileté chirurgicale. L'histoire est la même partout. L'homme riche est exploité pour son argent, mais au moins il est vraiment soigné lorsque quelque chose ne va pas. L'homme pauvre n'a aucun argent et dès lors il n'a droit à aucun soin.

On peut guérir le rachitisme avec du soleil et de l'huile de foie de morue; on peut, avec des opérations bien faites, reformer des os et rebâtir des corps d'enfants autour d'articulations tuberculeuses. Mais à quoi servaient traitements et soins lorsqu'on se heurtait ensuite de toutes parts au mur de pierre d'un système économique basé sur l'exploitation des misérables et que les misérables devaient accepter pour simplement vivre?

Quoi? Quelles pensées était-ce là, pour un jeune

(1) Le nom « cottage », appliqué par extension aux maisons de campagne, était à l'origine, et est toujours, celui de petites maisons ouvrières banlieusardes.

homme qui venait de commencer une nouvelle vie basée sur les solides principes qui consistent à faire de l'argent? Il n'était pas ici pour chercher les tares du système capitaliste, mais bien pour y trouver son beurre. Les méditations utopiques sur la justice et les choses de cet ordre ne rapportaient aucun dividende. Il s'agissait de s'en tenir aux données pratiques. Comme correctif à cet idéalisme sans profit, il considérait son vieux manteau défraîchi sur le dossier du fauteuil. A la saison prochaine, il en aurait un flambant neuf. Acheté avec des incisions, des sutures, avec de petits appendices roses qui n'auraient jamais été enflammés, avec des kystes ovariens si petits qu'ils en seraient presque invisibles. Il ferait bien son travail et son travail payerait bien.

Le train patina sur ses roues et s'arrêta en frémissant. Brade descendit et regarda autour de lui.

— Allô chéri !

La voix disait une joyeuse bienvenue. Il se retourna et regarda, avec des yeux neufs et stupéfaits, la femme qu'il avait quittée, quinze jours plus tôt, sur une conversation strictement d'affaires. C'était sa femme, cette sorte de fille-fleur, d'une grâce si souple, d'une si jeune vitalité. Sa femme? Pas au sens vrai du mot. Son bailleur de fonds, son seul moyen d'existence. C'était cela qu'il lui fallait, pour l'instant, garder sans défaillance à l'esprit.

Certaines femmes s'épanouissent dans la grossesse. Carol était évidemment l'une de ces heureuses. Du sommet de son audacieux chapeau tout au long des lignes de sa fraîche robe de zéphyr bleu, jusqu'à la pointe de ses élégants petits souliers blancs, elle était la perfection même. Posant une main sur chacune de ses épaules, elle l'embrassa légèrement.

— As-tu fait un mauvais voyage? Voici le porteur. Viens. Attention ! n'oubliez pas de me tutoyer !

Elle passa familièrement son bras sous celui du jeune homme. Plusieurs personnes, il s'en rendit compte, regardaient de leur côté en refrénant, avec le maximum de bonne éducation, toute marque visible d'intérêt. Carol salua de la main un couple :

— Il *est réel,* vous voyez ! Le voilà, en chair et en os, lança-t-elle.

La cervelle de Brade travaillait rapidement, sinon de sang-froid. Une émotion nouvelle en troublait le mécanisme. Les relations d'un ménage changent souvent après le mariage, et généralement empirent. Mais, répliquait son esprit bouleversé, existe-t-il une raison qui puisse empêcher les relations du ménage Brade de changer en s'améliorant? Avec optimisme, il n'en découvrit aucune. Actuellement, ils étaient unis par un accord financier, mais ce n'était là qu'une phase. Quand sa dette serait éteinte, quest-ce qui pourrait l'empêcher d'approcher Carol Grahame — Carol Brade — comme un homme une femme, comme un mari son épouse? Un stimulant nouveau, et plus actif — et plus digne — pour faire beaucoup d'argent et le faire vite, s'ajoutait au précédent. L'idole Succès n'avait plus qu'une seule face.

— Vous êtes merveilleuse à regarder, lui dit-il. Et il le pensait.

— Pourquoi pas? répondit-elle légèrement. N'ai-je pas retrouvé mon mari?

Elle jouait à ravir le rôle de l'épouse heureuse.

— Tante Candy nous attend dans la voiture.

— Est-elle de bonne humeur?

Carol répondit en riant :

— Comme une tigresse qui attend sa proie.

La sévère limousine noire, parquée sous un chêne, était occupée par une sévère silhouette noire, celle d'une petite femme boulotte, aux cheveux sans éclat, aux yeux sereins, à la peau fraîche. Brade devina qu'elle avait dépassé la soixantaine et ne connaissait probablement la maladie que pour l'avoir observée chez des êtres plus faibles.

— Le voici, tantine, dit Carol.

— Comment allez-vous? dit miss Grahame, tendant une main ferme et gantée. Simon prendra votre ticket de bagages. Montez. Avez-vous fait un mauvais voyage?

— Pas trop mauvais. Je suis un dormeur solide et de tout repos.

— J'aime les gens solides et de tout repos.

(Elle pourrait aussi bien ajouter, pensa Brade, que je suis un suspect sous suveillance.)

Carol vint à son aide, avec quelques phrases frivoles auxquelles il répondit. Comme le vieux chauffeur noir pilotait prudemment la voiture au milieu d'une circulation dont l'activité témoignait de la prospérité de la ville, le nouveau venu prit mentalement quelques notes.

Charlesville lui parut être typique de cette région du Sud. Les grands bâtiments bas de ce quartier ne pouvaient être que des entrepôts de tabac. Et tout à côté se trouvaient les magasins généraux, parfaitement situés pour rappeler aux fermiers venant vendre leur tabac que les dépenses relatives à la récolte de l'an dernier n'étaient pas encore réglées. La rue principale — Main Street — était bordée des habituelles maisons de commerce, articles de modes et vêtements, grands magasins, bazars à cinq-et-six cents, drug-stores (1). Le soleil répandait sur tout cela une chaleur impartiale qui faisait apprécier la brise légère due à la vitesse de l'auto.

La voiture atteignit un grand bâtiment par les portes sculptées duquel entraient et sortaient des foules de gens.

— C'est le nouvel immeuble des Arts médicaux, signala Carol. Ta future adresse.

— Il me semble que la profession médicale se défend bien par ici, constata Brade avec satisfaction.

— Le docteur Cannaday a son bureau et son cabinet à son domicile, observa tante Candace, en regardant froidement Spencer Brade.

Est-ce que cela impliquait que le docteur Cannaday n'aurait jamais fait semblable remarque?

— C'est votre médecin de famille, n'est-ce pas?

— En effet. Il a mis Carol au monde. Il a toujours veillé à nos besoins médicaux. Je ne vois aucune utilité à toutes les enseignes de fantaisie de ce bâtiment. Les spécialistes! Ils ne pensent qu'à faire de l'argent, pas à autre chose.

(1) Boutiques qui sont à la fois des pharmacies, des débits de crème à la glace, de lait au verre, de pâtisseries, de tabac et de quelques autres produits.

L'hostilité évidente de ses manières mettait Carol mal à l'aise. Son mari estima plus sage de l'ignorer pour l'instant.

— Les spécialistes ont leur raison d'être, répondit-il. Il y a plus de choses à connaître aujourd'hui qu'au temps où le docteur Cannaday fit ses études. Un seul homme ne peut à présent espérer couvrir la totalité des connaissances. C'est ce qui justifie la spécialisation.

— Etes-vous spécialiste?

Brade fit sa première profession de foi.

— Oui. Chirurgie gynécologique. Les malaises des femmes, vous savez.

La tante Candace renifla.

— Je *sais,* quoique vous pensiez évidemment le contraire. De mon temps, un flacon d'un dollar d'Extrait végétal arrangeait tout cela.

— Le preniez-vous sur le conseil du docteur Cannaday? s'enquit Brade avec une feinte innocence.

— Non. Certes non. Il prétendait que c'était du charlatanisme. Mais quel est le médecin qui vous soignerait pour un dollar? Vous feriez ça, vous?

— Ce serait plutôt dix dollars, j'en ai peur.

— Humph ! Je n'en doute pas !

Elle se pencha en avant.

— Simon, vous ferez le tour par la filature, dit-elle.

Ils quittèrent le centre de la cité et parvinrent à un vaste bâtiment, hors la ville. Il ressemblait assez à la filature que Brade avait vue en arrivant par le train, mais ici les maisons de la cité ouvrière étaient différentes. Elles étaient plus grandes, plus propres, mieux tenues. Il y avait plus d'espace entre elles, et la plupart se flattaient de petites pelouses vertes. De-ci de-là, sur des appuis de fenêtres, quelques fleurs s'épanouissaient en caisses, ou bien en petits parterres à côté des maisons. Plus loin, il apercevait un vaste espace découvert qui était certainement un terrain de jeux, car des enfants s'y amusaient bruyamment sur des glissoires et des escarpolettes.

— Les filatures Grahame, fit tante Candace. C'est le père de Carol qui les a construites. Les plus belles filatures de coton de tout le Sud.

Jamais une grève, pas un arrêt du travail en cinquante ans.

— Les maisons ont, sans aucun doute, bien meilleure apparence que la plupart de celles que j'ai vues, remarqua Brade.

— Mon père était un bon patron, répondit Carol avec fierté. Il s'occupait de tout le monde. Je crois que cela s'appelle paternalisme aujourd'hui et que les grands penseurs sociaux traitent ce système de haut. Le point de vue Grahame était que quiconque est assez bon ouvrier pour mériter d'appartenir aux filatures Grahame mérite des conditions d'existence décentes. Mon père a installé ce terrain de jeux. Il y a un terrain de football et un losange de baseball.

— Et cette vaste bâtisse, à l'arrière-plan, qu'est-ce?

— Le gymnase. Avec une piscine de dimensions régulières.

— Je commence à me faire une idée d'ensemble, dit Spencer. Je suis prêt à parier que vous habitez une blanche maison patriarcale, à piliers et à portiques, retirée derrière des buissons et des arbres, à laquelle on accède par une allée sinueuse et des portes cochères si étroites qu'une auto passe de justesse.

— Jeune homme, étiez-vous déjà venu jusqu'ici pour vous livrer à un préalable examen des lieux avant de vous décider à épouser ma nièce? s'informa la tante.

— Tante Candy! s'exclama Carol, rougissante et choquée.

— Eh bien! nous y voilà, fit la tante, imperturbable.

La voiture tourna entre de lourds piliers de pierre grise et s'engagea dans une avenue couverte de gravier. Un vaste tapis vert couvrait le flanc d'une petite colline que l'allée escaladait en courbes successives et au sommet de laquelle, sereine et calme, trônait une grande maison blanche. De hautes colonnes doriques supportaient le toit du portique. Du lierre et d'autres plantes grimpantes menaçaient d'envahir la façade entière.

Près de la porte attendait une femme de couleur, en bonnet blanc.

Spencer Brade eut un profond soupir de nostalgie. C'était là le décor qu'il avait connu autrefois, différent en détail seulement, mais pas en espèce, dans le Kentucky au gazon bleu, avant que la fortune des Brade fût engloutie dans le maelstrom de 1929, laissant à peine de quoi subvenir de façon convenable aux frais de ses études médicales. Carol considérait avec curiosité son visage devenu sombre. Il se ressaisit.

— Il n'y manque qu'un chœur de Noirs dans la coulisse et le fidèle vieux serviteur de la famille apportant un plateau de juleps (1), dit-il légèrement.

Carol approuva :

— Cela fait décor de cinéma, pas vrai? Ils ont essayé de filmer la maison pour *Adieu, fille du Sud,* mais tante Candy menaça de répondre au premier déclic de la caméra par un coup de revolver. Alors ils n'ont pas insisté. Veux-tu quelque chose à boire?

— Non, mais j'accepterais un bain!

— Je vais te montrer ton... — elle se rattrapa — notre appartement.

Brade eut l'impression que les yeux de tante Candace avaient coulé un rapide regard de biais qui, sans appuyer, marquait le coup.

Comme le couple atteignait l'escalier, Carol remarqua :

— Gaffe n° 1. Et il a fallu que ce soit moi qui la fasse. Tu es bon joueur. Elle ne soupçonne rien, de ton fait.

— Elle ne m'aime pas.

— Pas encore. Elle ne devrait jamais aimer de prime abord, n'importe qui m'épouserait. La fille de la vieille fille. Tu sais! Tu as une remarquable maîtrise de toi.

— Quoi qu'il en soit, je ne la verrai pas plus qu'il ne sera nécessaire.

(1) Julep, mélange d'alcool, rhum, eau-de-vie, whisky, selon les régions, de sucre, de glace pilée et de menthe.

— Non. Je ne te le conseille pas.

— Carol, est-ce votre maison ou la sienne?

Elle sourit.

— Ne *te* fais pas de souci inutile. C'est une propriété indivise. Te sens-tu réconforté?

— Oui, certes. Il me serait fort désagréable de figurer sur la liste de charité de tante Candy.

Elle lui toucha les lèvres du bout des doigts, en réprimande amicale.

— Il n'est plus question de cela, lui rappela-t-elle.

Plusieurs pièces donnaient sur le haut et vaste couloir. La jeune femme ouvrit l'avant-dernière porte.

— *Te* voilà chez *toi*. La salle de bains est à droite.

La chambre était spacieuse, meublée de pièces anciennes; un tapis chinois aux teintes amorties couvrait le sol. Le grand lit à deux places, avec ses hautes colonnes sculptées, était couvert d'une courtepointe blanche et bleue, brodée 1832.

— Luxe ! dit-il d'une voix appréciable. Je jouirais volontiers d'un peu de luxe après dix années de Lakeview. Ne craignez-vous pas que je m'amollisse?

— Tu es un bon chirurgien, répondit-elle gravement. C'est sur quoi je compte.

— Qu'en sais-tu? s'enquit-il en souriant

— J'ai longuement causé avec ton ami Flick. Et j'ai vu une lettre que le docteur Powers de Lakeview a écrite à quelqu'un d'ici.

— Cher vieux Powsie ! Quel sermon d'adieu il m'a débité sur l'idéal élevé et la haute tenue de la profession !

Elle lui sourit.

— Est-ce que tu tentes de m'impressionner et te faire prendre pour un coriace?

— Oh ! un idéal peut encore me servir. Ça peut être un aliment utile pour le côté pratique.

— Ce n'est pas le côté pratique qui t'a fait arriver en retard à notre mariage, lui rappela-t-elle.

Brade répondit avec une frivolité voulue :

— Chacun a ses moments de faiblesse.

— Je me demande comment tu vas t'entendre avec Owen.

— Owen?

— Owen James. Je t'ai parlé de lui dans ma lettre.

— Ah! oui! l'ex-prédicateur. Est-ce qu'il représente l'idéalisme à tes yeux?

— Je crois bien que oui. Je voudrais que, dans certains domaines, il soit plus pratique.

Elle traversa la pièce et ouvrit en grand les portes-fenêtres qui donnaient sur un petit balcon, lequel formait terrasse au-dessus d'un jardin clos de haies strictement taillées. Le mur de gauche était percé d'une porte basse.

— Où conduit-elle?

— A la chambre du coin.

— La tienne?

— Oui.

Il examinait la porte d'un œil attentif : elle ne comportait pas de serrure. Il ouvrit. De l'autre côté brillait un verrou de cuivre. Il eut un sourire :

— Nouveau?

Carol ne détourna pas son regard :

— Non.

— Que va penser tante Candace?

— Elle ne le saura pas.

— Je n'en serais pas si sûr que ça! Elle ne m'a pas frappé comme manquant d'intuition ou de réceptivité. Et parfois ces vieilles demoiselles ont d'étonnantes intuitions pour les choses du sexe!

Carol rougit de colère, mais ne répondit rien. Ce mari éprouvait une malicieuse satisfaction à la provoquer.

— C'est un bon verrou solide, conclut-il après un examen minutieux de l'objet. Et, d'ailleurs, tu peux toujours fortifier tes positions avec du fil de fer barbelé.

Elle répliqua avec un éclair de violence qui était un défi et qui l'amusa fort :

— Qu'il vous plaise de vous souvenir que je ne vous connais pas très bien, Spen!

— Et que *tu* ne te fies pas du tout à moi, compléta-t-il en appuyant sur le tutoiement.

Elle laissa passer la remarque sans répondre.

— Vous avez peut-être raison, d'ailleurs, dit-il pour conclure.

Cette fois, la provocation venait incontestablement de lui.

6

Au dixième étage de l'immeuble des Arts médicaux avait surgi une enseigne nouvelle :

SPENCER BRADE M. D.
Consultations sur rendez-vous.

Tout ce que le conservatisme médical de Charlesville comptait de réussites était installé en ce lieu. Les loyers y étaient d'un prix élevé, mais l'endroit le méritait. La nouvelle recrue se mit en devoir de meubler son installation d'une manière conforme à la dignité du milieu. Brade avait beaucoup réfléchi à ce sujet, superficiel peut-être, important sans aucun doute, et avait consulté sa femme, de qui la sûreté de goût était incontestable.

La climatisation avait coûté cinq cents dollars, si bien que le total dépassait d'assez loin les deux mille dollars initialement prévus par Brade. Il n'y avait pas eu moyen d'éviter cela, et les futures patientes auraient à le payer.

Pour animer ce décor coûteux et soigné, Brade avait découvert une infirmière diplômée, sténographe passable et dactylo exacte. Miss May Garner était d'âge mûr, ni belle ni laide, aimable d'aspect, douce de main et de voix, et d'une compétence absolue. Sans quoi elle n'aurait jamais pu justifier les deux cents dollars par mois qu'elle demandait et que son nouvel employeur était à contrecœur obligé de lui payer. Elle aidait beaucoup à dissiper l'atmosphère froidement professionnelle qui est presque universellement celle des hôpitaux et des cliniques, souvent celle des établissements dentaires et parfois même celle des cabinets des meilleurs médecins.

C'était le désir du docteur Brade de créer une atmosphère de sympathie et d'intérêt personnel, propre à apaiser le système nerveux frémissant des patientes. Quand tout fut en ordre de marche, il envoya aux praticiens de la ville et des alentours un faire-part gravé les avisant que le docteur Spencer Brade avait ouvert un cabinet dans le bâtiment des Arts médicaux de Charlesville : « Pratique limitée à la gynécologie et à la chirurgie. » Puis il s'assit pour attendre, tout en simulant l'apparence d'une industrieuse concentration.

Des antennes, bientôt, tâtèrent le terrain autour de lui : des invitations — qu'il accepta — le prièrent d'assister aux réunions de divers clubs — auxquels il ne s'inscrivit pas immédiatement comme membre, attendant d'avoir découvert quel groupe il lui serait plus avantageux de fréquenter en vue de la réalisation ultérieure de ses desseins.

Dans ses préoccupations venaient ensuite, par ordre d'importance, les hôpitaux. Il lui fallait obtenir son inscription dans l'équipe des deux hôpitaux-cliniques privés, et peut-être aussi de l'hôpital municipal. Pour celui-ci, il espérait que le fait d'avoir été formé au Centre de Lakeview l'aiderait; ces lettres aussi du docteur Powers, qui, de toute évidence, espérait encore lui éviter de flamber comme un brandon à la flamme brûlante de ses ambitions avouées.

La semaine qui suivit l'envoi de ses faire-part, on l'appela au téléphone.

— Docteur Brade?

— Lui-même.

— Ici docteur Tyre — Blanton Tyre.

— Parfaitement, docteur Tyre.

Brade avait entendu parler de lui. C'était le chef de la prospère clinique Tyre, dans ce même bâtiment des Arts médicaux où il avait désormais ses assises.

— J'ai reçu votre carte. Puis-je vous prier de passer nous voir? Nous sommes au quinzième étage, vous savez.

— Mais je viendrais volontiers, merci, répondit Brade. Etes-vous occupé en ce moment?

— Pas occupé du tout, pas occupé du tout, je vous attends.

Il entendit à son oreille le claquement du récepteur que l'on raccrochait.

Tandis qu'il montait par l'ascenseur, il réfléchissait qu'il pourrait se faire, par Tyre, d'utiles relations. Il savait que la clinique Tyre dominait considérablement tout le corps médical de Charlesville. Même sachant cela, il fut surpris de l'importante superficie qu'elle occupait. Ces gens détiennent une mine d'or, se dit-il en pénétrant dans le vaste salon d'attente encore à demi plein de clients, bien que l'après-midi fût déjà fort avancé. Une jeune secrétaire nette, mince, au visage intelligent, au regard impertinent sous de sombres paupières, à la bouche généreusement dessinée, prit son nom et approuva de la tête :

— Le docteur Tyre vous attend.

Comme elle décrochait le téléphone, Spencer Brade se rendit compte qu'elle l'examinait tranquillement et que cet examen n'était pas entièrement dépourvu d'intérêt personnel. Il entendit les riches intonations de Tyre, atténuées au bout du fil.

— Bien sûr ! Faites entrer tout de suite.

— Par ici, je vous prie, docteur Brade.

Elle évoluait, rapide et légère, le long du couloir intérieur, passant devant une douzaine de portes avant d'en ouvrir une, et de s'effacer pour le laisser entrer.

Un homme grand et fort, haut en couleur, très soigné, s'avança pour l'accueillir.

— Enchanté de vous voir, docteur Brade! Enchanté de vous voir !

Puis, à la jeune fille :

— Oh ! Kenny — Miss Mangan...

— Oui, docteur?

— Dites-leur à l'hôpital de passer cet ostéo au jeune Barnes. C'est un cas désespéré de toute façon, ajouta-t-il, en manière d'explication à l'adresse du visiteur.

Brade commençait à se faire une première opinion de l'homme. Il était un rien excessif en tout, à ce qu'il lui parut : trop luisant, trop fignolé, trop cordial, trop verbeux. La manière d'être qui vient avec le succès et qui le proclame; la manière qui, peut-être, aide à conquérir le succès dans une profession où ce qui est superficiel a tant d'importance et si peu de valeur. La main qui secouait chaleureusement celle de Brade était grande, musculeuse, manucurée de rose. Le cigare qu'offrait l'autre main était grand, coûteux, trois pour un dollar sans doute. Mais pourquoi un personnage arrivé tenait-il à impressionner un débutant (1)? Brade n'éprouvait aucune admiration pour ce type d'homme, mais la froide logique à laquelle il se voulait vouer lui disait que c'était là, précisément, le type d'homme à imiter pour réussir.

Oui. Tel était bien le genre d'organisation qu'il fallait avoir. Telle était l'exigence, mais aussi la garantie du succès stable. Les patients qui venaient ici pouvaient payer et, de toute évidence, payaient le prix d'un pareil privilège. En ce lieu, pas de babioles, pas de vétilles, pas de maigres consultations à deux dollars.

— Vous avez une femme épatante, mon cher, dit très cordialement l'hôte. Je connais Carol et miss Candace comme si elles étaient de mon sang. Une femme épatante en vérité.

Brade murmura une approbation courtoise.

Le gros homme souffla un moment. Puis :

— Vous vous limitez à la gynécologie et à la chirurgie, à ce que je vois?

— Oui.

— Il se peut que vous trouviez le démarrage assez lent. Quelques contacts avec les hôpitaux jusqu'ici?

— Non. Et j'aimerais faire partie d'une ou deux

(1) *Why should a Tyre wish to impress a tyro ?* Jeu de mots qui se perd dans la traduction ; *tyro* signifie novice, débutant.

équipes, si possible, sans devoir attendre jusqu'à l'automne.

— Vous n'y aurez aucune peine, absolument aucune, assura Tyre. J'entends dire que le docteur Powers de Lakeview affirme que vous êtes bon. J'accepte sa parole à ce sujet et je la fais passer. Et si je réponds de vous, vous êtes bon.

— Je vous en saurais certainement le plus grand gré.

— Envoyez vos demandes sans délai. Je ferai en sorte qu'elles arrivent où il faut. Quant à l'hôpital municipal, il est absolument indispensable que vous y soyez attaché. Ça fait un bien énorme, ça donne une chance de montrer ce qu'on sait faire, et ça constitue une publicité valable auprès des médecins.

Il se pencha confidentiellement en avant :

— Une leçon que j'ai apprise : le chirurgien doit pouvoir compter sur les médecins, sur ceux qui font de la médecine générale pour lui envoyer des malades. Dès qu'on les traite correctement et qu'on a leur considération, on part du bon pied. Il ne faut jamais les traiter de haut ni paraître suggérer que leur jugement ne vaut pas son jugement à soi. Ils aiment sentir qu'on est des leurs et qu'on voit les choses sous le même angle qu'eux.

« Je me demande si cela comporte l'octroi d'une part des honoraires », pensa le destinataire de ces conseils gratuits et précieux.

— Une autre chose très importante pour un jeune homme, continua l'aîné d'une voix paternelle, c'est d'établir les contacts sociaux qu'il faut ! Mais, avec les relations des Grahame, vous n'aurez pas la moindre difficulté de ce côté. J'ai remarqué que vous avez été admis au *Country Club* par vote spécial.

Brade constata que c'était son nouvel ami, cette fois, qui semblait impressionné.

— A propos, donc, de cet hôpital municipal : quelle branche choisirez-vous ?

— La gynécologie. Il y a plus d'ouverture dans cette direction, qu'en pensez-vous ?

— Vous avez raison. Il y a quelque temps déjà que je me suis dit que nous devrions avoir dans notre propre clinique un gynécologue spécialisé. Je fais la chirurgie pelvienne, évidemment, mais il y a tant de choses nouvelles aujourd'hui, les hormones, par exemple, et bien d'autres. Nous pourrions trouver un coin pour cela chez nous, un de ces jours.

Ainsi c'était là que voulait en venir ce vieux renard doucereux. Les choses prenaient bonne tournure. S'il pouvait lier partie avec la clinique Tyre assez promptement, rien ne l'arrêterait plus. Pour l'instant, ce qu'il lui fallait faire, c'était d'y aller lentement, prudemment. Ça ne vaudrait rien de paraître trop impatient, trop pressé. Il fallait se tenir peinard, faire beaucoup de besogne d'hôpital, et montrer qu'il connaissait sa partie. Alors, quand viendrait l'heure de discuter le coup, il aurait une base de négociations.

— Vous avez vraiment une fort belle installation ici, dit-il. Combien êtes-vous?

— Deux, en plus de moi. Mon fils Castleman, qui est chargé des enfants, et notre « médecine générale », le docteur Hewlett, chargé des besognes intérieures, des observations, examens cardioscopiques et autres, de la coordination avec le radiologue et avec le laboratoire qui lui fournit analyses et rapports. Bref, c'est en partie sur les diagnostics établis par lui en conclusion que nous basons notre propre travail. Nous formons un bon ensemble, un bon petit groupe compact. Venez visiter, voulez-vous?

Tyre montra le chemin jusqu'à l'extrémité du couloir. Le visiteur fut agréablement surpris des dimensions du laboratoire où ils entrèrent. Deux techniciens vêtus de blanc s'affairaient à leurs microscopes. Le lieu était aussi complètement, aussi parfaitement équipé que le plus parfait des laboratoires d'école de médecine qu'il eût jamais vu. Son respect pour le groupe Tyre s'accrut : ces gens-là croyaient à la perfection, faisaient les choses à fond. Par la porte ouverte d'une petite pièce portant l'indication METABOLISME, il pouvait voir une chaise longue et les appareils les plus récents. Un électrocardiographe portatif était juste à l'intérieur d'une petite pièce semblable à la première. A l'autre bout du laboratoire, sur une porte fermée, on pouvait lire : LABORATOIRE PATHOLOGIQUE.

— Nous faisons un très important travail de laboratoire, expliquait Tyre. Les patients y tiennent aujourd'hui. Ils en veulent beaucoup pour leur argent, et il faut qu'on leur donne ce qu'ils veulent, la réussite en dépend. Au surplus, cela permet vraiment de faire de la meilleure médecine.

Ils continuèrent de descendre le couloir. Tyre ouvrit une autre porte en verre dépoli. Ils pénétrèrent dans une pièce décorée de telle sorte qu'à première vue on croyait pénétrer dans un cauchemar de déséquilibré. Un panneau continu, composé d'illustrations photographiques de *Ma Mère l'Oye*, l'ornait à mi-hauteur. A côté du bureau oscillait un cheval à bascule. Dans un coin, plusieurs chaises minuscules entouraient une table basse. L'ensemble tenait plutôt de la salle de jeux que du bureau. Par la porte entrouverte au fond de la pièce, on entendait les murmures gargouillés d'un enfant joyeux. Tyre s'illumina.

— C'est ici le cabinet de Castleman. Idée nouvelle, pas vrai? Décoré pour convenir au goût des clients.

Un grand jeune homme blond, visiblement en passe de devenir la réplique exacte de son père, entra, suivi d'une jeune femme qui portait un bébé gras et nu.

— Allô, papa ! Je suis à toi dans un instant.

Puis, à la jeune mère, en même temps qu'il allongeait une claque amicale sur les fesses potelées du bébé qui riait :

— Nous lui ferons sa réaction de Schick (1) la semaine prochaine. Nous ne pouvons pas vous permettre de nous tomber malade sur les bras, mon jeune ami, maintenant que vous voilà si bien parti.

La mère emporta le bébé dans une pièce voisine. Le jeune médecin se tourna vers le visiteur.

— Enchanté de vous connaître, Brade, dit-il, après que son père eut fait les présentations. J'avais eu l'intention de passer vous voir. Sérieux grief contre vous, pour nous avoir raflé sous le nez notre plus jolie fille.

(1) Réaction en vue de découvrir l'éventuelle existence de la diphtérie.

Brade sourit.

— C'est vraiment une organisation que la vôtre! dit-il.

— C'est assez bien, admit l'autre. Papa se moquait de moi, pour la décoration que j'ai faite ici. Elle nous a coûté trois cents dollars, mais elle a emballé les mères. Et comme, après tout, les clients de ma branche sont amenés par leurs mères...

— Voyons, Castleman, réprimanda le père. Tu vas donner au docteur Brade l'idée que nous ne sommes dans la médecine que pour l'argent!

Castleman ouvrit une porte et fit passer les deux autres devant lui. Des rayons emplis de manuels, de livres et de journaux médicaux reliés couvraient les murs. Il y avait plusieurs sièges extrêmement confortables et une lampe à lire, dans un coin. Les cendriers étaient répartis de façon pratique. Les propriétaires guettaient le regard de l'étranger admis à apprécier leur installation.

— Nous avons arrangé cette pièce pour en faire un compromis entre une salle d'attente, un fumoir et une bibliothèque, expliqua Tyre junior. Et, en outre, pour qu'elle soit d'utilité générale.

Il atteignit une sorte d'armoire basse dans un coin, en souleva le sommet et découvrit un assez joli assortiment de bouteilles. Niché entre elles et la couronne des verres, il y avait un bol plein de glace.

— Nous faisons généralement en sorte de nous réunir vers cette heure-ci pour prendre un verre ensemble, expliqua encore Castleman. Que voulez-vous boire, Brade?

— Scotch et soda, je vous prie.

Le whisky était bon. Brade n'en fut pas surpris. Sans avoir besoin de regarder la bouteille, il savait que seul le meilleur en toutes choses était en usage ici.

Un petit homme gras entra dans la salle en s'épongeant le front. Son crâne entièrement nu brillait de sueur.

— Je vous le dis, Blanton — il explosait littéralement en paroles, tout en gagnant le meuble où il prit un verre — il faut absolument climatiser. Il fait trop chaud ici pour vivre.

— Vous devenez trop gras, Carter, riposta le chirurgien. Je souhaite vous faire connaître le docteur Brade. Brade, voici Carter Hewlett notre associé.

La main grassouillette de Hewlett était moite, comme son visage.

— Enchanté de vous connaître, docteur. Vous passez par ici?

— Le docteur Brade a épousé Carol Grahame, dit Castleman.

— Ah! Mais oui, mais oui! Bien sûr, bien sûr! Cela s'arrose. Buvons à cet événement!

Pendant que les verres se vidaient, il y eut un va-et-vient de conversation médicale : on parla d'opérations et de découvertes nouvelles, d'autres innovations qui étaient peut-être des découvertes ou qui se révélaient comme d'injustifiables prétentions; on mit les collègues sur la sellette tantôt franchement, tantôt par allusions obscures; on émit des opinions sur les vitamines, les hormones et les glandes endocrines. Le nom d'Owen James fut mentionné.

— Ce gars-là va droit aux embêtements, prédit Hewlett.

— C'est un bolchevik médical, assura Castleman.

Le rire de Tyre senior retentit, à la basse :

— Pourquoi le qualifier de « médical »?

Le visiteur se leva. Il n'avait pas l'intention de dépasser le temps de sa bienvenue.

— J'ai passé un fort agréable moment, dit-il.

— Revenez quand il vous plaira, répondit Blanton Tyre. A tout le moins, vous trouverez toujours un verre.

Brade le remercia et résolut mentalement de ne pas revenir avant dix jours, sauf invitation formelle. Avec des profiteurs médicaux tels que ces Tyre, il valait mieux avancer doucement.

En regagnant la sortie, il passa près du bureau où était assise la jeune fille que Tyre avait appelée Kenny, puis miss Mangan. Elle leva les yeux et lui sourit. Il y avait quelque chose de significatif dans ce sourire : Brade n'aurait été aucunement étonné d'apprendre que miss Kenny Mangan en savait long sur ce qui se passait à la clinique Tyre.

Les quelques jours qui suivirent furent employés par Spencer à piloter à travers toute la ville la voiture qu'il avait acquise par mensualités. Il voulait avoir une connaissance générale de son nouveau cadre. Doué d'une puissance aiguë d'observation et d'analyse, il reconstruisit graduellement l'image de la cité industrielle aristocratique, pas aussi mauvaise qu'elle pourrait être, pas aussi bonne certes qu'elle devrait être.

A la périphérie, de larges rues pavées refoulaient la frontière d'argile rouge qui menaçait d'empiéter à nouveau, alors que, une génération plus tôt, l'argile rouge tenait toute la place. Le vent chaud d'été soulevait dans la ville des tourbillons d'une poussière qui ternissait l'éclat des limousines des filatures millionnaires, diagonalement parquées au long du trottoir à côté des tacots boueux venus de l'arrière-pays. Dans les faubourgs les plus récents, de gracieuses demeures étaient isolées, chacune au milieu de son jardin; dans les quartiers résidentiels plus anciens, piliers et colonnes montraient leurs fissures, leur surface décolorée lorsque l'usure due à l'âge et aux fortunes croulantes n'était pas dissimulée sous une peinture fraîche.

Un maigre cours d'eau, qui n'était plus guère qu'un écoulement de vase, séparait du reste de la ville les bas quartiers. C'était un empêchement physique au progrès social, aux changements; c'était une barrière plus inattaquable que n'importe quelle symbolique voie ferrée, et qui séparait les filateurs des ouvriers des filatures, les riches des pauvres, la culture de la paix, de la stabilité et des traditions de la matière brute d'une humanité primitive et des besoins de celle-ci. L'œil de l'explorateur était arrêté par une enseigne faite à la main, peinte à la main et clouée à un arbre squelettique :

SOYEZ LES BIENVENUS
AUX PLAINES
DE L'HELMINTHE

Au-delà s'élevait un grand bâtiment efflanqué, habilement ajusté aux besoins d'un hôpital, signe évident de progrès. Il y avait encore beaucoup à faire pour mettre en état les îlots de petites masures environnants, grouillants de débiles sous-nourris, qui ne grandiraient que pour commencer leur apprentissage à l'épuisant service des filatures. Ce n'était sans doute la faute de personne. Les conditions économiques difficiles avaient pour répercussion et pour conséquence les salaires minimes. Mais quelques-uns de ces taudis étaient vraiment une honte pour la municipalité.

Résumant ses impressions pour son édification personnelle, le nouveau venu conclut que Charlesville était une cité douce à ses élus, calleuse et brutale pour ses non-privilégiés. En d'autres termes, une cité typiquement américaine.

A la fin de son exploration, il fut heureux de rentrer au spacieux domaine qui supprimait pour lui tous les problèmes. Sauf celui de son propre statut dans ce domaine-là.

7

COMME il sortait de sa voiture neuve, Carol lui cria, du jardin :

— Monte t'habiller, Spen. Il y a du monde à dîner.

— Qui ?

— Une sorte d'affaire de famille ! Une demi-douzaine, pas plus. Tu vas être examiné à la loupe, on va chercher la petite bête. Ça t'ennuie ?

— Je me mettrai sur mon trente-et-un conjugal.

Son bain froid le détendit. Il se sentait bien. Il rencontra Carol dans le hall : dans sa légère robe du soir, elle avait l'air d'une radieuse jeune fille. Personne n'aurait cru qu'elle était femme et, qui plus est, enceinte. Baste ! pensa-t-il mélancoliquement, en ce qui me concerne elle n'est rien de tout cela.

— Tu me plais en habit du soir, Spen, dit-elle. Dans la stricte intimité familiale et puisque personne ne nous entend, j'admets que vous n'êtes pas une beauté professionnelle. Mais vous avez vraiment l'air d'être quelqu'un.

— C'est bien le cas, répliqua-t-il légèrement : je suis le mari de Carol Grahame. Et je constate que c'est fort utile.

— Cela te passera. Es-tu prêt à montrer tout ce que tu sais faire? La Grande Inquisition est dans nos murs.

— La formidable cousine?

— Elle-même. Cousine Carrie Carskaddan. Elle est à moitié du Nord, mais à part cela il n'y a rien à lui reprocher, sauf son caractère.

Un homme, qui devait avoir de trente-cinq à quarante ans, gravissait l'escalier. Il était de taille moyenne, avec la découpure et le pas agile d'un sportif. Son visage aux traits rudes, las et marqué, s'éclairait de deux yeux gris profondément enfoncés, d'une clarté singulière. Le menton maigre et les pommettes hautes proclamaient une âme ferme, mais la bouche mobile et sensible disait à la fois l'humour et la tolérance. En aucune façon le « jeteur de psaumes » professionnel que faisait prévoir la description sommaire et approximative écrite par Carol.

Il s'excusait :

— Navré de n'avoir pu m'habiller, Carol. Pas eu le temps. Je quitte à peine la clinique.

— Tu n'as jamais le temps, répondit-elle. Owen, voici Spen.

Les deux hommes se serrèrent la main.

— Où est tante Candy? s'informa le nouvel arrivant.

— Dehors, au jardin, avec le dragon familial.

Owen James sourit. S'adressant au mari :

— Avez-vous été prévenu à son sujet? demanda-t-il.

— Pas autant peut-être qu'il l'aurait fallu.

— Je n'ai pas dit qu'elle est une malicieuse vieille chipie, précisa Carol.

— Elle t'a toujours aimée, dit Owen James.

« Et toi aussi », pensa Spencer, subitement impressionné par quelque chose de sombre, de renfermé, qui se trahissait dans la façon de parler de l'autre.

— Oui, je crois que c'est vrai, constata Carol. Encore qu'elle se refuserait toujours à l'admettre. Elle est vraiment un chic vieux cœur, quand on la comprend.

— « Vieux », jusqu'à quel point? intercala Owen

James. Personne n'en sait rien et elle n'en veut rien dire. Je pencherais pour quatre-vingts et quelques... Elle vit littéralement au temps des cabriolets et des chevaux. Ne veut pas acheter d'auto et n'admet pas qu'il en vienne une chez elle. Les appelle des chars puants du diable. Se balade à travers la ville dans un coupé à deux chevaux bais presque aussi vieux qu'elle et arrête la circulation dans Main Street aussi sûrement qu'une parade d'anciens combattants.

— Toute la police la redoute, souligna Carol en riant. Continue Owen.

— Elle a deux passions dévorantes : diriger la vie des autres à leur place et être une vamp amateur.

— A quatre-vingts ans?

La voix de Spen marquait l'incrédulité.

— Oh! pas vamp de cinéma! C'est un vieux nom pour désigner les pompiers volontaires. Elle est la plus vieille en vie. Elle porte l'écusson et a fait installer une sirène et un système d'alerte dans sa maison. De nuit comme de jour, elle répond à chaque signal d'alarme.

— Et elle n'aime pas les médecins, ajouta Carol. Un chirurgien d'Atlanta lui a présenté un jour une note d'honoraires de dix mille dollars pour l'avoir amputée d'un orteil infecté, et, quand il a reçu la lettre qu'elle lui avait écrite à ce sujet, il a répondu, exprimant ses regrets que ce n'eût pas été plutôt la tête.

De l'autre côté de la haie, une voix haute et claire déclara :

— Honteux. Voilà ce que j'en pense. Honteux, sournois et suspect. Epouser un homme de qui elle n'avait jamais entendu parler jusqu'à... Ne vous permettez pas de *me* dire chut, Candace Grahame!

— C'est toi, Spen, dit Carol, les yeux pleins de rire.

— On dirait plutôt que c'est toi, rétorqua-t-il. Tu es le personnage honteux, sournois et scandaleux. Je suis celui qu'on n'a jamais vu et de qui on n'a jamais entendu parler. Cousine Carrie a des choses à apprendre.

— Vous ne l'en convaincrez jamais, dit Owen James.

A travers l'ouverture de la haie passa, escortée par tante Candace, une antique et royale silhouette, en noir de cérémonie; grande, anguleuse, et si droite que dans sa main la canne à pommeau d'or avait plutôt l'allure d'un bâton de tambour-major que d'un bâton de vieillesse. Le long cou paraissait plus long, à cause du haut col blanc baleiné qui l'encerclait. La tête était petite et les traits sculptés à arêtes vives comme un marbre fortement veiné. Un petit pince-nez très élégant était perché tout en haut du nez hautain. L'apparition frappa un buisson d'un coup de canne.

— Besoin d'être taillé, remarqua-t-elle. Que font donc vos paresseux de nègres pour les gages que vous leur payez, Candy?

— Ne t'avais-je pas dit que c'était un dragon? murmura Carol.

— Saint Georges veille sur la joyeuse Angleterre, souffla tout doucement Spen.

Et il s'avança à la rencontre de l'ennemi suivi par les deux autres à distance respectueuse.

— Comment allez-vous, cousine Carrie? dit-il courtoisement.

Cousine Carrie l'examina de haut en bas, comme s'il était quelque animal offert à son inspection et peut-être à son acquisition.

— Et vous qui êtes-vous, monsieur?

— Spencer Brade, fit tante Candace. Vous savez. Le mari de Carol.

— Ohohoh!... (La voix montait, suggérant un dédain croissant.) Vous êtes le mystérieux jeune docteur. Je considère les docteurs comme moins que rien. D'avides filous.

— Il faut bien vivre, murmura Spencer, qui s'amusait plutôt.

Elle admit :

— Du moins, vous avez l'air d'un monsieur.

— Et que supposiez-vous qu'épouserait un membre de votre famille? s'informa-t-il avec grâce.

Elle précisa :

— Encore qu'on ne puisse rien affirmer d'après les apparences. Je suppose que ce n'est pas un inconvénient pour vous que Carol soit riche?

— En aucune façon. C'est plutôt un avantage ne pensez-vous pas? demanda-t-il, nonchalant.

— Mmph! souffla farouchement la vieille dame. Eh bien! il ne faut pas vous attendre à mettre la main sur *mon* argent par votre mariage.

Une expression peinée effaça l'aimable sourire du jeune homme.

— Que n'ai-je été averti? protesta-t-il. Maintenant il est trop tard, j'imagine.

— Alors!... s'exclama cousine Carrie, effarée. Elle revint à la charge.

— Et quelle espèce de docteur pouvez-vous bien être?

— Une très bonne espèce, madame. Vous plairait-il de voir mes diplômes et certificats?

— Ne soyez pas impertinent. Quelle est votre spécialité?

— Chirurgie gynécologique. Je suis gynécologue.

Elle le considéra d'un œil défavorable.

— Gynécologue? grogna-t-elle avec mépris. C'est-à-dire quoi, en anglais?

— Eh bien! mettons, si vous voulez, une sorte de tailleur pour dames, expliqua-t-il d'une voix paresseuse.

— Hein? Quoi? Un tail... Haw-haw-haw-*haw*! Elle frappait le sol de sa canne, se tordant au jeu de mots pourtant bien usagé.

— Tchek-tchek-tchek! Un tail... Vous êtes un jeune insolent vulgaire et prétentieux. Candace, placez cette créature à côté de moi à table. Je veux savoir jusqu'où il ira!

Carol et Owen rentrèrent aux côtés de Spen.

— Vous êtes prompt sur vos pieds, Brade, fit Owen en riant.

— Je pense que cela ne me sera pas inutile dans cette famille, répondit Spen, coulant vers sa femme un regard en coin. Beaucoup d'autres comme elle, Carol?

— Non. Les trois invités sont inoffensifs. Ils ne te gêneront pas du tout. Tu t'en tires magnifiquement, Spen.

Durant tout le repas, Spen se tint moralement sur la pointe des pieds, éludant, arrêtant, et à l'occasion, contrant le déluge de questions et d'insinuations de la cousine Carrie. Quand on servit le café, elle conclut :

— Au moins, maintenant, je sais pourquoi Carol vous a épousé !

Ce choc imprévu lui causa un fou rire nerveux. Offensée, la vieille dame le foudroya du regard.

— C'était un compliment, jeune homme, si vous l'aviez compris.

— Un compliment hautement apprécié, cousine Carrie, assura-t-il en s'inclinant.

Partiellement apaisée seulement, elle renifla.

— Vous avez eu l'air de voir une blague là-dedans. Peut-être vous expliquerez-vous plus tard.

« Et si j'expliquais, pensa-t-il, quel tumulte dans ce paisible intérieur ! »

Lorsque les dames se furent retirées, Owen James vint s'asseoir près de lui. Spen dit :

— Si je comprends bien, vous avez ici une sorte de clinique?

— Une sorte, oui. Venez la visiter.

— Ce doit être le bâtiment que j'ai vu l'autre jour, tandis que je parcourais les plaines de l'Helminthe...

— C'est ce que nous avons pu faire de mieux. Les inspecteurs de la brigade d'incendie sont continuellement à nous menacer de fermeture.

— Ce n'est guère un centre pour la clientèle particulière, n'est-ce pas?

— Je n'ai pas le temps de faire de la clientèle particulière. L'autre m'occupe trop.

— Le travail charitable est parfait, en proportion modérée, dit Spen. Mais je considère que la médecine me doit un revenu décent pour ce que je sais et ce que je fais.

— Certainement. Je comprends ce point de vue encore que je ne m'y rallie pas. Je crois qu'originellement je suis homme d'Église et que la pratique médicale ne m'est rien de plus qu'un moyen d'approche. Mon point de vue personnel est qu'en aidant les gens à résoudre leurs problèmes de maux et de santé je puis les mettre sur la bonne voie et les aider à guérir leurs âmes. (Il sourit.) Peut-être ne croyez-vous pas aux âmes?

— J'ai bien assez de mal avec leurs corps, dit Spen.

— Ces gens des filatures ont assez de mal à garder les âmes et les corps réunis, et on ne les y aide guère. Nous rencontrons parfois d'intéressants problèmes chirurgicaux, ajouta Owen d'une voix insinuante.

— Qui fait votre chirurgie?

Owen James fronça les sourcils.

— J'en fais plus que je ne devrais. Ce n'est pas mon métier. A propos, il me vient un jeune homme qui était à l'école de médecine avec vous — Félix Bernitz.

— Bernitz? Bien sûr! Mais ce n'est pas un chirurgien. C'est un psychologue. Où l'avez-vous connu?

Avant que son interlocuteur pût répondre, les autres convives s'approchèrent d'eux et la conversation devint générale.

Quand les hommes parurent au salon, Carol isola Owen James.

— Comment cela a-t-il marché? Je veux dire au sujet de la clinique?

Il hésita avant de répondre :

— Je doute que la chose l'intéresse.

— Pourquoi pas?

— Il est très ambitieux. Comme il peut l'être, naturellement. Je ne saurais l'en blâmer. Il exige de la médecine qu'elle couvre largement ses frais. Il me semble que la clinique Tyre lui conviendrait mieux.

Il ne jugea pas qu'il fût nécessaire ou même utile de lui apprendre que des échos de la diatribe de Spencer Brade au docteur Powers, au cours de laquelle il avait proclamé sa foi cynique en la chirurgie des poches, avaient atteint Charlesville par une lettre d'un membre de Lakeview.

— Tu ne penses pas grand bien de la clinique Tyre?

— Elle réussit parfaitement.

— Joues-tu au plus fin avec moi, cher Owen?

— Après tout, c'est ton mari.

— Parce qu'il est mon mari, sa place serait làbas, à t'aider, répondit-elle avec conviction.

Il eut un sourire assez désolé.

— Vas-tu le sacrifier à la tradition familiale?

— Oh! le sacrifier! s'exclama-t-elle avec impatience. Owen, le prendrais-tu avec toi, s'il offrait de t'aider?

— Je... ne... sais... pas...

— Il n'est pas assez bon?

Sa voix avait le ton de l'incrédulité.

— Techniquement, je suis absolument sûr qu'il est très bon. Mais je ne suis pas certain qu'il s'adapterait... Différence de théories...

Minuit avait sonné avant que la cousine Carrie Carskaddan, toujours la dernière à s'en aller, prît majestueusement son départ. Carol dit à son mari :

— Marchons quelques minutes. Il fait si beau et si délicieusement frais. (Ils flanèrent le long de l'allée sinueuse.) L'épreuve a-t-elle été dure?

— Non. Ils ont tous été bien gentils avec moi. J'aime la vieille dragonne.

— Elle est folle de toi. Spen, est-ce que mon état se remarque?

— Pas le moins du monde. Tu es ravissante.

Elle lui adressa une révérence.

— Je me sens parfaitement bien. Ne dit-on pas que c'est mauvais signe?

— Superstition de sage-femme.

— Tante Candy me regarde si bizarrement parfois. Je me demande si elle a des soupçons?

— Une jeune mariée doit s'attendre à ces soupçons. Si tu lui disais?

— Je ne sais vraiment pas pourquoi je ne lui ai rien dit. Un reste de honte, je suppose.

— De honte? Ça, c'est absurde.

— Mais la situation est si absurde! (Elle s'énervait.) Toi et moi — et le bébé qui vient. Et Tony sorti de ma vie.

— Voudriez-vous qu'il y rentre?

— Pas un seul instant!

Il fut content de constater qu'aucun regret ne demeurait en elle. Après un moment de silence, il dit :

— Ta tante Candace ne te regarde pas plus bizarrement qu'elle ne me regarde, moi.

— Non, c'est vrai. Je l'ai remarqué aussi. Mais je vais t'expliquer pourquoi : elle n'approuve pas nos chambres séparées.

— Moi non plus !

Elle leva sur lui un regard effaré, puis détourna les yeux.

— Que penses-tu d'Owen James?

— Il faut que j'y prenne garde ou je me mettrai à aimer ce gars !

— Et pourquoi donc pas? Je souhaite que tu l'aimes.

— Il t'aime. Il ne peut ni regarder ni parler sans que cela transparaisse.

— Pauvre Owen ! dit-elle doucement. Je n'aurais jamais pu vivre à sa hauteur.

— Pourquoi le traite-t-on de bolchevik?

— Pas de danger qu'ils y manquent ! Il a essayé d'obtenir un renouvellement complet des conditions d'habitation dans les quartiers des filatures, alléguant qu'ils sont une menace pour la santé publique.

— Pas sur les terrains Grahame?

— Non. Nous nous occupons de nos gens. Mais quelques-uns de nos amis, qui sont aussi amis et parents des Tyre, sont de mauvais propriétaires. Bien entendu, ils traitent Owen de « rouge » parce qu'il met leurs profits en péril. C'est considéré comme de très mauvais goût, à propos, de parler de cela quand on dîne en ville.

Spen dit méditativement :

— James ne peut-il faire assez de bien par sa clinique sans bousculer l'économie d'autrui?

— Il pense que non.

— J'imagine qu'il n'a pas dû réussir brillamment auprès de la clientèle privée?

Carol rit.

— Il avait tout ce qu'il faut pour devenir un grand spécialiste. La moitié de ses patientes étaient amoureuses de lui. Le pauvre garçon devenait fou d'exaspération.

— Et toi?

— Moi? Non. (Une ombre passa sur le beau visage qu'éclairait la lune.) J'aurais voulu pouvoir l'aimer; que de tracas je me serais épargnés ! Tante Candace a toujours souhaité que je l'épouse.

— Quelle agréable information pour un jeune mari !

Elle ne répondit pas à son badinage.

— Je voudrais que tu puisses l'aider dans sa clinique.

— Pour que les gens bien se détournent de moi? Cette perspective me terrifie.

— Je ne crois pas que quoi que ce soit te terrifie, Spen.

— J'admets que je ne suis pas spécialement timide, mais je suis diplomate. Même ainsi, je pourrais peut-être trouver là-bas quelque chose qui m'intéresse.

— J'en suis sûre!

Carol étira ses bras, bâilla sans vergogne.

— Oh! que j'ai sommeil! Je monte. Bonne nuit.

— Bonne nuit, répondit-il. Je vais fumer encore.

En entrant dans la maison, il but aussi encore. Puis, parce qu'il était agité et nerveux, il rebut encore. Un grand verre. Sec et fort. Quand il entra dans sa chambre, aucune lumière ne filtrait sous la porte de communication. Il tenta doucement de la pousser. Comme il s'y attendait, le verrou de l'autre côté, était mis. Il heurta légèrement la porte. Pas de réponse, mais il lui sembla entendre un léger mouvement dans la pièce. Il renouvela sa tentative.

— Carol, appela-t-il.

— Oui? Qu'est-ce que c'est? Que voulez-vous?

La voix était surprise et froide.

— Rien, dit-il. Excusez-moi.

Il se détourna. Une houle de rage le bouleversa. Elle fut suivie par le souvenir du joli visage impudent de Kenny Mangan et de ses yeux levés et provocants.

8

LA nomination du docteur Spencer Brade au service gynécologique de l'hôpital municipal ne tarda guère, grâce à l'influence de Blanton Tyre. Comme la plupart des membres de l'équipe prenaient des vacances d'été, Brade se trouva bientôt faire double et triple besogne parmi les malades assistés. Ça ne le gênait pas, les visites à son propre cabinet étant peu nombreuses encore. Et, pendant ce temps, il accueillait avec satisfaction la chance de montrer à ses collègues combien il était à la hauteur. Il considérait tout cela comme un placement, l'accroissement durement acquis de son expérience et, plus lent à venir, celui de sa réputation. Quelqu'un payerait plus tard. De cette manière, il réconciliait son activité présente avec sa foi dans la chirurgie des poches.

Malgré son amère détermination de faire tourner toute chose à son profit éventuel, il ne pouvait demeurer complètement insensible aux perpétuelles tragédies des cliniques gratuites et des dispensaires : les longues files d'humanités suantes, honteuses, effrayées, attendant la piqûre qui jugulerait et peut-être guérirait leur syphilis; les corps torturés du service orthopédique traînant des membres difformes; les blêmes victimes sous-nourries exhibant des mains et des bras que rendaient écailleux les lésions de la pellagre due à un régime de pain de maïs, de graisse et de mélasse, un régime où ne figuraient aucune des vitamines si nécessaires à la vie.

Il ne pouvait pas davantage fermer son esprit aux fautes économiques, aux erreurs profondes d'un système que laissait une considérable partie de la population affamée, mal rétribuée, hors d'état de payer pour les soins médicaux convenables ou les remèdes idoines, ou même d'acheter les aliments nécessaires pour éviter les maladies de déficience, victimes impuissantes des affections nerveuses, des souffrances de la polynévrite par manque de vitamines B, des jambes arquées, du gros ventre, du bassin déformé, par manque de vitamine D. Le matin de juin où il était arrivé à Charlesville, tandis que le train dominait des faubourgs misérables, il avait lu, étalés sous ses yeux, tous les faits relatifs aux vies sordides grouillant dans ces quartiers surpeuplés, à la crasse, formidable agent de contagion, répandant au plus vite tous les maux de l'une à l'autre de ces petites maisons ouvrières. Il lisait à présent la même leçon sur les visages des humains issus de ces demeures, des gens qui vivaient courbés sur les machines à filer, qui surveillaient l'incessant va-et-vient des navettes tandis que se croisaient les fils, que se tissait le drap, des êtres qui s'essoufflaient, suaient et souffraient à la poursuite d'un minimum vital qu'ils semblaient ne jamais pouvoir atteindre.

Il y avait des compensations. L'amour de son métier était ancré en Spencer Brade au plus profond de ses fibres. A quelque catégorie d'intérêt qu'il choisît de s'assigner, il avait conscience de la satisfaction désintéressée qui est celle du travailleur dont la tâche est la plus haute entre les tâches humaines. Lutter pour une vie d'homme durant des heures où chaque minute marquait une crise; remettre en état de marche le mécanisme d'un corps délabré, — c'étaient là des résultats qui défiaient ses meilleures tentatives pour les ajuster à l'étalon du dollar.

Passant certain après-midi par le hall, il aperçut un visage basané, aux perçants yeux noirs, au nez caractéristique. De quelque façon, ce visage entrevu s'allia dans on esprit au souvenir d'Owen James. Bien sûr ! James lui avait parlé de Félix Bernitz, Bernitz, qui avait été son camarade à l'école de médecine, qui avait continué des études presque aussi poussées que les siennes propres, et puis avait disparu sans garder de contact. Depuis cinq ans, ils ne s'étaient pas rencontrés.

— Hé, Bernie !

— Hé ! Quoi ? Oh ! Spen Brade. Cela me fait plaisir de vous voir. J'avais appris que vous étiez ici.

— Je ne savais pas vous y trouver. Owen James avait commencé à me le dire, je crois.

— Oui, je travaille avec lui. Mais j'ai été absent pendant trois mois, j'ai suivi des cours spéciaux. Sans quoi je me serais déjà arrangé pour vous voir.

— Quelle est votre spécialité ?

— Neurologie et psychiatrie.

Le visage de Spen exprima lisiblement le dégoût.

— Qu'êtes-vous allé chercher là ! J'aime mieux un anthrax au bras qu'un névropathe sur les bras !

— Il faut bien que quelqu'un s'en occupe, fit remarquer Bernitz. Et le praticien moyen ne sait généralement pas reconnaître un trouble nerveux ou mental avant que ce soit devenu une maladie, et alors il est souvent trop tard.

« C'est la damnable tragédie des cas mentaux. Si les médecins voulaient apprendre à connaître ces signes avertisseurs et passer leurs malades à un psychiatre, il y aurait moins de fous dans les asiles.

— Là, vous tenez quelque chose, Bernie ! C'est bien ce que j'ai dit. La plupart d'entre nous aimeraient mieux avoir un anthrax. Nous ne voulons pas être encombrés des problèmes de l'hypocondriaque ou du névropathe. Nous leur donnons un remède ou l'autre et nous les renvoyons à leurs affaires. Ou bien nous les opérons inutilement, ce qui aggrave leur cas.

Bernitz sourit largement.

— Voilà bien la première fois que j'entends un chirurgien admettre ça, dit-il. Vous vous relâchez ! C'est ce qu'il y a de pire pour les neurasthéniques de tout poil, le fait qu'il se trouve toujours quelque chirurgien sans conscience prêt à les opérer. Donnez-moi une patiente qui a subi trois ou quatre opérations, et je vous garantis que plus personne ne pourra la guérir. Et neuf fois sur dix l'opération est parfaitement inutile.

— Que voulez-vous? Nous autres chirurgiens devons bien vivre. Parlez-moi de vous Bernie? Où êtes-vous allé en quittant Baltimore? Comment avez-vous atterri ici?

— C'est une longue histoire, dit l'autre. Je suis allé à l'Institut psycho-pathologique de New York, où j'ai fait deux ans de psychologie et de neurologie. Ensuite, j'ai travaillé là-bas à la clinique de malades externes. C'est là que j'ai rencontré Owen James. Il n'est pas mal plus âgé que moi, mais nous sommes devenus des amis. Il vous fait faire tout ce qu'il veut.

— Pas à moi! riposta vigoureusement Spen.

— Vous aimeriez sa boutique pourtant. J'y travaille chaque fois que j'en ai l'occasion. C'est une manière de clinique à base de relations humaines, expliqua Bernitz. Nous essayons de débrouiller les problèmes des gens à leur place, afin qu'avec un peu d'aide ils puissent, eux, se débrouiller dans la vie.

— Je pensais que les services d'un psychanalyste n'étaient à la disposition que des gens riches. Ne me dites pas que vous les offrez aux ouvriers des filatures?

— C'est exactement ce que nous essayons de faire. Mais nous ne réussissons pas toujours. Il est bien difficile d'ajuster un patient à son entourage, si cet entourage ne lui procure pas de quoi manger.

— J'ai toujours pensé, dit méditativement Spen, que nous devrions avoir quelques psychiatres vraiment sincères, que nous puissions appeler en consultation. Nous rencontrons tous des cas qui pourraient leur être confiés. Un spécialiste des maladies mentales ne peut pas s'en tirer de façon satisfaisante.

— Il faut compter avec la sensibilité des gens. Ils ne reconnaissent pas volontiers qu'ils consultent un psychiatre. Ils sentent qu'une sorte de honte s'y attache, et nous ne pouvons guère les en blâmer. Vous savez combien on évite ceux qui souffrent de maladies mentales.

— Nous-mêmes, les médecins, ne valons guère mieux, admit Spen. Pour ma part, je me sens perdu lorsque j'ai affaire à une malade qui n'est pas tout à fait équilibrée. Je ne puis pas me permettre de prendre le temps nécessaire à débrouiller le problème pour tâcher de découvrir le conflit intérieur. La moitié des cas que nous avons, nous autres gynécologues, sont des femmes qui ne sont pas physiquement compatibles avec leurs maris. Rien, ou presque, de ce que l'on peut faire pour elles n'aura d'utilité si on ne peut prendre le mal par la base.

— C'est ce que j'essaye de faire à la clinique. Si je puis obtenir des résultats parmi les pauvres gens, j'essayerai sans doute d'installer une clinique pour les classes moyennes et supérieures.

— Là vous êtes dans la bonne voie, approuva l'autre. Cela doit pouvoir rapporter. Voyez les honoraires que réclament, à New York, les charlatans qui la font au psychanalyste pour raconter aux femmes ce que signifient leurs rêves et qu'elles sont incomprises par leurs maris.

Bernitz rit.

— Toujours le même, vieux Brade! Toujours disposé à dire des blagues à propos de la médecine et de l'argent.

— Cette fois-ci je le pense! Je suis parti pour en ramasser, du bon, du dur, du brillant, Bernie.

— Quelle blague!

— Bon, ça va. Venez un de ces jours visiter mon élégante installation climatisée. L'image même d'une trappe à gogos. Cela vous convaincra.

Bernitz secoua la tête.

— Je ne vous vois vraiment pas « tourner commercial »! Quoi! vous étiez, à l'école, le plus idéaliste et la plus belle poire de nous tous.

— Et si nous parlions de vous, qui passiez en douce de petits prêts aux mouisards de la classe et qui achetiez des cornets glacés pour les gosses de la salle d'orthopédie, hein?

— La différence, expliqua Bernitz, c'est que personne ne s'attend à ce qu'un Juif soit généreux. Vous trouverez quantité de docteurs dans cette ville, actuellement, qui vous diront que je travaille avec Owen James pour la publicité que cela me rapporte.

— On ne vous fait pas grief de votre race ici, n'est-ce pas?

— N'est-ce pas? répéta l'autre avec un rire bref. A un tel point que j'ai eu un mal du diable à obtenir mes entrées dans les hôpitaux. Quand à l'hôpital municipal, ils ne veulent pas m'admettre dans l'équipe.

— Ils ont peur de vous. Vous êtes un type trop bien. Et un Juif qui ne tient pas à l'argent est toujours suspect. Mais vous y tenez, non?

Bernitz eut un large sourire.

— Bien sûr, j'aime l'argent. Et mon père l'a aimé avant moi. Ce qui fait que j'ai de quoi naviguer à l'aise. Voyez-vous, Spen, je respecte un homme d'affaires ou un homme de loi qui court après les dollars. Après chaque dollar. Et le rattrape. C'est là la mesure même de son succès. Un médecin, c'est différent. Le gibier est plus gros! Le jeu est plus grand!

— Il n'y a pas de plus gros gibier que le succès, rétorqua Spen. Pas de plus grand jeu que la réussite! (Mais il avait pleine conscience d'un malaise intérieur, d'une vive exaspération.) Je vous téléphonerai un de ces jours pour que nous déjeunions ensemble. C'est épatant de vous voir ici, dit-il en serrant la main de Bernitz.

Mais pourquoi ne pas l'avoir invité directement à dîner? Bien sûr, il savait pourquoi. Ça l'ennuyait encore davantage parce qu'il en avait honte.

Plusieurs jours plus tard, Brade, descendant en fin de journée dans le hall de l'immeuble des Arts médicaux, le trouva encombré de gens qui attendaient la fin d'une soudaine ondée. Près de l'entrée du drug-store, il aperçut Castleman Tyre penché vers sa secrétaire Kenny Mangan pour ce qui semblait une conversation sérieuse.

« Ça ne me dit pas grand-chose de bon », pensa-t-il. Il remonta pour prendre son manteau et son parapluie. Quand il revint, la jeune fille, seule pour l'instant, regardait l'averse d'un œil navré. Il alla vers elle.

— C'est bien le jour que je devais choisir pour étrenner mon nouveau chapeau, dit-elle. Douze dollars quatre-vingt-sept, en solde!

— Où désirez-vous aller? s'enquit Spencer.

— Chez moi. Emboro. Mon autobus est à deux blocs d'ici, deux longs blocs mouillés !

— Mon bus est dans le parc, répondit-il. Je serai enchanté de vous reconduire.

Elle hésita, puis répondit énigmatiquement :

— Bon. Merci. Seulement, il nous faut faire vite. Vous êtes vraiment bien aimable, ajouta-t-elle avec gratitude.

Une minute plus tard, elle était assise à côté de lui. A peine avaient-ils quitté la grande artère que l'averse devenait tempête. Les nuages crevaient, lâchant des rideaux de pluie. A deux reprises, ils évitèrent de justesse une collision avec des voitures qui roulaient à l'aveuglette, sans lumières.

— Mauvais ça, fit Brade. Etes-vous particulièrement pressée de rentrer?

— Pas particulièrement.

— Alors nous allons nous mettre à l'ancre.

— D'accord, répondit-elle, paisible.

Il dégagea la voiture, la gara dans un ruisseau qui débordait et bloqua le frein. Sa passagère alluma le plafonnier.

— Cela ne vous dérange pas?

Spen lui sourit :

— Mesure de protection?

— Non. Je veux me remettre en ordre. Ce vent m'a mis le chapeau sur l'œil.

Elle fit glisser le miroir et s'arrangea.

— Fichtre! Quel déluge! s'exclama-t-elle, comme la voiture tressaillait sous le choc de l'eau.

— Si vous n'êtes pas pressée, s'informa-t-il pourquoi m'avez-vous demandé de faire vite, tout à l'heure, dans le hall?

— Fatty allait revenir.

— Fatty?

— Docteur Tyre Junior. Mon respecté patron. Il était parti chercher sa voiture pour me reconduire.

— Et vous n'y teniez pas?

— Qu'est-ce que *vous* en pensez?

— Qu'y a-t-il à reprocher à Tyre?

— Oh ! rien, sans doute...

Elle ajouta ironiquement :

— Je ne suis pas de celles que l'on appelle en faisant sonner la caisse enregistreuse.

— Je vois, fit Spen, amusé.

— Bon. Eh bien ! oubliez-le. Je parle trop.

Ce n'est pas pour rien, pensa Spen, qu'elle a ce nez impertinent et ce ferme petit menton. Comme elle bavardait, il sentait en elle une certaine malice rusée, unie à de la générosité. Une petite personne tout à fait sympathique.

La tempête apaisait sa furie.

— Allons-y, suggéra Kenny.

Des branches et des feuilles, projetées dans les rues, ralentissaient leur avance. Subitement, la jeune fille questionna :

— Est-ce que vous allez venir chez nous?

— Nous? répéta-t-il surpris. Qui?

— La clinique Tyre.

— Oh ! On ne me l'a pas demandé.

— On va le faire.

Il sentit un élan de joie dans tous ses nerfs.

— Vous paraissez joliment bien informée.

— Vous seriez surpris de toutes le choses qu'entend une secrétaire.

— Et de celles qu'elle répète?

Miss Mangan se réprimanda elle-même :

— Et voilà un soufflet en pleine figure, Kenny ! Bien fait pour toi !

Spen était contrit et navré.

— Je regrette, dit-il, c'était moche de ma part ! Mais je ne comprends tout de même pas pourquoi vous me dites cela.

— Histoire de rétablir la balance. Vous avez été chic de m'emmener.

— Quelle fichaise ! N'importe qui en aurait fait autant.

— Sans doute. Et n'importe qui aurait essayé de peloter la demoiselle.

— Peut-être ai-je des réactions lentes, suggéra-t-il, amusé de sa franchise.

Elle le regarda, réfléchissant avec sérieux.

— Non, je ne crois pas que ce soit cela. Je pense que vous êtes trop droit pour attendre une compensation immédiate aux services que vous rendez.

C'est une chose qu'une jeune fille apprécie. Une chose inhabituelle.

— Soit. Vous tenez cependant à donner une compensation, une autre compensation, souligna-t-il.

— Pourquoi pas? Mais je vous ai dit que je parle trop. Pas à n'importe quel Jean, Pierre ou Paul, toutefois.

Moins intéressé par elle que par ce qu'elle avait dit de ses chances à lui, il demanda :

— Etes-vous certaine de ce que vous m'avez dit au sujet de la clinique?

— Et pour quelle autre raison le vieux Tyre vous aurait-il fait inscrire à l'état-major de l'hôpital municipal? rétorqua-t-elle en levant haut les sourcils.

— Oh ! par bonté de cœur envers un jeune collègue qui démarre.

— Par bonté de *quoi*? Blanton Tyre? Quelqu'un vous a gavé de soupe froide, ça vous alourdit.

— Pourquoi a-t-il pris cette peine, alors?

— Pour vous tenir par la reconnaissance. Ils sont au courant de tout ce que vous faites.

— Puisque vous connaissez si bien la situation reprit-il légèrement, quel serait votre avis au cas où ils me prieraient de venir?

— Quel est votre point de vue? (Elle parlait avec gravité) Pourquoi êtes-vous dans le jeu?

— Pour l'argent. Tout ce que je puis légitimement gagner, j'entends le prendre.

— Alors venez, dit-elle. L'eau est bonne.

Ils avaient maintenant atteint le faubourg.

— La maison meublée, ici, au coin. J'y partage un appartement avec une amie, une infirmière.

Il biaisa vers le trottoir, et, quand il s'arrêta, elle ne descendit pas tout de suite, mais demeura un instant les yeux perdus dans le vide.

— Qu'est-ce qui vous tracasse?

— Vous avez dit que je parle trop.

— Je vous fais mes excuses.

— Ce n'est pas à cela que je pense. Si jamais un mot de tout ceci revient aux oreilles du patron, je suis sur le sable.

— Vous pouvez être entièrement rassurée sur ce point, affirma-t-il.

Elle ouvrit la portière.

— Merci. Vous êtes bon. Il y a une raison pour laquelle j'aimerais autant que vous n'entriez pas chez nous.

— A savoir?

— Vous ne pourriez pas me reconduire au cas d'une nouvelle tempête. Comme vous seriez mon patron, ce serait manquer aux règles. Pas vrai? Bonne nuit.

Son rire, doux et léger, demeura suspendu dans l'air pendant un fraction de minute avant que le vent furieux s'en emparât et l'engloutît dans l'ouragan.

9

CAROL avait donné le ton de leur association avec le maximum de tact et le minimum de friction ; elle avait instauré entre eux une camaraderie légère, facile, parfois taquine, qui jouait parfaitement l'affection conjugale lorsque tante Candace ou quelqu'un d'autre était présent. Cela ressemblait assez à une solide amitié entre deux hommes d'une même famille. L'ennui résidait dans ceci que Carol n'était pas un homme, mais une femme, et fort désirable par surcroît.

S'en rendait-elle compte, et de tout ce qui en découlait? Parfois, il en doutait avec colère.

Ce qu'il obtint jamais qui ressemblât le plus à un réponse fut cette petite phrase souriante :

— Je trouve que nous faisons très bien comme nouveaux mariés, Spen. Nous pouvons être considérés comme le couple modèle.

Après un dîner au *Country Club*, où s'étaient trouvés réunis des couples plutôt bizarrement assortis, Carol, pendant le trajet de retour, s'était amusée à analyser, non sans malice les divers ménages : l'épouse brouillonne et maniérée, le mari autoritaire, le couple exagérément effusif, les joyeux bagarreurs, les deux qui marchaient d'un excellent accord par des voies séparées.

— Quel genre d'épouse aimerais-tu que je sois, Spen? demanda-t-elle d'un ton badin.

Ils venaient d'entrer dans le vestibule de leur demeure. Il s'arrêta et la regarda dans les yeux pour donner aux mots tout leur sens :

— Que dirais-tu si je te répondais : « une épouse-cent-pour-cent »?

— Ce n'est pas ce que je voulais dire.

Sa voix était changée, glaciale.

— C'est ce que je veux dire.

Elle répéta, avec, cette fois, une nuance de charmante impatience :

— Oh! Spen, je trouve que nous faisons très bien comme nous sommes.

— Moi pas! dit-il audacieusement. C'est peut-être parfait pour toi de jouer le rôle d'épouse virginale, mais moi? Mon rôle à moi?

Elle rougit :

— Veux-tu dire que c'est injuste?

— Je dis que c'est absurde et humiliant. Des portes verrouillées!...

— Je n'ai jamais entendu t'imposer aucune restriction, dit-elle avec effort. Si tu sens que... si tu désires... si...

— Ce que je désire, c'est toi.

— Tu as trop bu, Spen.

— Tu crois que c'est l'alcool qui parle? dit-il rudement. Tu te trompes. Au cas où cela t'intéresserait de le savoir, je te dirai que je pense ainsi, que j'éprouve cela, depuis le jour où tu es venue m'attendre à l'arrivée du train. (Son calme l'abandonna.) Si j'étais la moitié d'un homme, j'enfoncerais cette porte et l'enverrais au diable!

— Et notre accord? fit-elle, acerbe.

Il pâlit de fureur.

— C'est vrai! Evidemment. Sois un bon petit garçon ou bien on te coupera les vivres.

— Tu sais que telle n'est pas ma façon de penser.

— Je ne sais ce que tu pourrais penser d'autre. Merci de me l'avoir rappelé. Après cela, tu n'as plus besoin de verrou. Tu es à l'abri de toute intrusion.

— Tu n'as pas besoin d'être amer pour autant!

— Parfaitement juste. Je pense que je vais retourner au club et prendre un verre ou deux.

— Veux-tu que j'aille chercher ce qu'il te plaira?

— Non, merci. Vraiment non. Cela pourrait me porter à quelque indiscrétion. Bonne nuit.

Il reprit sa voiture et retourna au *Country Club*. Après deux verres, il regarda sa montre. Pas encore onze heures. Il entra dans une cabine téléphonique et demanda un numéro. Une voix qu'il ne connaissait pas lui répondit :

— Miss Mangan? Non. Mais elle n'est pas loin, la voici. Ken! Kenny! On te demande à l'appareil.

— Hello! dit-il. Ici docteur Brade, Spencer Brade.

— Oh! répondit Kenny Mangan, de sa voix fraîche qui donnait toujours l'impression d'une sorte d'amusement sous-jacent. J'allais précisément me coucher.

— N'en faites rien. Venez plutôt prendre un verre avec moi. Je viens vous chercher.

Il y eut une pause. Puis :

— Combien de verres avez-*vous* pris déjà?

— Cela a-t-il une importance?

— Cela pourrait en avoir.

— Eh bien!... Plusieurs... Mais je suis toujours le vieux-solide-au-poste-et-sur-qui-on-peut-compter.

— Invitez-moi un autre jour, dit-elle. Bonsoir! Et merci de m'avoir appelée.

Spen jura. Les jurons chauds et puérils de l'homme frustré. Il retourna au bar et demanda du cognac et du soda.

Le petit déjeuner dans la famille Grahame était toute une affaire. A sept heures trente exactement, tante Candace paraissait et prenait sa place derrière la superbe cafetière d'argent qui était une relique familiale. Il était implicitement convenu que les autres devaient être présents sans délai. Ce matin, Carol avait dix minutes de retard. Tante Candace leva les yeux de dessus son journal.

— Bonjour, Carol.

— Bonjour, tante Candy. Spen a terminé déjà?

— Ton mari ne s'est pas arrêté pour déjeuner, remarqua sèchement la vieille demoiselle.

— Ah! oui! Je me rappelle. Il avait une opération de bonne heure à l'hôpital.

— J'espère, dit significativement tante Candace, que ses mains étaient plus sûres ce matin qu'hier soir ses pieds.

Le mieux que put répondre Carol — et elle se rendait compte que c'était un piètre mieux ! — fut :

— Je suis navrée si nous t'avons réveillée.

— Pas « nous » corrigea la tante. « Lui. » Tu étais dans ton lit. Seule, comme d'habitude.

La jeune femme retint son souffle. Qu'allait-il lui arriver?

— J'ai voulu rentrer de bonne heure, dit-elle. Spen est ressorti pour aller jouer au bridge.

— Combien de temps ce genre de choses va-t-il durer, Carol? J'attends une explication.

Carol releva le menton.

— Je n'ai rien à expliquer. Demande à Spen.

— C'est toi, lui rappela sa tante, qui l'as introduit dans la maison.

— Est-ce que cela me rend responsable de tous ses actes?

— Tu pourrais au moins témoigner de quelque intérêt pour sa conduite. Je ne te comprends pas depuis quelque temps, ma chère.

Ceci, se dit Carol, par une inspiration soudaine, ceci est ma chance. Elle se jeta à l'eau.

— Tante Carol, je suis enceinte, je vais avoir un bébé.

— Comment cela a-t-il bien pu t'arriver? questionna aussitôt l'autre.

— Mais... mais... à la manière habituelle, fit Carol, rougissante et désarçonnée.

— Pas en gardant le verrou de ta chambre poussé, j'imagine? Il se rouille, ce verrou.

— C'est précisément pour cela, répondit la jeune femme littéralement cramoisie.

— Vraiment? On ne peut pas s'attendre à ce que je comprenne de telles choses, poursuivit-elle calmement, mais cela ne me semble pas raisonnable.

— Il... Spen... comprend.

— La nuit dernière, j'étais dégoûtée au point que j'étais prête à dire que toi ou ton mari devait quitter cette maison ou que je la quitterais. Mais je ne suis pas certaine qu'il n'ait aucune excuse.

Quel genre d'épouse es-tu? Peut-être bien est-ce toi qui en fais ainsi un ivrogne.

— Ça n'est pas juste. Spen n'est pas un ivrogne.

— Il est sur la bonne voie pour le devenir, insista impitoyablement miss Grahame. J'ai noté l'approvisionnement de la maison en alcool.

— Cela te ressemble bien! fit Carol avec dédain et, elle le savait, avec injustice.

En face d'elle, le vieux visage potelé et ridé frémit et trembla. Les vieilles lèvres parlèrent douloureusement :

— Sommes-nous en train de nous quereller, mon enfant? Sommes-nous en train de nous séparer?

Carol fit en courant le tour de la table, tomba à ses genoux, étreignit le corps massif.

— Chérie, je suis une brute. Pardonne-moi. Rien ne viendra entre nous. Jamais. Sois patiente avec moi. Pour l'instant, c'est un peu difficile. Mais tout finira bien.

Peu avant six heures, ce soir-là, la voiture de Spen s'arrêta. Il monta l'escalier en fredonnant et s'en fut droit à sa salle de bains, laissant les deux portes ouvertes. Carol, le suivant, entendit le sifflement et l'éclaboussement de l'eau dans le bassin, comme il s'aspergeait le visage. Elle dut l'appeler deux fois avant qu'il l'entendît.

— Hello ! répondit-il. J'arrive.

Il lança la serviette derrière lui en passant la porte, impeccable, immaculé comme toujours, en dépit de la chaleur.

— Comment vas-tu?

— Très bien. Pourquoi pas?

De toute évidence, il n'était pas disposé à rien admettre relativement à la veille.

— Spen, j'ai mis ma tante Candace au courant.

— Au courant d'hier soir? Voilà qui va pour le mieux ! Cela simplifie...

— Pas au courant d'hier soir. Au courant du bébé.

— Pas de l'histoire tout entière?

— Non. Simplement que j'en attends un.

— Comment la perle de la féminité du Sud a-t-elle pris la chose?

— Spen ! Je voudrais que tu ne parles pas ainsi.

— Mes excuses, Carol. Je pense réellement que la vieille demoiselle est quelqu'un de très bien. Ce qui est plus qu'elle ne pense de moi. Je dois l'effarer. Elle est tellement virginale.

— C'est ce que tu crois ! répondit sa femme, étouffant une envie de rire. Tu aurais dû l'entendre parler de la porte verrouillée.

— Oh ! vous avez aussi effleuré ce sujet-là ?

— Elle l'a su depuis le commencement. Il n'y a pas grand-chose à lui apprendre.

— De toute évidence, non. Et maintenant ?

— Il n'y a qu'à continuer. Elle ne peut vraiment pas soupçonner la vérité à propos du bébé.

Spen réfléchit.

— Il vaut mieux que tu lui aies parlé de ton état. Cannaday est ton médecin, n'est-il pas vrai ?

— Oui. Il fait partie de la tradition familiale.

— Je l'ai rencontré. Il me fait l'effet d'être très vieille école. Mais bon nombre de ces praticiens de médecine générale sont des gars sages et éclairés. Je suppose qu'il est très bien. Je me sentirais plus tranquille s'il t'examinait. Simple question de sécurité.

— Spen, dit-elle pensivement, tu peux être vraiment très chic quand tu le veux.

Il sourit largement.

— J'ai mes bons côtés. Comme médecin, précisa-t-il.

Elle promit de demander un rendez-vous au docteur Cannaday pour le lendemain matin.

Vers midi, elle appela son mari.

— Envie d'emmener déjeuner une future mère ?

— Très certainement.

— Connais-tu le *Laurier-Vert* ? Viens m'y rejoindre. Une heure, cela te va ?

C'était un petit restaurant tranquille et cher, proche du quartier des affaires. Ils trouvèrent une table dans un renfoncement. Le maître d'hôtel, reconnaissant Carol, vint lui-même, très déférent. Spen commanda le menu, avec soin et avec goût.

— Rien qui cloche ? s'informa-t-il lorsque le garçon les eut laissés.

— Non. Tout va très bien, à ce que dit le docteur Cannaday.

— Alors, pourquoi ce rendez-vous? Non que je ne sois ravi d'avoir une aussi charmante convive.

Carol lui dédia un sourire amical.

— Te dirai-je quelque chose? J'aime bavarder et lambiner aux repas. C'est impossible à la maison. J'aime tendrement tante Candy, mais elle est un éteignoir pour toute conversation intime et à bâtons rompus. Chaque repas devient une fonction sociale.

— Je n'ai pas la moindre hésitation à reconnaître que celui-ci est un soulagement.

Carol s'étira avec volupté et accepta une cigarette.

— Comment va la clientèle?

— Pas mal. Trois opérations déjà, cette semaine.

— Importantes?

— L'une, oui. Les autres non. Affaires courantes. Pas mal pour la saison d'été et pour quelqu'un arrivé depuis si peu de temps.

— Spen, à présent, que tu la pratiques, te sens-tu toujours dans le même état d'esprit quant à la médecine?

— C'est-à-dire?

— Eh bien ! son côté affaires.

— L'alternative « l'idéal ou l'argent »?

Elle hocha la tête affirmativement.

— Eh bien! dit-il pensivement, je ne sais plus exactement. Dans la pratique, j'ai constaté que les hommes qui réussissent sont ceux qui demandent un solide rendement financier en échange de leur travail.

— Eh bien! et Owen James? Ne crois-tu pas qu'il y a énormément de vrai dans ce qu'il dit?

— James est l'idéaliste type. Mais je ne suis pas sûr qu'il soit professionnellement excellent. C'est dangereux de donner à n'importe quelle considération la priorité sur une technique éprouvée.

— Ne crois-tu pas qu'il fait énormément de bien?

— J'en suis certain. Et probablement un peu de mal. Nous en faisons tous.

— Es-tu déjà allé à sa clinique?

— Non, mais j'en avais l'intention. Content que tu me l'aies rappelé.

— Méfie-toi d'Owen, prends garde! Il se saisira

de toi et te mettra au travail s'il le peut. Il n'a aucune conscience et n'hésite pas à se servir des gens, dès qu'il s'agit de sa chère clinique.

— S'est-il servi de toi? s'enquit curieusement Spencer.

— Pas directement. Je lui envoie un petit chèque de temps à autre pour des cas urgents.

— Ainsi donc, je ne suis pas le seul gigolo médical sur ta liste, dit-il.

Avant que les mots fussent entrés dans l'oreille de sa femme, Spen les regretta.

Le visage de Carol se durcit. Elle répondit avec une lenteur délibérée :

— S'il existe quelqu'un au monde de moins gigolo qu'Owen, je ne l'ai pas rencontré.

Il pensa : « Je me demande si elle me défendrait aussi chaudement si j'étais attaqué. Vraisemblablement non. Pourquoi le ferait-elle? »

— Puisque nous sommes sur ce sujet, dit-il d'un ton détaché, parlons affaires. J'aimerais savoir ce qui m'attend.

Elle marqua sa surprise.

— N'es-tu pas satisfait de l'accord matériel?

— Oh! il est plus qu'équitable, il est généreux. Mais combien de temps peut-il durer? Ce point-là est resté en l'air. Quand divorçons-nous?

— Je n'y ai pas pensé. Désires-tu le divorce?

— Moi, non. Toi, oui.

— Où as-tu pris cela?

Il répondit avec impatience :

— Tu m'as fait comprendre assez clairement que tu n'avais pas besoin de moi comme mari. Tu es une femme, Carol, et, je présume, une femme normale. Tu ne vas pas rester célibataire toute ta vie?

Son visage s'assombrit :

— Pas si simple, le divorce! S'il n'y avait à considérer que nous deux.

— Tu veux dire qu'il y a ton enfant? Ecoute, je le crois décemment pourvu avec un père qui se nomme Brade. Qu'en penses-tu?

— Bien sûr. C'est à tante Candace que je pensais. Elle est aussi rigide à ce sujet qu'une catholique romaine.

— Soyons raisonnables, Carol. Allons-nous laisser ses préjugés modeler toute notre vie?

— No...o...on. Sois honnête avec moi, Spen; je l'ai toujours été avec toi. Y a-t-il un motif pour lequel tu souhaites le divorce? Y a-t-il quelqu'un d'autre que tu désires épouser? S'il en est ainsi...

— Il n'en est pas ainsi. Il n'y a absolument personne.

— Alors, pourquoi aborder le sujet à présent?

— Je te l'ai dit. Pour affaires. Si, après la naissance de ton enfant, tu as l'intention de te retirer et de me laisser à mes propres ressources, c'est tout à fait naturel. Mais je considère que j'ai le droit de le savoir.

Son visage s'éclaira.

— Bien sûr, tu as le droit. Fixe le moment toi-même. Tu n'épuises pas mes ressources, tu sais Spen. Pour ton genre de vie, je suis une femme riche.

— Ce qui n'empêche pas que je te rembourserai jusqu'au dernier sou.

— Si telle est ta façon de voir — elle eut la sagesse de ne pas discuter le point, — d'un angle pratique, tu auras valu pour moi jusqu'au dernier sou que cet accord pourrait me coûter s'il devait continuer jusqu'à la fin de nos jours. Mais s'il t'est plus réconfortant de — comment dit-on? — de balancer les comptes, c'est bien pour moi.

— Et nous continuerons indéfiniment cette union anormale?

— Pas indéfiniment. Assez longtemps pour organiser un divorce plausible et décent. J'imagine qu'avec le temps je pourrai persuader tante Candy. Mais se précipiter au tribunal des divorces de Reno au lendemain de la venue du bébé, ne crois-tu pas que cela paraîtrait vraiment excessif?

Il la regarda, l'admirant à contrecœur.

— Parfois, Carol, je me dis que tu as beaucoup de bon sens dur et froid derrière cet innocent sourire. Je voudrais pouvoir prendre la situation aussi calmement que tu le fais.

— Rappelle-toi combien la situation était pire pour moi avant ton entrée en scène.

— Naturellement. Je penserais de façon différente, je suppose, si j'étais le père du bébé.

D'un air parfaitement serein, elle commenta :

— Il est un peu tard à présent pour considérer ce point-là. Ses yeux se fixèrent sur lui, pleins d'une anxieuse interrogation.

— Tu ne vas pas haïr l'enfant, n'est-ce pas, Spen ?

— Qu'est-ce que tu veux : que je m'effrondre en avouant que je t'aime ? C'est la seule raison qui pourrait me faire haïr ce bébé que tu as conçu avec un autre homme.

Sa voix était violente et rauque. Carol voulut répondre.

— Mais... dit-elle faiblement.

Il l'interrompit :

— Laissons cela. L'amour est en dehors du marché conclu. Les affaires sont un sujet de conversation plus sûr, retournons-y. J'ai de bonnes nouvelles pour toi. Je vais sans doute être bientôt prié d'entrer à la clinique Tyre.

— Oh ! Spen ! déjà ? Ils doivent penser grand bien de toi.

— Ils pensent surtout grand bien de mes relations. (Avec un sourire.) C'est-à-dire de toi !

— Ce ne peut pas être seulement pour ça.

— Oh ! ils savent que je suis compétent et habile. Eh bien ! qu'en dis-tu ?

— Du moins là, tu ne seras pas encombré de trop d'idéalisme.

— Dieu merci, non !

— Spen, quel est le mot pour une double personnalité ? le terme médical ?

— Tu veux dire une personnalité divisée ? Schizophrénie.

— C'est cela. As-tu jamais porté ce diagnostic sur toi-même ?

Il rit.

— Ne t'en fais pas. Je suis mentalement d'une seule pièce. D'un seul but aussi. Je veux être diantrement bon chirurgien et être diantrement bien payé pour cela. Tout ce que je puis faire à côté, comme, peut-être, pour notre ami Owen James, est luxe et fantaisie.

— Jurerais-tu que ce n'est pas un calmant? Une offrande propitiatoire?

Il parla avec une lenteur délibérée :

— Carol, je pense que cela vaudrait mieux si tu ne te mêlais en rien de mes affaires, comme je ne me mêlerai désormais en rien de notre situation conjugale. *Compris?* ainsi que nous disons en français. Il est temps de retourner au bureau. Il est tout juste possible qu'un patient s'y trouve. Veux-tu m'excuser?

— Certainement, docteur Jekyll (1).

Carol souriait en répondant cela.

(1) *Docteur Jekyll et Mr Hyde,* célèbre roman de Stevenson dans lequel un même homme est successivement les deux personnages contradictoires du bon docteur Jekyll et du mauvais Mr Hyde.

10

COMME tant de villes de filatures, Charlesville présente, en étroite juxtaposition, ses contrastes de luxe et de misère. Le gracieux domaine de Graham Lodge surplombe des bas-fonds aussi sombres, aussi mornes, aussi malsains que les coins pestilentiels les plus sensationnels de Pittsburg ou de Chicago. Des fenêtres supérieures de la maison, à travers l'écran des hauts arbres, on aperçoit les fétides taudis des quartiers bordant la rivière.

Parfois, quand il rentrait le soir, Spencer Brade voyait loin au-dessous de lui, les lumières d'un immeuble efflanqué et mal d'aplomb, haut de quatre étages, qui avait pu, dans le passé, être un club sportif ou encore un dancing, avec quelques adjonctions moins respectables aux étages supérieurs. Il servait de clinique ou d'hôpital gratuits ou presque, fonctionnant sous la direction et le contrôle du docteur Owen James. Chaque fois que Spen apercevait son toit grotesquement coiffé, cela lui rappelait qu'il devait vraiment aller voir James, ne fût-ce qu'à cause de Carol. Un certain soir, ce fut Carol qui le lui rappela.

— Pourquoi n'es-tu pas descendu voir Owen James?

— A vrai dire, je le sais à peine. Trop occupé peut-être.

— A quoi faire? demanda-t-elle en souriant.

— Mon métier de médecin. Gagner ma vie.

— On peut vraiment le pratiquer, là-bas, le métier de médecin.

— Mais guère y gagner sa vie.

Elle le défia.

— Je crois que tu n'oses pas, que tu as peur.

— De quoi?

— D'Owen. Il se saisira de toi et corrompra tes fermes principes financiers, comme il a fait pour le docteur Bernitz et pour quantité de médecins plus jeunes.

— C'est ça qui serait terrible! constata paresseusement Spen.

Ils avaient fini de dîner et déambulaient par le jardin.

— Viens. Emmène-moi là-bas. Maintenant. Je te porte le défi!

Carol le taquinait.

— Quel meneur d'esclaves, quel négrier j'ai épousé! se lamenta Spen. Pas un instant de repos. Bon. Ça va. Je vais amener la voiture.

Ils esquivèrent le quartier supérieur des filatures pour atteindre la route sinueuse qui suivait la rivière obscure, grasse et gluante.

Une infirmière, assise à un bureau qui avait connu des jours meilleurs, les accueillit. Son uniforme, bien qu'immaculé, était minable et froissé, et chaque ride de son visage fatigué disait la souffrance, le courage et la bonté.

— C'est miss Gra — pardon, Mrs. Brade, n'est-ce pas? fit-elle après l'avoir examinée de son regard myope. Le docteur James sera content de vous voir. Ainsi que votre mari, ajouta-t-elle, Carol lui ayant présenté Spen.

Elle fit avertir le docteur James par un vieux planton décrépit qui revint avec le docteur Bernitz.

— J'ai entendu Owen parler de vous, dit Carol après que Spen lui eut présenté son camarade. Où est-il?

— A la salle d'opération. Il est aux prises avec un cas ardu.

— Quel genre? s'enquit Spen, intéressé.

— Résection de l'estomac. Il a convoqué le docteur Gambles pour la faire. Mais Gambles est vieux et lent, et Owen inquiet.

— Ne pourriez-vous pas les aider, Spen? demanda vivement la jeune femme.

— Vous délivreriez l'esprit d'Owen d'un grand poids, assura Bernitz. Et, je le crois bien, celui de Gambles également.

— Ma foi, je puis toujours voir de quoi il retourne, dit Spen prudent.

— Emmenez-moi, pria Carol. Owen m'a promis de me laisser voir une opération.

— Vous n'aimeriez pas celle-ci, répondit le psychiatre. Ce ne sera pas joli, joli !

— Je suis une vigoureuse Nordique, fit Carol. Vingt dollars d'amende au profit de la clinique si je fais la femmelette et m'évanouis dans vos bras ou me livre à quelque autre manifestation de ce genre.

— Ces vingt dollars pourraient nous être utiles, admit Bernitz. Eh bien ! Si Spen est d'accord...

Le mari acquiesça d'un signe de tête. Tous trois montèrent à la salle d'opération, petite mais bien éclairée. La surface ébréchée des casiers aux instruments, et des stérilisateurs, visibles dans la petite chambre contiguë, était scrupuleusement propre. Trois personnes travaillaient en une active concentration, sous la lampe centrale : Owen James, un vieillard fragile et une infirmière.

— J'ai amené Spen et Mrs. Brade, dit Bernitz.

Le chef de la clinique leva les yeux :

— Hello, Carol ! Content de vous voir, Brade. Voici le docteur Gambles.

Le vieillard, du côté droit de la table, salua.

— Continuez votre besogne, fit Spen. Nous regarderons simplement.

Le couple gagna le poste d'observation peint en blanc, à l'extrémité de la salle, et s'assit sur le banc étroit. Spencer étudiait le champ de bataille d'un œil connaisseur. C'était un décor familier pour lui, la table couverte de blanc, le rectangle de pansements stérilisés couvrant les bords de l'incision, les rangées d'instruments installées en bon ordre sur la table de l'infirmière, à côté d'elle, le bassin où des éponges et des paquets de coton trempaient dans une solution chaude.

— Nous avons trouvé un ulcère sclérosant sur la paroi postérieure de duodénum, dit Owen. Et le docteur Gambles se demande s'il doit faire une résection ou un court-circuit opératoire.

— L'ulcère est-il actif?

Ce fut Gambles qui répondit :

— Apparemment oui. Il souffre encore.

— Alors, si vous voulez le guérir, il faut faire une résection, dit Spencer.

C'était de connaissance chirurgicale élémentaire, il n'était pas besoin de discuter.

— Exactement ce que je disais, répondit Owen.

Le docteur Gambles ne parlait pas. Il souleva l'estomac de son nid de pansements chauds et palpa une fois de plus la partie enflammée de l'intestin. Même de l'endroit où il était assis, Spencer pouvait voir l'induration, la surface dure qui entourait la lésion. Il pouvait voir aussi que les mouvements de Gambles étaient incertains, et non pas sûrs et précis comme doivent l'être ceux du chirurgien s'attaquant à une opération aussi difficile que la résection stomacale. Chaque mouvement maladroit faisait l'effet d'un drapeau rouge avertissant le sens chirurgical inné de Brade que tout n'allait pas comme il aurait fallu.

Carol leva sur lui un regard interrogateur. Même ses yeux inexpérimentés avaient vu l'incertitude des gestes de l'opérateur. Il haussa les épaules en réponse, mais l'angoisse de ses yeux ne diminua point. Rien n'est pénible pour un chirurgien-né comme d'assister à une opération bousillée.

Gambles prit une pince et commença de la placer avant d'avoir fermement assujetti le manche à la crémaillère. Sa main trembla, et des gouttes de sueur apparurent sur son front. Subitement il leva des yeux hagards.

— Je ne peux pas le faire, éclata-t-il. (Son visage était piteux et pitoyable.) Je... je ne suis pas en état aujourd'hui. Le docteur Brade n'est-il pas chirurgien?

— Un chirurgien de première classe, dit Bernitz.

Spen considérait d'un regard incertain la forme étendue sur la table. Jusqu'à quel point serait-il compromis si le groupe qu'il désirait impressionner apprenait son association professionnelle avec l'homme qu'ils appelaient un « bolchevik médical »?

— Spen, fit Carol, insistante et anxieuse. L'homme est en danger de mort, n'est-ce pas?

— Très certainement.

— Alors?

Ce seul mot contenait un appel et une provocation.

— Alors, ça va, dit-il. Couvrez le champ avec un pansement pendant que je vais me brosser les mains.

Douze minutes plus tard — deux pour changer de vêtements, dix pour se brosser vigoureusement et attentivement les mains et les bras — il passait ses mains gantées de caoutchouc dans les manches d'une blouse stérilisée et calait à fond, avec une éponge de gaze, chacun des doigts de caoutchouc. Aussitôt qu'il eut palpé de ses mains expertes la partie atteinte du duodénum, il se rendit compte que la tâche n'était pas facile. Il semblait que l'ulcère eût perforé en arrière, en direction du pancréas. Il devait y avoir beaucoup de tissu enflammé, de tissu qu'il serait difficile de dégager. La chose la plus simple était de faire une gastro-entérotomie, créant une communication directe et nouvelle entre l'estomac et l'intestin grêle, courcircuitant la nourriture de l'un directement à l'autre pour éviter la partie blessée. C'était surtout éviter la difficulté, prendre la solution facile. Cela ne guérirait pas le malade. Et, quoi que Brade pût ou souhaitât être, il était avant tout chirurgien, bon chirurgien.

Il prit une pince et commença par libérer le bord inférieur de l'estomac, écartant et maintenant à la place les vaisseaux sanguins qu'il assujettissait ensuite avec des brins de catgut solidement noués.

De son poste d'observation, Carol se sentit frémir de joie en regardant les mouvements rapides, sûrs et précis de ses mains. La vague nausée qui l'avait envahie aux premières bouffées d'antiseptique était à présent dissipée. Les pansements sanglants autour de la plaie attiraient toute son attention. Là se jouait un drame véritable, un opérateur habile exerçant sa magie bienfaisante, écartant la source du danger, apportant la guérison permanente aux tissus malades.

Carole perdit la notion du temps, tandis qu'elle regardait l'opérateur dégager progressivement les six derniers pouces d'estomac et les deux premiers pouces d'intestin grêle. Elle flancha mentalement lorsque les pinces aux lourdes mâchoires cliquetèrent à chaque bout de la surface qu'il retirait et que le cautère mordit son chemin à travers la paroi stomacale, tandis que l'âcreté de la fumée arrivait jusqu'à elle. Elle s'émerveillait de la dextérité des doigts manœuvrant les minces aiguilles courbes avec une telle prestesse que chaque point n'était guère que l'éclat lumineux de l'aiguille passant à travers la membrane.

Puis il pratiqua une ouverture entre l'extrémité réparée de l'estomac et le côté de l'intestin grêle : le passage régulier des aliments fut ainsi à nouveau assuré, l'influence néfaste de la partie ulcérée disparut complètement, la plaie opératoire fut refermée avec soin et solidement suturée par les doigts fermes de Brade. Et, quand tout fut terminé, Carol eut l'impression d'avoir assisté à un miracle. L'adresse, la précision, l'assurance tranquille de l'homme qu'elle avait épousé la rendirent pour la première fois fière de lui. Ç'avait été comme de regarder agir une machine parfaite, douée d'humanité. Seulement, une sensation nouvelle la troublait au fond d'elle-même, une sensation qui ne pourrait faire naître aucune machine.

En bas, au bureau, après que Gambles fut parti, murmurant quelques remerciements, Owen James dit à son hôte-chirurgien-impromptu :

— Beau travail, Brade ! Vous nous avez tirés

d'une mauvaise ornière. Le pauvre Gambles est trop tremblotant pour cette besogne.

— Alors, pourquoi le prenez-vous?

L'autre soupira.

— Puisque nous ne payons rien, nous devons prendre ce que nous trouvons. Ah ! c'est bien agréable de vous voir ici. J'attendais votre venue.

— Tu le guettais comme une araignée, dit Carol, passant son bras sous celui d'Owen. Avoue, araignée ! Pourquoi le guettais-tu?

— Je ne le guettais pas le moins du monde ! protesta-t-il.

— Puis se plaignant à Spen : — Elle me suspecte toujours d'intentions coupables.

— Elle a une nature mesquine, admit Spen avec une feinte gravité. Je suis bien content d'avoir pu vous aider, James.

— Si je pouvais avoir un homme tel que vous, prêt à venir quand on l'appelle ! Je suis en train d'en pêcher un, un homme Lakeview. Vous devez le connaître : un nommé Fleming.

— Flick Fleming ! s'exclama Carol. Il était garçon d'honneur à notre mariage.

— Curieux qu'il n'en ait rien dit dans sa lettre.

— Oh ! il n'écrit jamais rien à propos de rien, assura Spen. C'est le plus avare des correspondants.

« Cher vieux Flick ! pensait-il à part lui. Il a peur de compromettre notre situation. Combien j'espère qu'il viendra !... Est-ce que je l'espère vraiment... Ça pourrait être gênant si Fleming faisait partie d'une organisation médicale de Charlesville manifestement destinée à avoir des ennuis. Fallait-il envoyer un avertissement? Non. A quoi bon? Flick buvait l'obstacle et dévorait les ennuis ! »

— Il n'a pas encore pris sa décision, dit Owen.

— Est-ce qu'il peut se permettre de venir ici? En a-t-il les moyens?

Quelque chose dans le ton de Spen fit baisser de plusieurs degrés l'admiration nouvellement éveillée chez sa femme.

— Probablement pas, admit Owen. Mais, comme ce que nous faisons l'intéresse, j'espère bien qu'il viendra tout de même.

— Je parie qu'il viendra, dit Carol, si je sais juger les gens.

Est-ce qu'elle le visait, lui, par la bande? Spen se posa la question, se rappelant sans plaisir la comparaison peu flatteuse pour lui, établie dans des termes analogues entre son ami et lui, la veille de leur mariage.

— Puisque me voilà, dit-il à Owen, j'aimerais voir votre installation.

— Volontiers. Mais il y a loin d'ici à Lakeview, je vous avertis.

— J'imagine que vous n'avez pas autant de donations, répondit Brade en souriant.

Ils gagnèrent l'étage supérieur par un monte-charge que manœuvrait un homme d'une soixantaine d'années, aux yeux larmoyants.

— C'est un cas intéressant, fit James, comme ils parcouraient le couloir bien frotté. Un amnésique. Il nous est arrivé il y a quelque années, ne sachant pas d'où il venait. Félix l'a étudié attentivement, mais ne trouve pas le joint par où ramener sa mémoire.

— Est-ce qu'une opération aiderait? demanda Carol.

— Félix dit que non. Il pense que c'est un cas typique d'amnésie résultant d'une situation déplaisante. Peut-être le vieux devait-il vivre chez une fille ou quelqu'un d'autre qui ne voulait pas de lui. Un jour, il a oublié qui il était et on l'a vu paraître ailleurs. La nature surmenée a des moyens commodes pour éloigner les responsabilités.

Il poussa la porte d'une petite salle. Des lits d'hôpital à bon marché longeaient les murs, plusieurs d'entre eux soutenus par des morceaux de tuyau qui renforçaient un pied brisé. Au-dessus d'un de ces lits, suspendu à des poulies, un cadre sommaire d'où pendaient des poids supportait une jambe enroulée de bandages.

— Ce n'est pas exactement le type de cadre Balkan que vous emploieriez, Brade, dit Owen. Mais c'est presque aussi pratique.

— Qu'est-ce qui est arrivé à cet homme? s'enquit Carol.

— Un camion a envoyé sa voiture de la route

dans le fossé et ne s'est pas arrêté. On l'a ramassé sous les débris et porté ici.

— Pourquoi ici? s'inquiéta Spen.

— Il avait une petite assurance, suffisante pour empêcher sa famille de mourir de faim, pendant qu'il est immobilisé, mais rien de plus. Et du moment qu'il n'avait pas d'argent en plus, pour lui, l'hôpital ne pouvait le prendre.

— Mais s'il ne peut se payer des soins médicaux? demanda Carol.

— Telles sont les règles. Autant que possible, nous évitons d'en prendre ici trop qui soient dans son cas; officiellement il n'a pas droit à l'assistance gratuite.

Dans une chambre isolée, une sorte de cellule presque sans air, avec une fenêtre branlante, une femme pâle, émaciée, était calée dans son lit. Elle leur sourit timidement, mais le regard de ses yeux inquiets était plein de l'incompréhension caractéristique des déficients mentaux.

— Elle vient d'avoir son huitième enfant, dit Owen, comme ils s'éloignaient ensemble. Trois d'entre eux sont simples d'esprit. Un autre, né aveugle, est heureusement mort quelques heures plus tard.

— De quoi souffre-t-elle maintenant? demanda Brade.

— Epuisement. Mauvais cas d'anémie secondaire.

— Ne pouvez-vous lui enseigner la limitation des naissances? suggéra Carol.

— Nous avons essayé, mais son intelligence est insuffisante. Elle a besoin d'être réparée, remise en état, et stérilisée.

— Ce n'est pas une opération énorme, dit Spen.

— Non, si nous avions un spécialiste tel que vous sous la main. Mais nous n'en avons pas. Et Félix estime que nous ne pouvons risquer cette opération lorsque la clinique est déjà l'objet de tant de critiques et de blâmes.

« Non, vous n'y arriverez pas! pensait Spen. Je ne me laisserai pas prendre une seconde fois. Ni toi, ma chérie — ceci à l'adresse de Carol qui le regardait, les sourcils relevés interrogativement — ni toi. Tu peux me faire des yeux pleins de sollicitation humaine, j'en ai assez fait pour un jour. »

Tandis qu'ils continuaient l'inspection, voyant les mille moyens par lesquels Owen James tentait de multiplier les quelques pains et les quelques poissons qui lui avaient été donnés pour nourir la multitude par laquelle les portes disjointes de sa clinique étaient quotidiennement assiégées, Spen se félicitait de n'avoir pas proposé son aide. La stérélisation est une opération dangereuse. Non pour la cliente, mais pour le chirurgien. Fréquemment, une opération aussi justifiable que celle dont avait besoin la malheureuse génitrice de déficients en des conséquences désagréables. Et les réputations médicales sont vulnérables et particulièrement faciles à ébranler par les gens dépourvus de scrupules et pourvus d'esprit procédurier. Carol pouvait détourner ses yeux suppliants.

Revenu une fois encore au bureau, Brade s'informa :

— J'imagine que c'est surtout la lie qui vous vient ici? Les conditions locales sont désastreuses, n'est-ce pas?

— Moins mauvaises depuis la mise en application de l'échelle des salaires. Déjà les maux résultant de la malnutrition sont en décroissance. Je m'attends à une considérable diminution de la pellagre. L'Helminthe est assez bien en main. Son pire problème est l'habitation.

— Manque de locaux?

Owen confirma d'un signe de tête.

— Le résultat logique est que, si affreux que soit l'état des locaux existants, les propriétaires peuvent les louer. Ils ne font aucune amélioration et encaissent leurs bénéfices.

— Ce qu'il faudrait, c'est une grève des loyers, dit Carol. Je suis surprise que tu n'en aies pas encore organisé une, Owen.

James fit une grimace malicieuse.

— Je suis en assez mauvaise posture déjà dans cette ville, telles que sont les choses. Si je commençais à conseiller aux mal lotis de refuser le payement de leurs loyers, c'est alors qu'on me qualifierait de rouge. On le fait déjà d'ailleurs, à ce que j'ai entendu dire.

— Je vous conseillerais de vous en tenir à la médecine, dit brièvement Spen. Vous aurez bien assez d'embêtements rien que dans cette ligne.

— Il en cherche d'autres pourtant, annonça Carol. Il veut lancer un système d'assurances.

— Assurances hospitalières?

— C'est plus que cela. C'est, en réalité, un projet de coopérative médicale. A travers tout le pays les gens ont des coopératives de toutes sortes, ce qui leur permet de se procurer des choses qui leur seraient inaccessibles autrement. Le travailleur moyen, qui ne gagne que quelques sous par semaine de plus que ce qui est indispensable à la vie des siens, ne peut pas se permettre d'être malade.Je voudrais arranger les choses de telle manière qu'il lui soit possible de se soigner, à temps et aussi bien et longtemps qu'il en aurait besoin, sans devoir pour cela hypothéquer toutes ses économies des dix années à venir.

— Vous aurez tout le corps médical organisé sur le dos.

— Je n'en suis pas tellement certain. J'ai travaillé à ce projet pendant des mois et, tel qu'il se présente aujourd'hui, je crois pouvoir aboutir sans marcher sur les pieds de personne, sauf de quelques vidangeurs médicaux qui devraient être rejetés de la profession en tout état de cause. N'importe quel médecin de bon sens et de bonne foi verrait quel avantage il y aurait à permettre à ces gens, qui sont pour l'heure un poids mort pour la plupart, de payer eux-mêmes.

Il fourragea dans son tiroir et y prit une grande feuille de carton.

— Voici comment j'organiserais la chose. L'ensemble serait dirigé par un quartier général. Cet hôpital-ci. Quelques médecins seraient appelés du dehors pour soigner les malades à domicile. Les malades vraiment graves seraient amenés à l'hôpital. Quant au côté « affaires », l'organisation sera financée par les syndicats textiles qui adopteront l'idée. J'ai déjà fait quelques enquêtes à ce sujet, et la plupart des hommes sont en faveur du projet. Nous aurons même des fonds disponibles par le syndicat national, si nous avons des difficultés au début. Ils sont aussi anxieux que moi de le voir aboutir.

— Oui. Je comprends qu'ils le soient, dit Spen.

— Ce à quoi je veux aboutir, reprit Owen, c'est à rendre les traitements médicaux convenables accessibles à ces classes les plus pauvres.

— Les requins médicaux auront votre peau, prophétisa Brade.

Owen James secoua impatiemment ses épaules vigoureuses.

— Ils le voudraient, je n'en doute pas. Mais je ne m'en tracasse guère. Avec un peu d'aide, nous pourrions construire et installer une organisation qui s'occuperait de ces besogneux. Tel qu'il est, nous avons l'hôpital. Notre clinique a déjà pas mal de choses. Je puis trouver des jeunes gens qui travaillent avec moi à de faibles salaires, pour l'expérience, et qui accepteront de réduire au minimum les frais généraux. Nous pouvons offrir des assurances-maladie aux prix les plus minimes aux gens qui ne peuvent affronter les honoraires des médecins. Ils seront protégés de telle sorte qu'en cas de maladie ils seront soignés avec ce que l'on peut donner de mieux en chirurgie et en médecine. Et, en même temps, ils auront l'impression de payer eux-mêmes. Et ce sera vrai.

Les visiteurs se levèrent pour partir.

— Ce fut une expérience pour moi, dit Carol. Pas exactement faite de douceur et de lumière, mais je ne voudrais pas l'avoir manquée. J'ai comme une idée que mon mari est *bon*, Owen.

— Je ne sais pas jusqu'à quel point!

Au souriant destinataire de ces fleurs, il dit encore :

— Venez quand il vous plaira. Je tâcherai de ne pas vous mettre à l'ouvrage la fois prochaine.

— Pourquoi ne l'invites-tu pas à tes lourdes beuveries, Owen? demanda Carol.

Brade dressa l'oreille :

— Qu'est-ce que c'est que cela? Un piège pour trapper l'homme sans méfiance?

— Pas le moins du monde. C'est parfaitement

innocent et social, expliqua Owen. A dix heures chaque soir, nous nous traitons royalement dans une orgie de bière légère et de fromage. Quelques jeunes camarades s'amènent parfois. Terry Martin, de la clinique Tyre, Burling, de l'hôpital municipal. Quelques autres.

— Cela ne t'engagerait à rien, Spen, dit sa femme, d'un ton qui ne lui plut pas entièrement.

Il répondit de façon civile :

— Je viendrai très volontiers, une fois ou l'autre. Merci.

11

POUR des raisons politiques, Spen se mit à fréquenter assidûment les réunions de l'Académie locale de médecine. Pour ce qui concernait l'amélioration de ses connaissances techniques, il s'en rendit promptement compte, il aurait aussi bien pu aller au cinéma. Les papiers lus étaient conventionnels, les discussions superficielles.

Un résultat espéré fut bientôt atteint : une prompte invitation à présenter un papier de son cru. Comme sujet, il choisit l'emploi des hormones comme traitement des troubles périodiques chez les femmes. Il y avait beaucoup à dire pour les hormones (et il était bien résolu à le dire), particulièrement au point de vue financier (et il était bien résolu à n'en rien dire). Les extraits des multiples et diverses glandes endocrines n'avaient de loin pas été exploités au maximum de leurs possibilités.

Sa communication à l'Académie de médecine fut un chef-d'œuvre d'ambiguïté. Les hormones, choisies avec soin et présentées avec autorité, constituaient un sujet assez récent pour changer constamment.

Elle eut un bruyant succès. Blanton Tyre se dérangea pour le féliciter.

Plusieurs fois, Brade était passé à la clinique Tyre vers la fin de l'après-midi, la plupart du temps sur invitation formelle. Le jour qu'un message lui fut remis le priant de s'y rendre avant la clôture du cabinet, il en conclut qu'il y avait cette fois quelque chose de particulier, et il espérait qu'il savait quoi.

Kenny Mangan, pimpante, imperturbable, était assise à son bureau lorsqu'il entra. Ils n'avaient plus eu de conversation depuis le soir où elle l'avait remis à sa place, au bout du fil. Maintenant un drôle de petit sourire retroussait ses lèvres tandis qu'elle se penchait sur son travail. Spen alla jusqu'à elle et la regarda par-dessus son épaule. Sur son bloc elle avait tracé une légende qu'elle encadrait nonchalamment de traits obliques.

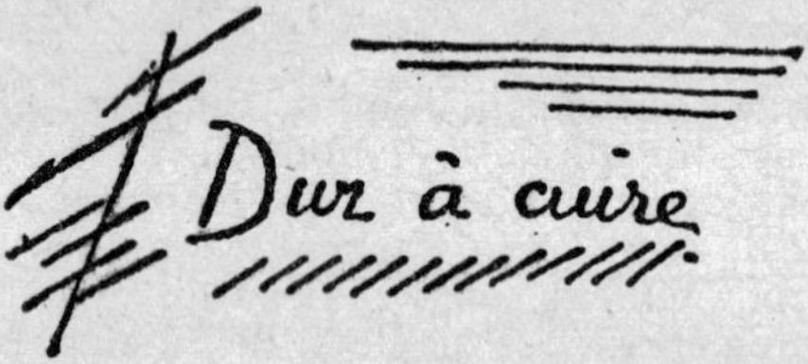

Réprimant un désir de rire, il questionna :

— C'est une recommandation?

— A vous de la prendre ou de la laisser, murmura-t-elle.

La porte extérieure s'ouvrit pour laisser entrer une vieille brebis flétrie et parée à l'excès. Kenny se rendit au-devant d'elle.

— Quel docteur désirez-vous voir, madame?

La vieille dame mit une main en cornet à son oreille :

— Hein?

— Sourde comme un pot, constata la jeune fille en conduisant la visiteuse vers un siège.

— Alors nous pouvons parler, dit Spen. Est-ce *der Tag* (1)?

(1) Le jour, pour « le grand jour », le jour J. En allemand dans le texte.

— Ne vous emballez pas.

Elle indiqua du regard le bureau patronal. Brade baissa la voix. Il pointa l'index vers le dessin.

— Vous me conseillez d'être coriace?

Elle acquiesça de la tête :

— Sans quoi ils vous plumeront comme un poulet.

— Vous êtes une chic gamine. Pourquoi faites-vous cela pour moi?

Elle le regarda avec un petit sourire taquin.

— Parce que je déteste jusqu'à votre ombre, bien sûr. Attention !

Un bruit de pas expliqua l'avertissement. Castleman Tyre ouvrit sa porte.

— Pourquoi n'avez-vous pas annoncé immédiatement le docteur Brade? demanda-t-il sévèrement à la secrétaire, tandis que son regard allait de l'un à l'autre.

Kenny avait prévu cela.

— La cliente est arrivée précisément comme j'allais le faire.

— Entrez, dit le jeune homme à Brade.

Une fois dans son bureau, il ajouta :

— Il y a chez mon père une patiente que vous verriez peut-être avec intérêt.

— Consultation? s'enquit audacieusement Spen, en qui l'allégresse montait.

— Oh ! non ! Je pensais que vous aimeriez voir comment nous les manions.

Blanton Tyre, tout attention, sympathie et gravité, prêtait l'oreille au douloureux récital, ponctué de geignements et de renvois, d'une femme grasse, apathique et jaunâtre, dont la surabondance de joaillerie indiquait suffisamment pourquoi son cas méritait et obtenait une considération particulière.

Mrs Stannard Shreve soupira enfin avec importance.

Le chef de clinique déclara :

— La diète est clairement indiquée. Et un régime. Pas trop rigoureux, évidemment. (La patiente parut soulagée.) Mais je crois que nous devons aller plus loin, plus profond. (Une phrase qui, de l'avis de Spen, ne présageait rien de bon pour le compte en banque Shreve.)

Avec un vif intérêt, il suivit la discussion à mi-voix, — pas trop bas pourtant, afin de permettre à l'oreille attentive du sujet d'en apprécier l'importance et la gravité, — entre père et fils, discussions au cours de laquelle « trouble de la vésicule biliaire », « malajustement du côlon », « mépris des principes fonctionnels essentiels » (cela avec un geste accusateur de la tête à l'adresse de la patiente), « engorgement possible du pancréas », et d'autres termes ésotériques fleurirent significativement. Un examen plus complet suivit, après quoi la dame se dandina hors du cabinet, convaincue de sa perspicacité pour avoir choisi des experts qui comprenaient ses maux compliqués, obscurs et importants. Ce qui était plus certain que tout, c'est qu'elle reviendrait en se dandinant et, en se dandinant, continuerait à revenir.

Psychologie, pensait le visiteur ébloui. Pas du type Félix Bernitz, évidemment — Bernie n'aurait aucune patience vis-à-vis de telles méthodes, — mais psychologie d'un type plus pratique. Spen connaissait bien cette sorte de femmes. Elle ne désirait pas vraiment être guérie. Elle voulait être soignée, dorlotée, dirigée, entourée de sympathie, délicatement admonestée. C'est un vieil axiome médical qu'une femme n'aime rien tant que d'être cordialement grondée par son médecin — si toutefois il est d'une situation sociale et professionnelle qui le lui permette. Le fait qu'elle aurait à payer, et à payer bien, ajoutait un chatouillement supplémentaire. Nul ne comprenait mieux que les Tyre et leurs pareils cette loi fondamentale de la vanité féminine — le sexe fort n'en est d'ailleurs point exempt — que la femme moyenne adore se vanter du prix qu'elle a payé pour sa voiture neuve, ses toilettes « exclusives », son manteau de fourrure, la pension chic de ses enfants, et, par-dessus tout, pour ses honoraires de médecin.

Tandis que son père, ayant liquidé Mrs Shreve, s'occupait de la vieillarde qui était encore dans la salle d'attente, Castleman Tyre suggéra de prendre un verre. Tout en le buvant, il dit à Brade :

— Jolie petite installation que votre cabinet !

— Pas mal.

— Riche idée, la climatisation. Les clients aiment ça, n'est-ce pas?

— Ils en ont l'air.

— Nous l'installerons la saison prochaine.

Tyre tira plusieurs bouffées de sa cigarette.

— Nous suivons votre manière de vous former une clientèle.

« Aucun doute là-dessus, pensa Spen. Ça vous intéresse bien plus que mes connaissances professionnelles ! »

— C'est lent, au début, répondit-il.

— Oui. Il y a des inconvénients à travailler seul.

Brade n'offrant aucun commentaire, Tyre ajouta :

— Et des avantages à s'associer avec les hommes qui sont en haut de l'échelle.

— Nul ne peut couvrir tout son champ, concéda le visiteur.

— Notre clientèle s'accroît si vite que nous ne pouvons la suivre. En fait, nous envisageons de prendre quelqu'un de plus avec nous, si nous trouvons quelqu'un de bien.

— Cela ne doit pas être tellement difficile.

— Au point de vue médical, non. Mais il y a d'autres angles. La personnalité. Les relations. La capacité de s'ajuster à — hum ! — à la situation sociale d'une clinique comme la nôtre.

« Ane pompeux ! » pensa Spen, dégustant prudemment son whisky glacé.

Tyre l'aîné parut et se mélangea un *old fashioned* (1).

— Je racontais à Brade, lui dit son fils, que nous pensions à nous agrandir.

— Rien n'est décidé, rien n'est décidé, rectifia le père.

Brade posa son verre plus qu'à demi plein, arbora son sourire le plus candide et suggéra :

(1) Un *old fashioned* : un « à l'ancienne mode » : coktail composé de whisky, d'un ou plusieur amers, de sucre et de fruits.

— Ce qui signifie que vous ne voulez pas faire lever de vaines espérances.

Le père et le fils échangèrent un clin d'œil. Au fait, lequel menait cette conversation? Ce fut le père qui répliqua.

— Vous devez comprendre, Brade, que nous avons de nombreux postulants qui attendent une chance ici.

— Oui. Je comprends cela. Et j'espère que vous comprenez que je ne suis pas un postulant. Ni ici, ni ailleurs.

Castleman Tyre s'étonna :

— Vous voulez dire que vous ne prendriez pas en considération...

— Un instant, Castleman ! tonna le père.

Ce qui donna à Spen l'occasion de glisser, souriant toujours :

— Comment pourrait-on prendre en considération moins qu'une offre ferme?

(Dur à cuire, en vérité !)

Le visage de Blanton Tyre prit un aspect formidablement farouche. Son intention, du moins, était qu'il parût farouche et formidable.

— Est-ce que vous essayez de nous forcer la main?

— Certainement pas, assura Spen. Je voulais simplement établir que je ne me considère pas comme à l'essai.

Un timbre bourdonna. Les deux hommes se levèrent avec agilité et disparurent de l'autre côté de la porte. Le visiteur sourit. Ils allaient discuter dehors et très probablement revenir avec une proposition ferme. Son apparente indifférence devant cette opportunité qu'en fait il grillait de saisir ne leur permettait plus de mener le jeu à leur guise; il s'en félicitait. Combien elle avait vu juste, la petite Mangan ! Donnant à son verre un coup d'œil plein de désir, Brade se leva et s'en fut le vider dans la toilette de la pièce contiguë.

Les Tyre furent absents dix-huit minutes : il les chronométra.

Quand ils reparurent, le vaste visage de Blanton Tyre portait un sourire qui rappela au jeune homme un alligator rencontré un jour dans une rizière abandonnée.

— Il n'est pas dans mes habitudes de tourner autour du pot. Brade, dit-il. Cela vous intéresserait-il de venir avec nous?

— Oui, cela m'intéresserait, dit Spen.

— Alors tout va bien. Prenons un autre verre et discutons conditions.

— Pas d'autre verre pour moi, merci. Je discuterai conditions bien volontiers.

— Parfait. J'aime votre manière directe, mon garçon. Tout d'abord, comme vous le comprendrez, la mensualité ne sera pas importante.

— Mensualité? répéta l'autre d'un ton surpris.

— Mais naturellement! (Le sourire s'effaça.) Vous ne vous attendez pas à entrer comme associé, j'imagine? Pas pour commencer, en tout cas, bien que l'on puisse l'envisager par la suite. Quel chiffre avez-vous dans l'esprit?

— Je crains de n'être pas intéressé, dit doucement Brade.

— Que t'avais-je dit, papa? (L'accent du fils exprimait son dégoût.)

Blanton Tyre le fit taire, puis il s'adressa à Brade avec une venimeuse douceur :

— Est-ce qu'il ne vous semble pas, Brade, que les relations que vous devez à votre mariage vous ont donné une notion exagérée de votre importance professionnelle?

« Vieux démon! pensa Spen. Vous me payerez cela en bon argent avant d'en avoir fini avec moi. »

Avec une bonne grâce qui n'avait point diminué, Spen suggéra :

— Si vous laissiez ma famille hors de la question et considériez seulement ma situation à l'hôpital?

— Si vous y faites trois cents dollars net par mois, dit désagréablement Castleman, c'est plus assurément que vous n'en faites à votre cabinet.

— Quelque argent que je fasse, il est à moi, rétorqua Spen. Ce ne sont pas les gages d'un homme en louage. Et, qui mieux est, ce n'est pas du foin.

— Cela ne vous mènera à rien, dit le père, redevenu jovial. Qu'avez-vous dans l'esprit, Brade?

— Le partage, et le partage égal.

(Dur à cuire ! dur à cuire !)

— Par Dieu, non ! cria Castleman.

— Ce n'est guère raisonnable, dit son père.

Spencer Brade savait parfaitement que ça ne l'était pas. C'est bien pourquoi il le leur avait dit tout à trac.

— Quels sont vos arrangements actuels? s'informa-t-il.

— Ça ne regarde que nous, grogna Junior.

— Fort bien. Mais vous m'avez prié de venir, souligna-t-il.

Puis il se leva.

— Asseyez-vous, asseyez-vous, dit Blanton Tyre. Au fond, la question n'est pas déraisonnable. Nous partageons : quarante-cinq, trente-cinq et vingt. En tant que membre le plus jeune, Castleman touche le pourcentage le plus faible. 20 p. 100. Moi, naturellement, j'ai le plus fort. Et le docteur Carter Hewlett prend 35 p. 100.

Tandis que les deux autres étaient sortis pour discuter de ce qui le concernait, Spen avait établi quelques calculs. Il annonça, d'un air de nonchalante décision :

— J'accepterai 15 p. 100. la première année, avec une échelle d'augmentation qui sera établie par la suite. Mais il me faut la garantie d'un minimum de quatre cents dollars par mois, de cinq cents dollars après le premier semestre. Si l'une des parties en cause n'est pas satisfaite au bout de six mois, je me retire.

Les Tyre père et fils échangèrent des regards déconfits. De toute évidence, ils n'avaient attendu qu'une acceptation débordante de gratitude. Ils désiraient beaucoup avoir Spen, et ils avaient compté l'avoir à leur propre tarif.

— Nous devons consulter le docteur Hewlett, dit Tyre senior. Il n'est pas en ville pour le moment.

— Rien ne presse en ce qui me concerne, dit gentiment Spen. Prenez votre temps.

— A propos, j'ai entendu dire que vous aviez travaillé à la clinique James.

— J'ai prêté la main pour un cas d'urgence.

— Cela ne peut vous faire aucun bien de vous mêler à ce monde-là, dit Castleman.

— Je ne vois pas quel mal cela pourrait me faire.

— James n'est guère une relation souhaitable pour un médecin faisant partie de la clinique Tyre, fit lourdement le chef de cette organisation. Je vous conseillerais d'abandonner toute activité de ce côté.

Spen réprima une violente tentation de leur dire à tous les deux que ses relations extérieures, soit personnelles, soit professionnelles, ne regardaient que lui et qu'ils pouvaient aller au diable. Cela pourrait être mis au point plus tard. Pour l'heure, mieux valait y aller doucement. Dur à cuire, mais pas trop dur.

— C'est une activité tout accidentelle, dit-il, ne s'engageant ni dans un sens, ni dans l'autre. Qu'y a-t-il à dire contre James?

— C'est un rouge, gronda Castleman.

— J'ai déjà entendu ça : mais sur quoi se base-t-on?

— Savez-vous ce qu'il essaie de faire quant au logement dans le quartier des filatures?

— Il essaie de nettoyer quelques-uns des trous les plus infects, non?

— Il essaie de détruire la propriété, dit méchamment le jeune Tyre. Voilà ce qu'il essaie de faire.

— Voyez-vous, Brade, expliqua le père, si les lois de logement et d'hygiène étaient assez fanatiquement appliquées pour obliger à la modernisation de ces immeubles, les loyers devraient être augmentés à un tel point que les locataires ne pourraient pas les payer, ou bien alors les propriétaires devraient louer pratiquement à perte, — un ou deux pour cent de rapport du capital.

— Combien rapportent-ils à présent?

— Certains d'entre eux, jusqu'à dix pour cent, répondit le plus jeune, d'un ton si aigu que Spen eut une idée assez précise concernant l'identité de certains propriétaires de ces profitables et immondes logis.

— La question n'est pas là, intervint Blanton Tyre. Ce qui importe, c'est que James indispose les gens bien par son radicalisme. C'est un agitateur-né. Laissez-moi remplir votre verre, Brade.

— Merci, docteur Tyre.

L'affaire étant conclue, Spen ne voyait pas de motif à une plus longue abstinence. Une pensée lui vint.

— Un de vos associés est très lié avec Owen James, n'est-ce pas?

Les Tyre se regardèrent gênés.

— Terry Martin... commençait Castleman, lorsque son père l'interrompit :

— Le docteur Martin est un employé, pas un associé. Son cas est spécial.

— Est-il immunisé contre la contamination James? demanda Brade innocemment.

— Voyons, voyons! rectifia prudemment Tyre père. Contamination est un terme violent. Tout à fait injustifié. Je suis sûr de ne pas l'avoir employé à ce sujet. Pour être entièrement juste, Owen James a exercé une fort heureuse influence sur le docteur Martin, qui a — hum! — ses particularités.

— La boisson. (C'est le fils qui fournissait brutalement le renseignement.) Il y a un an, Terry Martin allait droit au ruisseau.

— Et nous aurions perdu un pathologiste de premier plan, ajouta le père.

— Vous admettez donc quelques vertus chez ce rouge, commenta Spen en souriant.

— Du côté spirituel seulement. Je n'ai rien à reprocher à James comme influence spirituelle, dit Blanton Tyre avec onction. Rien absolument rien. S'il s'en tenait à sa religion, nul ne le critiquerait, j'en suis certain. Mais ses théories médicales et sociales sont subversives, positivement subversives.

Son whisky terminé, Spen se leva et serra les mains. Il était sans appréhension quant à la conclusion de l'entrevue. La formule « dur à cuire » avait bien rendu.

Dehors, Kenny Mangan le regarda.

— Je les ai entendus jaboter à votre propos. Vous avez gagné! C'est dans le sac.

— Merci pour votre conseil.

— Vous me devez un verre. Ou me devez-vous deux verres?

— Dites quand.

— Je vous le ferai savoir.

— Vous me semblez une enfant bien avisée. Si j'entre ici, j'aurai certainement besoin d'autres conseils. Nous pourrions former une alliance.

— Si c'est comme ça que vous l'appelez.

Elle rit. Elle esquissa un autre dessin sur son bloc, mais, comme il étirait son cou pour le voir, elle le couvrit de la main.

— Oui. Nous pourrions, en somme, dit-elle.

12

RENTRÉ dans ses propres quartiers, Spen s'assit pour faire le point : la conclusion de ses cogitations fut qu'il avait si magistralement mené sa barque qu'il avait bien mérité un autre verre. Pas chez lui, toutefois. Tante Candace ne manquerait pas de surgir, le visage empreint d'une désapprobation pincée. Il s'arrêterait au bar *Saint-Charles* sur la route du retour.

Il y fut accosté par un petit homme mince, élancé, aux cheveux noirs, aux yeux noisette, au visage triangulaire, pareil à celui d'un satyre :

— Feriez mieux de venir le boire avec moi, dit l'étranger.

Spen se sentit intéressé :

— Y a-t-il une raison particulière à cela?

— Deux.

— Une suffirait.

— Le docteur Bernitz va venir me retrouver. J'ai pensé que vous aimeriez faire un troisième.

— Très juste.

— L'autre raison est que nous allons être collègues, vous et moi. Je suis Terry Martin.

— De la clinique Tyre?

— Celui-là même.

— Je me demandais pourquoi nous ne nous étions pas rencontrés plus tôt.

— On me garde dans l'ombre. Je n'ai pas les manières de salon. Voici Bernie. Que voulez-vous boire?

— Un *scotch,* merci, dit Spen.

Bernitz serra les mains et commanda un *ginger ale* avec du citron et un trait d'angostura.

— La meilleure boisson par temps chaud, assura-t-il. Ainsi vous allez joindre les rangs des Médecins Chercheurs d'Or, Spen?

— Laissez ça, Bernie, protesta Brade, avec un coup d'œil gêné en direction de Martin.

— Oh! Terry n'a aucune illusion, dit Bernitz. N'est-ce pas, Terry?

— Elles se fanent dans notre serre chaude, répondit l'autre.

— Pour moi, ce sera un zombie, dit-il au barman. Vous n'avez jamais essayé ça? demanda-t-il à Spen.

— Non. Qu'est-ce que c'est?

— Trois sortes de rhum et les ingrédients, sans aucune autre dilution que la glace. Je peux le recommander pour ce qui vous afflige.

— Moi, j'aimerais mieux prendre de la dynamite, fit Bernitz. Spen, avez-vous effectivement signé le contrat?

— Non. Mais c'est ce que je vais faire. A condition que les Tyre se laissent tomber, bien entendu.

— Vous le regretterez. N'est-ce pas, Terry?

Le pathologiste répondit, sans qu'il parût y avoir de rapport :

— Un zombie par jour et le repentir court toujours.

— Si vous ne regrettez rien, il n'en sera pas de même pour vos amis, insista Bernitz.

— Mes amis ne dirigent pas ma vie, déclara Spen. A partir de cet instant, personne ne dirigera ma vie que Spencer Brade, M. D. Pas même ma femme... Personne. Que moi.

Et c'était juste, aussi. Il ressentait un bel élan d'indépendance. Indépendance de tous et de tout, sauf de sa propre habileté. Si le projet Tyre se réalisait, il serait d'aplomb sur ses propres pieds, tant financièrement que professionnellement. Plus de chèque mensuel pour « paterner » le bébé d'un autre homme. Il allait rentrer chez lui maintenant. Tant pis pour le second zombie. Il se trouverait mieux sans — et il pourrait s'expliquer avec sa femme.

Conduisant sa voiture avec un soin extrême, il s'affirmait qu'il était parfaitement sobre. Sobre et résolu. Tandis qu'il ralentissait, Carol l'appela du jardin. Voilà qui allait bien. Pas de tante Candace pour restreindre une conversation que, dans son esprit, il voulait décisive.

Carol était assise sur un des bancs en fer forgé du jardin. Son état était maintenant si apparent qu'elle avait cessé de sortir sauf pour aller à de très petites réunions, et très intimes. Mais sa figure n'avait rien perdu de sa beauté piquante. Spen eut une pensée grotesque : comme tout serait plus simple si elle était banale et indésirable ! Il s'assit en face d'elle.

— Ne fait-il pas trop chaud pour toi, Carol?

Elle sourit.

— Non. J'aime l'air. Et l'odeur des choses qui poussent après la pluie.

— J'ai de bonnes nouvelles pour toi.

— Vraiment? Lesquelles?

— Dorénavant, je ne tirerai plus sur ta caisse.

— Qu'est-il arrivé?

— Je vais faire partie de la clinique Tyre.

— Je ne suis pas tellement sûre que ce soit là une bonne nouvelle, Spen.

— Qu'as-tu donc contre les Tyre? Personne n'a une plus haute cote professionnelle.

— Oui, je sais. Mais le docteur Hewlett a essayé d'entraîner par persuasion la tante Candy à l'opération de la vésicule biliaire, alors que rien ne clochait en elle, qu'une attaque de bile.

— Qui l'a dit?

— Le docteur Cannaday.

— Il peut s'être trompé.

— En trois jours, elle était rétablie.

Il secoua les épaules.

— Ça n'a rien à voir avec toi et moi. Nous sommes le sujet de cette conférence. N'es-tu pas satisfaite de te voir soulagée de ton pensionnaire?

Il avait tenté de prendre un ton détaché.

— Je n'ai jamais pensé à toi comme à un pensionnaire, Spen.

— C'est pourtant ce que j'étais. Et ce que je ne serai plus jamais. Cela prendra un peu de temps pour liquider tout ce que je te dois. (Elle fit un geste qui balayait ce sujet.) Ainsi, tu vois, tout l'édifice est transformé.

— Est-il nécessaire qu'il le soit?

— Du moment où je suis indépendant, j'ai quelques droits.

— Ne les as-tu pas toujours eus? demanda-t-elle faiblement. J'ai essayé de ne me mêler de rien.

— Je pense que tu éludes la question. Tu sais de quels droits je parle. Des droits d'un mari.

— Me courtiserais-tu, Spen? demanda-t-elle, avec un petit rire nerveux.

Il n'eut, en réponse, aucune gaieté sur le visage.

— Tu ne me rends pas les choses faciles.

Elle dit rapidement :

— Jamais je n'ai souhaité t'humilier.

— Ne peux-tu voir que toute la situation m'humilie?

— Mais... mais... Spen... tu ne peux rien attendre de moi *maintenant*.

Ses mains voltigeaient éloquemment autour de sa silhouette alourdie.

Il rougit.

— Je ne suis pas une brute. Mais tu ne resteras pas toujours ainsi.

— J'espère bien que non!

Elle regarda au loin, au-delà de la douceur fleurie des parterres.

— Je voudrais que tu ne t'engages pas chez les Tyre, Spen. Je préférerais tellement te voir à la clinique James.

— Ce n'est pas là la question à examiner en ce meeting.

— Peut-être bien que si, d'une certaine manière.

— Si je me lie avec Owen James, je demeure dépendant de toi. Est-ce là le mari que tu désires?

— Je ne crois pas que tu sois équitable.

— Et toi, l'es-tu?

— J'essaie. Ne peux-tu oublier la question d'argent? Tu m'as rendue si fière de toi lorsque tu as remplacé ce pauvre vieux fou de docteur Gambles et opéré cet ulcère. Comment pourrais-je être fière de toi si tu entres chez les Tyre? Owen dit qu'ils sont...

— Je ne me soucie pas de ce que dit Owen. Je vois ton jeu. Ou bien je suis bien-sage-bien-sage, un bon petit Frère de l'Ordre de la Main Secourable de James, ou alors je continue à dormir au chenil...

— Si tu penses vraiment qu'Owen est bien-sage-bien-sage...

— Je ne le pense pas, interrompit-il. Je trouve que c'est un type épatant. Mais je n'ai jamais prétendu vivre sur ces hautains sommets. Si lui et moi changions de place, il ne dormirait pas au chenil, je le parierais.

— Es-tu jaloux d'Owen? Ce serait absurde.

— Ne le mêle pas à cela. Comprenons-nous bien. Si je me joins aux Tyre, tu en as fini avec moi pour la vie. Si je me joins à James, tout est okay. C'est là ton prix, n'est-ce pas?

Ses yeux à elle regardaient fermement le visage farouche, bien en face sous des sourcils froncés.

— Je n'ai aucun prix, dit-elle. Je ne suis pas à vendre.

— En quoi tu diffères de ton tendre époux. Qui donc a dit : « Quand vous achetez un chien, c'est que vous l'aimez. Quand vous achetez un homme, c'est que vous le méprisez? »

— Est-ce que les Tyre ne t'achètent pas?

Il eut un sourire désobligeant.

— Dis plutôt qu'ils reprennent ton mauvais marché. Après que j'en serai quitte avec toi sur la question d'argent, cette question de toi et moi reviendra sur l'eau. Ne crois pas que, celle-là, je la laisserai tomber.

— Il y aura une autre question, dit-elle d'une voix égale. Pendant que nous y sommes, nous pouvons aussi bien l'aborder.

— Le divorce? Si tu veux divorcer maintenant,

je n'ai pas un mot à dire. C'est une partie de la convention.

— Pas le divorce. Pas pour le moment. Tu me demandes de vivre avec toi après la naissance du bébé. Dans ce cas, il pourrait y en avoir d'autres.

— Et pourquoi? Est-ce une objection?

— Je me le demande. C'est à toi que je vais demander quelque chose, Spen. Si cela te fâche, je le regrette. As-tu toujours bu comme tu bois depuis quelque temps?

— Non. Je ne suis pas particulièrement heureux depuis quelque temps.

— Y a-t-il une tendance aux excès de boisson dans ta famille?

— Mon grand-père, le vieux général, était certainement une belle vieille éponge. Et puis après? Est-ce héréditaire? Ou tout cela n'est-il que subterfuge?

— Ne me parle pas sur ce ton, Spen, dit-elle avec un éclair de colère. S'il est question d'avoir d'autres enfants, je voudrais en savoir plus long sur leur père que je n'en sais sur le père de celui que je porte.

— Je ne suis pas un ivrogne, dit-il furieux. Et il n'est pas question d'élevage sélectionné. (Elle frissonna.) Il est question de savoir si oui ou non tu vivras avec moi lorsque tout sera en règle. Oui ou non?

Elle réfléchit.

— Veux-tu faire quelque chose pour moi, Spen? Veux-tu renoncer à boire pendant six mois?

— Du diable! (Le zombie commençait son second effet. Et vigoureusement.) Ne compte pas me traiter comme un enfant? Encore des conditions? Encore un marché? J'en ai par-dessus la tête des marchés! N'y en a-t-il pas eu assez entre nous?

— Peut-être bien que si. Tu as bu, n'est-ce pas?

— J'ai bu. Et je vais retourner boire immédiatement.

— Cela ne regarde que toi, dit-elle avec fermeté.

— Tu as raison, cela ne regarde que moi. Il en va de même pour l'association Tyre : cela ne regarde que moi. Et, pour que tout soit bien clair, je vais signer dès demain. Tu sais pourquoi?

— Parce que tel est ton choix naturel, je présume.

— Parce que chaque journée de plus pendant laquelle je m'endette vis-à-vis de toi m'étouffe. L'argent Tyre est ma rançon.

— N'essaye pas de me rendre responsable de tes actions, fit-elle sans cacher son mépris. Si tout est dit, je rentre.

— Je pense que tout est à jour, sauf l'argent, répondit-il.

Il y eut après cela une contrainte nouvelle sur eux pendant les repas. Tante Candace le remarqua-t-elle? Elle parut à Spen plus attentive, plus soupçonneuse, à la recherche de quelque chose qu'elle ne comprenait pas. Qu'est-ce que cela pouvait bien faire, après tout? En quoi lui importait cette famille étrangère? Il pouvait en somme l'accepter comme un gîte confortable et même heureux, un pied-à-terre social et donc professionnel, rien de plus.

— Pourquoi ne vas-tu pas voir Owen? demanda Carol un soir, quelque temps après leur conversation sans conclusion.

— Pas une mauvaise idée, répondit le mari.

Au bureau de la clinique, il fut présenté à deux jeunes médecins locaux, Brant Murphy et Trevis Benton.

— Benton est un nez de laboratoire et un fureteur parasite pour le compte du Bureau de l'hygiène, expliqua Owen James. Comme tel il a pas mal démoli la réputation originelle des plaines de l'Helminthe. Murphy se soucie de *sa* réputation comme d'une figue : aussi prend-il, de temps en temps, des vacances de cocher de fiacre en venant nous donner un coup de main pour la médecine générale.

Félix Bernitz, sombre, maigre et las, entra. Autour d'un verre d'ale, Spen s'enquit :

— Avez-vous trouvé quelqu'un maintenant pour stériliser cette reproductrice de demi-fous?

— Mrs Plotzor? Non, répondit Bernitz.

— Existe-t-il quelque moyen légal pour rendre cette stérilisation obligatoire?

— Dans cet Etat-ci non, répondit Owen. A moins qu'elle ne soit folle. Ce que, techniquement, elle n'est pas. Mais il est tout aussi dangereux de laisser les idiots faire souche nombreuse que les fous.

— Je ferais volontiers cette opération pour vous, dit Brade. Et il est plus que probable que je la ferai puisqu'il n'y a pas urgence, je crois. Vous savez, ceux qui n'aiment pas vos expériences vous surveillent.

— S'ils surveillaient les médecins filous et charlatans, cela vaudrait mieux, ce serait plus utile, dit Murphy. Et cela vaut pour les plus hauts placés comme pour les autres.

— Lorsque vous êtes arrivée, Brant nous parlait d'un cas auquel il s'est intéressé, expliqua Owen.

— Une petite cousine à moi, dit le G. P. (1). Une bonne gosse, un rien neurasthénique. Elle commença d'avoir des règles excessives, rien de grave : quelques piqûres de théine en seraient venues à bout en très peu de temps. J'étais à l'école — et, de toute manière, je n'en savais pas assez long à l'époque pour pouvoir rien empêcher. Sans me le dire, la famille l'envoya dans une de nos cliniques privées...

— Pas de noms ! coupa vivement Bernitz.

— Peur d'être appelé comme témoin dans un procès en diffamation, Bernie? (Il vida ce qui restait dans sa chope et la tendit pour qu'elle fût remplie à nouveau.) Okay ! Le vieux démon demeurera donc anonyme. Que fait-il de la gosse? Il conseille une hystérectomie.

— Non? fit Spen, incrédule. Sur une adolescente? A moins, évidemment, que son diagnostic n'ait révélé une tumeur maligne?

— Son diagnostic avait révélé de l'argent dans la famille, fut l'amère réponse. Eh bien ! il enleva la matrice et chercha un peu partout pour voir s'il trouverait autre chose. Il découvrit un petit kyste sur un ovaire et enleva l'ovaire. Par là-dessus, par maladresse, il coupe l'uretère et, au lieu de le recoudre comme aurait fait n'importe quel chirurgien à moitié digne de ce nom, il le ligature.

— Mais Dieu du Ciel ! s'exclama Spen, qu'est-ce qu'il compte faire des sécrétions normales? Quoi ! Elle va perdre un rein !

(1) G. P. : *general practionner*, praticien en médecine générale.

— Elle l'a perdu. Et elle a été diablement près de perdre l'autre, par infection. Infirme chirurgicale pour la vie.

— Ce boucher devrait être signalé à la société locale.

— Essayez ! rétorqua le G. P. Ils vous sortiront par le fond de votre culotte !

Trevis Benton posa le sandwich au fromage qu'il mangeait.

— Il m'est arrivé de m'échauffer à blanc, et dans un bel esprit de réforme j'ai écrit un papier intitulé : *Boucs émissaires chirurgicaux*. C'est du pur Cicéron (1), j'ose le dire. Je le remis à l'Académie locale, où l'on m'expliqua fort poliment l'usage que j'en pouvais faire, qui n'était *pas* celui en vue de quoi je l'avais écrit.

— Vous auriez marché sur la moitié des orteils chirurgicaux de Charlesville, souligna Murphy.

— Est-ce que je l'ignore? Vous seriez surpris de voir la quantité d'organes sains et normaux qui arrivent pour examen au laboratoire de pathologie.

— Comment ont-ils le culot de les envoyer? s'étonna Bernitz.

Benton ricana.

— Est-ce qu'ils savent? Ces damnés imbéciles ne distinguent pas ce qui est malade de ce qui ne l'est pas. Si tous les appendices normaux dont on s'est emparé dans cette ville étaient mis bout à bout, ça vous ferait de l'amorce pour la pêche à la ligne pendant vingt ans !

— Tout le monde débine les chirurgiens, pas vrai, Brade? dit Owen James.

Quelque chose demeura accroché comme une bardane dans l'esprit de Brade, lorsqu'il eut regagné son logis. Ce cas de la jeune cousine de Brant Murphy. Pourquoi Bernitz avait-il interrompu si vivement le narrateur? Pas de noms. Pourquoi? Pour ménager sa susceptibilité à lui, Spen? Si oui, l'identité du chirurgien bousilleur était assez claire. Toutefois, ce pouvait ne pas être cela. Le rapport de Murphy n'était d'ailleurs pas concluant. Il n'avait

(1) Benton prononce *zizzero*, intraduisible plaisanterie à peu près si zéro ».

pas assisté à l'opération. Peut-être, au surplus, la présence d'un cancer rendait-elle l'ablation de la matrice indispensable. Probablement même. En tout cas, ce n'était pas son affaire à lui, Brade. Le mieux, c'était de l'oublier.

13

LE premier du mois, Spen transféra son matériel à l'étage supérieur et s'installa dans sa nouvelle besogne. Sur un point, sa résolution était prise : il donnerait ce qu'il y avait de meilleur en lui. Il n'y aurait aucun laisser-aller dans son travail professionnel ni dans ses efforts pour se tenir au courant de tous les progrès dans sa spécialité. Il se prouverait à lui-même et prouverait à Carol qu'un praticien peut vouloir l'argent sans que ce soit au détriment de son éthique scientifique.

Il était également résolu à économiser. Il éprouvait une violente démangeaison de se libérer du cilice de sa dépendance. Au jugé, il devait environ quatre mille dollars à sa femme. Il devait encore huit cents dollars sur sa voiture. Et il avait peut-être deux cents dollars de dettes diverses. En gros, cinq mille dollars. Sans dépenses ménagères — il verrait plus tard à ajuster cela, de manière à payer l'arriéré de ses frais de pension — il devait pouvoir s'en tirer à cent cinquante dollars par mois et employer deux cent cinquante dollars à la liquidation progressive de son passif. A cette allure, il serait à flot en moins de deux ans. Mais, avant que deux années fussent écoulées, il comptait bien s'être rendu indispensable à la clinique, de manière à pouvoir dicter ses propres conditions. S'il ne valait pas de douze à quinze mille dollars par an pour les Tyre, il les quitterait. Et s'il les valait, il était joliment décidé à les obtenir.

Parmi ses nouveaux collègues, Terry Martin, le mince, le sardonique directeur du laboratoire, l'intéressait particulièrement. Les rapports de Terry avec la clinique étaient spéciaux. La réserve avec laquelle les Tyre le traitaient était payée en retour par un dédain mal dissimulé. Spen voyait les rapports du laboratoire sur les diagrammes qui passaient chaque matin dans les salles d'examen, ainsi que les remarques pathologiques relatives aux pièces enlevées aux patients. Son respect pour la clinique en était accru.

Les quartiers de travail de Martin étaient situés à l'écart du laboratoire principal où travaillent les techniciens. Errant par là, une fin d'après-midi où rien de particulier ne requérait ailleurs son attention, Spen vit que l'équipement était moderne jusqu'au dernier instrument, jusqu'au moindre détail. Partout s'affirmait la présence d'un savant entraîné aux travaux de laboratoire. Si Martin était à ce point compétent, pourquoi travaillait-il dans ces conditions plutôt obscures?

Le pathologiste était penché sur un microscope binoculaire. Il leva la tête et cligna des yeux pour se réaccoutumer à la lumière.

— Hello, Brade! dit-il, poussant un tabouret vers lui du bout du pied. Prenez ce perchoir. Je suis à vous dans un instant.

Il étudia pendant une minute peut-être la lamelle glissée dans le microscope et inscrivit une courte note dans un cahier qui contenait de nombreuses autres remarques de sa petite écriture. Il ferma le livre d'un coup sec et l'envoya dans une armoire.

— Je prépare un travail sur un test de grossesse, plus commode et moins coûteux que les systèmes Friedman et Ascheim-Zondek. Chaque fois que je le puis, je chipe quelques minutes pour cela.

— Si vous êtes occupé, je peux revenir, proposa Brade.

— Non, non. Plus tard cette vieille frappe de

Tyre est bien capable de nous envahir. Installez-vous.

Il sourit. Et Spen constata ce qu'il avait soupçonné à leur première rencontre, que ce jeune homme aux étranges yeux de billes, qui avaient l'air de rire de vous, pouvait quand il le voulait être un personnage particulièrement sympathique.

— J'étais précisément sur le point de décapiter une bouteille de bière. Que diriez-vous de faire ça ensemble?

Il ouvrit la porte d'un étincelant réfrigérateur. Spen en vit les rayons pleins de petits flacons à capsule de caoutchouc, qui, il le savait, contenaient des sérums et des vaccins.

— Nous avons fait beaucoup de vaccins récemment, expliqua Terry Martin, tandis qu'il plongeait la main dans les profondeurs de la glacière et en retirait deux bouteilles.

Il fit sauter les bouchons et tendit à Brade une éprouvette propre qui se trouvait sur un rayon, près de l'évier.

— N'ayez crainte, fit-il. Je réserve ces éprouvettes là-haut pour la bière. On peut avoir des éprouvettes dans un lieu où on ne saurait avoir des verres. Croyez-vous que vous vous plairez à la clinique?

— Cela paraît épatant, répondit Spen. Il y a certainement du travail pour tout le monde.

— Aviez-vous déjà rencontré une organisation de ce genre?

— Comment l'entendez-vous?

L'autre leva sa bouteille et versa lentement dans son éprouvette le restant de bière, regardant la mousse monter jusqu'au bord. Il leva vers Spen des yeux où dansait une lueur nettement narquoise :

— Je veux dire : avez-vous déjà vu une équipe de sangsues aussi distinguées que nos illustres associés?

Spen rit moitié moitié, comme s'il pensait que Martin voulait simplement plaisanter.

— Depuis combien de temps êtes-vous ici? demanda-t-il pour changer la conversation et tenter de la conduire vers des voies plus agréables.

— Quatre ans. Sitôt terminés mes travaux de recherche à Yale.

— Ça vous plaît?

— Diable non!

L'intonation de Martin était amère. Il constatait un fait, sans plus.

— Vous avez dû vous apercevoir, je pense, que je ne suis pas exactement *persona grata* auprès de ces messieurs.

— Oui, plus ou moins.

— La vérité vraie est que l'équipe déteste jusqu'à mon ombre, mais je fais ce qu'il faut et ils auraient un mal du tonnerre pour trouver quelqu'un d'autre qui se tirerait de la besogne comme moi. C'est toute une affaire aujourd'hui que de dégotter un homme qui s'y retrouve dans les diagnostics pathologiques, fait de la bactériologie et prépare les sérums.

Il pencha la tête de côté comme une alerte petite poule de Bantam.

— Vous ont-ils raconté avec des larmes dans les yeux que l'alcool est ma malédiction et ma perte?

Spen paraissait mal à son aise.

— Je vois qu'ils n'y ont pas manqué. Laissez-les penser ainsi. C'est vrai jusqu'au moment où Owen James m'a extrait d'une boîte à boisson dans son bas-fonds favori, une nuit, et m'a injurié jusqu'au retour au bon sens et à la sobriété.

— Tout ça, c'est au mieux, dit Spen. Mais pourquoi restez-vous ici, attaché à un emploi que vous n'aimez pas?

— Est-ce que je sais? Mais montrez-moi un hôpital qui ait un laboratoire comme celui-ci? Ou peut-être bien que j'aime trop mes chers confrères pour les quitter. En tout cas, ils me procurent un bon coin où j'ai le temps de travailler à diverses choses qui m'intéressent, comme le test de grossesse par exemple. Il se peut que ça ne donne rien, je ne suis pas assez avancé pour le dire encore, mais si ça donne quelque chose, ça vaudra le coup.

— Je ne savais pas que les tests de grossesse étaient si importants, fit Spen. Non que je veuille vous décourager, s'empressa-t-il d'ajouter.

— Au point où ils en sont, leur importance est

mince, admit Martin. Ils ne fournissent pas de certitude assez tôt. Le test auquel je travaille, si tout marche bien, sera concluant au bout de la seconde semaine. Et ce sera simple. Rien qu'un échantillon sanguin, séparer le sérum, ajouter un réactif ou deux et comparer avec un type donné de couleur. Le tout peut être fait par n'importe quel médecin dans son propre laboratoire en un quart d'heure. Pensez à ce que cela représentera pour les médecins. Toutes les jeunes personnes qui auront quelque peu folâtré et constateront quelques jours de retard viendront trouver le docteur pour qu'il leur fasse une réaction. A cinq ou six dollars à chaque coup, les médecins ne s'ennuieront pas.

— Vous prendrez probablement place dans l'Histoire comme un des grands hommes du siècle, assura Brade avec un sourire.

Des pas lourds dans le couloir annoncèrent l'arrivée prévue de Blanton Tyre. Il parut surpris de trouver Brade en ce lieu. Durant quelques secondes, ses yeux se rétrécirent de mécontentement ou de suspicion. Puis il sourit et posa sa main sur l'épaule du jeune chirurgien, d'un geste paternel.

— Avide d'acquérir des connaissances? eh, fit-il avec bonhomie. Ah! j'en ai passé des heures de la sorte, quand j'étais jeune.

Il se tourna vers le pathologiste.

— A propos de cette matrice que j'ai enlevée hier à la femme Masterson, Terry, vous l'ont-ils envoyée?

— Elle est là-dedans, fit Martin, montrant un vase sur le rayon.

— Vous y verrez, je pense, une considérable transformation de la fibre, une considérable déviation de la texture normale. Considérable, en vérité. Faites-moi tenir votre rapport aussitôt que vous aurez examiné les prélèvements.

Il demeura un instant encore, parlant de la tenue du marché. Spen, se demandant si l'autre attendait qu'il sortît, demeura tranquillement sur son siège, et Tyre repassa la porte seul.

Terry écrasa sa cigarette dans l'évier.

— Transformation de la fibre! Il sait fichtrement bien que cette matrice était tout à fait normale. C'était l'indication du sens à donner à mon rapport. Et que je sois damné comme un parfait hypocrite, mais je l'écrirai vraisemblablement tel qu'il le veut, parce que je reculerai devant une bagarre avec ce vieux coquin !

L'impression qu'avait eu Spencer, le sentiment du déplaisir éprouvé par Tyre en le trouvant avec Terry, eut une prompte confirmation. Le chef de la clinique était dans le bureau de Brade, attendant son retour, lorsqu'il y revint.

— Comment vous entendez-vous avec Martin? s'enquit Tyre.

— Admirablement !

— Garçon brillant, ce Terry. Dommage qu'il soit si fantasque.

— Il est certainement très capable, dit Spen.

— Capable, oui, mais pas sûr. Il est buté. Ne prenez pas trop garde à ce qu'il dit. Il vous contera les histoires les plus folles. Et pour quelque raison — il baissa la voix jusqu'au murmure confidentiel bien qu'il n'y eût personne à portée — pour quelque raison, il ne m'aime pas. Oh bien ! que voulez-vous? — il rit — c'est généralement la récompense à laquelle il faut s'attendre lorsqu'on se mêle d'aider ses proches. Puis-je vous déposer quelque part?

— Non, merci, dit Spen. Ma voiture est dans le parc.

— A propos, reprit Tyre. Une femme doit venir la semaine prochaine. Le médecin de la famille croit possible qu'elle ait un cancer à l'utérus. Il faudra probablement faire une hystérectomie totale : je vais tâcher que vous vous occupiez de ce cas. Le médecin estime qu'il y aura quelques difficultés, mais je suis sûr que vous vous en tirerez fort bien. Ces longues opérations m'épuisent beaucoup. Je vieillis, mon garçon, je vieillis.

Il eut un rire tolérant à son propre endroit, pour bien faire entendre qu'il n'en croyait pas un mot.

— Je ferai de mon mieux, assura Spen.

Néanmoins, il n'était pas tout à fait à son aise. Quelque chose de trop cordial, de trop jovial, dans la manière dont la chose était offerte, l'avait défavorablement impressionné. Le soupçon lui vint à l'esprit qu'il s'agissait cette fois d'un cas vraiment désespéré et que l'on s'attendait presque inévitablement à une issue fatale; que Blanton Tyre, désireux de maintenir son propre pourcentage de mortalité aussi bas que possible s'arrangeait pour y arriver en confiant à d'autres les opérations pour lesquelles les prévisions étaient pessimistes. Ferait-on de lui le bouc émissaire de la clinique? Cette perspective ne lui plut aucunement.

Se souvenant qu'il avait un travail à la traîne, Spen s'y attela. Un vent furieux et une pluie battante malmenaient sa fenêtre quand il se leva. Allant dans l'antichambre pour y prendre son pardessus et son parapluie, il trouva Kenny Mangan encore assise à son bureau.

— Quelle travailleuse ! railla-t-il. Qu'est-ce qui vous garde ici si tard ?

— Vous en seriez surpris ! répondit-elle, le crayon en suspens au-dessus de son bloc.

— Allez-y. Surprenez-moi !

— J'essaie d'écrire un poème.

— Vous ? Un poème ? Pourquoi ?

— L'argent ! Même motif que celui qui vous fait travailler ici, répondit-elle pertinemment.

— On paie de l'argent pour des poèmes d'amateur ?

— Amateur vous-même ! Bill Stetson me paie un dollar pour chaque poème que je couche au long des colonnes de son numéro du dimanche. Et une fois, j'ai réussi à passer au *New-Yorker*.

— Ce que c'est qu'un cerveau ! admira Brade. De quoi traite ce poème-ci ?

— C'est à propos d'un chasseur russe qui tira une loutre en Prusse.

— On ne tire pas les loutres, on les piège.

— Comment pouvez-vous savoir ce qu'on fait en Prusse ?

— Pardon.

— D'ailleurs je pourrais mettre : qui piégea. Ce qui m'ennuie, c'est la rime. Je vais avoir besoin d'une rime à loutre. Vous n'avez pas ça dans votre poche ?

— Tourtre — proposa-t-il. Tourtre.

— Ah ! vous êtes vraiment d'un grand secours,

fit-elle dédaigneusement. Croyez-vous que cette pluie ne cessera jamais?

— Je vais vous reconduire, Kenny.

— On dirait qu'il faut un soulèvement des éléments pour nous réunir, pas vrai? musa-t-elle.

— A qui la faute?

— Je vous ai dit ce que je pensais du mélange des rapports professionnels avec — autre chose.

— Je paierai donc votre taxi, si tels sont vos inflexibles principes.

— Pas si inflexibles que ça, en somme. J'aime mieux aller avec vous.

— Vous avez l'air d'une gosse ce soir, fit Spen en maintenant la portière ouverte pour elle.

— Je ne reverrai plus jamais mes vingt-cinq ans. On apprend des tas de choses en un quart de siècle.

Dans la voiture, il demanda :

— Voulez-vous qu'on s'arrête pour prendre un verre que je vous dois toujours?

— Oui.

— Où allons-nous? Au *Saint-Charles*?

— Non. Votre famille pourrait s'y trouver.

— Elle ne s'y trouvera pas. Ou si elle s'y trouvait, ajouta-t-il amèrement, ça lui serait bien égal.

— Oui, j'ai entendu murmurer à ce propos, répondit la jeune fille. Sans quoi je ne serais pas ici. Je ne suis pas une voleuse de maris.

— Qu'est-ce que vous avez entendu dire?

— Potins habituels. Est-ce que vous m'emmenez pour me parler de votre femme? Allons dans un endroit tranquille.

Kenny demanda du sherry aux amers.

— Prudence? s'informa-t-il pour la taquiner.

— Non. Je n'aime pas l'alcool, c'est tout. Cela tue tout en moi.

— Alors, pour l'amour du Ciel, n'en buvez pas! s'exclama-t-il avec une feinte anxiété.

Elle lui fit une grimace. Puis :

— Spen, ne voyez-vous que d'un œil?

— Non. Pourquoi?

— Ça vaudrait peut-être mieux pour vous.

— Par exemple, pourquoi?

— Certaines choses au bureau.

— C'est-à-dire?

— De petites irrégularités. Des dames...

— Je ne vous comprends pas, fit-il, mal à son aise.

La jeune fille essayait-elle de lui faire entendre que les Tyre employaient leurs bureaux à des usages clandestins?

— Vous ne paraissez pourtant pas si obtus que ça! dit Kenny. N'avez-vous jamais vu les petites annonces des journaux à bon marché?

— Oh! alors! Les Tyre ne mettent pas d'annonces.

— Seigneur, donnez-moi la patience! cria la jeune fille. Des annonces? Bien sûr que non, qu'ils ne mettent pas d'annonces. Ces trucs-là n'impriment pas leur publicité. La publicité se fait d'elle-même. Discrètement. De bouche à oreille. Je parle de notre petite branche particulière. Moi j'appelle ça réparation de Tyre (1). Nous regonflons les pneus à plat. Où plutôt nous faisons le contraire. Pour dames. Nous les réparons de telle sorte qu'elles sont plates à nouveau.

Il commençait à comprendre.

— Est-ce que vous essayez de me faire croire que des médecins dans la situation des Tyre...

— Ne vous échauffez pas, coupa-t-elle. Nous ne prenons pas tout ce qui se présente, je puis vous le garantir. Chez nous, ce n'est qu'un accessoire. Une conséquence de notre travail normal. Du travail d'urgence, pourrait-on dire. Et seulement dans des cas très personnels, très spéciaux, quand c'est? hem! — médicalement indiqué. Si la patiente se trouve n'être pas encore mariée, ce n'est que simple coïncidence et par hasard. J'essaie simplement de vous avertir pour vous éviter un choc plus tard.

— Je n'en crois rien, dit-il.

Elle changea immédiatement de manière.

— Voilà qui est bien, ronronna-t-elle. Que de soucis épargnés! N'en croyez pas un mot. Je travaille du chapeau, et c'est tout. Je parle de mon chapeau de douze dollars quatre-vingts cents, bien

(1) Jeu de mots — Tyre ou *tire* ; pneu. Réparation de pneu. La suite est accrochée sur ce jeu de mots.

entendu. De toute façon, nous ne sommes pas ensemble pour parler boutique, n'est-ce pas?

Quand ils furent à nouveau dans la voiture, elle se rapprocha de lui. Il eut conscience de la douce chaleur de l'épaule pressée contre la sienne. Il glissa un bras autour d'elle.

— Vaudrait peut-être mieux surveiller votre conduite, dit-elle avec un petit rire, comme la voiture déviait légèrement.

— Juste. Nous n'avons pas besoin que la police se mêle de notre promenade.

— Certes non. C'est une charmante promenade telle qu'elle est. Elle me plaît.

Kenny se rapprocha encore un peu.

Au bord du trottoir, devant la maison où habitait la jeune fille :

— Kenny? dit-il.

Elle leva vers lui un visage d'enfant. Mais ce n'était pas un baiser d'enfant que celui qui fit frémir son sang dans ses veines. Elle frissonna et s'écarta.

— Quelqu'un vient, murmura-t-elle.

La porte de la maison s'ouvrit, livrant passage à une forme féminine bien enveloppée contre les intempéries.

— Kenny? dit une voix. Est-ce vous?

— Oui. Vous sortez, Bertha? C'est une camarade d'appartement, murmura-t-elle à l'oreille de Spen.

— Service de nuit, répondit la forme. Vous verrai demain.

— Okay. Bonne nuit.

Et Kenny revint dans les bras de Spen.

— Voulez-vous monter prendre un verre? demanda-t-elle, quand la longue étreinte fut terminée.

— Vous allez me mettre en retard pour dîner, répondit-il d'une voix incertaine.

— Non! s'exclama-t-elle avec une fausse stupeur. C'est ça qui serait grave!

Dans la faible lumière, son visage pétillait littéralement de malice et de défi.

— Je pourrais bien, un jour ou l'autre, vous mettre en retard pour le petit déjeuner.

— Par exemple? quand? Pour le petit déjeuner de demain?

— Pourquoi pas? questionna Kenny.

On ne lui posa aucune question lorsqu'il rentra chez lui de bonne heure le lendemain matin. Tout simplement, il était resté dehors à cause d'une urgence. A la vérité, il ne se sentait aucune responsabilité particulière vis-à-vis de Carol. Il ne lui avait aucune obligation physique. Si elle avait été disposée à lui laisser sa chance, il n'y aurait jamais eu de Kenny Mangan. Carol ne lui avait-elle pas indiqué qu'elle n'attendait pas de fidélité de sa part? Pourtant, si la situation avait été renversée? Sa tendance scientifique l'obligeant à examiner un problème sous tous ses angles, Spen se demanda ce qu'il éprouverait si Carol sortait du droit chemin. Cet aspect de la question lui étant carrément désagréable, il tenta de s'en débarrasser l'esprit. Au surplus, elle était la dernière fille du monde à se laisser aller à des amours passagères. Aussi essentiellement et vigoureusement féminine qu'elle fut, elle observerait toujours la décence. Alors? Etait-ce décent à lui de dormir avec Kenny Mangan alors qu'il vivait sous le toit de sa femme? Oh! au diable tout cela! L'affaire Kenny pouvait être menée discrètement. Kenny était un petit oiseau d'une grande sagesse.

Il n'en était que plus pressé de se libérer de sa dette vis-à-vis de Carol. C'était une pensée corrosive dans son esprit.

14

LE nouveau partenaire s'aperçut que le régime du moteur de la clinique Tyre était beaucoup plus élevé que l'allure paisible qui avait été la sienne dans son propre cabinet. Ici, c'était littéralement une machine médicale, une sorte de machine à sous, dont le mécanisme ne se déclenchait qu'une fois la pièce dûment glissée dans la fente, et il arrivait même qu'il fallût insérer de nombreuses pièces de monnaie avant d'obtenir la livraison de fort peu de chose en vérité. Il en eut le souffle presque coupé lorsqu'il entendit Blanton Tyre parler négligemment d'honoraires de mille dollars pour des opérations qu'il avait faites pour cent, et se trouvant bien payé. Fait curieux, il entendit rarement une malade élever quelque objection. Elles arrivaient là sachant que les tarifs de la clinique étaient élevés et payaient sans discussion ni murmure. Beaucoup d'entre elles lui parurent même satisfaites de ce privilège.

Spen s'aperçut promptement qu'aucun désir d'aider l'humanité souffrante ne guidait les Tyre dans leurs besognes de charité. Il s'agissait pour eux d'accroître toujours leur réputation et d'entasser les « cas » de telle ou telle maladie, de tel ou tel

« état », se présentant sous une forme et d'une manière inaccoutumées, dans des conditions exceptionnelles, et qui permettaient ainsi des rapports circonstanciés, lesquels, lus aux réunions des sociétés médicales de l'arrière-pays, ne pouvaient manquer d'impressionner grandement médecins et chirurgiens moins favorisés sous le rapport des opportunités cliniques. En bref, Spen apprenait que ce qu'il avait pris chez lui pour un cynisme résolument mercantile n'était qu'innocence et candeur comparé au banditisme impeccablement « éthique » des Tyre.

Comparant ses propres observations avec ce que la clairvoyante et fûtée petite Kenny lui avait conté, il en arriva à cette conclusion : les Tyre, sous le couvert d'une clientèle de grande classe, étaient essentiellement, foncièrement, des charlatans. Blanton Tyre était un âne pompeux et un dangereux bousilleur. Son fils était un *ignoramus* important et vaniteux et n'avait que bien juste évité d'être recalé à la sortie d'un collège médical de second ordre. Carter Hewlett en savait à lui tout seul deux fois autant qu'eux deux ensemble, mais il était dépourvu de tout principe, établissait ses diagnostics à pile ou face, était disposé à accepter d'enthousiasme et sans discrimination n'importe quelle manie ou lubie médicale émanant d'une source supposée avouable. Ils étaient tous les trois d'habiles politiciens et tenaient pratiquement sous leur contrôle l'Académie locale, outre qu'ils représentaient une influence certaine dans l'organisation officielle de l'Etat. Dans l'équipe, Terry Martin était absolument de première classe, et Palfrey, le radiologiste, se montrait fort compétent, mais l'un comme l'autre n'étaient que des employés salariés.

Un autre point des usages de ce cabinet médical, qui, plus encore que la rapacité courtoise des Tyre, préoccupait Brade, était la branche « spéciale » que lui avait signalée Kenny, le soir où débuta leur liaison. Encore qu'il l'eût fait taire, il savait dans son cœur qu'elle disait vrai. A présent, les témoignages se présentaient sous ses yeux, irrécusables, qu'il lui était impossible d'ignorer.

Il s'était amené, selon ce qui était son habitude acquise, au laboratoire de Terry Martin.

— Pas envie de voir une curiosité scientifique intéressante? demanda le pathologiste, une âpreté significative dans la voix.

— Bien sûr que si! répondit Spen, soupçonnant aussitôt qu'il eût été plus sage de répondre : « Bien sûr que non! »

Terry leva une lamelle supportant une section d'échantillon pathologique. Elle ne portait aucun nom. Il la glissa sous le microscope, mit attentivement au point, puis, se redressant, il fit s'asseoir Spen sur le tabouret devant l'instrument :

— Dites-moi ce que vous pensez de ça!

— Ça m'a l'air de tissu cellulaire, tout à fait l'air.

— Non! Pas possible! fit l'autre, avec un étonnement allégrement exagéré. Et alors!

— Si ce n'est pas du placenta, je suis, moi, Elisabeth la reine vierge.

— Comment! comment!

Terry le réprimandait, parodiant outrageusement la suave affectation de Tyre.

— Mon garçon! *mon garçon!* Regardez encore. Comment, je vous le demande, pourrait-ce être du placenta? Que meure cette indigne pensée! Hypertrophie...

— Hyper rien du tout! coupa Spen. Avortement pur et simple.

Son collègue le reprit :

— Jamais je n'étiquette ainsi ces opérations des Tyre. Elles sont très délicates, avec tout plein d'embellissements et de garnitures, et très, *très* spéciales. Personne, sauf d'anciennes et très sûres clientes, ne peut se présenter. Après quoi, tout fonctionne comme une machine bien huilée. Salle d'opération isolée, anesthésiste discret, infirmière sûre. L'échantillon prélevé est dépêché aux laboratoires de la clinique Tyre, où un pathologiste choisi — moi — établit un diagnostic choisi — hypertrophie par endométrite. L'échantillon est détruit. La lamelle disparaît. Personne ne pourrait rien prouver, même si on le voulait.

— Qu'en pensez-vous réellement, Terry? demanda le visiteur.

Terry haussa les épaules.

— *Ce n'est pas la peau de mon derrière* (1). Il faut bien qu'il y ait quelqu'un qui se dévoue pour sauver la pure jeune féminité américaine en détresse...

— N'empêche, dit Spen brièvement, qu'ils peuvent garder cette branche de leur commerce dans la famille. Je n'en veux pas pour ma part.

— Alors, qu'est-ce que vous faites ici? rétorqua Terry. Non. Ne répondez pas. Je vous donnerai la réponse moi-même un de ces jours.

En sortant, Spen s'arrangea pour échanger quelques mots en particulier avec Kenny Mangan.

— Vous aviez raison à propos des « réparations » de Tyre, admit-il.

— Bien sûr, j'avais raison ! Kenny sait ce qu'elle dit !

— Est-ce que Bertha est à la maison ce soir?

— Je crains que oui.

— Bien. Nous pourrions du moins dîner ensemble. N'avons-nous pas à parler de certaines choses?

Il souriait. Elle lui sourit en retour. Calme et sereine. Il savait bien, depuis l'autre soir, qu'elle n'était pas vierge. Maintenant, son air détaché suggérait une bonne mesure d'expérience. Cependant, il savait au-dedans de lui-même qu'elle n'avait rien d'une coureuse. Il y avait dans son comportement trop d'indépendance, trop de respect de soi, pour permettre cette déduction facile.

— Ça ira, fit-elle.

— Combien de temps?

Le petit visage provocant devint sérieux.

— Cette ville est un paradis pour les potins. Les vieilles poules en vivent. C'est pourquoi il nous faut être sages et prudents. Pas trop sages bien sûr...

Elle sourit de son sourire malicieux.

— Parce que, dans ce cas, nous n'aurions pas besoin d'être prudents. Mais mon emploi en dépend et peut-être le vôtre. A tout prendre, c'est bien ce qu'il pourrait vous arriver de mieux, ajouta-t-elle pensivement. Mais vous n'avez pas besoin d'une bagarre avec les Tyre. Ils feraient évidem-

(1) En français dans le texte.

ment un foin de tous les diables, s'ils savaient.

— Quel droit en auraient-ils? Ne m'avez-vous pas dit que Castleman a fait une tentative vis-à-vis de vous?

— Plusieurs tentatives, dit-elle gaiement. Le vieux aussi : une. Ça ne les a avancés à rien. Mais comme ils seraient vexés s'ils apprenaient que j'ai eu le coup de foudre pour vous. Car je l'ai eu, Spen. La première fois que je vous ai vu. Vous n'êtes pourtant pas si sensationnel à regarder! Je pense que c'est votre voix qui a fait le dégât. Votre voix et vos façons courtoises. Je ne les aime pas insolents et audacieux. Comme sont la plupart des jeunes médecins.

— Que pensez-vous du week-end? demanda-t-il, plein d'espoir. Pourriez-vous partir?

Elle fit oui, de la tête.

— Pourquoi pas? Du samedi au lundi, je suis mon propre maître. Le docteur Martin a envoyé cette lamelle, je crois, docteur Brade, fit-elle du ton rapide et neutre qu'elle employait au bureau.

Car Blanton Tyre, tout reluisant, était visible au fond de l'entrée.

Une urgence, trop exigeante professionnellement pour être esquivée, intervint pour gâcher le projet de week-end.

15

DES mains sur ses épaules, qui le secouaient, qui le tiraient de son sommeil, l'en arrachaient, éveillèrent Spen au plus fort de la nuit. Le visage de Carol était flou, incliné sur lui. Il s'assit dans son lit.

— Qu'est-ce qui se passe? demanda-t-il d'une voix morne.

Derrière la tête de sa femme, le rectangle de la fenêtre encadrait une rougeur fumeuse.

— Le feu au quartier des filatures! (Elle haletait.) J'ai peur que ce ne soit la clinique d'Owen! Dépêche-toi de t'habiller.

Si rapide qu'il fût, elle était prête avant lui.

— Tu ne devrais pas y aller.

— Je t'en prie, ne tente pas de m'empêcher. Fais sortir la voiture.

Sur la colline, au-delà du portail, une voiture traînée par des bais mal réveillés passa; debout derrière le cocher, une forme vêtue de noir sautait littéralement de bas en haut, dans son impérieuse volonté de stimuler l'homme et les trois bêtes.

— Cousine Carrie Carskaddan, fit Carol. Un de ces quatre matins, elle cassera son cher vieux cou!

Les flammes, se propageant avec une sauvage et violente rapidité parmi les constructions légères du quartier de l'Helminthe, avaient attaqué la clinique James par le nord-est, où, précisément, elle n'était pas bâtie en dur. Gens de police et pompiers firent une place à la voiture portant l'insigne médical : médecins et chirurgiens sont les bienvenus et les mieux accueillis sur les lieux de toutes les catastrophes. Spen se renseigna auprès d'un commissaire.

— Pas de manquants?

— Nous pensons que non. Le docteur Owen est à l'intérieur avec quelques-uns de nos hommes pour s'en assurer.

— Quelque chance de sauver la bâtisse?

— Pas le moindre espoir.

— Je vais chercher ma trousse, commençait Brade, lorsqu'un juron véhément du commissaire le retint.

Silhouetté contre un fond de lueur menaçante, un homme s'efforçait en vain d'ouvrir une fenêtre à l'étage supérieur. Spencer le reconnut : c'était la victime anonyme de l'amnésie, celui qu'on surnommait Vieux Bob. La fenêtre céda et l'homme commença un appel machinal, une sorte de métallique cri d'oiseau :

— Au secours ! Au secours !

— Amenez le filet de sauvetage par ici, tonitrua le commissaire. — Tandis qu'une équipe d'hommes l'installaient, il s'adressa par haut-parleur à la forme qui, là-haut, continuait son cri monotone et désespéré. — Préparez-vous à sauter, ils vont vous attraper. Tout est prêt? (Ceci à ses hommes.)

— Tout est prêt.

— *Sautez* !

Le pauvre diable n'interrompait pas sa lamentation désormais affaiblie, car la fumée commençait à l'envelopper.

— Inutile, fit le commissaire. J'en ai vu d'autres, de tout pareils, avant lui. Il va se cramponner là, jusqu'à ce que les flammes l'accrochent. A moins qu'un de nos hommes n'arrive près de lui avant. Il est fou de peur.

Une autre silhouette apparut, celle de James Owen qui tentait d'entraîner le Vieux Bob. Mais celui-ci, terrifié, se retenait au chambranle. Le commissaire trompetta une fois de plus :

— N'essayez pas de le ramener en arrière. Jetez-le dehors. Le filet est tendu. Jetez-le.

— Entendu.

Employant toute sa vigueur, James décrocha de force la prise folle et balança dans le vide le corps qui se débattait. Un hurlement de terreur animale déchira l'air. Le filet rebondit et se tendit, et les pompiers cueillirent l'homme sain et sauf.

— A votre tour, docteur. Allez-y.

Mais le chef de la clinique, criant en réponse quelque chose d'inintelligible, se retourna et disparut.

— Le damné fou ! vociféra le chef de police. Grimpez après lui, quelques-uns d'entre vous, garçons.

Brade se souvint qu'il avait vu à l'entrée du bâtiment un escalier, aujourd'hui hors de service, mais qui avait dû représenter la sortie de secours au temps où l'étage supérieur, avant l'installation de la clinique, servait comme salle de réunion. Devinant qu'Owen s'était rendu vers l'extrémité la plus lointaine pour s'assurer qu'aucun patient ne demeurait oublié dans cette salle assez isolée, Brade se hâta dans cette direction. En cours de route, il cueillit au passage un pompier, puis ils entreprirent l'ascension en commun. A mi-hauteur du troisième étage, ils choppèrent sur un être rampant duquel sortait une voix assourdie par la fumée.

— Perdu mon chemin, dit-il. Jambe blessée.

Ils le redescendirent tant bien que mal et le déposèrent à l'air libre. Reconnaissant son bien-aimé « Doc », noirci de fumée, légèrement brûlé, mais très vivant, la foule l'acclama, poussant de sauvages cris de joie. Spen examina la jambe blessée; rien de plus grave qu'une entorse, une mauvaise entorse à la cheville. Comme Owen refusait absolument de se laisser emmener dans l'une des ambulances qui faisaient la navette, conduisant les malades à l'hôpital municipal et revenant aussitôt, le chirurgien lui fit un pansement sommaire et le plaça en lieu sûr.

C'est là que des reporters le découvrirent et, dans sa gratitude et sa joie nerveuse, il fournit un récit pittoresquement exagéré de ce que les journaux allaient nommer le dangereux acte d'héroïsme du docteur Brade. Le pompier qui l'avait aidé à effectuer le sauvetage fut pratiquement ignoré.

Tandis qu'il quittait Owen, le laissant sous bonne garde, Spen fut appelé par une voix stridente :

— Doc ! eh doc ! venez vite, il y a un gars là-bas qui est en train de saigner à blanc !

Il se tailla à grands coups d'épaule un chemin dans la foule, suivant son guide. Le blessé se débattait sous la double influence du délire alcoolique et de la peur. Du sang jaillissait de son poignets en jets spasmodiques réguliers. Un garrot hâtivement improvisé ne faisait pas grand-chose pour restreindre le flot vermeil. Ouvrant sa trousse, Spen y prit une bande, la noua lâche, juste au-dessus du coude, y inséra le long manche de bois d'une pince écrase-langue, puis se mit à tourner, serrant progressivement la boucle, jusqu'à ce que s'arrêtât le jaillissement de l'artère sectionnée.

— Où est l'ambulance? s'informa-t-il après un coup d'œil autour de lui.

Toutes étaient parties, emmenant du monde. N'osant laisser à personne le soin de maintenir le tourniquet, il résolut de pincer et de ligaturer l'artère sur place.

— Que quelqu'un tienne cette lampe, ordonna-t-il, en tirant une de sa trousse.

Et sous la lumière tremblotante entre les mains nerveuses d'un assistant improvisé, Brade, armé d'une pince à artères, partit à la recherche du vaisseau sectionné. Ce ne fut pas chose aisée que de le trouver, car l'éclairage était déplorable, et l'artère s'était contractée de telle sorte qu'il lui fallut en rattraper l'extrémité bien au-dessus du niveau de la coupure.

Tandis qu'il se courbait dans un formidable effort pour l'accomplissement de cette tâche urgente et critique, une voix insistante dit au-dessus de lui :

— Spen ! Spen !

Il ne leva même pas les yeux :

— Pas maintenant, je suis occupé.

— Spen, c'est Carol qui t'appelle! Il faut venir avec moi!

— Laisse-moi tranquille. J'aurai fini dans un moment.

— *Dans un moment!* (Il y avait un sanglot de colère dans cet écho.) C'est cousine Carrie. Elle est affreusement blessée.

— Ça va, ça va, marmonna-t-il distraitement, tâtant parmi les tissus tranchés. Ça va, je la tiens! lança-t-il triomphalement. (Et il fit claquer la pince hémostatique.) Je t'accompagne dans une minute, maintenant.

Il pêcha un tube de catgut dans sa trousse et ligatura fermement l'artère au-dessus de la pince. Puis il se redressa, regarda autour de lui et aperçut une infirmière de la clinique.

— Par ici, miss Humphrey! Maintenez la pression sur la plaie jusqu'à l'arrivée de l'ambulance, voulez-vous? Tout ira bien, il est tiré d'affaire.

A la fumante Carol, il dit alors :

— Et maintenant? Qu'est-ce qui est arrivé à ta cousine Carrie?

— Les chevaux sont entrés en collision avec une voiture de pompiers. J'ai essayé de te dire qu'elle est dans un état désespéré. Owen est avec elle, mais il n'est pas en état lui-même de faire grand-chose.

La vieille Mrs Carskaddan était allongée près de l'épave confuse de son coupé, sur des coussins empruntés à une auto voisine. Sa robe était pleine de sang et une grande tache livide couvrait son front. Son pouls, lorsque Brade le sentit, était rapide et presque imperceptible. Tout auprès, le vieux Jim, le cocher, se lamentait sur un poignet brisé.

Le chirurgien parcourut de ses doigts experts le corps de la blessée. Une découverte l'intrigua. Il y avait sur le devant de la poitrine, une dépression comme si elle avait été enfoncée.

— C'est sérieux, dit-il à Carol. Je ne puis encore juger à quel point c'est grave. Il nous faut la faire transporter à l'hôpital.

Miss Humphrey vint faire son rapport à Owen James :

— Une ambulance reviendra dans cinq minutes.

Très pâle, Carol, parlant entre ses dents serrées, dit à son mari :

— Si elle meurt avant d'y arriver, tu en seras cause.

— Qu'est-ce que c'est que ça? s'enquit vivement Owen James. Il était occupé à ligaturer le bras d'un vagabond.

— Je ne me soucie pas de savoir qui c'était, commença la jeune femme affolée et furieuse.

Owen l'interrompit avec brutalité :

— Tais-toi ! Ne sois pas idiote, Carol !

Elle leva des yeux stupéfaits sur le visage noirci et hagard de celui qui, pendant ses longues années de tendre dévouement, ne lui avait pas une seule fois parlé sur ce ton. Il continua sévèrement :

— Tu t'attendais peut-être à ce qu'il le laissât saigner à blanc?

Une quinte de toux le secoua. Spen, épargnant à sa femme la nécessité de répondre, dit à Owen :

— Vous ne pouvez faire aucun bien ici.

Les murs, s'écroulant dans un embrasement formidable de flammes et d'étincelles, démontrèrent la vérité de sa remarque.

Se tournant vers Carol, il lui dit posément :

— Trouve quelqu'un pour te conduire à l'hôpital et emmène Jim avec toi. Son poignet a besoin d'être soigné.

— Je puis conduire moi-même, dit-elle. Monte Jim.

L'ambulance sonnailla sa route à travers la ville. A l'hôpital, Spen dirigea le transport de la blessée, toujours dans le coma, vers une chambre particulière. Ce qu'il y avait de plus urgent était de l'en arracher. Il commença par lui injecter du plasma, une préparation faite de la partie fluide du sang, isolée des cellules et conservée dans des récipients stérilisés, en vue, précisément, d'urgences de ce genre, et présentant sur la transfusion l'avantage de pouvoir être faite immédiatement, sans la longue analyse pour l'assortiment des catégories sanguines, qui perd un temps précieux lorsque ce qui importe avant tout est de rendre la vigueur à la circulation, au corps entier, en évitant l'asphyxie des cellules par le manque d'oxygène qui accompagne fréquemment les chocs profonds.

Un nouvel examen de la patiente, plus complet que le premier, continua de l'intriguer. Elle n'était plus entièrement inconsciente, avait des moments de demi-lucidité, et prononça même son nom à lui. Il se sentait donc assuré qu'elle n'avait subi aucun dommage sérieux de la tête.

Il fut bientôt manifeste que le plasma, encore qu'employé en quantité équivalant à une transfusion complète, ne produisait pas l'effet cherché. A Carol, qui se tenait, anxieuse, debout près de lui, il dit :

— Nous allons opérer.

— Où? Sur quoi?

— Une côte déprimée et fracturée empêche l'action normale du cœur.

— L'opération est-elle dangereuse?

Spen secoua les épaules :

— Nous n'avons pas le choix. Elle ne pourrait durer ainsi.

— Puis-je entrer dans la salle d'opération?

— Non.

Il pensait à l'état de Carol et à la tension nerveuse inévitable. Elle rougit de colère, mais se contint. S'adressant à l'infirmière qui attendait, Spen continua :

— Faites préparer la salle. Faites comparer son sang à ce que nous avons en réserve. Nous pourrons avoir besoin d'une transfusion.

Le plasma était efficace en cas de choc ou de traitement d'urgence, mais, à supposer qu'une hémorragie véritable se produisît au cours de l'opération, il aurait besoin de sang frais pour remplacer celui qui serait perdu. Heureusement, il y avait dans le grand réfrigérateur, en bas, une réserve considérable de sang préparé. Cela gagnait tout le temps habituellement exigé par la recherche d'un donneur et l'examen de sa catégorie.

Près d'une heure néanmoins se passa avant que, scalpel en main, il se trouvât sous les lumières centrées vers un seul point, un rectangle de peau teinté de pourpre dans lequel se trouvait la petite plaie au-dessus de la côte déformée. Durant cette heure, l'état de la patiente ne s'était pas amélioré. S'il y avait changement, c'était vers le pire : pouls plus faible, respiration moins profonde.

Il injecta soigneusement de la novocaïne dans la blessure. L'état actuel de la patiente ne permettait pas l'emploi de l'anesthésie générale.

Soudainement, il venait de prendre sa décision. Il allait opérer comme s'il s'agissait d'une blessure au cœur, rabattre un lambeau de muscle de la paroi thoracique et obtenir ainsi toute la découverte nécessaire au traitement d'une plaie cardiaque, avant de déloger la côte intéressée. C'était peut-être chose dangereuse à tenter, mais il ne pouvait pas se permettre le risque d'une hémorragie subite. Les assistants le regardaient d'un air interrogateur, tandis qu'il injectait la novocaïne en un plus large cercle.

— Je vais mettre l'oreillette à nu, dit-il. Tout se passe comme s'il y avait une blessure au cœur.

Les internes et les infirmières se rapprochèrent de la table. Une plaie au cœur ! Tous savaient ce que cela voulait dire. C'était une rare occasion que d'en voir une. Une chance plus rare encore que d'en voir une heureusement refermée.

Depuis qu'il avait décidé avec précision ce qu'il devait faire, Spen se sentait plus sûr de lui. Il compléta rapidement l'incision et encercla de pansements frais les bords de la peau tranchée.

— Elévateur périostal.

La doublure fibreuse et résistante des deux côtés encadrant la côte brisée fut détachée.

— Costatome.

La large lame, pareille à une guillotine, mordit à travers les côtes. L'assistant retira de leur lit les sections tranchées.

— Pinces.

Il coupa le faisceau des muscles entre les côtes, jusqu'à ce que demeurât seule en place, soutenant la paroi extérieure, la côte brisée. Sous elle, les tissus étaient sombres, gorgés de sang. Cela, pensa-t-il, confirmait son soupçon d'hémorragie interne. Probablement la plèvre était-elle endommagée.

Peut-être même y avait-il de l'air dans la poitrine. Il n'avait pas le choix.

Le groupe qui entourait la table se fit plus attentif. L'opérateur pourrait-il arriver à retirer la côte sans causer de dommage fatal?

— Soyez prêts avec un paquet de pansement, dit-il à l'assistant.

— Et avec des pinces, dit-il à l'infirmière.

Quand ils firent signe qu'ils étaient prêts, il exerça une pression régulière et ferme sur l'instrument.

Crac !

Le bruit du métal mordant l'os retentit fortement dans la pièce silencieuse. Si adroite avait été la manœuvre que l'os lui-même ne bougea pas. Spen dégagea doucement l'appareil et le mit de côté. Et maintenant c'était la minute de l'épreuve. Il s'agissait de détacher et de retirer l'extrémité brisée de la côte. La saisissant entre les bords d'une forte pince dentée, Spen commença par l'incliner d'avant en arrière, doucement, patiemment, détachant les attaches musculaires, retirant les dernières fibres du périoste. Bientôt plus rien ne la retint. Alors il retira ce morceau d'os de son lit et le laissa vivement tomber sur la table.

Comme la côte sortait des profondeurs de la plaie, un flot sombre la suivit. Il y avait bien plaie au cœur, ainsi que Spen l'avait cru et craint. Et il se rendait compte, tout en opérant avec le maximum de célérité, que ce serait presque un miracle chirurgical si, dans le fond de cette fissure encombrée de caillots, il parvenait à découvrir la déchirure du cœur et à arrêter le mortel écoulement.

Pour cela, il lui fallait compléter son incision et faire une large découverte. Ce fut l'œuvre d'un instant que de scinder les faisceaux de muscles restant, qui avaient été attachés à la côte brisée, et de rabattre extérieurement le lambeau triangulaire de la paroi thoracique qu'il avait préparé. Les cavités supérieures du cœur, les oreillettes, étaient à présent exposées, ainsi que les vaisseaux principaux qui pénétraient dans cette pompe vitale ou en sortaient. D'une main adroite, il retira les caillots accumulés et chercha l'ouverture par laquelle le sang s'écoulait. Le flot, maintenant, n'était plus aussi abondant, et il pouvait le contenir par la pression de ses doigts.

— Suture.

Promptement il posa des points de fixation au-dessus et en dessous de l'ouverture, ce qui lui permettait de soulever, sans les déchirer, les parois molles de la cavité pour y avoir un accès plus facile.

Maintenant, il pouvait voir la plaie, une petite plaie dans la mince paroi de la cavité supérieure, irrégulière de forme, mais pas trop pourtant, lui semblait-il, pour en permettre la fermeture satisfaisante. Laissant à son assistant le soin de surveiller les sutures de soutien, il passa de minces aiguilles auxquelles pendaient de sombres fils de soie dans les deux bords de la plaie et les noua en travers. Immédiatement, le flot rythmé s'arrêta. Une deuxième rangée de points renforça la première.

— Tout est prêt pour la transfusion? demanda-t-il à un interne qui venait d'entrer dans la pièce.

— Il y avait dans la réserve du sang de même type que le sien, nous sommes parés.

— Allez-y, alors.

L'afflux de sang neuf lui ferait le plus grand bien, maintenant que l'effet déprimant de la blessure au cœur était supprimé et que l'hémorragie ne se répandait plus dans la poitrine, encombrant des structures vitales, déréglant les fonctions les plus importantes de la vie.

La hâte et la tension immédiate étaient passées. Il pouvait prendre son temps. Il lavait à fond la cavité afin d'écarter toute possibilité d'infection que l'objet perforateur (il présumait que c'était la tige de cuivre, derrière le siège de la voiture) avait pu apporter. La transfusion était à peu près terminée comme il fixait le dernier pansement et s'écartait de la table.

Cousine Carrie avait une autre apparence maintenant; son pouls était meilleur, la tension sanguine remontait rapidement vers la normale et un coloris léger remplaçait la pâleur marmoréenne de ses joues.

Dans le couloir, il renseigna Carol :

— Elle a très bien supporté.

— Cela signifie-t-il qu'elle va guérir? s'enquit ardemment la jeune femme.

— Les chances sont en sa faveur. On ne peut se permettre une trop confiante certitude, avec une déchirure au cœur.

— Que vas-tu faire maintenant? Rentrer à la maison?

— Non. Je reste ici. Ce n'est pas tous les jours que je récolte une patiente millionnaire, tu sais, ajouta-t-il dans un sourire malicieux.

On lui trouva un lit. Sa patiente eut une bonne nuit. A huit heures vingt, une infirmière vint l'appeler. Il y avait une légère palpitation du cœur. Il l'apaisa avec de la morphine et de la digitaline. Bien que cette circonstance n'eût pas été imprévue ni qu'elle fût le signe d'un état sérieux, elle le convainquit que sa présence sur les lieux était indispensable pendant vingt-quatre heures.

Oui, mais c'était aujourd'hui que lui et Kenny devaient partir pour le week-end ensemble. Eh bien ! il n'en pouvait plus être question. Il appela le bureau et, prudemment, mit Kenny au courant de la situation. Elle ne protesta pas. Elle comprenait. Il n'était pas certain que Carol, elle, eût compris.

Pour Spen, cela avait été un vif désappointement. Mais il n'y avait dans son esprit ni hésitation ni doute. Une fois engagé dans le cas, il était aussi incapable d'abandonner la riche Mrs Carskaddan qui avait besoin de lui, qu'il l'avait été précédemment de quitter, en son péril, l'ivrogne Shanahan, qui avait passé son poing à travers une vitre.

16

LES deux malades hospitalisés de Brade allaient bien. Owen James fut le premier à donner du fil à retordre. Malgré la menace proférée par Spen d'abandonner les deux cas, à moins que ses ordres ne fussent obéis, à la première occasion il joua la fille de l'air et s'en fut rôder dans la zone brûlée, discutant avec les officiels des conditions de reconstruction, installant des locaux d'urgence pour les réfugiés de l'hôpital détruit, réveillant chez les habitants démoralisés des anciens taudis l'espoir presque désespéré d'un relogement.

— Nous ne pouvons pas lâcher, dit-il à Spen, qui, l'ayant retrouvé, l'avait traîné jusqu'à son lit. Mais d'où l'argent viendra, Dieu seul le sait !

— Combien en faudrait-il?

— Pour reconstruire? C'est radicalement hors de question présentement. Mais j'ai déniché un autre vieux local qui, moyennant quelques réparations et aménagements, pourrait être temporairement utilisé. Il y faudrait... Ma foi, dix mille dollars en verraient la fin, je pense.

— Que quelqu'un d'autre s'en fasse du souci ! répliqua Spen. Si vous essayez encore de nous fausser compagnie avant le moment où je vous ordonnerai des béquilles, je vous ferai enfermer.

— Okay ! okay ! patron, répondit son aîné avec une feinte humilité. Quand allez-vous faire cette stérilisation? Nous ne pouvons, ni sans cela, ni avant cela lâcher Mrs Plotzor en liberté dans un monde surpeuplé !

— Je pense pouvoir la faire très prochainement. J'en parlerai à Bernie.

— Bernie est noyé. A propos, j'ai reçu un mot de votre ami Fleming. Il s'est décidé à venir. J'ai été obligé de lui télégraphier pour retarder son arrivée.

Une ombre légère passa sur son visage, une contraction de souffrance presque imperceptible, fréquente lorsque sa pensée s'arrêtait sur Carol.

— Votre femme veut participer à la mise en état de la nouvelle clinique, dit-il. Pas d'objection?

— Ça ne changerait rien si j'en avais, répondit Spen. L'argent est à elle : ce qu'elle en fait ne me regarde pas.

Une intention plus généreuse le conduisit à ajouter :

— Non, bien entendu, je n'aurais aucune objection. Je ne suis pas d'accord avec toutes vos théories. Mais je suis d'avis que vous accomplissez à la clinique une besogne épatante.

— Elle vient me voir cet après-midi, dit Owen.

Il continua doucement, avec hésitation :

— N'attachez pas d'importance à ce qu'elle vous a dit parce que vous ne vous rendiez pas sans délai auprès de cousine Carrie. Elle ne comprend pas tout à fait. Pourquoi le devrait-elle? De plus, elle était très terrifiée autant qu'énervée.

— Ça va très bien, dit Spen.

Il n'avait aucune envie de discuter cela avec Owen James.

Le sujet, cependant, lui revint par rebondissement, après que Carol eut parlé avec Owen.

— Je viens de voir Owen, lui dit-elle, comme ils étaient assis dehors ensemble, avant de dîner. Il est terrible !

— Terrible? s'informa promptement Spen. Que veux-tu dire? Il ne lui est pas arrivé...

— Terrible vis-à-vis de moi, précisa-t-elle aussitôt. Il ne lui est rien arrivé qu'un empoisonnant sentiment de ce qu'il nomme la justice qui t'est due. Il m'a appelée une petite garce têtue. Owen ! Moi !

Sa voix marquait plus de surprise encore que d'indignation.

— Et toi, qu'en penses-tu? s'enquit-il.

— Oh ! tu ne vas pas te mettre à m'asticoter, toi aussi? Il dit que je dois te faire des excuses. Est-ce vrai? Parce que je te préviens que je n'en ferai pas.

— Alors, ça arrange tout, répondit-il en souriant.

— Mais je reconnais volontiers, reprit la jeune femme, que tu as été très bien une fois que tu t'y es mis. L'hôpital tout entier retentit du récit de ta prouesse, de la façon dont tu as réparé le cœur percé de cousine Carrie. Elle dit que maintenant elle va pouvoir vivre cent ans.

— Elle a bien assez de cran et de malice pour cela !

— Quand je t'ai vu partir à la recherche d'Owen, j'en suis restée paralysée, dit-elle encore, avec un peu de timidité. J'ai découpé tout ce qu'en ont écrit les journaux.

— Alors, pour l'amour de Dieu, jette tout cela !... J'aimerais casser le nez à Owen pour lui apprendre à raconter des inepties de ce genre.

— Ça ne te dit rien d'être un héros?

— Un héros ! Je cours plus de risques chaque fois que je traverse Main Street aux heures d'affluence.

— Ben, je n'y suis pour rien. Je déteste la publicité des journaux autant que toi, mais j'ai plutôt aimé ces articles-là. Spen, je voudrais te demander quelque chose.

— Vas-y.

— Quand l'heure d'arrivée de Bébé sera là, je voudrais que tu sois près de moi.

— Mais, Carol, c'est l'affaire de Cannaday.

— Oui, je sais bien, mais j'aimerais bien te voir aussi. Si tu n'es pas là, j'aurai trop peur.

— C'est bien d'une fille ! blagua-t-il. Parce que je suis un héros à la noix pendant un incendie, tu en déduis que je dois être un obstétricien distingué.

La durée d'une seconde il posa sa main sur celle de sa femme.

— Naturellement, je serai là, si tu le souhaites, dit-il.

En moins d'une semaine, cousine Carrie s'asseyait dans son lit, rudoyant ses infirmières, critiquant la nourriture, réclamant son transport chez elle, et rendant la vie de tout le personnel difficile.

— Et ne me dites pas que vous êtes trop occupé pour rester à causer avec moi, dit-elle sauvagement à Spen. Je paye votre temps. Et même le moins possible, j'ose le dire. Avez-vous quelques nouvelles histoires lestes à me raconter.

— Je crains que non pour aujourd'hui. Allongez-vous et je resterai un moment.

Il valait mieux lui donner une soupape de sûreté que de laisser monter dangereusement la pression nerveuse.

— A propos, *combien* aurai-je à payer.

— Vous recevrez la note en temps voulu.

— Ça, je n'en doute pas ! Combien va me coûter l'opération elle-même?

— Comment va votre cœur? demanda-t-il avec sollicitude. En état de supporter un choc?

— Je puis supporter tout ce que vous me direz, jeune homme.

— Que penseriez-vous de dix mille dollars?

Pendant quelques instants, il craignit d'avoir surévalué sa résistance, tant elle devint cramoisie?

— Dix mille *dollars*? gloussa-t-elle furieusement. Dix *mille* dol... Je vous verrai en enfer *et* devant la Cour Suprême des Etats-Unis avant de vous les donner.

— Oh ! ce n'est pas à *moi* qu'il faut les donner.

— A vous ou à vos sangsues d'associés. Pour moi, c'est tout un.

— Ne prenez pas d'attaque d'apoplexie, ou bien cela fera une seconde opération. Votre cas est bien particulier, voyez-vous.

— Pas particulier à ce point-là ! Pas pour dix mille dollars de particularité.

— D'une certaine manière, vous ne m'appartenez pas du tout. Owen James fut le premier à s'occuper de vous. Je suis venu après.

— Oui. J'ai entendu dire cela. Vous vous occupiez d'un vieil ivrogne et n'avez pas voulu le quitter. Est-ce vrai?

— Oui.

— Ma vie ne vaut-elle pas plus que celle d'un soûlaud?

— Comment le saurai-je? Je ne suis pas le bon Dieu!

La vieille dame sembla sur le point d'étouffer.

— Puisque vous demandez une estimation de votre vie, continua-t-il, ne vaut-elle pas plus de dix mille dollars?

— Ce n'est pas la question.

— Alors, la voici. James ayant été le premier à votre côté, vous êtes en fait la cliente de James. Son tarif est ce que les patients peuvent payer, cinq, dix, vingt dollars, ou rien du tout. La plupart du temps, c'est rien du tout. Par contre, cela peut aussi bien être dix mille dollars, pour quelqu'un qui peut se le permettre. J'imagine que vous pouvez vous permettre de payer dix mille dollars.

— Peu importe ce que je puis me permettre. Est-ce Owen James qui a préparé cela?

— Dieu du Ciel, non! Il n'en sait même rien du tout. C'est une affaire entre vous et moi. Sans doute n'ai-je pas été suffisamment clair. Si j'avais à vous demander des honoraires, moi, ce serait sans doute cinq cents dollars.

— Assez honnête. Je les paierai.

— Je les prendrai, si vous voulez toujours me les donner après que vous aurez compris. Voyez-vous, cousine Carrie, la seule chose qui rende la vie tolérable pour les habitants de ces taudis, c'est la présence de James, son hôpital, sa clinique. Les voilà partis. Vous avez tiré beaucoup d'argent de ce quartier, du moins votre mari, et cela vous est revenu. Dix mille dollars permettraient à James de recommencer. Qu'allez-vous faire?

— Sortez de ma chambre, vous-vous-vous, palabreur! Vous prenez avantage d'une femme malade, avec votre langage habilement huilé. Sortez!

Et, tandis qu'il atteignait la porte, elle ajouta d'une voix où l'exaspération n'avait pas décru :

— Et allez au diable! Mais envoyez-moi Owen James.

— Cousine Carrie, dit solennellement Spen, si je vous disais ce que je pense de vous, vous feriez mettre de la musique sur mes paroles, et vous chanteriez le tout comme un hymne!

Arrivé à mi-route de la chambre d'Owen, il se ravisa, revint sur ses pas et trouva le moyen d'arracher à la vieille dame la promesse que, quoi qu'elle fît, elle ne soufflerait mot de la part qu'il avait dans sa décision et garderait le secret absolu. Il n'y avait pas de bon sens, se disait-il, à agiter ses associés de la clinique Tyre en leur laissant apprendre qu'il donnait son appui au « bolchevisme médical ».

A mesure que le temps de Carol approchait, il devint évident qu'elle avait sous-estimé la durée de sa grossesse. Ou bien c'était cela, ou bien quelque chose n'était pas normal.

Un vendredi soir où Spen était rentré exténué d'une visite à un malade, et s'était couché aussitôt, il fut réveillé par des coups insistants à sa porte. A demi conscient, sa première pensée, pleine de ressentiment, fut qu'on l'appelait pour une urgence.

— Dites-leur d'aller au diable, grommela-t-il indistinctement. Je suis trop claqué pour ressortir.

— C'est moi, c'est Carol.

La voix trahissait l'inquiétude. Il fut debout en un instant.

— Entre! Qu'y a-t-il?

Elle ouvrit la porte.

— Je me sens toute drôle. Crois-tu que ce puisse être le moment?

Toute sa lassitude oubliée, il fit un examen rapide de la jeune femme.

— Je ne crois pas que ce soit imminent, dit-il. Veux-tu que j'appelle Cannaday?

— Non. Cela va un peu mieux. Je vais me recoucher. Cela ne t'ennuie-t-il pas si je laisse la porte de communication ouverte?

Il sourit.

— En aucune façon. Et ce ne sera pas considéré comme un précédent.

Il fit le tour par sa chambre et tenta de faire jouer le verrou obstinément inamovible.

— Il est coincé, rouillé.

Il retourna chez lui pour prendre un soulier et, à coups de talon, vint à bout du métal récalcitrant.

— Appelle-moi si tu ne te sens pas bien. N'y manque pas.

— Entendu. Mais je ne m'affolerai plus ainsi, stupidement.

Spen dormit mal pendant quelque temps, puis profondément. Il était neuf heures lorsque tante Candace l'appela :

— Je voudrais que vous veniez auprès de Carol.

Il passa en hâte dans l'autre chambre. Les yeux de la jeune femme étaient terrifiés :

— Quelque chose ne va pas, je le crains.

En effet, quelque chose n'allait pas, il s'en rendit compte immédiatement. Une hémorragie. Il dit avec une assurance qu'il était bien loin de ressentir :

— Ce sont des choses qui arrivent, lorsque les douleurs commencent tôt.

— Avec cette violence?

— Bien sûr. Mais nous ferions mieux de partir pour l'hôpital. Je vais appeler le docteur Cannaday.

— Pour l'instant, je ne souffre pas. Ne pourrais-je rester encore un peu à la maison? demanda-t-elle pensivement.

— J'irai avec toi, assura-t-il. Quoique, selon toute probabilité, on me « videra » bientôt. Les maris anxieux ne sont pas souhaitables dans les chambres d'accouchement.

Au bout du fil, il dit au médecin de la famille :

— Docteur Cannaday, ici Brade. Je viens de commander une ambulance pour Carol.

— Quelque chose qui cloche?

La voix de Cannaday était alerte; la confiance de Spencer s'accrut.

— Une légère hémorragie. Je redoute un peu un *placenta prœvia*.

— Espérons que non, dit Cannaday. Je vous

verrai à l'hôpital. Aimeriez-vous que quelqu'un soit appelé en consultation?

— C'est-à-dire que...

— N'hésitez pas, fit vivement Cannaday. Moi-même je me sentirais plus tranquille s'il y avait quelqu'un. J'ai mis Carol au monde, vous savez.

— Que penseriez-vous de Stanley, dans ce cas?

— Excellent. Je l'appelle.

Quelques instants plus tard, l'ambulance était là. Carol regarda le brancard et s'accrocha au bras de Spen, levant sur lui des pupilles dilatées.

— C'est si grave que cela? Il me faut une ambulance?

— Tu voyageras beaucoup plus confortablement ainsi. Et puis, on ne compte rien aux médecins, ajouta-t-il en riant pour apaiser sa crainte.

Spen fit le trajet avec elle. Une fois ou deux, en cours de route, il dut la tenir serrée, quand des spasmes de douleur la faisaient crier. Le docteur Cannaday les attendait à la porte et Jeff Stanley, sa tignasse rousse et flambante vaguement ordonnée par un coup de peigne hâtif, arriva juste comme on installait Carol dans son lit.

Maintenant qu'elle était entre les mains d'hommes en qui il avait confiance, Spen se sentait rassuré. Il attendit dans le petit parloir au bout du long couloir, tandis que Stanley et Cannaday examinaient la jeune femme dans sa chambre.

Les deux médecins apparurent.

— Tout est calme, maintenant, dit le plus vieux. Je n'attends rien d'ici quelques heures.

— Pourquoi n'allez-vous pas à votre cabinet où votre esprit sera occupé? suggéra le consultant.

A contrecœur, Spen obéit. De chez lui, il pouvait garder le contact.

Kenny Mangan l'accueillit.

— Ça va faire vilain là-dedans! J'ai filtré toute la ville pour vous trouver.

Castleman Tyre arriva en trombe :

— Où diable êtes-vous allé, Brade?

— Est-ce que cela vous regarde? rétorqua Spen. Pour deux sous, il aurait envoyé son poing dans le visage pâle, ruisselant de vanité. Kenny riait sous cape.

— Il y a une formidable collision sur le Gulf et South Eastern, expliqua l'autre, se calmant. Père est en route. Il vous fait dire de le suivre. Nous sommes les chirurgiens attitrés de la ligne, vous savez.

— Je ne peux pas y aller. Ma femme est dans les douleurs.

— Il faut y aller, insista l'autre. C'est vital, c'est essentiel. — Il baissa la voix : — Nous avons failli perdre la clientèle du chemin de fer, l'an dernier, à propos de... à propos d'un malentendu... Est-ce que Carol n'est pas bien? Tout n'est pas normal?

— Nous ne savons pas. Ils craignent que non. Ils ne peuvent encore se prononcer.

— Je vais vous dire. (Castleman se faisait persuasif.) Vous partez pour Fénelon, ce n'est qu'à trente-cinq kilomètres, et vous vous mettez à la disposition de papa. Je vais téléphoner à l'hôpital. Vous pourrez m'appeler dans deux ou trois heures et je vous tiendrai au courant. Si quelque chose tourne mal, vous pourrez être rentré en une demi-heure. On n'a pas besoin de vous à l'hôpital. A quoi serviriez-vous, en tout état de cause? A être dans les jambes des accoucheurs!

C'était assez logique, et Spen fut obligé de l'admettre. Il dégagea sa voiture du parc et se mit en route à une allure qui l'aurait fait siffler à chaque îlot, n'eût été le caducée sur le capot.

Un train express était entré dans un camion et avait versé par-dessus le talus. Les morts et les blessés n'étaient pas encore retirés de dessous les débris lorsqu'il arriva. Le visage de Blanton Tyre s'éclaira à sa vue.

— Chaque fois que vous le pourrez, prenez des notes, dit-il à mi-voix. Il y aura des procès en dommages et intérêts.

Ainsi, c'était là une part de son travail? Du diable s'il le ferait! Que le vieux Tyre fasse lui-même la sale besogne de témoin médical payé! Jusqu'à midi, allant de victime en victime, il travailla sans répit, faisant pansement après ligature, attelle après pansement, réduisant des fractures après avoir bandé des plaies, et, de temps à autre, signalant quelque malheureux dont le pouls avait flanché pendant qu'il le soignait.

Blanton Tyre aussi donnait son maximum. Spen lui toucha le bras :

— Il faut que j'aille téléphoner. Je reviens dans cinq minutes. Gardez un œil sur la fille, là-bas, sur la couverture, voulez-vous?

Au bout du fil, Castleman Tyre annonça qu'il n'y avait rien de nouveau à l'hôpital. D'une certaine manière, c'était vrai, sans être tout à fait honnête, car le docteur Stanley, qui avait parlé, avait dit que, bien qu'il y eût peu de changement, certains symptômes étaient apparus qui leur causaient de l'inquiétude. A trois heures, Tyre rappela l'hôpital. Le docteur Cannaday vint à l'appareil.

— Où puis-je toucher le docteur Brade? demanda-t-il.

— Au déraillement de Fénelon. Quelque chose qui ne va pas?

— Oui. Nous avons un *placenta prœvia* sur les bras.

Tyre Junior avait assez souvent vu cette situation pour en apprécier la gravité. Normalement, le placenta, ce joint entre la circulation et la mère, est situé dans la matrice : c'est une sorte de gâteau plat, de six pouces de diamètre à peu près, attaché très haut d'un côté. Parfois, cependant, il s'attache en travers de l'ouverture inférieure de la matrice même, le col, par où la tête de l'enfant doit passer. Le *placenta prœvia,* c'est-à-dire le placenta d'abord, ne donne en général aucun signe de sa présence avant le début des douleurs, au moment où le col commence à se dilater pour le passage de la tête. Alors les joints entre les parois de la matrice et ce gâteau gorgé de sang se rompent, occasionnant une hémorragie qui s'accroît, c'est l'effet produit sur l'enfant pas encore né, qui n'a aucune possibilité de recevoir dans ses poumons l'oxygène qui devrait normalement lui parvenir par le sang maternel, dont l'afflux lui est ainsi progressivement retiré. La mort fœtale est chose à peu près certaine, si on permet au travail de continuer.

— Comment est l'enfant? demanda Castleman.

— Le cœur bat très vite, répondit le médecin traitant. Je crains que l'hémorragie ne creuse sous le placenta et ne coupe la circulation. Nous devons faire une césarienne. C'est pourquoi je suis anxieux d'entrer en contact avec Brade.

— Il est là-bas, où il aide mon père. Sa femme est-elle en danger?

— Non, je ne veux pas dire cela.

— Alors, qu'est-ce que Brade pourrait bien faire que vous et Stanley ne puissiez faire sans lui?

— Rien, évidemment. Mais nous pensons qu'il doit être mis au courant.

— Il va m'appeler bientôt. Je pourrai le lui dire.

Mais ce fut Blanton Tyre qui l'appela. Son fils lui transmit le message de Cannaday.

— Hum ! fit Tyre senior. Nous avons besoin de Brade ici pendant une bonne heure encore. A quoi servirait-il à l'hôpital.

— A rien, je pense.

— Il gênerait plutôt, dit l'autre avec une tranquillité assurée. Nous en aurons fini ici autour de quatre heures. Brade a l'air d'un cadavre. Un travailleur, ce garçon !

A Spen, son chef dit simplement que rien à l'hôpital n'exigeait sa présence.

Pompé, vidé, fini, Spen, une fois sa besogne terminée, se traîna jusqu'à sa voiture. Seigneur ! Comme il avait besoin de boire quelque chose ! Il s'arrêta au premier bar d'apparence convenable, demanda un grand verre de brandy. C'était une erreur. L'effet immédiat fut de le remonter. Il était en état maintenant d'aller à l'hôpital. La maison n'était guère qu'à un îlot de distance : il ferait le crochet, se laverait et téléphonerait pour prendre des nouvelles.

En montant les marches du perron, la réaction le secoua durement. Il tituba jusqu'à la bibliothèque où était le téléphone, abruti d'alcool et de fatigue, mais surtout de fatigue. Comme il se laissait tomber dans les profondeurs d'un grand fauteuil et tendait la main vers l'appareil, il ne vit pas miss Candace Grahame qui traversait le hall. Elle s'arrêta pour le regarder. Rassemblant ses facultés, il appela ce qu'il croyait être l'hôpital : c'était un autre numéro. Quand il eut trouvé le numéro exact, l'exaspérante réponse lui arriva : « Ligne occupée... » Enfer et damnation ! Attendons quelques minutes qu'elle soit libre. Il se renfonça, tenant toujours le récepteur, et fut brutalement réveillé, lorsque, l'ayant lâché, il le reçut sur le genou. Faut pas s'endormir. Faut appeler encore. « Ligne occupéééééée... » Il ferma les yeux. Le sommeil l'absorba comme un gouffre.

A l'hôpital, on permit à la tante Candace d'entrer dans la chambre de la malade, qui ne cessait de la réclamer. Carol essaya de tendre les bras vers elle.

— Oh ! tante, tante ! Mon bébé est mort !

— Je sais, chérie, je sais. Chut !... Il faut te reposer.

— Où est Spen ? Pourquoi Spen n'était-il pas ici ? Il aurait peut-être pu sauver Bébé.

— Non, ma chérie. Rien n'aurait pu. Ni personne. Le docteur Cannaday me l'a dit.

— Mais où est Spen ? Je veux le voir. Où est-il ? Candace Grahame perdit alors la maîtrise d'elle-même. Son visage devint livide comme la face d'une morte.

— A la maison, dit-elle. Ivre.

17

HÉROS une fois pour les journalistes, héros toujours. Les exploits de Spen lors de l'incendie des taudis l'avaient établi dans ce rôle. Maintenant la presse locale le monta en épingle dans le déraillement de Fénelon, où, en effet, il avait déployé une efficace énergie, mais n'avait rien fait de plus qu'une demi-douzaine d'autres travailleurs.

Les Tyre étaient épanouis. C'était, à leurs yeux, la meilleure publicité et qui portait au loin la réputation de la clinique Tyre.

Carol n'y fit aucune allusion. Lorsqu'elle fut assez bien pour recevoir Spen, elle paraissait indifférente et léthargique, en contraste significatif avec l'espèce de dépendante confiance qu'elle lui avait témoignée avant son départ pour l'hôpital. Il en conclut qu'elle était ulcérée de son absence à la venue du bébé. C'était assez naturel. Quand elle aurait repris des forces suffisantes, il lui expliquerait tout. Il ne doutait aucunement qu'alors elle ne devînt très raisonnable et qu'elle ne comprît. Au-dedans de lui, il ne se sentait aucunement coupable. Un verre, un seul. Qui aurait pu croire que cela suffirait à abattre un homme de la sorte? Bien sûr, s'il n'avait pas été épuisé par les longues et implacables heures de soins donnés aux blessés, rien de ce genre ne se serait produit.

Il y avait quelque chose de bizarre dans toute l'histoire, dans le silence de Castleman Tyre à propos de l'opération césarienne. Mais la mémoire de Spen relative au déroulement des événements après ce brandy était trop floue pour lui permettre de suivre l'affaire avec une complète assurance. Il lui fallait se contenter du récit proposé par Tyre, dont la version était celle-ci : aussitôt après le coup de téléphone de l'hôpital, il était parti en voiture pour aller chercher Brade; un accident minime l'avait mis en panne; toutes ses tentatives pour avoir Spen au bout du fil étaient demeurées vaines.

Cela paraissait plausible et cohérent.

A quel point ses chances auprès de Carol étaient compromises, il ne l'apprit que la veille du jour fixé pour son retour de l'hôpital, tandis qu'il déjeunait en face de miss Candace Grahame. Sans aucun préliminaire, elle lui dit :

— La prochaine fois que vous rentrerez ivre, Spencer Brade, je compte que vous irez dans votre chambre.

— Je n'étais pas ivre, riposta-t-il sèchement.

— L'air empestait l'alcool à votre passage.

— J'avais travaillé six heures sans débrider sur les lieux de la collision, répondit-il, furieux d'avoir à s'expliquer et se justifier devant cette vieille harpie au visage de pierre. En rentrant à la maison, j'ai pris un brandy.

— Un seul, je présume?

— J'ai dit un !

Il ne crut pas utile de préciser que c'était un double.

— Simon a dû vous aider à monter l'escalier et à vous mettre au lit.

— Vous avez raconté ça à Carol?

— Je l'ai fait.

— Vous souhaitez démolir notre mariage? demanda-t-il avec douceur.

— Si vous appelez cela un mariage! fut la réplique méprisante de la vieille demoiselle.

— Peut-être en avez-vous un meilleur en vue?

Elle avait de plus en plus son visage de pierre.

— J'en ai un ! J'en ai toujours eu un.

— Owen James, je suppose?

— Elle l'aurait épousé, si elle ne vous avait pas rencontré.

Il se leva de table.

— Je crois que vous feriez bien de ne pas intervenir, dit-il avec une politesse marquée. Après tout, cela nous regarde, Carol et moi. Nous sommes tout à fait capables de nous conduire nous-mêmes.

Elle eut le dernier mot :

— La plupart du temps, vous n'êtes même pas capable de vous conduire tout seul !

Au diable, la vieille mégère! pensa-t-il à part lui. Au diable, tout le bataclan! Si Carol devait la croire, sans même qu'il ait loisir de se faire entendre, qu'elle la croie! Tout était désormais entre ses mains.

Pendant la semaine qui suivit le retour de sa femme, l'atmosphère de la maison fut opaque de contrainte. Spen était simplement courtois avec les deux femmes, sa bonne éducation l'aurait empêché d'être autrement. Mais il ne fit aucune avance pacifiante. Il se demandait combien de temps cela pourrait durer de la sorte. Un matin, tandis qu'il gagnait sa voiture, Carol l'arrêta :

— Spen, je voudrais vous parler.

— Oui, Carol.

— Je ne suis pas bien du tout. Le docteur Cannaday pense que je devrais changer d'air.

— Il a probablement raison.

— Tantine veut m'emmener en Floride.

C'était donc ça! « Tantine » voulait l'emmener. « Tantine » ne le comprendrait certes pas dans l'invitation. Il répondit :

— Combien de temps serez-vous absente?

— Cela dépend. Un mois. Six semaines. Peut-être davantage.

— Je vois. Vous allez fermer la maison, je pense.

— Certainement pas. Nous comptons que vous continuerez à vivre ici.

— Je continuerai à vivre ici à une condition, Carol. Vous savez laquelle.

— Cette condition est devenue impossible, répondit-elle froidement.

— Alors, je fais mieux de partir.

Elle leva les yeux vers lui.

— J'espère que vous ne ferez pas cela, Spen?

— Pourquoi non?

— Voulez-vous faire savoir à tante Candace et à tous nos amis comment les choses sont entre nous?

— A qui la faute?

Elle répondit avec anxiété.

— J'admets que la situation ne peut pas durer. Mais je ne suis pas assez forte actuellement pour faire face à des difficultés de ce genre. Si je pars pour la Floride et que vous quittiez la maison, nous pourrions aussi bien appeler les reporters et les avertir de notre divorce.

— Pourquoi pas aussi bien aujourd'hui que plus tard?

— Nous avons déjà discuté cela une fois. Si vous insistez, je n'y puis rien faire. Mais il me semble que vous me devez au moins ces égards-là.

— Du moment que vous vous placez sur le terrain des dettes — elle rougit et frissonna — il est incontestable que je vous le dois. Okay, Carol. Je tiendrai le fort. Prévenez Tantine de fermer l'armoire à gnôle.

Elle le regarda fixement, fut sur le point de parler, se ravisa et secoua silencieusement la tête. Ça l'a touchée! pensa-t-il avec une satisfaction maligne.

— Quand partez-vous?

— Le docteur Cannaday dit que je pourrai voyager dans deux semaines. Nous irons en voiture et emmènerons Simon, si vous n'avez pas besoin de lui.

— Aucunement besoin. Dinah s'occupera de mes affaires.

Pendant cette quinzaine, Spen sentit l'éloignement de sa femme s'accroître de jour en jour. Ils ne feraient plus la comédie maintenant. S'attendait-elle à le voir ramper à ses pieds en suppliant pour obtenir son pardon? Dans ce cas, elle pouvait attendre. Si elle voulait discuter raisonnablement le sujet, il était ouvert à toute avance et l'accueillerait avec franchise et ils pourraient arriver à une meilleure entente. Sinon, qu'on n'en parle plus. Quant à tante Candace, il devait prendre sur lui pour s'adresser à elle avec la plus banale courtoisie.

Il en arrivait à détester l'atmosphère de la maison, fausse, tendue, opprimante. Il prit l'habitude de rester au bureau après le départ des autres, et aussi celle de boire un verre de plus après ceux bus en compagnie de ses collègues. Il se rendait parfaitement compte qu'il allait trop fort. Mais ce n'était que temporaire, se promettait-il.

Pendant ce temps-là, il y avait Kenny Mangan. Il trouvait détente et soulagement dans son excitante camaraderie. Après le bureau, il la reconduisit chez elle avant de rentrer à Grahame Lodge, à moins qu'il ne l'emmenât dîner. Un jour, pendant cette période de leurs relations, elle lui dit tout simplement :

— Bertha ne sera pas à la maison ce soir.

Ce qui lui fit comprendre que, dans l'esprit de la jeune fille, leur aventure devenait une liaison. Eh bien? Pourquoi pas? En outre, il prenait conscience d'une influence qui s'exerçait tranquillement sur lui. Un jour, elle dit pensivement :

— Spen, je me demande pourquoi vous m'avez choisie.

— Je vous ai donc choisie?

— Oh ! Ainsi c'est moi qui ai...

— Mais non, voyons, ce n'est pas du tout ce que je voulais dire.

— Ecoutez, chéri, vous pourriez avoir toutes les femmes que vous voudriez. N'importe quel docteur le peut, qui n'est pas exactement une gargouille.

— Il se trouve que vous êtes toutes les femmes que je veux, répondit-il légèrement. En un petit et fort séduisant paquetage.

— Eh bien ! c'est contraire à mes principes, et cela devrait être contraire aux vôtres. Liaison de bureau, ça ne se doit pas. Mais les principes ne comptent guère dans un cas tel que celui-ci, n'est-ce pas?

Quelques soirs plus tard, alors qu'ils dînaient ensemble, il annonça :

— Pendant un mois ou deux, il me paraît probable que mes fins de semaines seront disponibles.

— Votre femme s'en va?

— Oui. En Floride.

— J'ai une cousine à Columbia à qui je pourrais rendre visite, dit la jeune fille d'un air faussement modeste. Ou — à la réflexion — si je n'en ai pas, je puis en inventer une.

— A la santé de votre cousine! Elle va nous voir beaucoup!

Il tendit la main vers son verre de whisky et le trouva vide.

— Où est le garçon?

— Attention, Spen, fit Kenny. Une mauvaise habitude à la fois, c'est bien assez.

— Quelle est la mauvaise habitude? questionna-t-il, sur la défensive.

— Moi. Mais l'alcool est plus mauvais pour vous.

— Je ne bois jamais avant les heures de travail.

— Bien sûr que si! Vous arrivez le matin les mains tremblantes. Vous rentrez de déjeuner avec une haleine chargée d'alcool.

— Oh! laissez-moi en paix, Kenny!

— Okay, chéri. C'est que je ne voudrais pas vous voir brouiller vos propres cartes. Et j'ai comme une idée que le vieux Mêle-Tout a un œil sur vous.

Rentré chez lui, il but un verre ou deux de plus, appela Kenny, n'arriva pas à l'obtenir au bout du fil, et décida qu'il était fatigué et ferait mieux d'aller se coucher sans retard. Le matin, dans le privé, il éprouva des remords. Il ne restait plus que deux jours avant le départ de Carol. Pendant ce temps, il se donna le plus grand mal pour entourer sa femme d'attentions et d'égards. Il accepta même avec humilité les flèches et les remontrances de miss Grahame, jusqu'à ce que sa femme protestât :

— Vous n'êtes pas juste pour Spen, tante. Je ne veux pas qu'on le harcèle ainsi.

Le dernier matin, Spen avait une opération de bonne heure. Carol vint au seuil de sa porte, charmante et prête.

— La séparation peut être une excellente chose pour tous les deux. Nous verrons plus clair en nous, chacun de notre côté.

— Peut-être, admit-elle dubitativement.

Elle eut une impulsion généreuse.

— Carol, il est une chose que je veux que vous sachiez : je suis profondément peiné au sujet du bébé.

La souffrance déforma un instant son visage.

— Je suis contente que vous ayez dit cela, Spen.

Miss Grahame parut au coin du couloir.

— Au revoir, Spen, dit légèrement la jeune femme. Soyez sage.

Elle l'embrassa. Il se demanda si elle l'aurait fait sans la présence de la tierce personne. Probablement pas. Il serra la main de la vieille demoiselle et s'en fut.

Le premier du mois, un chèque arriva signé Caroline Carskaddan. Il était de cinq cents dollars. Aucun mot ne l'accompagnait. Il l'endossa au nom de Carol et le lui fit suivre avec quelques lignes amicales.

Après quoi, il se sentit mieux.

18

MALGRE le travail et les distractions, Spen trouvait sa vie curieusement solitaire. Il en vint à détester la grande demeure paisible, avec son atmosphère hautaine et son bataillon de serviteurs si parfaitement stylés qu'ils en étaient, pour lui, l'étranger dans ces murs, impersonnels. De plus en plus, il s'accoutuma à passer ces soirées au *Country Club,* parfois à danser, plus souvent à jouer au bridge. Mais toujours avec l'accompagnement d'un verre ou deux ou davantage.

Evidemment, il y avait sa liaison avec Kenny Mangan. Mais Kenny. maligne et prudente, n'était pas très fréquemment libre. Cela ferait mal dans le tableau si on les voyait trop souvent ensemble. Une ou deux allusions au bureau lui avaient laissé entendre que les Tyre étaient aux aguets et l'avaient rendue elle-même attentive. Elle parvenait assez fréquemment à se libérer pour les fins de semaine et, quand Bertha était absente, Spen pouvait toujours venir à l'appartement. Mais il n'était pas question pour elle de la tournée coûteuse des grands restaurants, des hostelleries pour touristes. Avant tout, après tout, et entre-temps, elle était une femme d'affaires, parfaite dans son travail, désireuse de garder sa place et de l'améliorer. Son rôle de maîtresse était secondaire.

Une espèce d'agitation intérieure s'empara de Spen.

Le problème se clarifia d'une manière et en un lieu imprévus. Ses rêves, cette nuit-là, avaient plus que jamais été nuageux, brouillés, troublés. Du fond de ses rêves, une voix vénérée parla distinctement, celle du vieux Powsie : « Pourquoi ne pas revenir ici, et que nous en parlions ensemble? »

A cela, Spen se réveilla lentement et prit sa décision.

Mais que dirait la clinique s'il s'absentait pour un voyage à Baltimore? Dans son actuel état d'esprit, il était presque prêt à leur dire que c'était à prendre ou à laisser. Il lui fallait, pendant un moment, une autre atmosphère médicale, il lui fallait respirer un air plus pur.

Il aurait eu tort de s'inquiéter d'une opposition possible. Blanton Tyre fut plus et mieux qu'aimable. Mais certainement! Brade pouvait rester absent pendant une semaine s'il le souhaitait. Sans aucun doute, il dénicherait des idées nouvelles. Et quand il reviendrait, on ferait une petite conférence relative aux arrangements futurs.

Baltimore, dès l'instant que Brade mit le pied hors du Pullman, lui offrit un visage d'une réconfortante familiarité. Il se sentit bien en entrant au Centre, encore qu'il considérât qu'il y avait été fort maltraité. La première personne qu'il demanda à voir fut le docteur Powers. Le vieux Powsie était à l'hôpital, opérant un nègre des bas-fonds. Brade aimerait-il assister à l'opération? demanda la secrétaire. De toute évidence, il aimerait.

Il suivit avec un frisson d'allégresse professionnelle les doigts potelés, mais extraordinairement habiles, du vieux Powsie, tandis qu'ils ouvraient l'abdomen, soulevaient le cancer de l'estomac qui dévorait la vie du patient et plaçaient tranquillement les pinces pour la résection, détachaient la tumeur avec le tissu stomacal qui l'entourait, et faisaient, entre la partie restant de l'estomac et l'intestin grêle, une jonction anatomique aussi parfaite qu'une illustration dans un manuel.

Au vestiaire, le vétéran lui serra la main. Spen eut le sentiment d'une perceptible réserve dans son accueil.

— Voyons, vous êtes à Charlesville, n'est-ce pas? Comment vous en tirez-vous?

— Au mieux, dit Spen avec une gaieté forcée. Les affaires donnent.

Le grand chirurgien grogna.

— C'est une opération épatante que vous venez de faire là, continua Spen. Quel dommage qu'elle ait été de charité !

— Pourquoi?

— Elle valait mille dollars comme un sou ! Le vieux Powsie continua de s'habiller. Ayant arrangé le col de son manteau à sa satisfaction, il commença :

— Vous autres, qui faites de la clientèle, vous prenez une pente différente.

— J'ai vu Travers en entrant, remarqua Brade.

Powers sourit.

— Travers fait son travail avec compétence. Je ne dirai pas qu'il est aussi bien doué que vous, mais il travaille consciencieusement. C'est l'homme d'un idéal véritable.

Spen se demanda si c'était là une pointe à son adresse. Il continua :

— Travers m'a parlé de l'offre qu'on vous avait faite à Saint-Louis.

— Oui. Très flatteuse. C'est une clinique excellente.

— C'est une offre magnifique. Elle doit valoir cinquante mille dollars.

— Quarante, rectifia l'autre.

— Vous allez leur manquer terriblement ici.

— Oh ! non ! dit Powsie avec sérénité. Je ne leur manquerai pas. Je ne pars pas.

— Vous ne partez pas ! cria Spen. Vous laissez tomber quarante mille dollars pour... pour... enfin, pour ce que vous recevrez ici !

Powsie fournit l'indication.

— Douze mille. Ce qui est tout ce que je désire et tout ce dont j'ai besoin. Si je m'en allais là-bas, je serais occupé toute la journée à opérer des gens qui pourraient payer mes services. Non qu'il ne s'agisse pas de gens réellement malades et qui auraient réellement besoin de toute la chirurgie que je pourrais leur donner. Mais je serais si occupé que je n'aurais pas le temps d'enlever un cancer à l'estomac à ce pauvre diable.

Il s'interrompit, examinant avec attention le visage de son ancien élève.

— Vous ne faites plus, vous, d'opérations de ce genre?

Brade fut heureux de répondre :

— Je n'ai jamais cessé d'en faire.

— Tant mieux. N'y manquez pas! Vous en avez besoin. Je soupçonne même que vous en avez un besoin particulier. Et je n'entends pas par là au seul point de vue professionnel.

Il indiqua la porte d'un mouvement de tête :

— Pour moi, pouvoir opérer des cas comme celui-là, cela signifie la liberté, l'indépendance, une justification de mon existence et de tout ce que les endroits comme celui-ci m'ont donné. Je devrais y renoncer, si j'allais à Saint-Louis.

— J'appartiens à une clinique payante, dit soudainement Brade.

— Je l'ai entendu dire. Eh bien! c'est parfait. Vous devez faire votre chemin. Mais j'espère (il sourit pour retirer à ses paroles ce qu'elles avaient de trop acéré), j'espère que vous êtes guéri de l'humeur dans laquelle vous nous avez quittés. C'était enfantin, de la part d'un homme doué comme vous l'êtes pour le service d'autrui! Gagnez de l'argent s'il le faut. Mais ne vous permettez jamais de penser à la médecine comme à un moyen de gagner de l'argent avant tout, d'y penser d'abord en termes d'argent. Et retenez bien ceci : plus nous séparerons la médecine du motif « dollar », plus haute sera la qualité de la médecine. Vous monterez me voir, Brade, conclut-il en lui serrant la main.

En quittant le Centre, Spen passa par le local de son ancienne association, où il rencontra quelques joyeux drilles tout à fait disposés à organiser une petite réunion en son honneur. A minuit, ils étaient en pleine partie de poker et chantaient une chanson de carabins.

Le matin vint en même temps qu'un léger mal de tête, mais, néanmoins, un sentiment de bien-être. Ç'avait été comme au bon vieux temps, s'enivrer et jouer au poker jusqu'aux petites heures. Qu'est-ce que cela faisait, s'il avait perdu jusqu'à sa chemise! Il pouvait se le permettre maintenant.

Après le petit déjeuner, il gagna le Centre et se rendit à la division chirurgicale. Powers n'était pas affiché comme devant opérer ce matin-là, mais il y avait quelque chose en train dans la plupart des autres salles d'opérations. Ça lui allait tout à fait. Il ne se sentait aucune envie de revoir le vieux Powsie. Il avait comme une idée que le petit homme était désappointé à son égard; sans aucun doute, il y avait eu des allusions et des avertissements dans la conversation de la veille.

Au diable! pensa-t-il en passant une blouse dont il noua les cordons derrière son dos, il faisait bien assez de travail de charité entre l'hôpital, d'une part, et la clinique d'Owen James, d'autre part, où il se rendait pratiquement chaque semaine.

Chacun, dans la salle d'opération, était attentif au travail en cours lorsqu'il descendit les trois courtes marches qui conduisaient au petit balcon d'observation au bout de la table. Il n'y avait aucun autre observateur, et il ne put pas reconnaître le visage de l'opérateur, entièrement caché sous le masque. C'était un délicat travail de dissection qui s'accomplissait là. Il fallait retirer une vésicule biliaire enflammée et agir avec le plus grand soin de crainte qu'elle ne fût perforée et ne répandît du pus un peu partout. Spen ne put s'empêcher d'admirer la merveilleuse adresse des doigts rapides, lorsque le chirurgien dégagea de l'enveloppe péritonéale l'organe rouge et gonflé et le souleva soigneusement de son lit. L'opérateur était jeune; ses mains volaient, fermes et précises.

L'opérateur finit de refermer la plaie et se recula, attendant que les infirmières eussent dénoué les cordons qui maintenaient sa blouse dans le dos. Les chirurgiens de cinéma se reculent toujours de la table en faisant une grave figure appropriée à la circonstance et en arrachant les gants. Jamais les chirurgiens véritables n'agissent ainsi. Ils ont à protéger leurs mains et doivent éviter les risques de contact avec l'infection. Il est plus simple de dépouiller à la fois la blouse et les gants de manière que le côté contaminé du caoutchouc ne touche jamais la main.

Le jeune chirurgien à lunettes retira son masque et son bonnet. Flick Fleming! Brade retira son propre masque et Fleming l'étreignit.

— J'avais le sentiment que ce devait être toi, Spen, mais je ne pouvais le dire avec certitude tant que tu étais sous le masque.

— Pareil pour toi. Alors te voilà résident?

— Masters a eu une défaillance. Il a fallu l'envoyer à Saranac. De sorte que j'ai été projeté d'un coup de pied à l'échelon supérieur.

— Une sale blague, ça! Masters était bon.

Flick baissa la voix.

— Il ne sera plus jamais bon. Chaque année, il y a quelqu'un qui s'effondre, tu sais. Généralement les meilleurs d'entre nous.

Spen savait. Car pendant qu'il était résident assistant, il avait été contraint une fois de s'arrêter et de se reposer pendant trois mois, précisément pour éviter semblable anicroche. Ceux qui travaillait à Lakeview étaient sous l'effet d'une tension perpétuelle. Il en va de même de l'état-major de n'importe quel grand hôpital très occupé.

— Monte dans ma chambre, dit Fleming.

Spen fuma, tandis que Flick quittait le complet informe qu'il portait pour opérer et le remplaçait par un autre, en toile blanche nette et cassante, Alors, à travers les couloirs, ils gagnèrent les appartements des internes

Fleming ouvrit une porte et fit entrer Brade. C'était une pièce pareille à celle où il avait lui-même vécu. Le bureau abîmé, couturé, les grands et gros volumes sur les rayons poussiéreux, l'*Anatomie* de Gray — il alla jusqu'à elle pour la renifler. Une odeur de laboratoire demeurait accrochée à tout cela...

Tout était familier. Tout, jusqu'à la photo encadrée sur la table de toilette, mais la jeune fille qui y figurait était une inconnue pour lui, évidemment. Chaque chambre avait la sienne. Elles avaient promis d'attendre, ces jeunes filles. Parfois elles attendaient en effet. Mais la plupart du temps, les années étaient trop longues, années d'école, années d'internat, années où l'on gagnait à peine sa vie. Trop souvent, quelque infirmière à l'éclatante chevelure, sa beauté nette beaucoup plus troublante dans la blancheur amidonnée de l'uniforme qu'elle ne le serait jamais en robe du soir, mettait hors de course la fille qui attendait au pays. Elles avaient rarement leur chance, les filles qui attendaient au pays. Mais Spen pensait cyniquement qu'elles faisaient, en somme, une bien meilleure affaire en épousant le jeune banquier et qu'elles se trouvaient à la tête de beaucoup plus d'argent que ne leur en aurais jamais procuré le maigre revenu d'un médecin moyen.

— Cela me donne le mal du pays, Flick ! avoua Spen. Il n'y a rien, nulle part, qui ressemble à ça !

— Oui, c'est épatant pendant un bout de temps, répondit Fleming. Mais pour moi, ce n'est qu'un interlude. Je pars d'ici.

— Je le sais bien. Pourquoi ne m'avoir pas écrit que tu venais à Charlesville?

— J'en ai bien eu l'intention. Mais tu sais quel idiot, quelle cloche je suis, quand il s'agit d'écrire. Tu connais Owen James, naturellement.

— Oui. C'est un cousin de Carol.

— S'il est aussi bien que ses lettres, ce doit être un type épatant.

— Il l'est, à sa manière.

— Qu'est-ce que tu reproches à sa manière?

— Rien pour ce qui est de lui. Mais je ne crois pas qu'il y ait là beaucoup d'avenir pour toi.

— Je n'en suis pas si sûr. Ce dispositif de coopérative dont il a le plan me paraît tout à fait intéressant au point de vue chirurgical. Tout plein de possibilités.

— Hum ! As-tu d'honnêtes réserves de graisse autour du ventre? Tu en auras besoin. Owen limite son choix d'opérateurs à la catégorie pourvue du moindre impôt sur le revenu, tu sais.

— Il m'a avoué qu'il n'y avait pas beaucoup d'argent à gagner, dit Fleming. Ça va pour moi. Mon grand-père m'en a laissé un peu, de sorte que je ne mourrai pas de faim. J'ai travaillé déjà dans des villes de filatures comme Charlesville. Si bien que je n'ignore pas les conditions. Tout ce que je demande, c'est la liberté d'agir comme je le croirai bon dans le service chirurgical.

— Tu l'auras. Quoi qu'Owen James promette, tu peux compter que tu l'auras. Tu peux en outre compter sur quelques embêtements, je le crains.

— Oh ! je ne crains pas la bagarre pour la bonne cause, dit joyeusement Fleming. Je te verrai donc d'ici à un mois ou deux. Comment va la belle Carol ?

— Très bien, répondit machinalement Spen. Elle est en Floride.

— Qu'est-ce qui ne va pas?

— Elle a perdu son bébé.

— Dur ça ! fit l'autre sympathiquement. Oh ! vous avez du temps devant vous.

Spen suspectait Owen James, que son idéalisme n'empêchait pas d'être doué de subtilité, de vouloir opérer une manœuvre politique, tout à fait justifiable, en enrôlant Fleming à son aide. Il était écrit dans les cartes qu'il aurait des difficultés avec l'Académie de médecine. Et ce serait de la meilleure stratégie que d'avoir chez lui un homme appuyé par le prestige de Lakeview. Foster Fleming pourrait très bien être l'as d'atout dans le jeu d'Owen.

— Est-ce que tu crois toujours autant à la médecine-pour-de-l'argent que tu le prétendais quand tu es parti? s'informa Flick. Ou bien as-tu dépassé ce bluff mesquin ?

— Bluff? Ce n'était pas du bluff ! dit durement Spen. En quoi d'autre peut-on croire?

Une lettre expresse arriva de Blanton Tyre, le priant de ne pas trop prolonger son séjour, de ne pas dépasser une semaine. On avait besoin de lui. Cyniquement, il interpréta la missive comme signifiant que d'autres cas difficiles et défavorables étaient pendants, dont ils avaient l'intention de se décharger sur lui. Très bien. Ça se paierait un de ces jours.

La conversation avec Flick Fleming avait ancré Brade dans sa foi en la médecine profitable. Il ne retourna pas voir le vieux Powsie. Il ne voulut pas que les boulevards du sens commun fussent minés en lui par un idéalisme chimérique et désuet.

19

OWEN James, rencontrant Brade en ville un matin, lui dit :

— Votre ami Fleming est attendu la semaine prochaine.

— Ça me fera bigrement plaisir de le voir ici.

— J'espère qu'il vous amènera chez nous plus souvent que vous n'y êtes venu.

Spen marmotta une vague explication : il avait été pas mal occupé.

Sans aucun doute, l'arrivée de Fleming allait compliquer les choses pour lui. Ou peut-être pas? Avec un chirurgien compétent à demeure, James n'aurait pas besoin de services extérieurs. Et pourtant, Flick était précisément ce genre d'enthousiaste capable de le prier de venir sans retard voir un patient offrant un problème nouveau, intéressant ou difficile. Ma foi, il n'y avait qu'à attendre pour prendre une décision.

— Nous avons défoncé le sol pour le nouvel hôpital et le dispensaire, dit Owen avec satisfaction.

— Ça c'est chic! fit Spen. Vous avez trouvé les fonds alors?

— Je ne les aurais pas trouvés sans la famille. Il y avait un peu d'argent de l'assurance, mais ça n'a guère donné. C'est la cousine Carrie Carskaddan qui a sauvé la situation. Quand elle s'y met, elle fait splendidement les choses. (Il rit confidentiellement.) Elle paraît croire que c'est moi qui lui ai sauvé la vie, et non vous !

— Pour ce qui est de moi, ça va très bien ainsi.

— Nous aurons les installations de la clinique coopérative dans le même bâtiment. C'est la chance que j'attendais.

Après une pause, Owen demanda :

— Quand Carol revient-elle?

— Bientôt, je pense répondit Spen.

Mais il n'en savait rien.

Carol envahissait trop son esprit, ces derniers temps. Il ne pouvait l'en chasser. Souhaitait-il réellement son retour? Pouvait-il vraiment espérer quelque satisfaction de cette vie domestique anormale, avec ses blancs, ses creux, ses incertitudes, ses complications et ses tensions? Certainement non!

Plusieurs lettres étaient arrivées de Floride, légères naturelles, amicales. Il avait essayé de répondre sur le même ton, mais il n'avait abouti qu'à une piètre imitation. Il laissa les deux dernières sans autre réponse qu'une hâtive carte postale, disant qu'il était pressé à mort et qu'il écrirait dans quelques jours. Ce qu'il n'avait point fait.

Et voilà qu'arrivait un télégramme de Carol annonçant qu'elle et sa tante Candace avaient décidé de rentrer par le train et seraient là le matin suivant. Spen supprima délibérément une soirée au club, se coucha à dix heures sans un verre et se leva tôt, se sentant dispos et vertueux.

Le train était à l'heure. Tante Candace descendit de la voiture Pullman suivie de Carol, et Spen retint son souffle, sous un soudain élancement de désir et de regrets. Carol avait l'air d'une jeune fille, si gaie, si fraîche, si délicieuse. Elle le salua d'un geste de la main, tandis qu'il se hâtait vers elle.

— Hi, Spen!

— Hello, Carol! Content de te revoir ici! (Ne pouvait-elle entendre dans sa voix qu'il était plus que content?)

Elle l'embrassa légèrement. Tante Candace dit :

— Comment allez-vous, Spen? Vous n'avez pas trop bonne mine.

Elle renifla l'air en lui serrant la main.

« Ce coup-ci, je l'ai eue », pensa Spen.

— As-tu été souffrant, Spen? s'enquit Carol, l'examinant.

— Ça va très bien. Un peu de travail hors d'heures.

— Ça se voit. Tu es maigre.

— J'engraisserai vite avec vous deux pour me nourrir, répondit-il, forçant la note de familiarité.

Il s'occupa des bagages. Puis, quand ils furent tous dans la voiture :

— A propos, un de tes vieux amis est dans notre ville.

— Qui donc?

— Flick Fleming.

— Que c'est chic pour toi, Spen ! Il m'a été très sympathique. Est-il ici pour longtemps?

— Il rejoint l'équipe d'Owen James.

Elle reçut pensivement cette nouvelle.

— Cela veut-il dire que tu travailleras moins avec Owen?

— Naturellement. Il ne leur faudra plus de chirurgien du dehors.

— Je le regrette. Je pense qu'Owen a besoin de toi.

Miss Grahame corrigea sèchement :

— Je pense que Spencer a beaucoup plus besoin d'Owen James qu'Owen n'a besoin de lui.

— Alliance mutuelle, dit légèrement Spen. Que penseriez-vous d'inviter Fleming à dîner?

— Oui, bien sûr. Dimanche par exemple, dit Carol. Nous inviterions Owen en même temps.

— Si vous en faites un dîner médical, dit Spen, ajoutez Terry Martin, de la clinique Tyre.

— La clinique Tyre et la clinique James se mélangeront-elles bien? s'informa tante Candace.

— Martin, oui. Attendez d'avoir rencontré Terry.

Comme pour regagner le temps perdu, Carol se lança dans toutes les mondanités et tous les divertissements de la saison. Les hommes étaient en essaim autour d'elle. Et pourtant, si Spen avait été jaloux, il n'aurait eu aucun motif de se plaindre. Pas un seul parmi ses amis ne pouvait se considérer comme préféré aux autres. Combien de temps cela durerait-il, séduisante et entourée comme elle l'était? se demandait Brade. Un seul de tout le cercle était admis de façon plus intime, c'était Owen James. Après tout, ils étaient cousins éloignés.

James vint au dîner, échevelé et de guingois, comme toujours, mais, comme toujours, exhalant la propreté et la santé morales et physiques. Flick Fleming et Terry Martin étaient très corrects en vêtements du soir, ce dernier étrangement séduisant, à sa manière saturnienne. La vieille demoiselle se sentait en train et contribua à la gaieté générale. La réunion fut un succès complet, et qui se sentit dés le début. A l'arrivée du café qui, dans la tradition domestique, marquait le départ des dames, tante Candace se leva.

— Je préférerais rester, dit Carol.

Les invités approuvèrent à l'unisson.

— Nous allons parler boutique, avertit Spen.

— J'aime la boutique médicale, assura Carol.

Tante Candace s'assit.

— Je resterai aussi.

(Applaudissements.)

Elle fixa sur Owen, qu'elle adorait, un regard féroce :

— Une mention de pus, une seule, et je pars!

— Pas un mot ne sera prononcé qui puisse serrer de dégoût la gorge de la délicatesse, promit-il.

— Notre langage sera de latin et d'eau de rose mêlés, ajouta Spen.

Il ouvrit le feu avec un sujet de tout repos, l'assurance coopérative.

— J'ai entendu dire que vous aviez dû arrêter vos listes d'inscriptions?

— Oui. Nous sommes déjà débordés. Fleming a du travail tout taillé devant lui.

— Tous des ouvriers de filature? s'informa miss Grahame.

— Pratiquement, oui. C'est eux que nous voulons toucher, répondit le maître du projet.

— Toujours en quête d'empoisonnements, docteur? questionna Terry Martin, et le ton donnait à sa question cynique une nuance de respect et même d'affection.

— Qui? Moi? Je suis un faon timoré, répondit Owen. Je ferais un mille au galop pour fuir la bagarre!

— En courant, vous semblez piétiner un certain nombre d'orteils.

— J'ai un esprit à voie unique, confessa Owen. Si les orteils sont sur la voie, je ne les aperçois pas à temps.

— C'est une voie bigrement droite, glissa la vieille demoiselle.

-:-

Pendant une semaine après le retour de Carol, Brade put à peine échanger trois paroles avec Kenny Mangan. Elle semblait délibérément exclusive, et pourtant il ne se souvenait pas d'avoir rien fait qui pût l'offenser.

Un après-midi qu'il avait été retenu après l'heure, il la trouva à son bureau, attendant, et, à ce qu'il lui parut, l'attendant. Son petit visage était soucieux et résolu.

— Est-ce que je vous reconduis, Kenny?

— Oui.

Dans la pénombre de la voiture, il posa sa main sur la sienne. Il n'y eut aucune pression en réponse. Il demanda doucement :

— Qu'est-ce qu'il y a, Kenny?

— Spen, je crois qu'il est temps que toi et moi nous nous séparions.

— Pourquoi? Fatiguée de moi?

— Non, je ne suis pas fatiguée de toi.

Elle répondit si bas que sa dénégation était à peine audible.

— Alors? Pourquoi?

— Ta femme est rentrée.

— Et après?

Elle essaya, de façon assez pathétique, de plaisanter.

— Ce n'est peut-être pas grand-chose que ma figure, mais c'est tout ce que j'ai.

— Pour ma part, je n'en ai jamais vu une pareille, et j'en suis fou.

— Pas moi. Mais je ne voudrais pas qu'elle soit abîmée par du vitriol ou autre chose.

Spen fronça les sourcils. Sa voix se durcit pour répondre :

— Tu dis des stupidités, Kenny. Les dames ne jettent pas de vitriol.

— Comment le saurais-je? Je ne suis pas une dame, moi ! Mais — et elle était de plus en plus tendre — je n'ai jamais souhaité faire partie d'un harem.

— Si cela t'intéresse reprit Spen, je ne vis pas avec ma femme.

Il se sentait humilié d'avoir à discuter Carol avec Kenny.

— C'est différent, murmura la jeune fille, j'avais besoin de le savoir.

Elle se blottit contre lui.

— J'avais entendu dire qu'il en était ainsi. Les domestiques parlent, tu sais. Mais je craignais qu'elle ne te soit revenue. Tu m'emmènes dîner dans un endroit tranquille, chéri? J'ai des nouvelles pour toi.

Les nouvelles de Kenny n'étaient pas entièrement neuves pour son auditeur. Blanton Tyre travaillait ouvertement à obtenir la présidence de l'Association médicale de l'Etat.

Localement, il y avait une dissension qui pouvait lui coûter l'appui de l'Académie et, ainsi, mettre en péril, ou tout au moins rendre précaire, ses chances. Le sort de l'assurance médicale coopérative d'Owen James dépendait du résultat. Une puissante partie du corps médical était disposée, disait Kenny, à faire bloc contre James.

Spen en savait déjà assez à ce sujet pour reconnaître la force de l'opposition. N'eût-elle groupé que les trafiquants médicaux, que les praticiens au rabais, les vendeurs d'orviétan et de pilules, les consultants à un dollar ou même un demi-dollar, on aurait pu ne pas s'en inquiéter. Mais il existait un large contingent d'hommes consciencieux, même s'ils étaient ultra-conservateurs, d'hommes qui croyaient honnêtement que la méthode James menaçait les fondations mêmes de la pratique médicale. De leur point de vue à eux, c'était peut-être exact. Leur position serait solide parce qu'elle était enracinée plutôt dans les principes et les préjugés que dans l'intérêt personnel. Peut-être, par un mélange des deux — le second motif prédominant — Blanton Tyre se rangerait-il comme Brade ne l'ignorait pas, du côté de cet élément conservateur. Son hostilité pour Owen James en tant que facteur de la révolution sociale comptait aussi.

— Le Vieux m'a dicté une lettre pour le chef de l'hôpital d'Etat, dit Kenny. Il bat le rappel de la vieille garde en vue de la bataille. Le cousin de ta femme, Owen James, risque fort de trouver des bâtons dans ses roues, s'il ne les surveille pas. Pour mon compte, je pense que c'est un grand bonhomme. Quelle est ta position dans cette histoire, chéri?

— Je voudrais rester en dehors!

— Pas de danger!...

C'était l'opinion de Spen lui-même.

20

A propos de rien, quelques jours après son retour, Carol Brade avoua à son mari :

— Spen, je n'ai pas été juste avec toi.

— Il m'est arrivé de le penser, dit-il avec une intention amère.

Elle rougit violemment.

— Ce n'est pas *cela* que j'ai voulu dire.

— Moi si.

— Je pensais au bébé, reprit-elle avec effort. Je t'ai blâmé de n'avoir pas été là.

— Je n'aurais rien pu faire si je m'étais trouvé là, répondit-il plus doucement.

— Je le sais maintenant. Mais je t'en ai voulu. Castleman Tyre m'a dit que c'est un malentendu, que tu n'avais pas eu tout de suite la communication de l'hôpital.

— Comment en es-tu venue à en parler avec Castleman Tyre? demanda-t-il, stupéfait.

— Je ne lui ai pas parlé. Il m'a écrit en Floride.

— Ecrit? Attends un instant. Il faut que je réfléchisse.

Pourquoi Castleman Tyre avait-il écrit à Carol

sans lui en parler? Conscience? Remords pour le mauvais tour qu'il lui avait joué en ne lui transmettant pas sans délai le message de l'hôpital? Bien peu probable. Pour déchiffrer les Tyre, il fallait partir de mobiles plus pratiques. La solution s'offrait d'elle-même. Des rumeurs avaient dû leur parvenir, concernant une rupture imminente du ménage Brade Grahame, rumeurs fortifiées par la longue absence de la jeune femme. La perte des relations Grahame pourrait être préjudiciable à la clinique, d'où l'intérêt des Tyre. Ils étaient anxieux de voir aplani un possible différend.

— Je crois que j'ai compris, dit Spen. Ainsi donc, Castleman t'a mise au courant du retard dans la transmission du message? Si quelqu'un était en situation de savoir, c'était bien lui. Vas-y, continue.

Rassemblant toute sa volonté, elle leva sur lui des yeux résolus.

— Spen, étais-tu ivre ce soir-là?

— Tu as cru ta tante Candace sur parole et admis que je l'étais.

— Je ne l'aurais pas dû. L'étais-tu?

Quelque chose dans son appel le força à se montrer scrupuleusement, même méticuleusement honnête vis-à-vis d'elle.

— Dans un sens, on peut bien dire que je l'étais. J'avais travaillé des heures durant dans une tension effroyable. J'étais complètement à bout. En rentrant, j'ai pris un verre, un grand verre, un double brandy. Normalement, cela ne m'aurait rien fait du tout. Dans mon état d'épuisement, cela m'a achevé. L'alcool agit souvent ainsi, et je n'aurais pas dû courir le risque. Mais je ne suis pas du tout certain que j'aurais pu arriver jusqu'à l'hôpital sans rien boire. Je suis au regret, Carol.

— C'est moi qui suis au regret, dit-elle. J'aurais dû savoir que tu ne m'avais pas laissée tomber délibérément. Après tout, nous étions devenus d'assez bons amis. Oublions tout cela et revenons à l'ancienne base, veux-tu?

L'ancienne base. D'assez bons amis. C'était tout ce qu'elle avait à lui offrir. Le désappointement l'incita à répondre :

— L'ancienne base débiteur et créancier.

— Je ne l'entendais point ainsi et tu dois le savoir, dit-elle d'un ton de reproche.

— Quand cela sera liquidé, répondit-il, il y aura une base nouvelle, d'une manière ou d'une autre. Mais d'accord, Carol : en attendant, oublions.

— Demandez à Kenny, Kenny sait! disait la petite miss Mangan avec le sourire drôlement impertinent qu'elle gardait pour les circonstances extra-officielles.

— Est-ce que Kenny sait de quoi Kenny a l'air? dit Spen, tant soit peu hors de propos. D'un joli lutin.

— D'accord, répondit la jeune fille. Un lutin aux oreilles bien ouvertes! Et les Tyre ont des langues débridées! Ce que je récolte surprendrait des tas de gens dans cette ville; ils dormiraient moins bien.

Spen la regardait nonchalamment qui lui préparait un whisky glacé, et pour elle une citronnade, près du frigidaire de sa petite cuisine, sa camarade de chambre étant agréablement absente. Il pourrait, au cas peu probable où on lui poserait chez lui quelque question, répondre « urgence de nuit » — et ce serait une excuse suffisante. Carol, au surplus, ne demandait jamais rien. Mais, au petit déjeuner du matin, auquel il ne lui manquait jamais d'assister, tante Candace le regardait parfois d'un air soupçonneux que soulignait une réflexion relative à son apparence épuisée.

— Je demande à Kenny, fit Brade. Que sait-elle de tellement important?

— L'affaire est dans le sac pour notre Blanton.

— Tu parles de la présidence de l'Association médicale d'État.

— Oui. Il part en guerre contre la médecine sociale. Le racket (1) James sera son cas typique et son affreux exemple.

Brade fronça les sourcils.

— Ce n'est pas un racket, Kenny.

— Comme si je ne le savais pas! rétorqua-t-elle. C'est bien ce qui est jamais arrivé de mieux aux

(1) « Racket » n'a heureusement pas encore d'équivalent dans notre langue. C'est une opération criminelle, par laquelle une bande organisée lève tribut sur les affaires légitimes.

pauvres de notre ville. Il en faut davantage pour arrêter notre Vieux.

— Il ne va pas porter d'accusations contre Owen James?

— Il le ferait, s'il le pouvait. Le docteur James a trop de relations dans la société, il peut tirer trop de ficelles! Il est allié à la moitié des grandes familles de la ville, y compris la tienne. Tyre est un politique trop habile pour se lancer après un gibier de cette taille.

— Quel est son jeu, alors? Tenter de démolir la clinique?

— Clinique, hôpital, assurance médicale, tout le fourbi au grand complet.

— Il a déjà essayé : ça n'a pas rendu.

— Cette fois-ci, cela rendra. Du moins Castleman et lui y comptent. Ils recrutent une bande pour rejeter la demande d'admission du docteur Fleming à la réunion d'automne. S'ils réussissent de ce côté-là avec une certaine marge de majorité, ils mitonneront autre chose. Je ne sais pas quoi. Je n'en suis pas encore arrivée aussi loin.

— Les porcs! s'exclama Spen. Je te demande pardon, Kenny.

— Il n'y a pas de quoi. Diagnostic entièrement confirmé. C'est exactement ce qu'ils sont. Ils tenteront n'importe quoi, s'ils pensent pouvoir le faire passer.

— Donne-moi à boire et oublions tout cela, douce.

Assise sur la table de cuisine, devant sa citronnade, une main appuyée sur l'épaule de son amant, elle dit :

— Nous n'allons plus avoir beaucoup de nuits ensemble pendant quelque temps, chéri.

— Pourquoi non?

— Ma grande sœur arrive de Galveston...

— Laquelle?

— Adèle, l'aînée. Celle qui m'a élevée.

— Elle a réussi quelque chose de bien, répondit Spen avec une souriante sincérité.

— Cela se peut. Mais elle aurait une crise cardiaque si elle savait ce qui nous concerne. Delly est aussi près d'être une sainte qu'on les fait encore !

— Pour ma part, je suis assez content que *vous* n'en soyez pas une, dit Spen. Combien de temps restera-t-elle?

— Ça dépend. Il y a quelque chose qui ne va pas.

— Et à quoi je puis remédier?

— Oui. C'est pourquoi je la fais venir. Je me fais du souci à propos de ce qu'elle m'écrit. Je crois que son docteur là-bas ne vaut rien.

— Quand arrive-t-elle?

— Dans une semaine environ. Je voudrais que tu l'examines.

— Volontiers. Bien sûr. N'importe quand.

— J'ai une foi totale en toi, Spen, dit la jeune fille avec confiance.

Au petit jour, comme il s'habillait, elle lui passa une information qui avait glissé de sa mémoire la veille au soir :

— Notre cher Hewlett est prié de rendre son tablier. Il l'a sec. Les choses devraient prendre tournure pour toi bientôt.

— Penses-tu encore que je doive quitter la clinique, sage Cassandre? demanda-t-il en manière de taquinerie.

Sur ce point, Kenny était intraitable.

— Rien ne te retient que l'argent. Tu aimerais bien mieux travailler avec James et son monde, et tu le sais parfaitement.

— Je travaille toujours avec James, fit-il avec une telle âpreté qu'elle répondit :

— Ne te fâche pas. Et quand notre Blanton te fera des offres, maintiens ton prix.

— Trente pièces d'argent? suggéra-t-il sardoniquement.

— Viens m'embrasser pour me dire au revoir et ne sois pas idiot.

Maintenant que Kenny lui avait ouvert les yeux, l'évidence de l'adroit travail secret de Tyre lui apparut de tous côtés. Par-ci par-là, il entendait des rumeurs dépréciant le projet James. L'*Evening Leader* publia un éditorial de toute évidence inspiré, moquant « la cajolerie médicale des bas-fonds ». Des murmures dont l'origine était indiscernable, mais l'intention désobligeante, tant contre Bernitz que contre Fleming, circulèrent de bouche à oreille.

La stratégie de l'attaque était simple. Pour arriver à faire partie de l'Association médicale d'Etat, et, à travers elle, de la toute-puissante Association médicale américaine, il fallait d'abord que Fleming ou n'importe quel autre adjoint aux troupes de James fût admis comme membre de l'Académie locale. L'appartenance à ces divers corps constitués était absolument indispensable à qui voulait obtenir l'attestation officielle de sa capacité de chirurgien, prémisses indispensables à leur tour à sa réception dans la branche choisie. Ainsi des hommes de valeur ne pouvaient-ils s'associer avec James qu'au prix de leur exclusion. D'autre part, James ne pouvait se permettre de faire diriger ses diverses sections par les hommes auxquels auraient été refusées les marques mêmes, les lettres de créance fondamentales de leur admission officielle — ce qui, par voie de conséquence, empêcherait l'hôpital et la clinique d'être officiellement reconnus. D'où l'importance critique de la lutte engagée contre Foster Fleming.

Spen s'attendait à une tentative d'approche sur ce sujet de la part de Blanton Tyre, bien ayant qu'elle se produisît en effet.

— Besoin de vous parler, mon garçon. Entrez une minute.

Le chef poussa dans son bureau le jeune médecin qui prit un siège, refusa un cigare, alluma une de ses propres cigarettes et attendit.

— C'est à propos de ce Fleming. Je pense que vous avez entendu parler du toupet avec lequel il demande son admission à notre Académie.

— Je ne saisis pas très bien ce que vous entendez par toupet, dit froidement Brade. Fleming est un homme de Lakeview. Cela devrait suffire à établir sa valeur.

— Oh ! je sais, fanfaronna Tyre, vous autres, hommes de Lakeview, vous faites bloc.

— Quelles sont les objections à l'admission de Fleming? persista Brade. J'avais toujours compris qu'elle dépendait des qualifications professionnelles.

— Et que faites-vous de l'éthique, des principes

moraux, base de notre profession? Ne les considérez-vous pas comme qualification? s'échauffa l'autre.

— Je n'ai jamais entendu mettre ceux de Fleming en doute.

— Eh bien! moi, je les mets en doute. Il est associé à ce damné projet communiste d'Owen James.

Jamais Brade n'avait vu son chef à ce point excité. Quelque chose devait grincer dans les rouages de sa machine stratégique.

— Des projets d'assurance médicale sont devenus réalités, et des réalités qui fonctionnent bien, dans d'autres parties de ce pays, souligna Spencer. Voyez par exemple le groupe Ros-Loos à Los Angeles.

— Qui se soucie de ce qu'on fait à Los Angeles ou ailleurs? tonna Tyre, rouge de fureur. Nous n'en voulons pas ici.

— Passons, fit Spen. Admettons que toute forme d'assurance médicale soit mauvaise. Qu'y a-t-il à gagner à empêcher un type de la valeur et de la capacité de Fleming d'exercer sa profession? Si le projet est mauvais, pourquoi ne pas remonter à la source? Pourquoi n'est-ce pas Owen James que vous attaquez?

Il observa avec une profonde satisfaction les artères temporales de son chef qui se gonflaient et pompaient dur.

— L'infernal hypocrite, fit Tyre, avec un reniflement furieux. Nous l'aurons bien. La première considération pour nous, médecins appuyés sur les principes, c'est de ruiner la canditature de ce Fleming. Quoi! Si cette idée de James se répandait, elle affecterait la situation de la moitié des médecins de cette ville! Elle pourrait même atteindre la nôtre, ajouta-t-il d'un ton profondément choqué.

— Je ne pense pas que la clinique Tyre ait à se soucier d'une telle concurrence! fit Spen, pacifiquement.

— Non. Peut-être que non, admit Tyre radouci. Mais il appartient à des groupes comme le nôtre de maintenir le haut niveau de la profession et de défendre les intérêts de nos confrères médecins de situation moins fortunée. Je voulais simplement être sûr que vous assisteriez à la réunion, le 14. Inscrivez-la à votre calendrier, mon garçon.

-:-

Quelles que fussent les qualités de stratège de Tyre, la subtilité n'était pas du nombre. Sans quoi il n'aurait jamais attendu le dernier jour, le jour même de la réunion, pour livrer assaut à son subordonné. Il entra dans le bureau de Brade, chaleureux et empourpré, comme un obèse rayon de soleil.

— Signez, fit-il jovialement.

— Et qu'est-ce que je risque en signant sans lire? demanda Spen avec précaution.

— Le meilleur contrat qu'un chirurgien se soit jamais vu offrir à Charlesville, mon garçon. Je vous avais parlé d'un nouvel arrangement, il y a quelques jours.

— Oui.

— Maintenant, je puis en préciser les termes. Le docteur Hewlett nous quitte ! Bon débarras. La voie est libre à présent pour la réorganisation d'ensemble dont je vous avais parlé. Vous devez vous en souvenir.

— Oui, dit Spen. (S'il s'en souvenait !)

— Castleman et moi avons mis le plan au point. Les bénéfices nets seraient divisés en trois parts. Comme fondateur et chef de clinique, je toucherais cinquante pour cent; vous admettez que c'est équitable?

— Oui, je crois que c'est juste, dit prudemment Spen.

— Les cinquante pour cent restants seraient répartis également entre vous et mon fils.

Castleman ne valait pas cela pour la clinique. Il ne valait même rien qui approchât cela. Mais Spen ne pouvait vraiment pas le dire ainsi à son père. De plus, cet arrangement ne devait pas présenter pour lui beaucoup moins de vingt mille dollars par an. Son pouls fit un bond. Il pourrait bientôt se libérer de toute obligation vi-à-vis de Carol, s'affranchir de cet humiliant servage, qu'il avait si volontiers accepté, ne prévoyant pas l'intrusion d'un sentiment personnel puissant vis-à-vis de son épouse commanditaire. Il serait bientôt en position de demander une mise au point. Non qu'il fondât sur elle beaucoup d'espoir. Mais au moins y aurait-il quelque dignité à sa situation. Il pourrait enfin se rencontrer avec elle comme un homme et une femme, sur le même plan.

A l'instant où il allait exprimer sa gratitude à son chef, un avertissement de Terry Martin lui revint à l'esprit : n'oubliez pas que vous êtes pratiquement indispensable aux Tyre. Alors pourquoi être reconnaissant à l'excès d'un accord auquel ils gagneraient autant que lui? Trop d'enthousiasme serait une faible politique d'affaires. Il réfléchit un moment, puis :

— Serait-ce un contrat à l'année?

— Celui de Hewlett l'était. Nous préférerions que le vôtre soit pour plus longtemps. Je pensais cinq ans.

— C'est une proposition intéressante, docteur Tyre. J'aimerais avoir le temps d'y penser.

L'autre parut un brin interloqué. Il avait, de toute évidence, envisagé que le jeune homme devait bondir sur l'occasion.

— Combien de temps? s'informa-t-il.

— Je ne puis me lier. Il existe diverses considérations.

L'autre joua sa dernière carte :

— Il y a une clause encore en mon esprit. Si vous êtes préparé à nous donner tout votre temps, à l'exclusion de toute autre activité professionnelle, vous pourrez sans aucun doute accroître notre clientèle au point de vue chirurgical, où nous sommes assez fai... où nous n'avons pas avancé à la même cadence que du côté médical. Nous serions, dans ce cas, disposés à vous créditer à nos livres de... disons dix pour cent des honoraires versés par la clientèle nouvelle apportée par vous à la branche chirurgie.

Suffoqué pendant une courte minute, Brade vit là le procédé tabou, le mal fréquent (mais secret) de la dichotomie.

Mais non! Comment cela se pourrait-il? Tout était dans la même clinique. Il avait néanmoins le sentiment assez net que le surplus serait compté au client. Oui. Et puis après? La plus grande partie de la clientèle pouvait le supporter.

— Alors? dit Blanton Tyre d'une voix persuasive.

— Je pourrais être disposé à considérer une telle offre quand vous serez — et si vous étiez — disposés à me la faire.

— Elle est faite, aboya Tyre. Marché conclu? Un marché à double tranchant, c'était indubitable : d'une part, destiné à le détacher de James, de l'autre à le stimuler à faire le plus d'opérations possible. Spen s'en rendait exactement compte. Mais cela devait chiffrer dans les vingt-cinq mille dollars par an. Carol serait promptement payée, et lui, ensuite, serait un homme riche. Pourquoi ne se sentait-il pas plus enthousiaste?

— Cela paraît certainement très bien, dit-il. Donnez-moi jusqu'à demain pour y penser.

Blanton Tyre développa, volubile et prophétisant de grands succès. Après tout, ce n'était pas un mauvais type. Il avait ses avantages. Il savait certainement apprécier le travail de ses collaborateurs.

Spen accepta bien volontiers l'offre de se rendre chez les Tyre pour y prendre un verre. Tyre fit sortir de ses réserves de choix une des meilleures bouteilles. Ils prirent un verre. Blanton Tyre était reparti à parler. A parler d'abondance. A parler de la réunion de ce soir. De l'importance du résultat pour l'avenir de la médecine locale. De la menace qu'une entreprise telle que la coopérative de James représentait pour la profession médicale.

Ce que représentait Owen, Spen s'en rendait compte à présent : C'était plus, beaucoup plus que le succès ou la chute de son projet actuel. C'était la chance pour l'homme de la rue de devenir un peu grand, de donner à ses enfants une situation meilleure que la sienne propre, de leur permettre d'aller plus loin que lui-même n'était allé. C'était là ce qu'Owen représentait pour les pauvres diables du coin des filatures; c'était là ce qu'Owen représentait pour les pauvres diables comme eux, de partout. Avec Flick Fleming et Owen James, il ne pouvait y avoir de doute pour un homme lucide. Spen triompha dans sa propre argumentation contre lui-même, sans difficulté... Qu'est-ce que Blanton Tyre lui disait donc?...

— Parler? répéta Spen. Non, je n'ai rien d'un orateur.

— Il se peut que nous n'ayons pas besoin de vous, reprit son chef. Mais vous feriez mieux de vous tenir prêt à dire quelques mots si la situation devient tendue.

— Contre Fleming? hasarda Brade choqué. Dieu du Ciel! Non! C'est un ami. C'était mon garçon d'honneur.

— Evidemment non, fit l'autre. Il est inutile de rendre la chose personnelle. Vous pourrez vous confiner à l'opposition contre la médecine socialisée.

— J'aimerais vraiment mieux être laissé complètement en dehors, insista Spen.

— Il ne semble pas que nous devions avoir de difficultés, dit Tyre. Pourquoi ne pas rester diner avec nous?

Il était très tard déjà. Spen téléphona à Carol de ne point l'attendre.

— Owen James a essayé de te joindre, dit-elle.

— Que voulait-il?

— Quelque chose relativement à la réunion de ce soir. Il paraissait préoccupé. Et, pour Owen, presque déprimé.

— Sera-t-il présent?

— Non. Lui et le docteur Bernitz devront être à Millersville pour un cas. Ils ne pensent pas pouvoir rentrer à temps.

— S'il appelle à nouveau, dis-lui de ne pas s'en faire. Tout finira par s'arranger.

— Il a entendu dire qu'on se préparait à l'assigner ou à tenter d'obtenir son expulsion.

— Sur mon cadavre! dit magnifiquement Spen.

— C'est ainsi que j'aime t'entendre parler!

Sa voix était douce, émue; elle éveilla des espérances nouvelles au cœur de celui qui l'entendait. Il crut presque avoir entendu murmurer « cher! ».

Un brandy après dîner et les trois médecins se mirent en route pour la réunion qui se tenait à huit heures. Spen se sentait en pleine forme. Il était installé dans la vie. Tout marchait comme une machine bien huilée. Sa soumission aux Tyre n'était que temporaire. Il serait bientôt assez fort pour pouvoir affirmer son indépendance. Alors il fixerait à son travail gratuit à la clinique d'Owen James une part régulière dans son activité. Il n'avait donné à Tyre rien qui ressemblât à une promesse. En cela, il s'était montré habile.

Quand les temps seraient venus, il pourrait expliquer tout cela à Carol. Owen et ses œuvres pouvaient encore être sauvés. Exposé de la sorte, avec franchise et honnêteté, son raisonnement ne pouvait manquer de convaincre Carol qui avait l'esprit foncièrement équitable. Spen avait réussi à se convaincre lui-même, à cent pour cent...

Disons quatre-vingt-dix-neuf...

21

L'ACADEMIE de médecine se réunissait régulièrement dans l'auditorium de l'hôpital municipal. Spen, qui avait quitté le bureau avec Blanton Tyre, le laissa au parc où il reprit sa voiture. Aussi arriva-t-il à l'hôpital quelques minutes après les Tyre. Bien qu'il s'en fallût encore de dix minutes pour l'heure de la réunion, il y avait déjà une foule anormalement dense. D'où Spen conclut que les Tyre avaient battu le rappel pour amener du renfort, et avec quel résultat !

Terry vint à Brade, le visage ironique.

— Tous sur le pont ! dit-il.

Spen approuva de la tête. Puis :

— Il y en a ici qui n'ont pas mis les pieds à une réunion depuis que je suis membre de l'Académie.

Il s'éloigna avant que Martin eût eu le temps de poser quelques questions embarrassantes. Il serait temps plus tard pour des explications.

Le président, un corpulent praticien de l'ancienne école, réclama l'ordre en frappant la table de son marteau, car la foule restait à bavarder dehors dans les couloirs. Ils entrèrent lentement et prirent leurs sièges.

Brade se laissa aller assis bien au fond de la salle, tandis que se déroulaient les préliminaires du combat principal. Le secrétaire lut le compte rendu de la réunion précédente.Quelques applaudissements polis moururent sans écho.

Le président releva ses lunettes haut sur son nez, choisit un papier sur la table devant lui, s'éclaircit la voix et commença :

— Premier objet de la réunion de ce soir. Nous avons à considérer la demande d'inscription en qualité de membre du docteur Foster Fleming.

Il lut l'exposé de la carrière de Fleming, éducation, formation, expérience, et termina par :

— Présentement engagé dans la pratique de la chirurgie à la clinique médicale coopérative.

Puis, ayant terminé, il reposa la demande sur la table :

— Y a-t-il quelque discussion avant que nous procédions au vote?

Cela, Brade ne l'ignorait pas, était une dérogation à la procédure habituellement suivie pour l'élection d'un membre nouveau. Le vote ne constituait à l'ordinaire qu'une simple formalité, puisqu'il allait de soi que le comité n'admettait de candidature pour la présentation publique que si aucune objection n'était probable.

En bas, près de la chaire présidentielle, le vieux « Cholly » Chadbourne se leva, appuyé sur sa canne. Son expression était celle de la surprise et du mécontentement.

— J'ai eu l'honneur, énonça-t-il avec toute la pompe de son époque, de proposer le nom du docteur Foster Fleming. Le comité de canditature n'a élevé aucune objection. Nulle voix n'a marqué de dissentiment. Cela devrait régler la question une fois pour toutes.

Il y eut un mouvement de gêne général. Les médecins se regardèrent entre eux, ou regardèrent le président, ou encore rien du tout, dans le vague. Le président annonça :

— Docteur Blanton Tyre.

Le chef de la clinique Tyre s'avança lentement jusqu'au pied de la tribune.

— Monsieur le Président, et vous, messieurs les

membres de l'Académie de médecine, commença-t-il de sa voix ample et pleine, si pénible qu'il me soit de différer d'opinion avec le docteur Chadbourne qui, plus que quiconque dans notre corporation, a droit à l'affection et au respect, ma responsabilité professionnelle me contraint à parler. Contre la compétence professionnelle du docteur Fleming, je n'ai rien à formuler. Par malheur, il est d'autres considérations qu'il ne nous est pas permis d'éluder. La difficile et honorable profession médicale, messieurs, nous est parvenue à travers les âges comme une guilde soigneusement limitée, dont l'accès doit être gardé tel celui d'un lieu sacré. Y pénétrer demande certaines hautes traditions et de nobles responsabilités. Nous serions infidèles à l'illustre exemple que nous donna Hippocrate voici plus de deux mille ans si nous ne maintenions pas ces traditions et l'honneur de notre antique vocation.

Ici, il leva les yeux vers la copie encadrée du serment d'Hippocrate accrochée au mur Brade se demanda, avec intérêt et sans illusion, combien parmi ces hommes rassemblés là se souvenaient de cette charte.

La salle était silencieuse. Pas de bruits de pieds, pas de murmures étouffés. Le silence et l'attention payaient leur tribu à l'art oratoire de Tyre.

— Messieurs, je n'ai rien contre le jeune médecin qui demande ce soir le droit de se compter comme un des nôtres. Je n'ai rien contre lui sur le plan du caractère, car j'entends dire partout qu'il est d'excellente moralité, ni sur le plan de la capacité professionnelle, car il fut formé dans une institution pour laquelle je n'ai que du respect et par un homme que je suis fier d'appeler mon ami. Rien que pour cela, je serai navré d'avoir à voter ce soir contre son admission. Mais j'en ai le devoir, tout à la fois vis-à-vis de ma conscience et vis-à-vis de la médecine organisée. Le docteur Fleming a choisi une voie que nous ne pouvons que condamner. Elle viole toutes les traditions de notre vocation, d'abord parce qu'elle détruit les relations intimes entre le médecin et le patient, le droit de choisir sur lequel notre code moral est fondé, ensuite parce qu'en certains cas — remarquez que je ne dis pas en ce cas particulier — mais en certains cas, il peut devenir possible, dans un système d'assurances tel que celui auquel le docteur Fleming a choisi de prêter son indéniable talent, il peut devenir possible, dis-je, à des organisateurs sans scrupules d'exploiter des jeunes gens en vue de leurs gains personnels. Messieurs, nous ne devons point permettre à de telles pratiques de ternir l'honneur dont nous avons préservé l'éclat au cours des siècles.

Il baissa la tête.

— C'est pourquoi, messieurs, je n'ai pas d'autre choix que de voter contre la candidature du docteur Fleming comme membre de cette Académie.

Il se rassit. Une vague d'applaudissements passa par-dessus l'assemblée.

C'était du travail bien fait. Brade ne pouvait pas ne pas l'admettre. Il regarda en direction de Terry Martin, et le sourire malicieux qui éclairait son visage lui révéla que le pathologiste aussi reconnaissait le pouvoir d'une telle éloquence sur des esprits déjà tout préparés à recevoir la graine dont ils venaient d'être ensemencés.

De l'auditoire montèrent des cris : « Votons ! votons ! » et « Question ! question ! ».

— Je désigne comme vérificateurs des votes le docteur Castleman Tyre et le docteur John Torpie, annonça le président.

Des morceaux de papier blanc circulèrent.

Brade prit hâtivement le sien et écrivit « contre ». Il y avait un sourire minaudier sur le visage de Castleman, comme il recueillait les papiers. Spen le vit qui en faisait tomber un et le ramassait : il reconnut son propre bulletin de vote et sut que son confrère avait lu.

Aucun doute quant au résultat : soixante-quinze contre, trente-cinq pour. C'était là à peu près ce que Brade prévoyait.

— Messieurs, dit le président, la candidature du docteur Foster Fleming comme membre de cette Académie est rejetée. Y a-t-il quelque autre affaire à voir ?

Du coin de l'œil, Spen vit Castleman Tyre qui se dirigeait vers lui. Non ! Ça n'irait pas du tout ! Il n'allait pas se laisser entraîner dans l'aventure.

Il se sentait un peu mal au cœur. Le dernier brandy avait été une erreur peut-être. Ou bien était-ce une nausée spirituelle inspirée par Torpie, Galliani et Cie? Avant qu'il eût pu se glisser dehors, Castleman l'accrochait par la manche.

— Comment s'appelle l'autre type que James a avec lui?

— Félix Bernitz, répondit Spen sans réfléchir. Puis alarmé :

— Dites donc, Tyre, vous n'allez pas...

Mais l'autre était parti. Spen le vit parler à l'oreille d'un jeune valet, ramasseur de miettes médicales tombées de la clinique, nommé Cranston. Instantanément, celui-ci fut debout :

— Nettoyons le nid. Je propose que le docteur Félix Bernitz, de la clinique communiste coopérative, soit sans délai rayé de la liste des membres de cette société.

— Motion appuyée, lança une voix.

— Deux fois appuyée, fit une autre.

— Discussion? questionna le président.

— Il ne doit pas y en avoir! Cette motion doit être rejetée sans discussion!

La voix dure et stridente était celle de Carter Hewlett. Il lança un venimeux regard aux deux Tyre, qui conféraient en murmures excités.

— Je ne présume pas que cette Académie soit préparée à prendre aveuglément ses consignes et ses ordres des chefs d'une clinique privée de laquelle je me dissocie avec gratitude!

Brade, qui avait atteint la porte, s'arrêta. Ainsi donc, Hewlett avait son congé. Et il avait l'air féroce!

— Qui donc a conféré aux Tyre le droit de bénir ou de bannir en cette Académie? J'aimerais savoir, poursuivit la voix acerbe. Puis-je rappeler à leur intention, et très particulièrement à celle du président, un règlement de cette Académie qui n'a, que je sache jamais été révoqué, et qui prévoit qu'aucun membre ne peut être rayé sans une procédure de suspension aux fins d'enquête sur les charges proférées, et sans que l'intéressé ait complète possibilité de faire entendre sa cause?

— La remarque est valable, prononça le président.

— Alors, je demande la suspension du docteur Bernitz, jeta Cranston.

— Un membre désire-t-il être entendu à ce propos? s'enquit le président, après que la motion eût été plusieurs fois appuyée.

— Monsieur le Président!

Terry Martin marchait droit à l'estrade. Son visage était tiré par une fureur contenue. Sa voix râpait comme l'avertissement d'une guêpe en colère.

— Docteur Martin, voulez-vous monter sur l'estrade?

— Je ne veux pas. Ce que j'ai à dire, je le dirai d'ici. Je n'avais, en vérité, en venant ici, aucune intention de parler. Mais je ne vais pas rester tranquillement assis et entendre des hommes convenables attaqués par une brassée de charlatans de quatre sous, pauvres d'esprit, et par leurs compères à plein tarif.

(Cris divers. « Rappel à l'ordre! » — « Allez-y, Terry! » — « Assis! » — « Jetez-le dehors! »)

— Ça va! Voici ce que j'ai à vous dire. Je connais le travail qu'ils font à la clinique James, et c'est du très bon travail! La cité de Charlesville devrait en être reconnaissante et cette Académie devrait en être fière. Tout homme décent que n'aveuglent pas de mesquins préjugés, doit se rendre compte qu'il y a un évident besoin d'une méthode grâce à laquelle des gens qui n'ont que de fort maigres revenus pourront financer eux-mêmes les soins médicaux dont ils auront besoin. La coopérative ne marche sur les pieds de personne en traitant ces gens-là. Il ne leur serait pas possible de payer les soins de bons médecins. (Cela était un soufflet lancé à Corpie et à sa clinique.) En fait, dans la majorité des cas, ils sont contraints d'aller à l'hôpital municipal. La plupart de ces gens gagnent leur vie : ils aiment sentir qu'ils sont des citoyens responsables, capables, avec une aide légère, de payer leurs propres frais. Sommes-nous préparés à passer dans l'histoire comme ceux qui se seront opposés à un système qui aidera l'homme à garder le respect de soi, qui le sauvera de la cuisante alternative d'accepter la charité ou alors de voir sa femme et ses enfants souffrir et peut-être mourir? Et pourtant, tout ce que certains esprits d'avocats marrons peuvent faire, c'est d'appeler ces gens « rouges » ou « communistes » alors qu'ils essayent simplement de faire une besogne bigrement nécessaire, et de la faire de leur mieux.

Il y eut une vague spontanée d'applaudissements. Spen avait franchi la porte pour échapper au vote imminent. Il ne s'humilierait pas du moins jusqu'à soutenir une si honteuse motion. Mais quelle surprise que Terry Martin ! Qui aurait soupçonné une si évangélique ferveur de la part du sardonique petit laborantin ? De sa place, au-delà de la porte, Brade entendait la voix de l'orateur, tempérée à présent, qui continuait :

— Quand à ce qui concerne la valeur personnelle et professionnelle du docteur Bernitz, d'autres sont mieux que moi qualifiés pour en parler. Je voudrais que le président fasse appel à son ami et loyal admirateur, le docteur Spencer Brade.

Au diable, Terry ! Il n'avait aucun droit de l'entraîner de la sorte. La panique lui glaça le sang. Non ! Il ne pouvait pas le faire ! Ce n'était pas juste. Epauler Terry, c'était abandonner le succès pour lequel il avait tant travaillé et qu'il allait atteindre, il en était à la veille. S'il y avait eu un espoir de réussite, il aurait pu courir le risque de se joindre à Terry. Mais c'était une cause perdue, désespérée, jugée d'avance : n'importe quel imbécile pouvait voir que c'était tout cousu et que les Tyre tenaient la salle. Prendre position en face d'eux, ce serait pour lui le désastre personnel sans être d'aucun secours pour Bernie. Comme propulsé par une force qui lui était extérieure, il filait le long du couloir. Derrière lui, il entendait les voix impatientes :

— Question ! Question ! — Au vote ! Au vote !

Il avait grand besoin d'un verre. Aucun bar décent dans le voisinage. Mais le *Country Club* n'était qu'à quelques blocs de là. Il s'y rendit.

L'alcool le remit d'aplomb. Il devint froidement lucide ensuite. Misérablement lucide. Il aurait besoin de toutes ses facultés pour expliquer à Carol. Pour ce qui était de Flick Fleming, ça allait. Il avait sa défense. Mais Bernitz ? Il pourrait plaider que tout avait été fait par surprise. Il n'était même pas dans la salle. C'était vrai d'ailleurs. Tout était fini avant qu'il sût ce qui se passait... Ou, peut-être, il pourrait gagner tout doucement son lit sans que Carol l'entendît, et il expliquerait demain matin. Pas d'explications à travers cette damnée porte verrouillée.

Il eut l'intention de boire un second verre mais la repoussa. Rien à faire, il était trop sur les nerfs. Au bout d'une heure, il regagna sa voiture et partit.

Quand il passa devant les fenêtres de Carol, il y vit de la lumière. Ainsi elle était encore éveillée. Evidemment. Inévitablement. Elle attendait son compte rendu de la réunion. Il rentra la voiture, pénétra dans le vestibule, demeura en attente. Il espérait qu'elle allait descendre. Maintenant qu'il s'était remonté en vue de la rencontre, il souhaitait en avoir terminé. Alors peut-être il pourrait dormir. Il ne dormait pas mieux qu'il ne fallait, ces derniers temps. S'il pouvait à présent se justifier aux yeux de Carol; s'il pouvait la persuader qu'il avait agi sagement, charitablement, en esprit d'ultime loyauté, quelque apparence de défection que son attitude pût avoir dans l'immédiat, alors son esprit retrouverait la paix. Il avait besoin de l'absolution de Carol. Comme il passait le long du couloir de l'étage, il ne put discerner aucun rai de lumière sous sa porte. Sans doute, l'ayant entendu venir, avait-elle tourné l'interrupteur. Réfléchissant à cela, il se déshabilla, rafraîchit sous une douche froide son corps lassé, puis, s'étant glissé dans son pyjama, écouta un instant à la porte défendue. Il entendit Carol tousser et frappa.

— Entre.

Il eut un rire embarrassé.

— Comment pourrais-je? Et le verrou?

— Essaye.

Il y avait une douce gaieté dans sa voix. Il tourna le bouton. Les gonds protestèrent en grinçant, tandis que la porte cédait à sa pression. Carol était calée contre ses oreillers. A côté d'elle luisait la tiède lueur d'une lampe de chevet. Elle lâcha le livre qu'elle tenait. Un léger sourire jouait sur ses lèvres.

Spen s'avança vers tant de charme, comme un

homme en transe. Des pensées se précipitaient dans son esprit, torrentielles, au rythme tumultueux de son sang. Si cela signifiait ce que ses espérances haletantes voulaient que cela signifiât, si cette douceur dans les yeux annonçait la bienvenue à laquelle il aspirait, la fin d'une longue séparation, d'une amère privation, il n'était rien qu'il ne se sentît disposé à abandonner pour elle — Kenny, les Tyre, n'importe quel ignoble lien, quelle basse ambition : rien qu'il ne fût disposé à faire pour s'affirmer à ses yeux. Il dit d'une voix rauque :

— Carol !

— Les as-tu battus, Spen ? As-tu gagné ?

— Non.

Une ombre obscurcit son visage.

— Oh ! Pauvre Flick ! dit-elle.

Et elle ajouta :

— Et pauvre Spen !

Puis :

— Est-ce que cela a été très mal ? Tu as l'air épuisé.

— Oui. Très mal. Dès la première minute.

— Dommage. N'y pense plus. Du moment que tu as bien combattu. C'est tout ce que je désirais de toi, cher — chéri.

Il trébucha en avant.

— Carol ? soupira-t-il.

Tout le désir impatiemment contenu de ces derniers mois était dans cet appel, dans la question dont il chargeait son nom murmuré.

— Oui, dit-elle, très doucement et clairement.

Il se pencha vers son corps, vers ses lèvres en attente. Des roues grincèrent en bas, dans l'allée. Un klaxon hurlait, bruyamment, sans interruption. Carol arracha sa bouche à celle de Spen.

— Qu'est-ce ? murmura-t-elle.

— Attends.

Il éteignit la faible lumière et se rendit à la fenêtre ouverte.

Une voix appela, sur un rythme monotone : Spencer Brade ! Spencer Brade ! *Doc*-teur Spencer Brade ! On vous cherche.

— Pour quoi ? Qui êtes-vous ?

— On vous recherche. On vous recherche. On

vous recherche. Pourquoi? Pour haute trahison.

Reconnaissant la voix maintenant, Spen se pencha dehors, tremblant de fureur.

— C'est vous, Terry? Allez au diable, vous êtes ivre.

— Ivre, répéta en écho la voix d'en bas. Je suis ivre. Vous avez raison. Je suis soûl. Je suis soûl. Pour la première fois depuis une damnée éternité. A qui la faute? Qui a fait cela. Le docteur Brade. Ce laquais de docteur Brade !

— Rentrez chez vous. Je vous parlerai demain.

— Je *vous* parlerai maintenant.

— Qu'y a-t-il, Spen? Que veut-il? demanda Carol du fond de son lit.

— Rien, répondit-il brièvement. Un imbécile ivre. Je vais descendre et m'en débarrasser.

— Non, il ne faut pas. Ce serait peut-être dangereux. Il a l'air si bizarre.

La voix de Terry, plus assurée maintenant, s'éleva presque triste.

— Savez-vous ce qui s'est passé après que vous avez fui?

— Fui? (C'était Carol qui sursautait. Sa voix faisait à l'autre un écho effrayé.) *Spen?* Qu'est-ce qu'il veut dire?

— Rien. C'est Terry Martin. Il est ivre. L'alcool le dérange ainsi.

Les accents pleins de mépris continuaient :

— Je vais vous le dire, ce qui est arrivé. Ils ont flanqué dehors Félix Bernitz. Et puis ils se sont retournés et ils ont flanqué dehors Owen James. Owen James ! Vous entendez ça? Owen James, le plus chic... (La voix fléchit.) Et voilà ! Ne vous en faites pas. Ce n'est pas pour ça que je suis ivre. C'est pour ça que je suis venu jusqu'ici avant d'être trop soûl pour vous dire ce que je pense de vous. (Il eut un hoquet, puis reprit, d'un ton mortellement calme et délibéré.) Et vous, vous, traître, vous, misérable cochon hypocrite, qu'avez-vous fait? Vous vous êtes débiné et vous l'avez laissé choir... Bonne nuit!

La voiture serra ses engrenages comme des dents, grinça, fit entendre un grognement méprisant et disparut à toute allure parmi un tintamarre de gravier écrasé.

La faible lumière de la lampe de chevet reparut. Carol s'assit dans son lit, les yeux effrayés.

— Est-ce vrai, Spen? demanda-t-elle en frissonnant.

— Pas à la manière dont cet imbécile a présenté les choses.

— Est-ce vrai? persista-t-elle. Ont-ils mis Owen dehors?

— Une suspension seulement. Il aura droit à la parole quand...

— Ne l'as-tu pas défendu?

— Ecoute-moi, Carol. Il n'y avait aucune chance. La réunion était noyautée. Je n'étais même pas là. Mais si je m'y étais trouvé...

Soudainement elle se détourna, eut une longue plainte et cacha sa tête dans le drap. Il lui posa la main sur les épaules, tentant de la soulever vers lui. Elle cria comme si son contact la terrifiait, puis éclata en larmes.

Spen se redressa et s'en fut en titubant dans sa propre chambre.

Ni Carol ni sa tante ne parurent au petit déjeuner le lendemain matin. « Très bien, se dit-il. Si c'est ainsi qu'elles le veulent, c'est ainsi que ce sera. » Il n'en pouvait plus guère supporter davantage.

Il arriva tard à son cabinet. Il gagna la salle de réception. Kenny Mangan leva les yeux et attendit, le visage baigné d'impersonnalité professionnelle.

— Où est Ter... Où est le docteur Martin? s'informa-t-il.

— Le docteur Martin est parti, docteur Brade.

— Parti?

— Oui. Il a démissionné.

Après un silence, elle ajouta :

— Le docteur Castleman Tyre est parti aussi. Pour la journée. Il a une hémorragie nasale et des contusions faciales superficielles. Rien d'autre pour votre service, docteur Brade?

— Merci. Non. Je vais à l'hôpital. Il se peut que je ne revienne pas aujourd'hui. Avertissez le docteur Tyre senior, je vous prie.

Au lieu d'aller à l'hôpital, Spen rentra chez lui. Il se mit machinalement à emballer ses affaires.

Pendant qu'il était encore occupé, il leva les yeux pour voir sa femme debout dans le chambranle.

— Entre, dit-il brièvement. Assieds-toi.

Il poussa une chaise vers elle. Elle secoua la tête et demeura debout où elle était, les yeux fixés sur le visage de pierre de son mari.

— Pars-tu? demanda-t-elle.

— Oui.

— Où vas-tu?

— J'ai pris une chambre à l'hôtel *Saint-Charles* pour le moment.

Elle répondit distraitement :

— Cela devait arriver. Je pense que c'est aussi bien ainsi.

Il répondit d'un ton d'immense amertume :

— J'ai été ton gigolo assez longtemps. — Et comme, touchée, elle portait la main à sa poitrine, il ajouta : — Sans les privilèges que cela comporte.

— Est-ce ainsi que tu considères la situation?

— Y a-t-il une autre manière de la voir? Ses yeux battus et sa bouche douloureuse manquèrent l'attendrir. Mais il se punissait maintenant et prenait une âcre et perverse satisfaction à lui faire subir la même détresse.

— Combien te dois-je? demanda-t-il.

— Comment le saurais-je?

— J'ai les chiffres. Je voudrais être sûr qu'ils concordent avec les tiens. Tout sera payé. Jusqu'au dernier sou. Aussi vite que je pourrai avoir l'argent. Et je tiens à te dire que je ne serai pas regardant sur les moyens de me le procurer.

Ces mots firent monter un peu de couleur au visage immobile devant lui.

— Oh! non! Spen, dit-elle clairement. Je ne te laisserai pas parler de la sorte. Ne me rends pas responsable de ce que tu feras.

— Mais je te dis, cria-t-il avec une soudaine violence, que c'est cette dette qui m'empoisonne! Ne comprends-tu pas cela?

— Si. Je puis le dire. Ce fut un mauvais marché depuis le début. Et pour cela, c'est moi qui suis à blâmer. Mais pour ce que tu as fait de toi depuis!...

Il rit, d'un rire rauque.

— Regarde-moi. J'ai été un pauvre idiot sentimental et faible, essayant de réussir et pensant pouvoir mêler à ce souci le ruban rose de mon idéalisme. Il est bien probable que je t'ai aussi quelque peu idéalisée. Plus rien de tout ça pour moi. Veux-tu divorcer?

— Et toi?

— Cela m'est indifférent. Mais cela semble la solution logique.

Elle réfléchit.

— Spen. Est-ce vrai, ce qu'on dit à propos de la jeune fille de ton bureau?

Il répondit brutalement :

— Et si c'était vrai?

— Désires-tu divorcer pour l'épouser?

— Non.

— Je serai franche avec toi, Spen. Il me semble qu'un divorce serait la meilleure chose. Mais j'ai horreur de la publicité, de voir mon nom du haut en bas des journaux. Un scandale tuerait tante Candace.

— Il n'y a pas besoin de scandale, à moins que tu n'en fasses un.

— Non. Je pense qu'il y a des moyens. Permets-moi d'en parler à mon avocat.

— A ton aise. Ce qu'il arrangera me conviendra. — Il eut un ricanement amer pour ajouter : — Je te promets de ne pas demander de pension alimentaire.

— Tu appuies une fois de plus sur la question argent, Spen.

— Ma foi, ce fut un accord financier. Tu m'as signifié clairement que je ne devais pas attendre autre chose. A vrai dire, je n'ai pas présenté pour toi un placement bien brillant.

— Cela aurait pu être.

— Encore plus d'idéalisme, railla-t-il. Non, merci, vraiment. Dis au revoir pour moi à ta tante et remercie-la de ma part pour son hospitalité libérale. Cela aussi sera payé dès que possible. Au revoir, Carol.

— Bonne chance, Spen. Je suis navrée que les choses aient tourné ainsi.

Durant la longue nuit dans son nouveau logis, sa résolution se durcit.

Le matin, il s'en fut tout droit au bureau de Blanton Tyre. Le chef était en forme.

— Nous avons certainement mis au pas cette bande de radicaux, fanfaronna-t-il.

— Oui, acquiesça Spen. Vous avez fait du travail là. J'ai décidé de signer le contrat.

— Je savais bien que je ne m'étais pas trompé à votre sujet, mon garçon, pépia le chef de la clinique avec un sourire.

Ce sourire souleva quelque peu le cœur de Spen.

22

— ILS ont lancé l'appât dit Kenny Mangan. Ils ont tiré la ligne. Et qui donc se tortillait au bout de l'hameçon? Toi, chéri.

— C'est ce que j'ai fait de mieux pour moi-même, répondit Spen. Attends de connaître les conditions que j'ai obtenues. L'an prochain à cette époque, je t'achèterai un manteau de loutre.

— Pas pour moi. Je ne prends pas cet argent-là.

Ils étaient dans le studio de son appartement, ayant dîné ensemble au petit restaurant qu'ils fréquentaient de temps à autre.

— Tu acceptes bien l'argent Tyre, souligna-t-il.

— Pour services légitimement rendus.

— Mes services seront légitimes, répliqua-t-il avec chaleur. Que vas-tu imaginer?

— Il se peut, admira-t-elle. Mais, d'autre part, tu aideras les demoiselles à garder leur silhouette de jeune fille. Réparations Tyre.

— Kenny, tu es une petite menteuse malveillante. Viens par ici et embrasse-moi.

— Ce n'est pas impossible, mais cela ne m'engage à rien. Bertha va rentrer dans une minute.

Après un silence occupé, elle s'écarta :

— Comme amoureux, tu es épatant, reprit-elle avec franchise. Je suis absolument folle de toi. Et je suis sûre que tu serais épatant dans ta spécialité, si tu le voulais. Ne te l'ai-je pas toujours dit? Mais pas avec la bande Tyre.

— Je serai épatant, lui assura-t-il sérieusement. Les Tyre ne peuvent pas m'en empêcher. Pourquoi le voudraient-ils? Meilleur je suis, mieux cela vaut pour eux.

Le petit visage était obstiné.

— Voici Bertha qui rentre. Allons au ciné.

Deux matins plus tard, dans le couloir de la clinique, Spen rencontra Martin, face à face. Terry s'arrêta :

— J'étais soûl, dit-il.

— C'est ce que j'ai compris, répondit froidement Brade.

— Si je ne l'avais pas été, je ne me serais jamais rendu à la maison de votre femme — je lui ai écrit pour m'en excuser — et je n'aurais pas dit ce que j'ai dit.

— Alors?

— Le petit homme se rapprocha d'un pas. Ses yeux étaient sombres et farouches.

— Alors, ça ne veut pas dire que je ne le pensais pas.

Spen sourit avec cordialité.

— Ce qui nous laisse où?

Terry parut soulagé.

— Tant que je serai ici, nous aurons plus ou moins à travailler ensemble.

Il hésita.

— Ce que je pense de vous vous est sans doute indifférent?

— Totalement, dit Spen, espérant que sa voix ne trahissait pas son mensonge.

— Alors, tout va bien. Nous nous entendrons. Professionnellement.

— Nous nous entendrons. A condition que vous entendiez ceci. Votre jugement sur mes actes ne m'intéresse pas et je n'en veux plus entendre parler.

— Parfait, dit joyeusement Martin. Chaque homme gagne son propre enfer à sa propre manière et par son propre sentier. Je vous offrirai même à boire.

— Vous n'en ferez rien. Pas avant de vous être excusé.

Martin rit de bon cœur.

— Il y aura de la glace sur le sentier susmentionné quand je ferai cela ! affirma-t-il.

Et il s'en fut à ses affaires.

Quand il se rencontrèrent le lendemain, le pathologiste fut simple et naturel. C'était sa manière, conclut Spen. Il avait dit ce qu'il pensait. Il n'avait rien rétracté. Chacun savait exactement où en était l'autre. Et l'on continuait comme devant. Plein de bon sens, en somme.

Le premier mois, Brade ne toucha pas un dollar de plus que son fixe. Il fut en retard pour sa note d'hôtel. Il dut emprunter le montant de la traite mensuelle pour sa voitutre. Néanmoins, le chèque de Carol partit fort ponctuellement.

« C'est à moi, se dit-il, de créer un type d'exploitation médicale nouveau dans la clinique Tyre, le travail à paiement comptant. » Sa première chance de mettre son idée à l'épreuve lui vint sous les traits d'une jeune femme dont le type lui était devenu familier pendant ses années de Lakeview. Mince, nerveuse, sous-alimentée, elle ne devait prendre d'exercice que si quelqu'un l'invitait à danser. Pas beaucoup d'argent. Probablement une secrétaire à cent dollars par mois. Son histoire, qu'elle conta, le confirma dans ses présomptions.

— Comment êtes-vous venue, ici, miss Dorner? demanda-t-il.

— J'ai appris que vous êtes de Lakeview, dit-elle, de cette voix lente et monotone des dévitalisées. J'ai une cousine qui y est infirmière et qui assure que la formation de Lakeview est la meilleure du monde.

Spen sourit.

— Il faut tâcher de vivre à la hauteur de cette réputation !

— J'ai essayé d'autres médecins. Ils me disent tant de choses. Je ne sais plus que penser.

— Si vous tâchiez de m'expliquer ce qui ne va pas, dit Spen avec bonté.

— Eh bien ! J'ai tout le temps un tas de choses

qui ne vont pas. Mal dans le dos. Mal au côté droit. Je ne me sens jamais complètement d'aplomb.

Bien qu'il fît préciser son histoire plus en détail, grâce à des questions posées, il aurait pu la résumer au premier coup d'œil. Et il aurait pu déduire. avec autant de certitude, ce que lui révéla par la suite l'examen de la malade.

— Le docteur Cranch dit que j'ai l'appendicite chronique et un kyste sur un ovaire, récita-t-elle avec lassitude, et que ma matrice est déplacée. Il voulait m'opérer.

Spen hocha la tête. Il connaissait Cranch pour un prétentieux de troisième ordre. Du type décidé à opérer, que ce fût nécessaire ou non. Combien de cas avait-il vus, aux côtés du vieux Powsie, la plupart du temps après qu'un bousilleur avait enlevé l'appendice, remonté la matrice, supprimant souvent du même coup un ovaire qui ne contenait au plus que le *corpus luteum,* le corps jaune, ce kyste qui se reforme chaque mois et disparaît comme il est venu, avant le mois suivant ! Il avait entendu le vieux Powsie maudire à mi-voix ceux qui avaient fait cela, qui avaient pris du bon argent contre de mauvaise chirurgie inutile, qui avaient opéré pour guérir des maux d'estomac provenant d'un triste régime, du manque d'exercice et de la tension due à l'existence citadine.

Il avait entendu Powers conseiller à la malade :

— Retournez chez vous à la campagne, faites trois bons repas par jour, prenez beaucoup d'exercice. Epousez un garçon bien portant et faites beaucoup d'enfants. Il n'y a que cela pour vous guérir.

La voix de la jeune fille ressaisit son attention vagabonde.

— J'ai mis un peu d'argent de côté, disait-elle. Ma place me sera gardée au bureau, si vous jugez qu'une opération est indispensable. Mais je ne peux continer à vivre comme cela.

— Non, naturellement, dit Spencer d'une voix apaisante. Mais rien ne vous y oblige.

— Pouvez-vous me donner une idée de ce que cela me coûtera?

Spen réfléchit rapidement. Jusqu'où pourrait-elle aller? Kenny et lui avaient fait le projet d'un week-end à la campagne. Kenny était une compagne de voyage et de sortie peu coûteuse, s'adaptant gaiement aux plus simples conditions d'existence. Mais, même ainsi, il ne pouvait guère s'en tirer à moins de vingt dollars, qu'il n'avait pas dans sa poche.

— Seriez-vous disposée à payer d'avance? demanda-t-il.

Elle parut surprise.

— Est-ce que cela ferait une différence?

— Oui. Ce serait moins cher. Sur cette base, je pourrais faire l'opération pour deux cents dollars.

— Entendu, dit la cliente. Cela ne me semble pas trop. Et avec vous je n'aurai pas peur.

Spen atteignit le téléphone.

— Donnez-moi l'hôpital, je vous prie.

— Oui, docteur Brade. (Les accents les plus officiels de Kenny. Que dirait-elle si elle savait d'où provenait l'argent de leur sortie? Elle n'aimerait pas cela. Lui-même n'en pensait pas trop grand bien. Mais, s'il ne faisait pas l'opération, le docteur Cranch s'en chargerait. Les chirurgiens ne pouvaient gagner leur vie en abandonnant les malades aux mains d'opérateurs moins adroits. A dire le moins, il préservait sa patiente des méfaits d'un bousilleur.)

Quand il eut la communication avec l'hôpital, Spen fit inscrire une opération pour le lendemain : appendice et relèvement de la matrice.

— Vous n'avez plus de raison pour vous tracasser maintenant, dit-il à la jeune Dorner. Il n'y a aucun danger. Vous serez au travail dans trois semaines.

— Je vais à la banque et je vous rapporte l'argent.

Quand il remit les deux cents dollars à Tyre, Spen reçut en retour ses vingt dollars.

— Argent d'avance, eh? fit Tyre en le considérant curieusement. C'est nouveau pour nous. Ma foi, cela a ses avantages, cela a ses avantages.

Ce soir-là, Spen soulagea sa solitude par moins d'alcool que ces derniers temps. Il était absolument décidé à donner le meilleur de lui-même à la jeune Dorner pour ses deux cents dollars. Il pouvait, dans cette mesure-là, apaiser sa conscience.

Quand il ouvrit l'abdomen, tout paraissait normal. L'appendice — il s'en doutait — n'était pas enflammé. Toutefois on pouvait l'ôter. Pas davantage n'y avait-il de kyste sur l'ovaire, comme le lui avait fait croire cet idiot de Cranch. Quant à la matrice, légèrement descendue en effet, ce déplacement était si faible qu'il n'avait pas d'importance réelle. Mais son exploration lui fit remarquer quelque chose, d'inaccoutumé, et, à sa grande surprise, il découvrit une petite masse dans le col. Un nœud, une toute petite chose. Trop mince encore pour occasionner les symptômes dont se plaignait la malade. Nettement menaçante pourtant.

— Tenaille, dit-il à l'infirmière chargée des instruments.

Et, la matrice solidement maintenue par les fortes mâchoires d'acier, il examina la grosseur de plus près.

— Qu'est-ce? dit l'assistant. Un fibrome?

Brade secoua la tête.

— Non, trop dur. Un cancer à ses débuts. Il réfléchit un moment pendant que sa main palpait rapidement toute l'arrière-paroi de l'utérus. Fallait-il risquer de l'enlever entièrement? Il ne semblait pas que la chose pût se traiter au radium. Par ailleurs, il craignait, s'il faisait une ablation partielle, de toucher quelque point déjà cancéreux, ce qui pousserait le mal à s'étendre. C'était déjà assez grave de remonter inutilement la matrice; ce serait criminel de l'enlever totalement pour une tumeur bénigne. Mais il connaissait son jugement chirurgical et sentait qu'il pouvait s'y fier.

— Hystérectomie totale, dit-il.

Ce fut du travail bien fait. Il se rendit cette justice. Les ligaments saisis, coupés, cousus, les artères utérines solidement maintenues par une double ligature du catgut, la matrice entière enlevée, avec le col, l'opération fut promptement et nettement exécutée, sans qu'il eût aucunement touché l'excroissance, qui, il en était assuré, devait être maligne. Il vit l'approbation dans les yeux de l'assistant lorsqu'il demanda les sutures finales.

La tumeur était dans un récipient, la plaie proprement recousue.

— Veuillez envoyer cet échantillon au laboratoire pour examen microscopique, je vous prie, dit-il.

Dans la matinée il eut le rapport : tissu incontestablement cancéreux.

Un cancer à ses débuts. Caché, insoupçonné, potentiellement mortel. Pure chance pour le chirurgien. Pure chance pour la malade qui ne saurait jamais ce qui lui avait été épargné, puisqu'il n'y avait aucune raison maintenant de l'inquiéter. Dix chances contre une pour que le mal hideux, supprimé à son premier stade, ne reparaisse jamais. Au lieu d'un poids de culpabilité, Spen se sentait richement, honorablement, glorieusement justifié pour une opération qui, le vieux Powsie n'eût jamais manqué de le lui dire avec sévérité, n'eût jamais dû être entreprise d'après les apparences.

23

L'ECONOMIE n'était pas l'unique motif pour Brade de se démettre du *Country Club*. Il reculait devant la perspective de rencontrer Carol. Non qu'il se sentît aucunement coupable, se disait-il avec colère. Plutôt frustré. Pendant une seconde bouleversante elle était devenue humaine. Et puis, à cause de cet imbécile ivre, à cause de sa version clamée à tue-tête d'un événement dont Carol ignorait tout, elle l'avait rejeté hors de sa vie. Elle était donc responsable de ce qui suivait. Il avait supporté tout ce qu'on peut demander à un homme de supporter. Souvent, après quelques verres, il sentait qu'il aurait aimé lui expliquer son attitude, froidement et avec une précision détaillée et convaincante. Mais Carol serait-elle convaincue? Probablement pas.

Dans une ville aussi petite que Charlesville, il était inévitable qu'ils finissent par se croiser. Quand la rencontre se produisit, ce fut de la manière la plus plate, la plus quotidienne possible : il sortait d'une maison de Grosvenor Avenue, où il avait visité un malade; elle tournait le coin de la rue à quelques mètres de lui.

— Tiens ! Hello ! Spen !

— Hello ! Carol !

Elle n'était ni amicale ni hostile. Simple, légèrement souriante, presque indifférente. Fraîche comme une fleur printanière et plus vivante et jolie que jamais.

— Es-tu en bonne santé? demanda-t-elle avec un intérêt poli.

— Excellente, merci. Puis-je te déposer quelque part?

— Non, merci. Je ne vais qu'au bloc suivant.

Elle eut un petit rire.

— Tu ne le croiras pas, Spen, mais tu manques réellement à tante Candace.

— Elle doit être seule dans ce cas.

La jeune femme ignora la réplique, et poursuivit, sans changer d'expression :

— Pauvre tantine ! Elle n'a personne qu'elle puisse regarder le matin avec une sévère désapprobation, ni à qui elle puisse dire d'amères vérités. Je ne lui sers absolument à rien, car je ne lui réponds pas.

— Non. Vous ne vous querellez jamais, n'est-ce pas? Cela fait partie de ton indifférence naturelle.

Elle laissa passer la remarque personnelle.

— Spen, as-tu vu Owen James récemment?

Il rougit de façon pénible.

— Non. Pourquoi le verrais-je?

— Je pense qu'il t'est salutaire.

— Merci pour ton durable intérêt !

— L'amertume est inutile. Tu es toujours légalement mon mari. Je serais désolée de te voir... Je veux dire, je n'aimerais pas que tu...

Elle hésita de nouveau.

— Tu ne veux pas me voir dégringoler complètement, interpréta-t-il. Cela froisserait ton amour-propre. Mets ton esprit à l'aise. Je ne vais pas déchoir, victime lamentable d'une passion repoussée.

Carol n'était ni sans réflexes, ni sans nerfs. Elle était parfaitement capable de ressauter, à l'occasion; c'était le moment ou jamais ! Elle renvoya prestement la balle :

— C'est ce que j'ai entendu dire. (L'allusion à Kenny était flagrante.) Ce ne sont pas mes affaires, mais Owen s'est informé, il t'a demandé.

— Qu'est-ce qu'il faut que je fasse? Que je me traîne à ses genoux en implorant son pardon?

— Si tu le faisais, il est probable qu'il t'enverrait promener. Non, il ne t'en veut pas. Il dit que tu n'aurais pas pu les arrêter, de toute façon. Il te donne des circonstances atténuantes, beaucoup plus charitablement que moi.

— Je ne demande à personne de m'accorder des circonstances atténuantes.

— Est-ce une vantardise? (Ses yeux s'emplirent de mépris.) Si c'en est une, elle me paraît bien mesquine.

— A moi aussi, fit-il subitement déprimé.

La main de Carol eut un mouvement rapide, involontaire, aussitôt réprimé.

— Un de ces jours, il nous faut avoir une conversation, dit la jeune femme.

— Et de quoi converserions-nous?

— De pas mal de choses. Nous sommes des gens civilisés. Il n'est pas indispensable que nous communiquions par l'entremise d'hommes de loi, j'imagine.

— Jusqu'à ce que j'aie effacé l'ardoise, il n'est pas question d'autre chose, fit-il avec obstination.

— Oh! Spen, s'exclama-t-elle, impatientée. Pourquoi faut-il que tu attribues tant d'importance à l'argent?

— Peut-être, fit-il rudement, est-ce tout ce qui me reste de dignité.

— Ne dis pas cela. Je ne veux pas t'entendre dire cela. Owen dit...

— Toujours « Owen dit », coupa-t-il. C'est très bien ainsi d'ailleurs. C'est sans doute comme cela doit être et sera. Mais il faudra bien qu'Owen attende. Je n'ai pas envie de devoir de l'argent à la femme d'un autre.

— Tu es enfantin, Spen, dit-elle.

— Probablement. Au revoir, Carol.

— Au revoir, Spen. Bonne chance.

Si un homme quitte sa femme et prend ouvertement un appartement au meilleur hôtel de la ville, la chose n'admet qu'une seule interprétation. Charlesville résonnait et bourdonnait de commentaires relatifs à la discussion « entre les Brade ». Les amis de la famille, essayant les uns de l'attaque directe, les autres de la voie détournée, voyaient leurs questions accueillies par de glaciales réprimandes de miss Candace Grahame, ou par le souriant et impénétrable silence de Carol. Mais personne n'en parla à Spen. Il avait, quand il le voulait, une façon d'être dangereusement inapprochable. Parfois il se demandait si les langues allaient bon train au sujet de Kenny Mangan. Si tel était le cas, et qu'elle fût au courant, elle n'y faisait jamais la moindre allusion. La petite secrétaire pouvait être hermétiquement silencieusse.

Kenny était un apaisement pour les sens de Spen. Mais elle était plus que cela. D'une façon particulière, indéfinissable, mais certaine, elle était un frein à son croissant laisser-aller.

Une fois dans le solitaire crépuscule du petit matin, il s'était réveillé, riant inextinguiblement. Il venait de rêver d'Owen James et Kenny Mangan, formant le couple de ses anges gardiens, en grand arroi avec auréoles, robes flottantes et harpes, bloquant son *facilis descensus* dans le néant Averne du charlatanisme.

De plus en plus, ses loisirs se passaient auprès de la jeune fille. En sorties de fin de semaine, lorsqu'il pouvait faire face à la dépense, parfois en nuits volées, à son appartement, lors d'occasionnelles absences de sa camarade, et régulièrement le jeudi soir, où Bertha était de service jusqu'à minuit. Un de ces jeudis soir, où Bertha était de service jusqu'à minuit. Un de ces jeudis-là, ils étaient couchés côte à côte, Kenny lui lisant, à la clarté d'une lampe de chevet, le manuscrit d'un conte dont le décor était une salle de consultation, manuscrit qu'elle révisait pour la quatrième fois. Spen suggéra une ou deux modifications techniques, puis déposa à l'écart les feuilles dactylographiées, et, calé sur son coude, se pencha sur le petit visage si plein de vie :

— Kenny, pourquoi ne te débarrasses-tu pas de Bertha?

— Comment ça? demanda-t-elle en souriant. Par le poison?

— Non. Obtiens qu'elle parte d'ici. Dis-lui que ta sœur va venir et que tu désires l'appartement pour toi seule.

— Elle saurait bien pourquoi.

— Elle sait déjà, non?

— Ce qui nous concerne? Probablement. Trop de gens le savent. Et tu veux que ce soit encore plus apparent. Ne trouves-tu pas que nous sommes bien souvent ensemble comme cela?

— Non. Et toi?

— Non. (Elle se blottit plus près de lui.) Mais je ne pourrais pas garder l'appartement sans Bertha. Elle paye la moitié du loyer.

— Ça me regarde. Je m'occuperai du loyer.

Elle se souleva et posa son menton dans ses mains :

— Tu veux faire de moi une femme entretenue?

— Qu'est-ce que cela veut dire? Rien que des mots.

— Ta femme entretenue, précisa-t-elle, chéri. Je suis ta femme autant qu'il m'est possible d'être la femme de quelqu'un. Mais je ne souhaite pas être entretenue par toi. Tu ne comprends pas grand-chose à ce qui se passe à l'intérieur de moi, d'ailleurs, chéri. Pourquoi ne m'as-tu pas annoncé que tu avais quitté Grahame Lodge?

— Je ne l'ai dit à personne. J'ai quitté, tout simplement.

— Est-ce définitif?

— Absolument.

— Spen, je n'y suis pour rien, n'est-ce pas?

— Toi? Non.

— A la façon dont tu réponds ce n'est pas trop flatteur. Ta femme sait-elle quelque chose de ce qui nous concerne?

— Je crois que oui. Au moins elle le soupçonne.

— Sale chien que tu es! dit-elle, sans emphase particulière.

— Tu ne supposes pas un seul instant que je lui en aie parlé, voyons, Kenny? J'ignore absolument par où elle a pu l'apprendre.

— Si je suis entraînée dans un scandaleux procès en divorce, je m'achèterai un revolver et je remplirai de trous ton front hautain.

— Ne tire pas. Epouse-moi plutôt.

Elle le contempla pensivement, un peu tristement.

— Je n'en sais trop rien, dit-elle. Je ne suis pas tellement sûre que je voudrais t'épouser, même si tu penses ce que tu viens de dire.

Ses mains tombèrent sur les épaules nues. Il secoua le petit corps léger :

— Si tu ne m'aimes pas, explique-moi pourquoi nous sommes ici, et comme cela?

— Je t'aime. Mais je n'ai pas confiance en toi. Pas encore.

— C'est gentil, fit-il, peiné. C'est charmant. Quelle agréable chose à dire à un homme en guise d'histoire à l'heure du lit!... Qu'est-ce que c'est que *ça*?

Quelque chose bourdonnait violemment près de son oreille. Kenny rit tout bas, puis lui enfonça son menton dans la gorge :

— Le réveil. Onze heures et demie. Bertha sera ici peu après minuit. Débats ajournés.

Elle étendit la main et la lumière s'éteignit.

Aucun signe de leur intimité ne paraissait jamais au bureau. Kenny était la prudence même. « Oui, docteur Brade. » — « Non, docteur Brade. » — « J'en prends note, docteur Brade. » Jamais un coup d'œil en coin, un mouvement significatif des lèvres mobiles. En conséquence, il n'en fut que plus surpris, lorsqu'elle entra dans son bureau et ferma la porte derrière elle.

— Spen, pendant que tu étais parti déjeuner, un homme est venu te demander ici.

— Et pourquoi pas, Kenny? s'enquit-il en souriant.

— Ce n'était pas un client.

— Qui était-ce?

— Je ne sais pas. Il a quelque chose de bizarre. C'est peut-être un étranger.

— Peut-être es-tu réfractaire aux étrangers? Ma conscience est pure. Autant que je m'en souvienne, aucun mari offensé ne figure sur la liste de ceux qui réclament mon sang. Et mes dettes ne sont pas encore entre les mains de la justice.

— Très bien, docteur Brade.

L'étranger fut annoncé à quatre heures.

— Il se dit de vos parents, docteur Brade, fit au bout du fil la voix sceptique de Kenny.

Spen, à part lui, pensait plus probable que ce fût une de ces victimes de « maladie privée » qui n'aiment pas dire leur nom, bien que ce fût nettement hors des spécialités des Tyre.

L'homme qui entra n'était pas plus âgé apparemment que Spen, de silhouette à la fois ferme et légère, avec une grâce souple dans les mouvements. Un athlète en quelque manière, pensa le jeune médecin. Pas un boxeur. Probablement un escrimeur. Dans son visage coloré, les grands yeux doux et sombres contrastaient avec une expression inimitablement joyeuse et franche. Dans l'ensemble et dans le détail, il était remarquablement bien habillé. Spen avait rencontré peu de personnalités aussi séduisantes.

— Docteur Spencer Brade? dit-il, avec tout juste un soupçon d'accent qui adoucissait le « ce » en « ze ».

— Oui. Asseyez-vous. Vous désiriez me consulter? (Cette entrée en matière en valait une autre.) Je ne crois pas vous connaître?

— Je suis Antony d'Zaril.

Et comme l'autre prenait l'air poliment intrigué, il se pencha en avant et continua sur un ton d'amabilité confidentielle :

— Le mari de votre femme.

Spen répondit froidement :

— L'allégation m'importe peu. Comme ex-mari, vous êtes tout à fait déplacé ici.

— Ah ! mais, pardonnez-moi ! Je ne suis pas du tout un ex-mari. C'est là votre rôle.

— Quelle est cette stupidité?

— La police était complètement dans l'erreur, ainsi qu'il m'est à présent possible de le prouver grâce aux renseignements venus d'Europe. Ma première femme était morte six semaines avant mon mariage avec miss Grahame.

— Je pense que vous mentez, dit Spencer, la voix rauque.

— J'excuserai votre insolence, à cause de votre

compréhensible désarroi. Vous pouvez vérifier les registres à Washington.

— Avez-vous vu Carol?

— Non. Elle n'est pas en ville. Vous ne le saviez pas? ajouta-t-il avec un coup d'œil aigu et rapide. Peut-être tout ne va-t-il pas pour le mieux entre vous. Cela rendrait le... rajustement plus facile.

Une furie protectrice envahit Spen. L'idée de Carol, avec sa haine morbide de toute publicité, humiliée, mise au pilori dans les journaux, traînée dans la honte d'un tel scandale, où s'ajouterait le venin du ridicule et de l'absurdité, était intolérable.

— Il n'y aura pas de rajustement, dit-il.

— C'est là que vous vous trompez, fut la tranquille réponse. J'attendrai son retour.

Spen agrippa le bras de son fauteuil et tourna vers l'autre un visage blême et tendu :

— Vous tenez beaucoup à vous faire tuer?

Un haussement d'épaules, un joyeux sourire :

— La chose a déjà été tentée, sans succès. Je me bats bien.

— Il n'y aura pas de combat : je n'hésiterai pas à vous tuer comme un chien.

— Et alors, *quel* scandale! Non, non, mon ami. Je vous tiens compte de votre fort honorable intention de me tuer. C'est exactement ce que j'aurais voulu faire à votre place. Mais en l'espèce, ça n'existe pas! Parce que, voyez-vous, je n'ai pas peur.

C'était indubitablement vrai. Spen se laissa aller en arrière dans son fauteuil.

— Très bien, monsieur d'Zaril.

— Comte d'Zaril, disent les registres d'état civil. Et le titre est tout à fait authentique, au cas où vous en douteriez.

Spen s'inclina.

— Comte d'Zaril, pourquoi êtes-vous venu me rendre visite?

— Visite de politesse.

— Ne serait-ce pas de chantage? suggéra Brade d'une voix insinuante.

— Soyons sérieux. Le terme de chantage est

rigoureusement inadmissible. J'ai besoin d'argent, je l'admets. Votre... ma femme, est une femme très riche. Admettons, comme base de discussion, que je doive fournir légalement les preuves de ma situation. Cela peut se faire, n'en doutez pas un instant, mon ami, cela peut se faire. Mais non sans difficulté, et, par la suite, non sans délai. Et, si j'étais légalement défié, avec de combien désagréables conséquences, une combien désagréable publicité ! Et cela pourrait durer six mois, un an. Dans un an, je puis être mort.

— Cela me paraît plus que probable, dit Brade en le regardant dans les yeux.

— Essayez-vous d'être insolent? demanda d'Zaril froidement.

— Du tout. Simplement professionnel. Si j'étais votre médecin...

— Ce que vous n'êtes pas. Excusez-moi, docteur Brade. (Le visiteur avait retrouvé son aplomb souriant.) Vous m'avez troublé, sur le moment. Nous autres, Orientaux, disons que la destinée de l'homme est inscrite sur son front. Seriez-vous alors prophète?

— Je ne me hasarderais pas à prophétiser sans un supplément d'information.

— Ah ! baste. Nous ne sommes jamais morts, jusqu'à ce que nous mourrions !

L'homme pâlit soudainement, étendit vers Brade une main tâtonnante, se souleva à demi et tomba en avant juste comme l'autre bondissait vers lui. Spen saisit le corps détendu à temps pour l'allonger sur le sol. Instantanément, l'esprit entraîné se concentra sur ce qui était devenu un problème médical.

D'Zaril avait perdu connaissance. La respiration et le pouls étaient faibles. Son teint, bien que pâle, n'avait pas la nuance bleuâtre qui indique le manque d'oxygène et la crise cardiaque. Les mains expertes de Brade, ayant défait les vêtements, palpaient le corps inerte, tandis que son pied atteignait, sous le bureau, le timbre caché qui faisait entrer Kenny Mangan avec un prétendu appel d'urgence destiné à activer le départ d'un visiteur indésirable.

En avant du coude gauche, les doigts du médecin rencontrèrent une curieuse bosse. Un petit fibrome? Il ne pouvait dire. Une nodosité lymphatique épitrochléaire enflée? Mais son bref examen lui apportait des précisions qui s'ordonnaient dans son esprit. Des grosseurs aux aisselles, devant l'autre coude, aux deux aines, derrière les deux genoux, dans le creux du jarret — la fosse poplitée, comme il est dit dans les manuels d'anatomie. Des nodosités lymphatiques enflées partout, probablement aussi à l'intérieur de l'abdomen et de la poitrine. Epaississement glandulaire généralisé. Cela pouvait accompagner un certain nombre de maladies, mais particulièrement, à l'âge du patient, ce mal étrange duquel personne ne savait grand-chose, sauf qu'il affecte parfois le système glandulaire complet et qu'il est caractérisé par des cellules géantes sous le microscope, connues sous le nom fallacieusement innocent de cellules de Dorothy Reed. Elles signifient la mort, aussi clairement que si elles portaient la marque visible et classique d'une tête de mort sur les deux tibias croisés.

Kenny Mangan ouvrit la porte :

— On vous demande à la salle d'op... commença-t-elle. Oh ! Qu'est-il arrivé?

— Syncope. Ammoniaque.

Elle revint aussitôt avec la bouteille.

— Je puis m'en tirer, maintenant. Merci. Ne laissez entrer personne.

D'Zaril toussa et ouvrit les yeux.

— Pardon ! Que je vous dérange ! murmura-t-il.

Spen le porta à demi sur un fauteuil. Et d'un ton détaché :

— Cela vous arrive souvent?

— Trop souvent. Plus souvent les derniers temps. (Il épiait attentivement Brade.) Cela vous surprend?

— Pas le moins du monde.

Le malade abaissa son regard sur le désordre de ses vêtements.

— Vous avez observé le... les... symptômes?

Spen acquiesça de la tête.

— Depuis combien de temps les avez-vous?

— Oh ! un an. Davantage. (Il se contraignit à un pâle sourire.) Nous devenons professionnel, me semble-t-il. Eh ? Qu'en diriez-vous ?

— Considérables complications glandulaires, dit prudemment le chirurgien. Y a-t-il eu une analyse faite ?

— Ils ont enlevé une glande à l'hôpital pour leur microscope. Le résultat a paru les satisfaire : ils n'étaient pas optimistes. D'accord ?

— J'aimerais procéder à un examen plus complet. Si nous allions jusqu'à la salle d'examen ?

— Je vois. Une inspection médicale.

— Oui. Il ne vous en coûtera rien.

— Quelle occasion ! dit poliment d'Zaril. — Qui ajouta avec son lent sourire : — Une occasion pour vous aussi.

— Pour moi ?

Brade était perplexe.

— Sans doute. Il arrive que des gens meurent pendant l'examen, si je ne me trompe.

Brade rit tout haut.

— Je vois. Mais je ne tue pas mes patients. Pas exprès. Du moment où vous entrez dans cette salle, vous êtes mon patient. Ni plus, ni moins. Toutefois, si vous ne vous sentez pas rassuré, je puis faire venir un confrère pour votre sauvegarde. Cela apaiserait-il votre inquiétude ?

L'étranger le scruta un long moment, puis il fit un geste :

— Pas besoin, décida-t-il. J'ai étudié les hommes. Je me place sans réserves entre vos mains.

Bien qu'il examinait son sujet avec le soin le plus scrupuleusement attentif, Spen sentit qu'il aimerait avoir l'opinion d'un autre. Il appela le docteur Sewel, celui qui avait remplacé Carter Hewlett, et lui demanda d'établir un diagnostic entièrement indépendant. Quand tout fut terminé, d'Zaril, une fois de plus vêtu avec son impeccable élégance et fumant une cigarette, dit doucement :

— Et le verdict, je vous prie ?

— Vous n'êtes pas en très bon état.

— A l'hôpital, ils ont dit le mal de Hodgman.

— Hodgkin, corrigea Spen.

— Hodgman, Hodgkin, peu importe. Si seulement ces messieurs avaient à ma place cette maladie de leur invention !

Il avait repris aussi toute sa bonne humeur légère. Il avala profondément la fumée et la laissa échapper avec une visible satisfaction. Puis il s'informa, du ton d'un observateur désintéressé :

— Combien estimez-vous?

— Avec des précautions raisonnables...

Le visiteur l'arrêta du geste :

— Je ne peux pas me souvenir d'un temps où j'aurais vécu avec de rizzonables précautions !

— Je crains qu'il ne faille vous y résoudre désormais.

La belle tête se balança en une vigoureuse dénégation.

— M'envelopper dans de l'ouate ! Y aller doucement chacun de mes jours? Me refuser ceci et me priver de cela? Ah ! non ! merci ! La vie, z'est autre chose. Tant que je vis, je vivrai. *Dum vivimus, vivamus.*

— Pas longtemps, dans ce cas.

— Et si je me mets à l'ouate? Quelle brillante promesse me ferez-vous?

— Pas de promesse. Il se peut que vous viviez six mois. Guère davantage, j'imagine. Je tiens pour acquis que vous me demandez une réponse sincère.

— Je vous remercie ! dit d'Zaril. Vous êtes bon. Vous êtes honnête. On sent que vous savez ce que vous dites. Je vais donc m'adonner à la vie joyeuse. Pour cela, de l'argent est nécessaire.

— Combien ?

— Mille dollars par mois. Vous ne pouvez considérer cela comme exorbitant pour une femme riche. Et cela ne durera pas longtemps.

— Je considère que c'est exorbitant, fit Spen. Car... Mrs Brade... n'est pas assez riche pour supporter un fardeau pareil en plus de ses dépenses normales.

— La comtesse d'Zaril, rectifia l'autre avec son beau sourire, doit avoir deux fois ce revenu. Sûrement elle sera disposée à partager.

Spen se leva.

— Je vais prendre contact avec elle. (Il n'en avait nullement l'intention.) Venez demain vers la même heure. Il y aura un diagnostic détaillé et un rapport de laboratoire pour vous. Quelqu'un sait-il que vous êtes en ville?

— Je suis venu incognito. Cela semblait plus prudent. *Au revoir,* docteur Brade.

Spen se libéra d'un dîner avec Kenny Mangan ce soir-là. Il souhaitait être seul, pour mieux réfléchir.

De la façon la plus incongrue passa, comme une flèche en sa mémoire, l'image de Carol telle qu'il l'avait laissée le soir qu'il était sorti de sa vie, la tête ébouriffée enfouie dans l'oreiller, le corps gracieux et mince sous le léger vêtement de nuit, convulsé de sanglots, et avec ce souvenir vint une chaude vague de colère et de chevaleresque pitié. Il lui avait causé assez de souci. Elle avait joué franc jeu avec lui. Ce n'était pas sa faute à elle si elle n'avait pu lui donner tout de suite ce qu'il espérait d'elle, si elle s'était tournée vers lui trop tard. Puisque la chance lui était accordée de se montrer propre devant elle — non, devant lui-même, — il éloignerait d'elle ce nouveau souci. Elle n'avait pas besoin d'en rien savoir. Il traiterait avec d'Zaril.

Le lendemain, le comte d'Zaril se trouva en face d'un médecin consultant sereinement impersonnel.

— Du point de vue médical, dit Brade, j'insiste absolument sur ces points : pas d'alcool, pas de tabac, un régime léger, aucun excès et, de préférence, un mois dans un sana.

— Avis rejeté, mon cher docteur, dit gaiement le patient.

— Vous ne vivrez pas beaucoup de semaines, dans ce cas.

— Mais ce seront des semaines vivantes. J'en ai eu bien peu d'autres. Et les conditions?

— Cinq cents dollars par mois. Pas un sou de plus. Et à la condition expresse que vous quittiez la ville sans voir Mrs Brade et sans tenter de communiquer avec elle.

Au grand étonnement de Spen, un voile de chagrin flotta sur le séduisant visage qui lui faisait face.

— Est-ce son désir? demanda d'Zaril à voix basse.

— Son désir explicite.

— J'en suis peiné. Vous voudrez bien lui dire que j'en suis peiné? (Spen acquiesça d'un signe.) Je n'ai aucune intention de la troubler. J'accepte ses conditions. J'aurai besoin de cent dollars d'acompte pour quitter la ville.

— Je vous les procurerai, promit Spen.

— Merci. (Il posa une carte sur le bureau.) Voici mon adresse. Et maintenant, allons à l'hôtel boire ensemble.

Comme Spen hésitait, il ajouta souriant :

— Chaque petit verre abrège le temps, n'est-ce pas?

Spen rit.

— Je comprends pourquoi vous plaisez aux femmes, dit-il.

Le dernier mot du charmant maître chanteur, prononcé en souriant comme il agitait la main en signe d'adieu, car Spen l'avait conduit à la gare, jugeant cette précaution sage, en cas de changement d'avis, le dernier mot fut :

— Vous êtes un dur, mon ami. Solide. Sur qui on peut s'appuyer. Peut-être reviendrai-je encore, pour mourir entre vos bras.

— N'en faites rien! conseilla Spen.

24

L'OPINION publique est fréquemment stupide, enracinée dans les préjugés et guidée par des émotions irraisonnées. Mais il y a quelque chose à dire en sa faveur : qu'on lui montre qu'il y a eu tricherie et non franc jeu, et elle se révolte. La campagne de Blanton Tyre contre la clinique James, qui avait dépassé son intention initiale, fit choc en retour.

En termes dépourvus d'équivoque, les Tyre furent avertis que, si Owen James et Félix Bernitz étaient expulsés de l'Académie, les ambitions médico-politiques de Blanton Tyre auraient vécu et qu'il pourrait les reléguer à la poubelle. Le comité de candidature, après une session orageuse au cours de laquelle se manifesta un formidable revirement en faveur des deux médecins accusés, recommanda le retrait des suspensions. A la réunion plénière de l'Académie, ces conclusions furent adoptées par une majorité renversante, et le groupe Tyre garda le silence.

— Nous avons fait jouer quelques puissances politiques, dit en riant Owen à Carol. Le vieux Charlie Chadbourne s'est vraiment mis en colère, ce qui ne lui était plus arrivé depuis que, il y a vingt-cinq ans, il envoya son poing sur le nez du maire qui essayait de tracasser la Commission de Santé, et il menaça d'aller au Congrès de l'Association médicale d'Etat et de démasquer les Tyre. Les Tyre ont abandonné. Ils ne pouvaient rien faire d'autre.

— Est-ce que Flick Fleming a été admis? denanda vivement Carol.

La satisfaction d'Owen s'atténua :

— Non. Nous n'avons pas encore pu obtenir cela. Plus tard, j'espère.

Carol hésita avant de demander :

— Comment Spen a-t-il voté?

— Il n'était pas à l'assemblée générale. Il ne vient plus.

-:-

Jusqu'à présent, le docteur Spencer Brade avait repoussé avec horreur l'idée du moindre fléchissement dans l'application des principes. Dans le cas Dorner, il pouvait sembler qu'il y eût eu abandon du code de morale, mais pragmatiquement il pouvait justifier son action, puisque son intervention opportune avait sauvé sans aucun doute la vie de la malade. En ce qui concernait les pratiques particulières de Blanton Tyre, Spen ne *savait* pas que ces traitements fussent autre chose que parfaitement irréprochables, l'avortement, dans les cas où la vie de la mère pouvait être sérieusement mise en péril par les épuisantes souffrances de l'accouchement, étant de pratique médicale admise. Il n'avait personnellement examiné aucun de ces cas; il ne pouvait être chargé d'aucune responsabilité à leur propos.

Spen se cramponnait à la lettre de sa vertu médicale, comme une pucelle à sa virginité charnelle.

Seule, la douloureuse pression de ses besoins d'argent avait pu l'affaiblir jusqu'à sa première concession délibérée. Le magnat de la traction locale, Rogers Folsom, qui avait conçu une haute opinion de Spen depuis un diagnostic établi par le jeune homme pour ses maux d'estomac, lui amena sa seconde fille, Mrs Christophe Farr. Selena Farr, qui portait un enfant, était une femme alerte, saine, belle, généreusement bâtie, elle ne se connaissait qu'une rivale dans l'équipe locale de golf, et ressentait vivement l'interruption de son jeu favori. Spen savait qu'elle était cliente du docteur Samuel Prendergast, un obtsétricien capable et d'idées conservatrices, qui travaillait fréquemment avec le médecin de famille des Grahame, le docteur Cannaday.

Mrs Farr lui expliqua qu'elle voulait un accouchement césarien. Il l'examina et la trouva parfaitement normale.

— Pourquoi une césarienne?

— Mon dernier gosse m'a gardée loin des links pendant deux mois, dit-elle. En outre, je veux être stérilisée du même coup. Ce sera mon troisième. J'aurai fait mon devoir vis-à-vis de mon pays.

— Qu'en dit le docteur Prendergast?

— Il est contre, bien entendu, le vieux maniaque. Il pense qu'une femme doit faire des enfants à la chaîne, jusqu'à ce qu'elle tombe.

Spen sourit.

— Vous en paraissez capable.

— Eh bien! je ne le suis pas. Je commençais bien juste à retrouver ma forme au golf quand celui-ci est venu.

— Remettez vos vêtements, dit-il. J'en parlerai à votre père.

Il transpirait légèrement lorsqu'il entreprit Rogers Folsom. Cela allait être une affaire délicate. Mais le besoin d'argent immédiat le poussait.

— Et alors? demanda Folsom.

Spen l'avait déjà catalogué comme un homme dur, mais un père tendre.

— Eh bien! oui, fit-il avec une hésitation calculée. Nous n'aimons guère, nous médecins, adopter cette méthode dans les cas ordinaires.

— Ma fille n'est pas un cas ordinaire, répondit l'arrogant vieillard.

— Non, en effet, accorda Spen.

— Y aurait-il danger?

— Pratiquement aucun. Cependant la naissance normale est — dame! — plus normale.

Folsom tourna vers lui le regard impatient de l'homme d'affaires accoutumé à voir sa volonté exécutée sans délai.

— Eh bien? Qui est-ce qui ne va pas?

— C'est un point délicat, Mr Folsom. Bien qu'il me soit désagréable de mentionner le point de vue financier...

— Comptez ce qu'il vous plaira dans une mesure raisonnable, dit brièvement l'autre.

— Le prix sera le prix habituel de mille dollars. Ce n'est que la question de date... Pour un motif particulier, il serait commode si vous pouviez...

Le visiteur leva les sourcils, mais il répondit :

— Si vous voulez, je vais vous donner le chèque tout de suite.

— Oh ! non ! ce n'est pas nécessaire. (Spen poussa un soupir de soulagement. Ces cent dollars allaient lui sauver la vie. Pour l'instant. Car il en faudrait bien des fois cent autres par la suite.) Ayez l'obligeance de le faire au nom de la clinique et de le mettre à la poste. C'est fort aimable à vous. Mrs Farr ferait bien de se trouver à l'hôpital vendredi après-midi.

Et le docteur Prendergast dans tout cela? Spen le connaissait un peu, assez pour le considérer comme un monsieur mal commode. Dix contre un qu'il allait se manifester.

Prévision exacte et tôt confirmée. L'obstétricien était un petit homme tout rond, à l'œil gai, à la bouche ferme. C'est la bouche ferme qui se remarquait le plus lorsqu'il s'encadra dans la porte du bureau de Spen, le regard froid.

— J'apprends qu'une de mes clientes vous a consulté, docteur Brade?

— Mrs Farr? Oui. Asseyez-vous, docteur Prendergast.

— Je puis dire debout ce que j'ai à dire.

— Fort bien. Demeurez donc debout, dit aimablement Brade.

— Vous avez accepté de lui faire une césarienne?

— J'ai accepté.

— Sauriez-vous, d'aventure, qu'elle a eu deux enfants sans aucune difficulté?

— J'ai l'habitude de m'informer de ce qui concerne mes malades, docteur Prendergast.

— Et que ses proportions pelviennes sont normales, même au-dessus de la moyenne?

Le petit bonhomme ne se maîtrisait qu'au prix d'un effort visible.

— Je l'ai remarqué.

— Alors, au nom de l'enfer, pourquoi cette césarienne?

— Parce qu'elle le désire, répondit calmement Brade. Elle désire aussi être stérilisée.

— Seigneur! Et depuis quand cela suffit-il pour faire une section lorsque la grossesse est normale? Ne savez-vous pas qu'il en résulte une mortalité considérable dans tout le pays?

— Pas entre mes mains!

— Au diable vos mains!

Le visiteur avait cessé de se dominer maintenant et se laissait aller.

— Je parle au nom des principes, si vous êtes capable de comprendre cela. Pourquoi ne pas attendre qu'elle ait eu son bébé normalement? Vous ne nierez pas que les risques ne soient moindres?

— Je pourrais discuter cela, répondit Brade, sachant parfaitement que nul argument n'était valable.

— Alors, vous persistez?

— Mais oui.

Prendergast ne dit rien de plus jusqu'au moment où il atteignit la porte. Alors il lança :

— Allez au diable, vous et vos arguments! Vous êtes un digne associé de Blanton Tyre. Je ne vois rien de pire à vous dire!

Sa voix furieuse résonnait dans le hall. Un moment après son départ, Blanton Tyre parut. Spen eut le sentiment que son sourire était nuancé d'une certaine appréhension.

— A propos de quoi Sam Prendergast tempêtait-il?

— Je vais faire une césarienne à Mrs Farr.

Tyre fit un signe de tête approbateur :

— Et vous la ferez bien, mon garçon. C'est curieux, ce Prendergast ! Il lance toujours feu et flamme dès qu'on fait une césarienne à l'une de ses patientes. Il me déteste depuis que j'ai eu, il y a quelques années, la malchance d'en perdre une.

-:-

Il fit une experte besogne sur Selena Farr. Et sans la moindre complication. Il n'y aurait plus de grossesses pour faire baisser ses moyennes au golf : Rogers Folsom non seulement envoya le chèque, mais encore, lorsque sa fille quitta l'hôpital, il remit à Brade deux billets de cent dollars à titre de reconnaissance personnelle. Ils allèrent au fonds d'Zaril.

Grattant par-ci, empruntant par-là comme il pouvait, retardant ses notes sauf les plus pressantes, Spen parvint à envoyer à Carol son chèque de trois cents dollars le premier du mois, tout en assurant à d'Zaril les cinq cents dollars promis. Le chèque de Carol revint au courrier suivant, avec un petit mot assez frais dont une phrase le tracassa fort :

« Je suis certaine, écrivait-elle, que tu dois avoir particulièrement besoin d'argent ces temps-ci.

« Particulièrement besoin. » Que voulait-elle dire? Est-ce que par hasard d'Zaril aurait joué double jeu et vu Carol malgré sa promesse? Il lui fallait le savoir. Il appela Grahame Lodge.

— Quand puis-je te voir, Carol?

— A propos de quoi?

— Impossible à dire au bout du fil.

— Bon. N'importe quand, je pense...

— Cet après-midi?

— Si tu veux. Mais il vaut mieux ne pas venir ici.

— Tante Candace?

— Oui. Tu n'es pas très bien en cour auprès d'elle. Que penses-tu du club?

— J'ai donné ma démission.

— Oh !... Au *Laurier-Vert,* alors. Cinq heures? Au revoir.

Il était le premier au rendez-vous. Carol arriva de cinq minutes en retard, le salua d'un signe de tête, comme une connaissance quelconque, et s'assit en face de lui.

— Martini, je te prie, dit-elle.

Il en commanda deux.

— Qu'est-ce qui t'as prise de renvoyer mon chèque?

— Tu n'aurais pas démissionné du *Country Club* à moins d'être fort gêné.

— Tu ignores que tel fut le cas lorsque tu m'as écrit, souligna-t-il. « Particulièrement besoin », c'est ton expression. Que veut-elle dire?

Elle le regarda dans les yeux et son regard était plein d'un froid défi :

— Cela ne te fera pas plaisir à entendre.

— Vas-y.

— Pour avoir à faire des opérations comme celle de Selena Farr tu dois vraiment être très à la côte. Je ne veux pas d'un tel argent, Spen.

— Je présume que ce fichu bavard de Cannaday en a plein la bouche, dit-il furieux. En quoi cela le concerne-t-il? Elle est ma cliente et c'est de pratique chirurgicale reconnue.

— L'aurais-tu fait avant de m'avoir épousée?

— En cas d'indication positive, certes.

— Oh ! Spen ! fit-elle péniblement.

Il tenta d'en revenir à la question d'argent.

— Tu sais ce que j'éprouve au sujet de ma dette envers toi?

Elle ignora la phrase et enchaîna :

— Ce qui rend la chose si navrante pour moi, dit-elle avec amertume, c'est que tout cela est en partie ma faute. Si je ne t'avais pas offert l'appât matériel de ce mariage, tu serais demeuré quelqu'un de bien. Je suis responsable.

Il eut une impulsion généreuse.

— Ce n'est pas vrai, Carol. J'aurais été le même sans toi. Le sale tour qu'ils m'ont joué à Lakeview est la cause véritable. Après cela, j'aurais été lancé sur la piste des dollars de toute manière. Tu as seulement rendu la course un peu plus facile.

— Oui. Mais tu les aurais gagnés légitimement. Une chose comme cette opération Farr... Je me sens dégradée pour toi !...

— Je pourrais, dit-il, rougissant jusqu'au sombre, te faire remarquer que cela ne te regarde pas.

— Tante Candace a toujours dit qu'il n'est rien que les Tyre ne fassent pour de l'argent. Mais toi, même après t'être associé avec eux, je pensais que tu serais différent !

— Tu ne sais pas de quoi tu parles, fit-il hargneux. Si j'avais suivi tes vœux et ceux de ta tante, je travaillerais d'arrache-pied pour l'utopie d'amateur d'Owen James et je vivrais de ton argent. J'en ai fini de vivre avec les secours de charité. Je t'enverrai ce chèque et je désire que tu l'encaisses.

— Oh ! soit ! fit-elle avec lassitude. Ne nous querellons pas pour cela. Je hais les querelles sauf pour une bonne cause.

Il ne put résister au désir de tirer une flèche de plus pour sa propre défense :

— Est-ce qu'il ne te semble pas que tu sois tant soit peu mal fondée à défendre la morale médicale? Tu parais avoir avalé d'un bloc tout ce que ce vieux bavard de Cannaday t'a conté.

— Très probablement. Parlons d'autre chose.

Ils bavardèrent quelques instants au hasard, jusqu'à ce qu'il trouvât le joint qu'il attendait dans une allusion qu'elle fit à sa juvénile escapade à Miami :

— A propos, fit-il de son air le plus parfaitement détaché, n'as-tu jamais eu de nouvelles de ton ancien mari?

— Non, répondit-elle, indifférente. Pourquoi en aurais-je?

— Aucun motif, en effet, admit-il, l'esprit considérablement soulagé. Si jamais il se manifestait, j'espère que tu me le ferais savoir aussitôt.

— Je ne pense pas que Tony soit homme à causer des ennuis.

25

JUSQU'A ce qu'il rencontrât Blanton Tyre à la sortie de l'église, ce dimanche matin, Spencer Brade ne s'était jamais rendu compte du point auquel il détestait son chef.

A quelques pas en arrière de lui, accompagnant la vieille Mrs Carskaddan, marchait Owen James, qui lui fit en souriant un amical salut de la tête. « Plus que je n'aurais fait si j'étais dans ses chaussures ! » songea Spen. Soulevant son chapeau, celui qui n'allait pas à l'église passa; méditant amèrement sur le contraste entre ces deux types médicaux, l'humanitaire sincère et l'arriviste. Entre eux, il avait choisi. « Pas de regrets », se dit-il.

N'ayant d'autre but que de prendre un peu d'exercice et aucune destination précise, il se trouva inconsciemment en marche vers les plaines de l'Helminthe. Comme, sur le trottoir d'en face, il approchait de la clinique James, il vit émerger une silhouette familière. Il avait entendu dire que, son contrat chez les Tyre terminé, Terry Martin avait rejoint les troupes de James. Le petit pathologiste l'aperçut et traversa la rue en courant presque.

— Par le ciel, vous êtes mon homme !

Spen décrocha son bras de la dure étreinte.

— Soûl cette fois encore, Terry?

— Diantre non ! Entrez, entrez, j'ai un malade sur les bras.

— Aujourd'hui est mon jour de repos, dit froidement l'autre.

— Non. Jamais de la vie ! Je suis dans un trou infernal, dans une mélasse noire. Ces foutus cas d'urgence qui ont le chic de s'amener toujours quand il n'y a personne pour s'en occuper ! Flick Fleming ne rentre en ville que ce soir. Je ne peux toucher Owen nulle part. J'ai joint quatre types au bout du fil, qui, tous les quatre, se sont dérobés. L'homme meurt sous mes yeux, Spen, et je n'ose pas y toucher, je n'en sais pas assez long pour ça.

Spen hésita. Pensant traduire son expression, le petit bonhomme dit lentement :

— Oui, je vois. Evidemment, c'est un malade assisté, gratuit. Pas un sou à gagner. Okay. Je vous payerai moi-même.

— Allez vous faire pendre avec votre argent, rétorqua furieusement Spen.

Le visage de Terry s'éclaira :

— Ça, c'est parler ! Alors? Vous venez?

A n'importe quel autre moment, Spen aurait peut-être refusé. Il avait pratiquement promis qu'il n'aurait plus de relations avec l'entreprise James. Mais le visage du dimanche de Blanton Tyre, son gras visage satisfait, se leva devant sa mémoire et la rébellion flamba en lui :

— Oui, je viens. De quoi s'agit-il?

— Hernie étranglée. Le type, amené ici avec une plaie au crâne après une bataille dans un bar, a failli mourir pendant que nous le transportions à la salle d'opération. Je m'occupe des instruments.

Au premier coup d'œil, Spen constata que ça tenait à un cheveu. Vraisemblablement, l'effort de la bagarre avait amené la crise. La précision et la rapidité allaient compter. Il lui fallait gagner contre la mort un prix qui était sans valeur pour lui.

Jamais il ne travailla mieux. Quand, une heure plus tard, il enleva sa blouse et ses gants, il rencontra le sourire d'Owen.

— Je suis entré pour l'arrivée au poteau. Une belle chose, Spen.

— Il doit s'en tirer.

— S'il ne s'en tire pas, ce ne sera pas votre faute. Je serais arrivé trop tard et j'aurais probablement été trop lent.

— Que va dire votre Vieux quand il saura que vous avez marché hors des clous? demanda l'irrépressible Terry.

— Je ne vois pas pourquoi il l'apprendrait, intervint promptement Owen. Spen, ne viendrez-vous pas nous retrouver ce soir autour de la bière et du fromage?

Brade changea de couleur. Il pouvait faire face à Owen, avec sa large et compréhensive tolérance, ou encore à Terry Martin, avec son cynisme et ses piqûres de guêpe, mais pas au mépris possible de Félix Bernitz ni à l'amitié blessée de Flick Fleming.

Il mentit gauchement :

— Je crains d'être pris, ce soir...

— Alors nous sommes des hors-la-loi, socialement parlant aussi bien que médicalement? railla Terry. Hey! Non! Ne vous jetez pas sur moi! Je retire, je retire. J'aimerais retirer bien d'autres choses si je n'étais pas si honnête! ajouta-t-il mélancoliquement, avec une droiture qui fit mal à Brade. Pourquoi ne quittez-vous pas cette bande, Spen?

— Pourquoi ne vous mêlez-vous pas de ce qui vous regarde, Terry?

— Okay! okay! Question retirée. Merci de toute manière, mon vieux. Je n'ai jamais vu de travail mieux fait.

Quand il fut parti, Terry, plein de regret, dit à Owen :

— Quel dommage!

Owen secoua la tête :

— Je ne le crois pas fini. Seulement déformé.

— Seigneur! Quel gâchis! quelle perte! Avez-vous jamais de toute votre vie vu aussi beau morceau de chirurgie?

— Ça au moins, ça lui reste, riposta Owen avec son lent sourire.

En évidence sur son bureau, une enveloppe attendait Brade, lorsqu'il arriva le lendemain. Dedans, un paragraphe coupé dans le quotidien du matin, racontant la bagarre dans un cabaret, les blessures reçues par un certain John Marrabout, et l'opération par « le docteur Spencer Brade. Le blessé est considéré comme sauvé ».

En marge et au crayon, il lut : « Venez me voir tout de suite à ce sujet. B. T. » (Tout du pion ! pensa Brade. Il est temps que je m'explique avec lui !)

La bénignité dominicale avait cessé de mollifier les traits sévères que le chef tourna vers son subordonné et insubordonné. Un froncement de sourcils magistral l'avait remplacée, visiblement destiné à intimider et à impressionner. Effet raté. Spen souriait allégrement. Il avait décidé de commencer par une fraîche courtoisie.

— Cette note du *Leader* est-elle exacte?

Tyre était formidable.

— Substantiellement, oui.

Brade était paisible.

— Quelle explication avez-vous à fournir?

— Aucune explication.

— J'insiste pour en obtenir une.

— Mes dimanches sont à moi. Quant à mes heures de travail, dans la mesure où elles dépendent de la clinique, j'en donnerai le détail très volontiers.

— Vos dimanches ne sont pas vôtres pour en faire profiter la populace de chez James, fit le chef avec une colère croissante.

— Cas d'urgence, fit Spen. L'homme serait mort.

— Je m'en fiche !

— Et je m'en contrefiche, admit Spen avec une amabilité provocante. Pour ce qui est de cela, nous parlons à égalité.

— Vous n'avez aucune excuse pour violer notre contrat.

— Oh ! que si ! je pourrais vous renvoyer au code. Comme je vous l'ai dit, l'homme était sur le point de mourir.

Le vieux médecin soufflait lourdement.

— Je verrai mes avocats à ce sujet. Votre utilité ici a pris fin.

Sur quoi, se disposant apparemment à sortir, il prit la canne à pomme d'or que lui avait offert la société médicale locale.

— Un moment, docteur Tyre.

La voix et les manières de Brade étaient douces.

— Si nous allons devant les hommes de loi, ils pourraient être intéressés en même temps par une ligne de votre comptabilité que j'ai aperçue.

— Comptabilité? fit l'autre, irrésolu.

— Comptabilité. Quel est votre tarif régulier pour avortement?

— Comment, vous... Avort... Que signifie cette insolence?

— Mille dollars, n'est-ce pas? poursuivait l'impitoyable questionneur.

Tyre lança vers la porte un coup d'œil anxieux.

— Baissez la voix! plaida-t-il. Je ne sais pas du tout ce...

— Oh! je crois que vous savez fort bien. Vous avez inscrit le curetage de Mrs de Long au grand livre pour cent cinquante dollars. Le chèque de Mrs de Long était de mille dollars, je l'ai vu.

C'était solliciter la vérité, mais Spen n'avait aucune intention d'être méticuleux dans le détail.

La main tremblante du chef monta jusqu'à ses lèvres :

— C'était un accord privé, finit-il par avouer.

— Je n'en doute pas. Et je ne doute pas que vous n'en ayez bien d'autres. La question est que vous détournez des honoraires de la clinique.

Tyre esquissa des mains une faible protestation. Il ne restait en lui aucune combativité.

— Vous ne comprenez pas la situation, risqua-t-il.

— Oh! mais si! Parfaitement. Non seulement je la comprends, mais je considère qu'elle devient beaucoup trop dangereuse. J'ai appris que le mois dernier la petite Sigmund a été à un doigt de la mort.

— C'était une opération thérapeutique, protesta Tyre, la sueur commençant à lui couler entre les yeux.

— Curieux, n'est-ce pas, ce que la thérapeutique prend d'extension parmi les veuves et les présumées vierges? Ce sont les cas aussi, à ce que j'ai pu remarquer, en qui se développent les symptômes les plus ennuyeux.

Le visage potelé de Tyre semblait se désintégrer devant les yeux de Brade. L'homme pleurnichait presque :

— Je sais que c'est dangereux. Mais que faire? Si je refuse les cas de ce genre, je perds la plupart de mes meilleures familles.

Spen savait, pour l'avoir fréquemment entendu dire, que les patients influents exerçaient souvent une pression si forte que seule la plus sévère honnêteté de la part du praticien lui permettait de résister. Il était, par contre, si facile de céder et, ainsi, de sauver une situation, d'éviter scandale et disgrâce. « Juste pour une fois! » Il se dit que, très probablement, cette considération avait pu, au début, influencer Blanton Tyre plus que l'argent et l'embarquer ainsi sur le flot honteux et périlleux de la médecine irrégulière.

— Que faut-il que je fasse? répétait misérablement le chef.

— M'adresser les cas, répondit catégoriquement Spen.

L'autre tourna vers lui des yeux incrédules.

— Je n'aurais pas cru que vous accepteriez de toucher à cette sorte de chose.

— Je n'ai pas dit que j'y toucherais. Mais, au moins, je serais sous la main et saurais à quoi m'en tenir si quelque chose tourne mal.

— Quel poids formidable cela m'enlèverait de l'esprit, avoua Tyre.

— Si je me décide à aller jusque-là, c'est que j'ai besoin d'argent. Il m'en faut. Voici ce que je vous propose, et c'est à prendre ou à laisser, je me fous totalement de ce que vous déciderez.

» Dorénavant, nous serons plus prudents dans l'acceptation de ces cas; nous ne prendrons que les femmes en qui on peut avoir une confiance absolue et qui, bien entendu, peuvent payer le prix. Et nous partagerons les honoraires, moitié moitié.

— Moitié, moitié, pépia Tyre. Quand je fais tout le travail!

— Et avec quels résultats? Parlons des suites de Long? Et de la péritonite Sigmund?

Dans la voix de l'autre, la tristesse avait remplacé l'indignation lorsqu'il émit une vertueuse protestation :

— Et mon fils, alors? Il a droit à ses vingt-cinq pour cent?

— Donnez-les-lui sur votre part, si vous voulez, fit Brade que cette sollicitude paternelle ne troublait pas. Non, cela sera complètement séparé du travail officiel de la clinique. On n'en trouvera de trace dans aucun livre. Telles sont mes conditions, et je ne les discuterai pas. Si je dois me livrer à la prostitution médicale, il faut que ça rapporte.

Sa conclusion était prononcée avec une fermeté si résolue que l'opposition de Tyre s'évanouit. Il se soumit :

— Décidez vous-même. Je ne veux plus repasser par les angoisses que j'ai connues auprès de certaines clientes.

Le triomphe et la nausée se partageaient le cœur de Spen lorsqu'il sortit du bureau.

-:-

Il refusa, de la façon la plus péremptoire, plusieurs de ces cas. Une fois l'état physique de la candidate impliquait des risques sérieux; et plus d'une fois la discrétion des intéressées était incertaine. A deux reprises, après une discussion orageuse, Tyre prit la chose tout seul en ses mains malhabiles, sans le secours de son assistant, et le désastre s'ensuivit.

Un lundi matin, le chef, qui avait laissé son bureau ouvert, attendait Spen, debout dans le chambranle de sa porte, une inquiétante pâleur remplaçant ses couleurs habituellement florissantes, un masque d'angoisse remplaçant sa coutumière sérénité.

— Je voudrais vous parler un instant, Brade.

— Voilà.

Spen entra, Tyre ferma la porte.

— J'ai besoin de votre aide.

— Bon. De quoi s'agit-il?

— Une sorte d'infection.
— Quelle sorte d'infection?
— Après un curetage.
Le visage du jeune médecin se ferma.
— Je vois. Où est-elle?
— Hôpital Markland.
— Allons-y.
Vingt minutes plus tard, au chevet d'une femme blonde, très blonde, trop blonde, Spen constata qu'en effet Blanton Tyre avait grand besoin d'aide. La rougeur fiévreuse des joues qui normalement devaient être pâles, les yeux trop brillants, les mouvements agités, tout proclamait l'infection à ses yeux exercés. Après un bref examen des points les plus importants, il suivit Tyre hors de la chambre.
— Depuis combien de temps cela dure-t-il?
— Chchchut!
Tyre regarda tout le long du couloir.
— Venez dans la chambre voisine. Elle est vide.
Derrière la porte qui les abritait, il se laissa aller, épongeant son large front d'où roulaient des gouttes de sueur.
— Je l'ai opérée l'autre semaine.
— Où?
— Au bureau.
— Pourquoi l'ai-je ignoré?
— Vous étiez parti pour un de vos week-ends, dit le chef avec une pointe de mauvaise humeur. C'était le samedi, après la fermeture.
— Et vous l'avez fait venir au bureau!
Tyre protesta :
— Cela semblait facile. Je l'ai fait plus d'une fois.
Brade fit taire son dégoût furieux :
— Bon? Et après?
— Elle est rentrée chez elle. Deux jours plus tard, elle a été prise d'une hémorragie que j'ai arrêtée avec de l'ergotine et de la pituitine. Ensuite elle m'a paru bien.
Il s'épongea encore avec son vaste mouchoir de soie.
— Avant-hier, elle a pris froid. Alors je l'ai envoyée à l'hôpital.

— Température?

— Hier, quarante.

— Qu'avez-vous fait?

— Je lui ai donné de l'aspirine. La fièvre a baissé.

Spen éclata.

— Quelle importance cela a-t-il de réduire la fièvre? Qu'avez-vous fait pour réduire l'infection?

— Je lui ai donné de l'ergotine.

— Tandis qu'elle continuait bon train à faire de la septicémie?

Tyre bêla comme un mouton gras :

— Et comment aurais-je su si cet état ne provenait pas d'un reste de placenta, si ce n'était pas une saprémie?

— Comment pouviez-vous savoir n'importe quoi? Allons, cela ne nous mène à rien. Occupons-nous d'elle.

C'était une bataille familière que Brade allait livrer là, une bataille contre l'infection qui gagnait rapidement du terrain et, de proche en proche, menaçait de détruire tout l'organisme. Des années plus tôt, interne en blouse blanche à Lakeview, il avait appris la technique de ce combat. On n'avait pas encore à cette époque les merveilleux sulfamides pour mener le *blitzkrieg* contre les microbes, mais on n'en livrait pas moins un combat souvent victorieux. La transfusion, les éponges d'alcool contre la fièvre, la morphine contre la douleur, même les antiseptiques injectés directement dans le sang, telles étaient les armes familières aux mains expertes. Efforts parfois vains, toutes les défenses contre l'infection arrivant trop tard pour l'empêcher de gagner d'autres organes.

Et maintenant, en dépit des merveilleuses drogues modernes, c'était un cas où rien ne semblait devoir réussir. Une nuit entière, Brade demeura au chevet de la femme qui mourait de la négligence de Tyre. Une nuit entière, soigneusement, régulièrement, il injecta la drogue dans le sang, aida l'infirmière pour les éponges d'alcool et les compresses froides. il sut avec certitude ce qu'il avait su intuitivement ennemi invisible, mais présent. Et vers le matin, il sut avec certitude ce qu'il avait su intuivement dès le début : qu'il ne réussirait pas. Comme l'aurore entrait par les fenêtres de l'est, il remonta le drap pour en couvrir le visage exsangue.

Blanton Tyre arpentait nerveusement le couloir, lorsque Brade sortit de la chambre : il se précipita.

— Elle vient de passer, dit Spen.

Tyre tituba, s'appuya contre le mur.

— Mon Dieu ! mon Dieu ! le permis d'inhumer... que dirons-nous ?

L'autre le regarda avec des yeux où l'excès de fatigue ne laissait pas de place au mépris.

— J'y pense, dit-il. Je certifierai que la mort est due à une endométrite et une métrite par infection du col.

— Ça passera ?

— Je ne sais pas. Je crois. (Il eut un rire sans joie.) Qui donc me chercherait des noises ? Après tout, personne ne me soupçonne d'effectuer des opérations illégales — personne encore.

Le choix, désormais, se présentait crûment, sans ambiguité. Aucune créance ne pouvait plus être accordée à Blanton Tyre. Il lui fallait ou aller jusqu'au bout ou tout lâcher.

Et sa décision se trouva forcée, très simplement.

Aucun pressentiment de ce qui était imminent ne vint à l'esprit de Spen, lorsque Selena Farr se présenta ce matin-là à son bureau. La grande sportive, insouciante et joyeuse, s'affala dans un fauteuil, pêcha une cigarette dans son sac, l'alluma d'une main tremblante et tourna vers le médecin un visage creusé d'angoisse.

— Puis-je vous parler d'homme à homme ?

— Bien certainement.

— Je suis dans un fichu pétrin !

— Des malaises ? s'inquiéta Spen. Cette césarienne superflue !

— Non. Pas ça. Je suis en excellente forme. J'ai battu deux fois mon record la semaine dernière. Connaissez-vous ma sœur aînée, Clarisse ?

— Mrs Manning, n'est-ce pas ? A peine.

— Elle est très pieuse et très correcte, étroite d'esprit et tout ça ! Tout ce que je ne suis pas.

Elle s'est efforcée d'élever Mariette suivant ses principes.

— Mariette? Sa fille?

La visiteuse acquiesça d'un signe de tête.

— Ma filleule. Une gosse délicieuse. Dix-huit ans. Exquise, heureuse, innocente. Fichtrement trop innocente ! Avec le résultat logique.

Spen siffla doucement.

— L'homme ne veut-il pas l'épouser?

— Il est marié, le porc ! Il n'est même pas au courant. Mariette est venue à moi. Je suis la seule de qui elle n'ait pas peur. Elle est désespérée, la pauvre chatte. Docteur Brade, voulez-vous nous tirer de là?

— Pourquoi venir ici?

— N'essayez pas de me bluffer !

Il y avait plus d'appel que d'insolence dans sa phrase.

— Ce vieux coquin de Blanton Tyre est dans cette branche depuis des années. Ne me dites pas que vous l'ignorez.

— Alors, fit gaiement Spen, je vous adresse à lui.

— Ne le prenez pas comme ça, plaida-t-elle. Je ne voudrais pas le voir approcher de cette enfant. Pas à vingt pas ! Docteur, permettez-moi de l'amener ici pour vous voir?

— Non. Pas ici. Où est-elle?

— Chez nous. Mon mari n'est au courant de rien.

— Alors qui?

— Pas une âme au monde, en dehors de mon père, et de moi. J'ai dû m'adresser à mon père pour l'argent. C'est un grand bonhomme, un chic type. Il m'a remis un chèque signé en blanc, je vous le donnerai.

Lisant sur son visage, elle courut à lui, lui saisit le bras de sa poigne vigoureuse, le supplia intensément :

— Pardon. Je sais que ce n'est pas l'argent qui vous décidera. Mais pensez à cette pauvre gosse. Je jure Dieu que je suis sûre qu'elle se tuera si je ne peux pas la tirer de là. En tout cas, vous ne pouvez refuser de la voir.

— Très bien. Je serai chez vous à cinq heures. Mais attention. Mrs Farr, cela ne m'engage à rien.

La jeune fille entra dans la chambre assombrie, pitoyablement jeune et terrifiée, pitoyablement humiliée, se ramassant sur elle-même comme quelque petit animal sauvage épouvanté. Incohérente, à peine en état de répondre aux douces questions de Spen. Il n'eut pas de mal à croire qu'elle pourrait se tuer ou s'épuiser, par affolement nerveux, par simple appréhension. Étant donné cela, son intervention chirurgicale ne sauverait-elle pas une vie? Non! Ça ne pouvait pas aller comme ça. Cette gluante échappatoire, ce piètre subterfuge : « avortement thérapeutique », c'était bon pour un pieux menteur comme Tyre. D'aussi faciles autosuggestions n'étaient pas pour Spencer Brade. Un avortement était un avortement. Et il allait accomplir celui-ci.

Toutefois il pouvait honnêtement s'affirmer à lui-même, plaider devant son propre jugement que l'argent n'était pas l'unique motif de sa décision. L'élément de pitié humaine et de secours dans la détresse y entrait pour une bonne part.

— Tenez tout ce qu'il faut prêt ici, pour demain cinq heures, dit-il à Selena Far.

— Dieu vous bénisse! dit-elle.

Puis, pour son étonnement et sa gêne, elle fondit en larmes.

Quand tout fut terminé, il donna ses instructions.

— Gardez-la au lit, absolument calme et au repos, pendant trois jours.

— Quel montant dois-je inscrire au chèque?

— Mille dollars.

— Père marcherait pour plus. Mariette est la préférée parmi ses petits-enfants.

Spen secoua la tête : sa conscience pouvait être relâchée dans un domaine; elle ne lui permettait pas de tricher.

De retour au bureau, il inscrivit dans l'agenda qui constituait son journal personnel :

Effectué aujourd'hui mon premier avortement.

Plein succès. De toute évidence, je suis naturellement doué pour cette sorte d'opération. Brillant avenir pour jeune spécialiste qui monte.

Il relut les lignes avec un déplaisant sourire, puis arracha la page et la mastiqua longuement. Après quoi, il s'en fut au bar *Saint-Charles*.

Il dormit cette nuit-là en une alcoolique pesanteur et se réveilla avec dans la gorge le goût affreux du mépris de soi. Un verre ne le fit point passer; le second l'aida. Plusieurs encore lui permirent d'atteindre la fin de la journée. Par bonheur, il n'avait aucune opération inscrite qu'il ne pût retarder. Les jours suivants, il lui parut que Blanton Tyre le regardait d'un drôle d'œil.

— Qu'il m'adresse la moindre plaisanterie, et je lui saute à la gorge.

A la fin de la semaine, il partirait et se mettrait au vert et à l'eau. Il eut un brin de conversation particulière avec Kenny.

— Filons à la mer pour ce dimanche, chérie.

— Je ne sais pas trop, Spen.

Elle avait un petit pli de contrariété entre les yeux, qu'elle levait honnêtement vers lui.

— Qu'est-ce qui se passe? Tu ne me lâches pas, non?

Son sourire était plein de confiance.

— Je suis préoccupée. Sais-tu qu'il n'y a pas eu un seul jour de cette semaine où ton haleine n'ait été chargée d'alcool?

— Fichaise! fit-il impatienté. Quand un homme travaille aussi dur que moi, il a besoin de se remonter de temps en temps.

— Je vais te dire, fit-elle d'une voix persuasive, allons quelque part où il n'y ait aucun verre à boire.

— A ce point-là? Ça va si mal que ça?

Il rit cordialement.

— Okay, ange gardien. Tu es tout le stimulant dont j'ai besoin. Choisis le lieu.

Dans un petit trou de montagne, calme et retiré, il prit, en même temps qu'un bon repos, une vue plus saine de lui-même. Sur la route du retour le lundi matin, il dit à la jeune fille :

— Kenny, j'ai l'intention de monter sur l'arroseuse (1).

— Riche idée, fit-elle avec enthousiasme.

— Pour un mois.

— Ça ne me gênerait pas du tout que ce soit pour un an !

— Oh ! ce n'est qu'une expérience, pour prouver combien c'est facile.

— Bien sûr, ce sera facile pour toi, chéri, fit-elle avec une confiance composée mi-partie d'espoir et mi-partie de faire semblant.

(1) *To go on the wagon,* monter sur l'arroseuse, ou sur le wagon-citerne à eau, expression américaine signifiant devenir sobre, boire de l'eau, ou, tout au moins, s'abstenir d'alcool.

26

La fin de l'année fiscale approchait. Spen calcula que, versements mensuels déduits, sa part dans les profits de la clinique lui donnerait tout près de dix mille dollars. Les chiffres que lui présenta la comptable, en un tableau bien net, étaient d'environ deux mille dollars au-dessous de cette évaluation. Tout d'abord il crut avec colère que les Tyre l'avaient floué. A la réflexion, il fut convaincu que les « D et C spéciaux », qui, pour des raisons évidentes, ne figuraient pas aux livres, expliquaient le décalage. Il était également évident qu'il ne pouvait pas insister pour un pointage. Quel arrangement Tyre avait pris avec son fils au sujet des cas spéciaux, Spen n'avait aucun moyen de le savoir. Il était plus que probable qu'ils avaient été totalement cachés à ce jeune homme un peu obtus et de maigre discernement. Cela, toutefois, ne concernait Spen en rien.

Ce qui le concernait, c'était l'emploi des fonds actuellement à sa disposition. Une horde de petites dettes dévora près de mille dollars. Après des calculs patients et attentifs, il fit parvenir dix-huit cents dollars à tante Candace, comme participation aux frais du ménage pendant son séjour à Grahame Lodge. Sa réponse, par le premier courrier, fut caractéristique :

Cher Spencer,

J'ai votre chèque de dix-huit cents dollars, dont voici l'accusé de réception. Probablement vous êtes-vous attendu à ce que je vous le renvoie avec un billet hautain. J'ai préféré le faire parvenir à Owen James pour les travaux de sa clinique.

Je ne vous en veux pas. Mais j'espère que vous trouverez le moyen d'aider Carol à reprendre sa liberté, ce qui lui permettrait de refaire sa vie sur une base réelle, tout cela avec le minimum de délai, de complication et de publicité.

Bien à vous,
Candace M. Grahame.

« Refaire sa vie. » C'est-à-dire épouser Owen James. Illogiquement, Spen se révoltait contre l'idée d'abandonner les droits si faibles qu'il avait sur Carol. Une autre considération le bouleversait. Le mariage de Carol avec Owen serait une union véritable. Elle vivrait avec lui, aurait vraisemblablement des enfants de lui, et cette idée levait le cœur de Spen. En admettant que l'allégation de d'Zaril fût vraie, ces enfants seraient illégitimes. Il devait la protéger contre une telle éventualité !

S'il cédait maintenant à son impulsion maladive de se libérer de sa dette vis-à-vis de Carol, quelle excuse aurait-il ensuite pour ne pas donner son consentement à un prompt divorce? Or une action légale serait évidemment annoncée par les journaux. Et le risque demeurait qu'elle tombât sous les yeux de d'Zaril. A quoi se résoudrait-il s'il pensait que la responsabilité financière de Spen vis-à-vis de lui se trouvait dissoute avec la dissolution du semble-mariage? Révélerait-il que lui seul, d'Zaril, était légitimement l'époux? Non. Ce risque était trop grand, il ne pouvait pas le laisser courir à Carol. Il devait retenir l'argent, ne le verser que par acomptes mensuels, comme il avait fait jusqu'alors. Et cela jusqu'à ce que D'Zaril eût l'obligeance de mourir. Entre-temps, ses moyens accrus lui permettraient de mettre un peu d'argent de côté chaque mois.

Car, ayant manqué à la promesse qu'il s'était faite, et ayant accepté paiement pour la pratique médicale interdite, il était désormais sans défense quand Blanton Tyre insistait pour qu'il exécutât lui-même le travail défendu. A vrai dire, cela valait mieux ainsi, c'était de beaucoup plus sûr. Et après tout, le nombre des candidates était relativement minime, celui des acceptées plus minime encore. La censure rigide de Brade y veillait. Il eut cependant une preuve désagréable de la place que la rumeur publique, toujours active dans une cité comme Charlesville, accordait à ce côté secret de l'activité de la clinique, lorsque Blanton Tyre l'appela un jour en consultation pour une visiteuse originaire du Nord qui se présentait à la clinique.

Miss Ethelreda Cassilis était une « belle » de Detroit qui passait quelques mois chez les Arbuthnot, parents de Carol et vieux clients de Blanton Tyre. Elle était si parfaitement calme et maîtresse de soi que Spen la soupçonna de n'en être pas à sa première expérience, soupçon qui se vérifia bientôt.

— Qui vous a envoyée au docteur Tyre? demanda-t-il.

— J'ai prié qu'on m'indiquât le médecin le plus sûr de la ville. On m'a envoyée ici, fut l'affable réponse.

— Vous avez donc déjà passé par-là précédemment?

— Oh ! oui ! J'ai toujours été irrégulière.

Réprimant l'ironique envie de lui demander si l'irrégularité était morale ou fonctionnelle, Brade s'informa :

— A quelle date avez-vous été prise?

Elle fit de grands yeux innocents :

— Je ne vois pas ce que vous voulez dire, docteur Brade. Je demande simplement un traitement.

Brade reprit sévèrement :

— Si vous ne voulez pas être honnête avec nous, il est inutile de venir ici.

Mais elle ne voulait pas céder.

— Il y a quelque chose de bizarre depuis deux mois. Mais ce n'est rien de nouveau. Je n'ai jamais été tout à fait normale.

— Je suis certain, dit-il sèchement, que cela est entièrement normal, miss Cassilis.

— Le docteur Tyre dit que cet état est aisément guéri, insista-t-elle.

Brade prit son chef à part :

— Cette affaire ne me plaît pas du tout. Elle en sait trop long.

— C'est l'espèce la plus sûre, discuta Tyre.

— Elle ne s'est pas amenée là tout simplement. Quelqu'un l'a renseignée.

— Sally Arbuthnot m'a téléphoné. Nous ne pouvons pas nous permettre de la renvoyer.

— Est-ce que ce sont les Arbuthnot qui paient? demanda Brade avec dégoût.

— Certes non ! Cette fille a des millions derrière elle. Ce sont les gens des Roulements Cassilis, vous savez?

— C'est une « belle », une « belle » gâtée. Je connais le type. Il est impossible de s'y fier, d'espérer qu'elles suivront les prescriptions indispensables.

— Je prendrai l'entière responsabilité, dit pompeusement le chef.

— Très bien, fit l'autre, toujours à contre-cœur. Faites-là venir ce soir à cinq heures et demie, après la fermeture.

La jeune fille supporta avec un calme total l'opération qui ébranle si violemment les nerfs. Quand ce fut fini :

— Merci beaucoup à tous deux, dit-elle avec une parfaite politesse. J'enverrai un chèque le premier. Pour l'instant je suis un peu à court.

— Voulez-vous parier que nous ne le toucherons jamais?

— Oh ! ce n'est pas l'argent qui me tracasse, dit Brade. C'est la fille elle-même. Tout ce qu'il y a de plus irresponsable. J'ai peur de cette engeance.

— Elle m'a solennellement promis de rester au lit trois jours pleins et de demeurer au calme le reste de la semaine. Elle est censée s'être fait enlever une grosseur superficielle à la cuisse. Et je dois aller lui faire un pansement chaque jour. Ainsi saurai-je ce qu'elle fait.

Spen secoua la tête :

— Tout cela ne me dis rien qui vaille.

Traversant l'entrée de l'hôtel *Saint-Charles*, le lendemain, Spen entendit dans le restaurant une voix familière dans ses intonations, une voix haute et claire et rieuse qui annonçait :

— Mais je *veux* chanter, je chante très bien.

Il s'avança jusqu'à la porte et regarda. Ethelreda Cassilis était installée dans un groupe de jeunes ménages et de débutantes de l'hiver précédent. Elle l'aperçut :

— Voilà mon séduisant jeune docteur. Venez vous asseoir et prendre un verre avec nous.

L'examinant avec colère et contrariété, Brade revint sur son instinctif mouvement de refus. Il fallait absolument faire quelque chose et vite. La main qu'elle lui avait tendue était sèche et chaude. Tous les signaux de danger flambaient sur son visage, yeux brillants d'un trop vif éclat, pommettes en feu. Et sur sa gorge délicate, une veine palpitait violemment. Il prit la chaise qu'apportait le garçon et accepta un whisky à l'eau, auquel il toucha à peine.

— Voulez-vous danser avec moi? demanda-t-il à Sally Arbuthnot, lorsque la musique reprit.

— Il me semble que vous auriez pu me le demander à moi, fit la beauté, d'un air boudeur.

— Vous, votre jambe doit être au repos complet! répondit-il avec autant d'emphase qu'il l'osa.

Elle lui fit un grimace :

— Vilain matou!

En dansant, il dit à Sally :

— Pouvez-vous l'emmener d'ici?

— Pourquoi? Elle est très bien! protesta l'autre.

— Emmenez-la à la maison, insista le médecin. Ne voyez-vous pas qu'elle est malade?

— Je vois qu'elle a bu. Elle dit qu'elle se sent épatamment bien.

— Elle brûle de fièvre. Faut-il que je discute avec vous?

Enfin impressionnée, Sally répondit :

— Viendrez-vous avec nous?

— Non certes. Mais je vais téléphoner au docteur Tyre.

Il fallut une discussion véhémente pour obtenir que l'invitée d'honneur se décidât à partir. Elle insista pour que le « séduisant docteur » les accompagnât.

— J'aime le séduisant docteur, répétait-elle avec des inflexions pathétiques. Ne séparez pas deux cœurs aimants.

Terriblement contre son gré, Brade se vit obligé de monter dans la voiture. C'était le seul moyen d'obtenir son départ. En arrivant à la porte des Arbuthnot, ils virent la voiture de Blanton Tyre, et le jeune médecin parvint à s'esquiver.

Spen eut une secousse le lendemain matin, en pénétrant dans le bureau de son chef. Celui-ci semblait incroyablement vieux et accablé. A la vue d son associé, il se mit à se balancer sur son siège. Des larmes coulaient sur ses joues bouffies.

— Qu'y a-t-il?

— La jeune Cassilis.

— Morte?

— Pas encore. J'ai passé toute la nuit à côté d'elle à l'hôpital. Péritonite générale.

— Dieu du ciel! Pourquoi ne m'avoir pas appelé?

— Je pensais qu'elle allait mourir entre mes mains. Je ne voulais pas vous compromettre là-dedans, Spen.

C'était bien la première fois que Spen voyait le vieux bonhomme manifester un sentiment honorable. Il en fut ému et alla lui poser la main sur l'épaule.

— Ressaisissez-vous. Nous sommes ensemble dans cette aventure. Remplacez-moi ici. Je vais à l'hôpital.

Il le laissa qui pleurait désespérément.

Une infirmière maintenait Ethelreda Cassilis

dans son lit lorsque Brade arriva. La jeune fille répétait dans la persistance de son délire :

— Non, je ne le ferai pas. Non, je vous dis que non. Vous ne pouvez pas m'y obliger et je ne veux pas, je ne veux pas.

Ce n'était pas un beau spectacle clinique. Les joues enflammées, les yeux mobiles, éclatants, qui ne reconnaissaient rien, la constante cueillette des draps et des couvertures, comme pour en retirer une active vermine, des phrases réitérées, des phrases dépourvues de sens mais toujours insistantes : tout cela, chacun pouvait le voir et l'entendre. Mais il s'agissait, pour l'œil exercé, pour la main habile, de découvrir le fond de l'histoire. L'abdomen rigide est tendu, les taches rouges sur les doigts et les orteils indiquaient des abcès secondaires dus à une circulation viciée par l'infection de la pyémie. Les crêtes aiguës de la feuille de température, le tableau des pulsations confirmaient ces symptômes. Blanton Tyre, qu'il aille au diable! n'avait rien fait faire au laboratoire, mais Brade pouvait imaginer le nombre élevé des globules blancs, les lamelles du microscope avec la culture sanguine aux pâles colonies de bactéries entourées par la zone claire de l'hémolyse. Il pouvait même imaginer, sous le microscope, les streptocoques en longues chaînes pourpres. Il pria avec ferveur pour que ce fût la forme hémolytique qui, elle, céderait aux remèdes et non l'autre, la forme anaérobique, dont les microbes, détruisant l'oxygène sur leur passage, résistaient eux, à tous les remèdes connus.

Une douloureuse lassitude l'emplissait. Il se secoua et se prépara à combattre.

— Thiazomyde, un gramme toutes les quatre heures : éponge froide contre la haute température, nota-t-il sur le livre des instructions à suivre.

Quand il partit, le tableau avait changé. La fille frissonnait et grelottait sous les couvertures, pendant qu'un feu incessant brûlait ses veines.

Brade sentait l'épée de Damoclès du désastre suspendue sur sa tête par le mince fil d'une vie de femme.

Il passa les vingt-quatre heures suivantes dans

un enfer glacé d'appréhension. Ni en bien, ni en mal, aucun changement ne se produisait. Tyre, inutile, effondré, ne paraissait même pas à l'hôpital. Castleman était boudeur, sournois inquiet. De toute évidence il savait ce qui se passait, mais ne tenait pas à en savoir davantage. Tout le fardeau était donc sur les épaules de Brade. Il appela le nouvel interniste, le docteur Percy Sewell, en consultation, et ils décidèrent le traitement héroïque : combattre le microbe mortel par des piqûres intraveineuses de sels de sulphothiazol.

Le troisième jour, Sally Arbuthnot apporta à l'hôpital un télégramme qu'elle venait de recevoir du père de l'agonisante.

Ne comprends rien à la maladie d'Ethelreda. Prie mon vieil ami Robert Powers, de Lakeview, de venir pour consultation avec médecins traitants. Veuillez arranger rencontre. Me conseillez-vous de venir ?

Richard N. Cassilis.

La terreur et le soulagement se partagèrent l'esprit de Spen. Dans le monde médical tout entier, il ne connaissait personne dont il eût souhaité aussi ardemment la présence que celle du vieux Powsie. D'autre part, il y aurait de pénibles questions posées, auxquelles il faudrait répondre. On verrait cela plus tard. Il câbla à Cassilis :

Vous aviserai si utile que veniez. Etat stationnaire.

Spencer Brade, M. D.

A quoi pourrait servir le père? A tous égards, il était plus sage de le tenir éloigné.

Le vieux Powsie arriva dans l'après-midi même, en dehors de tout horaire prévu. Il avait frété un avion. Il serra gravement la main de Spen, donna un coup d'œil à la patiente, un autre à la feuille de température, et demanda que la malade fût conduite à la salle d'examen. Lorsqu'il en sortit, le docteur Sewell, qu'il avait convoqué à l'hôpital, l'attendait à la porte. Il fit son enquête et donna ses ordres avec une concision powsienne.

— Quelle dose de sulphothiazol avez-vous administrée?

Spen la précisa, ajoutant :

— C'est tout ce que nous avons osé.

— Est-ce là votre opinion également, docteur Sewell?

— Oui, monsieur.

— Augmentez la dose de vingt-cinq pour cent.

— N'est-ce pas extrêmement dangereux, docteur Powers? hasarda Spen.

— Si. Mais, à la façon dont vont les choses, elle ne passera pas la nuit. Cela peut la sauver. C'est une femme vigoureuse.

L'infortuné Spen, sa force s'écoulant de lui à chaque heure de veille, demeurait auprès de sa malade. Chaque heure donnée à d'autres devoirs l'irritait. Il marchandait quelques heures de sommeil à son corps épuisé. Il observait le flux et le reflux de la vitalité dans ce jeune être brûlant, avec une attention absorbée qui dépassait de loin n'importe quel intérêt professionnel. Cachée dans les profondeurs de la chair, la bataille se poursuivait, vaguement indiquée par le code de signaux du pouls, de la température, de la respiration.

Le vieux Powsie entrait et sortait, examinait les feuilles, grognait, donnait ses instructions claires et brèves, disait quelques paroles d'encouragement à la jeune fille dans ses minutes lucides, conférait plus fréquemment avec Sewell qu'avec Brade. Le quatrième jour, il rencontra son ancien élève dans le couloir.

— Elle en est tirée, dit-il.

Spen tituba et tendit vers l'appui du mur une main tâtonnante.

— Rentrez chez vous, maintenant, et allez dormir, dit le vieux Powsie.

Le panorama du désastre frôlé de si près se déroula derrière les yeux de Spen tandis qu'il était assis dans sa voiture, trop vidé pour conduire : la mort de la jeune fille, l'enquête, le procès, Tyre et lui au pilori de la disgrâce publique, la condamnation probable, la ruine certaine, irréparable. Il se secoua pour conduire jusqu'à son hôtel. Il avait besoin de boire. Quelque chose de fort. Du brandy. Le barman le lui versa. Et il ne put même pas le porter à ses lèvres.

— Enlevez-le, Jim, dit-il. Je suppose que je n'en ai pas besoin.

— Malade, doc? demanda l'homme avec sollicitude.

— Non. Ça va. Epuisé, c'est tout.

Il monta à sa chambre, enleva son veston, déboutonna son col, se jeta sur son lit et s'écroula dans un profond sommeil. Le téléphone le réveilla.

— Hello, docteur Brade? Ici docteur Powers. Je pars dans une demi-heure. Je voudrais vous voir d'abord. Chambre 709.

« Exactement comme au vieux temps de Lakeview », pensa Spen. Mais, cette fois, une terreur nauséeuse était en lui. Il rafraîchit son visage à l'eau froide et s'en fut au 709.

Powsie, plus potelé, plus rose, plus soufflant que jamais, avec toujours la même vieille, indestructible dignité innée, la même force, lui indiqua une chaise.

— Je veux en savoir plus long au sujet de la jeune Cassilis.

— Oui, monsieur.

— Avortement, évidemment.

— Oui.

— Qui a fait l'opération?

— Moi.

— Médicalement nécessaire?

— Non, monsieur.

Un long silence suivit. Le grand maître alluma un cigare. Spen vit que la main qui avait accompli presque des miracles chirurgicaux tremblait; il en eut des picotements sous les paupières. Finalement, l'autre parla :

— Au moins, vous n'avez pas menti.

— Je n'aurais pas pu. Pas à vous. J'en avais l'intention en entrant. Je n'ai pas pu.

— Cela n'aurait servi à rien. Je savais.

Une autre pause. Sa voix était sombre lorsqu'il dit :

— Brade, j'ai un conseil à vous donner.

— Oui, monsieur.

— Je compte que vous le suivrez. Je vous conseille d'abandonner.

— D'abandonner ce cas? demanda Spen stupidement.

— D'abandonner l'exercice de la médecine. Vous êtes inapte. Je regrette d'avoir à vous le dire. Au revoir.

Il ne tendit pas la main.

Spen regagna sa chambre dans un vertige.

S'éveillant le matin, il se contraignit à une faible indignation. Quitter la médecine? Abandonner toute sa carrière? Pourquoi, par l'enfer, le faudrait-il? Que pourrait-il trouver d'autre à faire? C'était comme de conseiller le suicide. Au diable le vieux Powsie !

Il allait cependant quitter une chose. Et pour toujours. La dégradante pratique à laquelle, pas à pas, il était descendu. Plus jamais, avec l'aide de Dieu ! Il le jurait et pensait son serment avec une sincérité totale, jusqu'aux plus intimes profondeurs de son âme humble et terrifiée.

Il fit part de sa détermination à Blanton Tyre, prêt à démissionner à l'instant au cas d'une simple objection. Le vieillard lui dit d'une voix tremblante :

— Vous n'avez pas besoin de me le dire, Spen. J'en ai fini de cela pour jamais. Repasser par où nous venons de passer cette semaine? Pas pour tout l'or de l'Amérique.

Le chèque de Richard Cassilis pour mille dollars arriva au courrier. Spen prit sa part, fit un paquet de billets et l'envoya à la clinique James « de la part d'un ami ». C'était son sacrifice expiatoire.

27

EMMENEZ-MOI DINER.
— Important. — K.

Spen trouva ce mot sur son bureau après l'écrasante entrevue avec Powers. Il prévint Kenny de le rejoindre à leur restaurant habituel. Sa première parole fut :

— Tu as une mine effrayante, chéri.

— J'ai travaillé à en être usé jusqu'à la corde.

Elle parut sceptique.

— Et la boisson?

— J'en ai perdu le goût. Je suis d'aplomb, Kenny.

— Tant mieux.. C'est Adèle. Elle arrive aujourd'hui. Je viens de recevoir un câble.

— Adèle? Ah! oui, ta sœur. Quand veux-tu que je la voie?

— Peux-tu venir ce soir?

— Bien sûr. Qu'est-ce que je joue?

— Quoi?

— Dame. Comment me présenterai-je? Elle ne sait rien de nous, je suppose?

— Seigneur Dieu, non! Elle ne doit rien soupçonner. Ce serait une catastrophe pour elle. Elle me considère toujours comme une gamine. Prends garde où tu poses le pied. Tu es le docteur Brade. Je suis miss Mangan. Tu t'occupes d'elle par bonté de cœur, parce que je suis une employée de la clinique. As-tu bon cœur, chéri?

— Tu serais absolument stupéfaite de son excellence. En fait, je ne crois pas que tu l'aies jamais apprécié. Attends-moi pour huit heures, si cela te va.

Il n'eut pas plutôt posé les yeux sur Mrs Adèle Harrow qu'il reconnut l'exactitude de la définition donnée par Kenny. Bien qu'elle eût certainement atteint la quarantaine, il émanait d'elle une qualité de charme spirituel à la fois serein et gai. L'appel de son regard alla droit au cœur de Spen :

— Vous me direz la vérité, n'est-ce pas, docteur Brade? Je n'ai pas peur.

— Je n'en doute pas. Vous êtes capable de supporter une vérité. Mais j'espère que ce ne sera pas trop grave.

Une demi-heure plus tard, il était à même de donner son diagnostic.

— C'est ce que nous appelons un kyste ovarien. Ken... votre sœur vous dira qu'il n'y a rien de grave à cela. Il a pris sur nous une assez forte avance, mais cela ne doit présenter aucune difficulté. Pouvez-vous aller à l'hôpital maintenant?

— Si c'est ce que vous jugez préférable.

— Je vais téléphoner pour retenir une chambre. Nous enlèverons cette petite gêne demain matin, et vous vous sentirez bientôt en parfait état, comme autrefois.

Pendant que la malade préparait ses affaires, Kenny vint auprès de lui, glissa un bras autour de son cou et lui demanda à l'oreille :

— C'est vrai ce que tu as dit à Delly?

— Absolument vrai, dans la mesure où j'ai pu m'en rendre compte.

— Pas de tumeur maligne?

— Pas trace.

Elle pressa contre la bouche de Spen sa bouche frémissante :

— Chéri, je sais que tu feras de ton mieux. Je ne pourrais pas le supporter, s'il arrivait quelque chose à Delly. N'est-ce pas qu'elle est merveilleuse?

Spen sourit avec indulgence devant sa ferveur :

— Après une longue et étroite intimité d'un peu moins d'une heure, je n'hésite pas à dire que tu as raison.

De sa voix normale et au profit de sa sœur qui arrivait de la chambre à coucher, sac à la main, elle continua :

— C'est extrêmement chic à vous, docteur Brade, et nous apprécions beaucoup votre bonté. N'est-ce pas, Delly?

— C'est un bon monde, que celui où nous vivons, fit la voix douce et chaude de l'autre. Et le docteur Brade est un homme bon.

— Il n'y a vraiment pas de quoi dire cela, Mrs Harrow. Nous avons tous beaucoup d'amitié pour miss Mangan à la clinique.

— Elle dit que vous êtes un chirurgien merveilleux. Je ne me sentirais pas tranquille avec quelqu'un d'autre.

Après avoir installé sa malade dans une chambre particulière et s'être efforcé d'apaiser les appréhensions de Kenny qu'il reconduisait chez elle, Spen fut content de trouver son lit pour une bonne nuit de repos. Le sommeil, pourtant, ne voulait pas de lui. Son insomnie n'avait pas de rapport avec l'opération du lendemain : c'était besogne courante. Elle prenait racine dans la crise prolongée de l'avortement Cassilis, et elle était toute résonnante du sombre mépris de Powers. « Inapte » avait été son verdict. Le mot agissait sur la conscience de Brade comme un ulcère rongeur.

Il se leva, alla au meuble où il gardait une bouteille de bourbon en réserve et s'en versa deux doigts. Une heure plus tard, il fit suivre la première d'une seconde potion. De quatre doigts. Et cette fois le tour fut joué. Il dormit.

Tout alla mal le matin. Ses nerfs étaient à vif. Il trouva moyen de se couper en se rasant et perdit plusieurs minutes à chercher l'astringent tout en sacrant. Son déjeuner fut sans saveur et lui pesa sur l'estomac. En vertu de quelles circonstances diverses il arriva à l'hôpital en retard, fait très rare chez lui, qui se piquait d'une ponctuelle exactitude. Cela le troubla beaucoup.

Déja une tradition entourait le jeune docteur Brade à l'hôpital. Si tout était bien en place, il était de tous les opérateurs celui avec qui le travail était le plus facile : précis dans le moindre de ses mouvements, courtois avec les assistants et les infirmières. Mais il fallait que tout marchât comme sur des roulettes, la patiente anesthésiée sur la table, les aides prêts et s'attendant à lui voir prendre le scalpel tranchant comme un rasoir exactement à l'heure tapante.

Ses opérations étaient, normalement, des modèles de maîtrise et de perfection mécanique.

Ce matin-là, alors qu'il souhaitait faire vraiment de son mieux pour la sœur de Kenny, il semblait qu'un pouvoir mauvais eût pris la direction des événements. La malade n'avait pas été convenablement préparée avec des sédatifs — quelque interne avait omis de laisser les ordres qu'il fallait, — et elle prenait mal l'anesthésie, raidie et toussant à chacune des inhalations d'éther qui préparait la détente complète. L'infirmière chargée de la table aux instruments était une « nouvelle » Elle laissa tomber une cuvette d'émail sur le sol dallé au moment où il se préparait à faire l'incision. Le sonore tintamarre ébranla ses nerfs tendus. Il pivota vers elle :

— Au diable ! aboya-t-il.

Il se reprit en main avant de faire l'incision, l'entourant de serviettes blanches stérilisées avant de couper plus profondément, afin d'éviter aux tissus-sous-cutanés, plus vulnérables, l'accès des microbes venant de la peau. Il prit un bistouri intact et continua l'incision à travers l'enveloppe du péritoine mince comme du papier. Le kyste était bien là, comme il l'avait diagnostiqué, une substance globulaire, bleuâtre, de la taille d'un pamplemousse, posé à côté des organes génitaux. Il passa sa main autour. Des adhérences, évidemment ! « Bien sa chance, pensa-t-il, que la chose fût solidement maintenue. Un autre jour, elle serait venue tout simplement. » Avec une irritation croissante, il commença de détacher les fibres adhérentes pour arriver au pédoncule sur lequel poussait la tumeur. Enfin, celle-ci fut libérée et il put l'amener à lui; dans la mince tige du pédoncule, les vaisseaux sanguins battaient, clairement visibles.

— Ligature.

Le sombre fil de catgut chromé se plaça dans sa main tendue. Il pinça le pédoncule pour écraser les tissus, puis le ligatura avec le catgut.

— Scalpel.

Le scalpel, à son tour, se plaça dans sa main avec un petit claquement net contre la paume. Il coupa le pédoncule entre le kyste et la ligature et laissa tomber la tumeur dans la cuvette tendue, qui attendait.

L'appendice avait été enlevé au cours d'une opération ancienne.

— Suture finale.

— Docteur Brade — c'était Burling, l'interne de l'hôpital, qui parlait avec hésitaion de l'autre côté de la table — ne croyez-vous pas qu'il serait bon de ligaturer à nouveau ce pédoncule ou peut-être d'y passer une suture?

A tout autre moment, Brade aurait donné à cette suggestion de sécurité toute l'attention voulue. Mais, à présent, son irritation accumulée dicta la réponse :

— Est-ce que la qualité de catgut fourni par cet hôpital est inférieure? jappa-t-il.

— Non. Mais...

— Alors ma ligature fera son office. Pourquoi prolonger l'opération inutilement?

Il mit sur le dernier mot une emphase désagréable. — Le jeune médecin rougit.

— Très bien, dit-il.

Spen commença de recoudre les parois de l'abdomen avec des mouvements doux et réguliers. L'assistant ne disait plus mot. Le ton du chirurgien l'avait averti qu'il était préférable de ne pas pousser les choses plus loin. Ayant fini, Spen s'en fut au cabinet de toilette : il lui fallait se dominer. Il n'y avait pas lieu d'être brutal avec l'interne, parce qu'il souhaitait s'assurer deux fois plutôt qu'une que le pédoncule ne se délierait pas, occasionnant une dangereuse hémorragie. Les vaisseaux sanguins étaient forts importants. Peut-être, en effet, aurait-il dû suturer, passer une aiguille dans la tige de la ligature pour empêcher avec certitude le catgut de glisser. Eh bien ! c'était fait à présent. Mais à l'arrière de son esprit une pensée le tracassait : la certitude que là-bas, à Lakeview, au centre de Baltimore, alors que le temps ne signifiait pas de l'argent, il aurait fait la double ligature spontanément et tout naturellement. Allons, celle qu'il venait de faire tiendrait bon et solide. Pas une chance sur mille qu'elle glissât.

Il était dix heures quand il arriva au bureau. Kenny, qui avait déjà reçu une communication de l'hôpital, demanda, toute frémissante :

— Comment est-elle maintenant?

— Très bien. Je viens de la voir. Elle est sortie de l'éther. A peine de nausées.

— Je ne saurai jamais comment te remercier. Spen regarda par-dessus son épaule : il n'y avait personne à portée de voix.

— Sûrement si, tu sauras ! dit-il.

Elle répondit à son sourire.

— Peut-être... peut-être que oui.

Castleman Tyre apparut.

— Mon père ne descendra pas aujourd'hui, annonça-t-il. Il n'est pas bien encore. Quelqu'un vous a demandé sur la longue distance, Brade. On m'a passé la communication, mais je ne n'ai rien pu comprendre.

— Oh ! c'est vrai, intervint Kenny. Excusez-moi, docteur Brade, je voulais vous le dire. L'appel était de la plantation de Sasawatchie.

La plantation, à quelque trois cents kilomètres vers l'est, était, Spen, ne l'ignorait pas, un des lieux les plus fréquentés de la côte, désormais englobée dans la poussée vers le sud des multimillionnaires yankees.

— Je n'y connais personne. Qui était-ce?

— Il n'a pas voulu donner son nom, dit Castleman tout en sortant.

— Vous vous rappelez ce séduisant étranger qui est venu vous voir il y a deux ou trois mois, dit Kenny.

— Oui.

— Il m'a bien semblé que c'était son drôle d'accent.

Tony d'Zaril? Qu'est-ce que cela pouvait vouloir dire? Du chantage encore?

— Demandez la plantation, dit-il et voyez si vous pouvez ravoir la communication.

— Quel nom?

— Pas de nom. Demandez simplement si quelqu'un m'a appelé.

Au bout d'une demi-heure, elle le sonna :

— Le voici.

La voix, malgré tout son entrain et sa fluide douceur, était faible :

— Docteur Brade? Ici Miami. Tony. *Compris* (1)?

— Oui.

— Pourriez-vous venir jusqu'ici?

— Difficilement. J'ai beaucoup à faire.

— Cela aussi. Affaire.

— De quelle sorte. Un guet-apens?

— Non. Pas un guet-apens, mon ami. Je crois que vous feriez mieux de venir.

— Est-ce une menace, alors? Ça en a l'air.

— Je ne suis pas en état de menacer.

Spen pouvait entendre la respiration haletante au bout du fil.

— Il est important que vous veniez, important pour vous comme pour moi, et pour une autre aussi.

— Je serai là dans deux heures, promit Spen.

D'après l'appartement qu'il occupait, le comte d'Zaril semblait un hôte de choix, honoré et important. Très malade aussi, apprécia l'œil professionnel du médecin, regardant le pâle visage calé contre les oreillers sur la chaise longue.

Mais qui n'en fit pas moins appel à son conquérant sourire pour l'accueillir.

— C'est vraiment bon à vous, docteur Brade.

— Qu'avez-vous à me dire?

— J'aimerais aussi le dire à votre femme, si c'était possible.

— Plus aucun espoir d'argent de ce côté.

Spen fit cette assurance très catégoriquement. Le malade ferma ses yeux las et les rouvrit comme si des poids étaient attachés à ses paupières.

(1) En français dans le texte.

— Vous vous trompez, dit-il d'une voix morne. Que pourrais-je encore faire de l'argent?

— J'imagine que vous en trouveriez toujours l'emploi.

— Vous pensez que c'est pour cela que je l'ai épousée?

— Évidemment.

— Vous êtes idiot, mon ami, fit faiblement d'Zaril. C'est à elle que vous faites un pauvre compliment. Est-il donc absolument en dehors de vos possibilités de compréhension de saisir que je l'aimais?

Une fois encore, il ferma les yeux. Quand il les rouvrit, ils brûlaient d'un feu étrange.

— Que je l'aime encore? dit-il. On ne se détache pas si simplement d'une femme comme elle. Ai-je besoin de *vous* dire cela?

Ebranlé, Spen répondit :

— En rentrant, je lui demanderai si elle veut venir.

— Peut-être ne voudra-t-elle pas Peut-être est-ce mieux ainsi. Elle ne m'a jamais aimé. Elle a été entraînée. Peut-être, avec le temps, m'aurait-elle aimé? Et vous, vous aime-t-elle?

Saisi par la spontanéité de la question, Brade répondit :

— Non.

— Alors, je suis navré pour vous, mon ami. Car vous devez l'aimer, sûrement. Si jeune, si belle, si gaie, si confiante.

— Elle a eu confiance en vous, répliqua durement Brade. Mais est-ce pour me raconter tout cela que vous m'avez fait venir?

— Non. Pour des choses d'une portée — d'une portée plus pratique. Voulez-vous être assez aimable pour prendre la grande enveloppe dans ma serviette?

Spen lui apporta un document d'apparence officielle, que l'autre, parlant avec effort, garda dans ses deux mains.

— Beaucoup de discours ne me valent rien. Je serai bref. Je vous avais dit, vous vous souvenez, que je pouvais fournir la preuve de la mort de la comtesse d'Zaril avant mon mariage avec miss Grahame?

— Oui.

— C'était vrai. Mais c'était une *soi-disant* comtesse d'Zaril. J'ai employé ce subterfuge pour des raisons de... dirons-nous... pression financière?

— Une excellente formule, fit sèchement Brade.

— Il y avait réellement un mariage précédent, jamais dissous, toujours légalement liant. J'ai — comme vous dites, vous autres Américains — j'ai vu du pays. Ces papiers établissent le fait que la première comtesse d'Zaril est vivante à Buenos-Aires.

— Ils sont à vendre, j'imagine. Et un bon prix?

— Ne puis-je pas vous faire comprendre que l'argent ne m'intéresse plus, expliqua patiemment d'Zaril. Je vous offre de bon cœur ces preuves, emportez-les. Elles vous établissent comme le seul mari légal. Je vous envie, mon ami.

Il posa les papiers dans la main du jeune homme.

— Pourquoi me dites-vous cela?

— A cause de Carol. A cause — un peu — à cause de vous — parce que je vous aime bien. Vous n'avez pas l'air content?

— Parce que ma femme divorce et que ces documents rendront le divorce plus facile. Mais vous ne pouvez pas comprendre cela.

— Non. Mais je suis peiné pour vous qui l'avez perdue. Vous devez avoir été bien stupide — ou pire?

— Pire.

— Alors, vous n'êtes pas en situation de plaider pour moi? demanda-t-il avec mélancolie.

Un flot de pitié se leva dans le cœur de l'autre.

— Si. Nous ne sommes pas en mauvais termes. J'irai lui dire et je suis sûr qu'elle viendra vous voir.

— Je n'ai aucun droit de m'y attendre. Mais elle est bonne et généreuse. Peut-être pourrai-je lui faire comprendre, à présent, que ce n'était pas son argent. Que c'était elle-même. J'aimerais qu'elle sache cela.

Il sourit encore :

— Mais il ne reste plus beaucoup de temps. Regardez-moi avec l'œil du médecin et vous comprendrez cela.

— Y a-t-il quelque chose que je puisse faire?

— Rien, seulement ce que je vous ai demandé. Au revoir.

Spen se trouva tout à coup échangeant une poignée de main avec lui, ce qui n'avait pas été son intention en arrivant.

— Vous vous en tirerez encore, d'Zaril.

L'autre secoua la tête. Le sourire flottait toujours au coin de la bouche mobile :

— Une bonne vie, ce fut une bonne vie, dit-il. Et, en partie, belle.

Sur la route du retour, Brade méditait ces dernières paroles.

Avant peu, d'Zaril serait mort. Ses épaules seraient délivrées de ce fardeau. Il y avait assez d'argent à la banque pour liquider sa dette à Carol. Il serait libre. Il pourrait quitter les Tyre — au diable son contrat! — emmener Kenny avec lui et recommencer pour son propre compte, mais cette fois avec une réputation croissante. Il était encore bon, aussi bon qu'il l'avait jamais été, il savait qu'il était bon... La voix calme et sévère du vieux Powsie disait en son cerveau : « Inapte »...

Brade avait atteint les faubourgs de Charlesville. Du pont, il pouvait plonger le regard dans les plaines de l'Helminthe et voir le nouvel hôpital James qui sortait de terre, simple, rectangulaire, stable, solide. Il se demanda vaguement si Owen James avait trouvé la vie belle... Lui aussi était épris de Carol... Encore Carol!... Chaque pensée de son esprit allait-elle le ramener à Carol?

Il était tard. Allait-il retourner au bureau à cette heure? Subitement, il se sentit très fatigué. Il décida de rentrer à l'hôtel et de s'allonger. Peut-être de prendre un verre d'abord, pour sortir de cette dépression qui l'accablait. Il pourrait, de là, téléphoner au bureau.

Le barman avait un message pour lui. L'hôtel transmettait ses messages au bar. Il se fit l'amère remarque qu'un tel fait était fâcheusement significatif de ses habitudes, montrait quel client régulier il était devenu, sans s'en rendre compte. Le message était de l'hôpital : voudrait-il y appeler le docteur Sewell dès son retour? Sewell? Qu'est-ce que

Sewell pouvait bien faire à l'hôpital? Quelque urgence, sans doute, arrivée à la clinique, et aussitôt dirigée sur Markland.

Il se rendit à la cabine. La voix de Sewell au bout du fil :

— Brade? Arrivez aussitôt que possible.

— A cause?

— Le kyste opéré ce matin. Elle fait une hémorragie. On a essayé de vous toucher, et Burling a tellement insisté que j'ai quitté la clinique et suis venu ici.

— Hémorragie? répéta Spen, stupide.

— Oui. Ne vous arrêtez pas à en parler. Accourez !

Plutôt que de perdre du temps à ressortir sa voiture du garage, Spen sauta dans un taxi.

— Urgence, dit-il au chauffeur. Fond de train! Je m'arrangerai avec la police.

Hémorragie! Ainsi la ligature simple à laquelle il s'était fié avait dû glisser du pédoncule de la tumeur! Avec un frémissement, il se rappela la forte taille des vaisseaux sanguins dans cette mince tige. Il savait combien promptement ils pouvaient occasionner un épanchement fatal. Grâce au ciel, Sewell était un homme capable. La première question que posa Spen fut :

— Qui est avec vous?

— Personne que le chirurgien de l'hôpital. J'ai craint les commentaires, si j'appelais quelqu'un du dehors.

— Bien.

— Nous avons mis les internes à échantillonner des donneurs pour la transfusion. Elle aura besoin de sang aussi vite que nous pourrons lui en fournir.

Au chevet, Brade trouva le chirurgien-résident, le jeune Burling, penché sur la malade, un appareil à la main. Accroché à une étagère à côté du lit, un flacon contenant une solution d'un brun jaunâtre; un tube de caoutchouc le reliait à une aiguille plantée dans la veine du bras.

— Ils n'ont pas fini des examens du sang, dit-il. Je lui donne du sérum en attendant.

Sewell regarda sa montre-bracelet.

— Il s'en faut d'une demi-heure avant que nous ayons le sang.

— Nous ne pouvons pas attendre aussi longtemps, dit Brade avec décision.

Un coup d'œil lui avait fait comprendre qu'Adèle Harrow perdait le sang avec une extrême rapidité : ce visage pâle, ces gouttes de sueur perlant sur le front plus vite que l'infirmière ne pouvait les éponger, le pouls rapide, faiblement perceptible, le constant appel haletant : « Pourquoi ne puis-je avoir de l'air? », tout indiquait l'hémorragie, l'hémorragie interne qui allait continuer, cachée au fond de l'abdomen, jusqu'à ce que le cœur cessât de pomper, parce qu'il n'y avait plus rien à pomper dans les vaisseaux. Le sérum coulant dans les veines donnerait au cœur un liquide presque semblable au sang, sur lequel travailler. Des vies avaient été sauvées de la sorte, en certaines urgences temporaires, ou après un choc opératoire, mais Brade savait qu'en ce cas ce ne serait pas suffisant. Rien ne pourrait la sauver que d'arrêter l'hémorragie et de remplacer une partie du sang perdu.

— Faites apprêter la salle d'opération, dit-il à l'infirmière surveillante, debout à son côté. Transportez-la avec précautions. Laissons l'aiguille dans la veine. Il est probable que nous lui ferons une autotransfusion.

« L'autotransfusion représentait la meilleure espérance, » pensait-il au vestiaire en arrachant sa cravate, enlevant rapidement le reste de ses vêtements et enfilant un des complets d'opération pendus à une étagère dans un coin. On ne disposait pas du temps suffisant pour avoir le sang d'un donneur.

— Faites monter un technicien ici, cria-t-il par l'entrebâillement de la porte à une infirmière qui passait. On peut assortir le sang pendant que nous opérerons.

Il entra dans la salle d'opération, tout en nouant derrière ses oreilles les cordons de son masque.

Il y eut dans la pièce un remue-ménage silencieux d'activité ordonnée. Une infirmière étendait sur la table des pansements stérilisés, tandis qu'une autre, sur une autre table, arrangeait les instruments en rangées brillantes.

— Faites apporter une solution de citrate de soude dit-il à la surveillante. Et une paire de cuvettes d'émail pour recevoir le sang de la cavité abdominale.

La surveillante se dépêcha d'y aller. Un interne arriva, hors d'haleine, nouant son masque avec des doigts encore malhabiles. Spen commença de se brosser les mains. L'anesthésiste était à son coude :

— Puis-je commencer l'anesthésie, docteur Brade?

— Attendez que je l'aie préparée, que j'aie placé les draps, serviettes et pansements. Elle ne peut pas supporter beaucoup d'anesthésiant. Un peu de gaz seulement.

L'anesthésiste marqua de la tête qu'elle avait compris et retourna auprès de son appareil brillant, avec ses réservoirs argentés et ses valves. La table opératoire fut roulée dans l'espace éclatant de clarté sous les grosses lampes. Le médecin-résident était sur la gauche, tenant haut un flacon de solution d'acacia. Sewell ajusta à ses oreilles les deux pointes d'un stéthoscope et pressa la poire de l'appareil à pression sanguine.

— Est-ce que l'intraveineuse marche bien, docteur Burling? s'informa Brade.

Il fit un signe affirmatif. Sewell ôta les pointes de ses oreilles et releva la tête :

— Assez faible ! fit-il.

Il va falloir travailler vite. Peut-être même était-il déjà trop tard, mais Brade repoussa cette pensée. Il avait déjà perdu des malades, parfois même dans des cas où il ne s'était pas attendu à les voir mourir. Mais c'était la première fois qu'une patiente était presque condamnée du fait de sa propre négligence. Il ne fallait pas y penser à présent. Toutes ses pensées, tout son esprit devaient se concentrer sur la double nécessité d'arrêter l'hémorragie et de remplacer le sang perdu.

Travaillant avec rapidité, il peignit le ventre d'un antiseptique rouge éclatant. L'incision qu'il avait le matin même adroitement fermée de points de soie noire paraissait bizarre contre la peau blême. Il allait la rouvrir. Ce serait plus rapide et plus sûr, car la paroi abdominale ne saignerait pas. Et chaque goutte sauvée comptait désormais.

— Vous pouvez y aller.

Un signe à l'anesthésiste qui tourna divers cadrans et disques sur son appareil, puis ajusta le masque sur le visage de la femme allongée, qui remua faiblement lorsque le gaz âcre pénétra dans ses poumons.

— Cyclopropane?

L'anesthésiste fit signe que oui. C'était le meilleur anesthésiste pour une crise de ce genre, car une forte proportion d'oxygène y était mêlée. Cette patiente ne pourrait supporter même la plus légère asphyxie partielle. Il restait trop peu de globules rouges en circulation, à peine assez pour porter l'oxygène qui la maintenait en vie.

Brade enlevait avec une prompte précision les fils de soie noire posés en suture terminale le matin, puis, à mesure que ses mains pénétraient plus profondément dans le corps, il coupait successivement les catguts rapprochant chacune des épaisseurs souscutanées.

Le péritoine n'avait pas son apparence habituelle de parchemin, mais était d'une couleur bleu foncé qui indiquait une grande quantité de sang librement répandu dans l'abdomen.

— Le citrate est prêt?

L'infirmière en charge des instruments tendit une cuvette d'émail au fond de laquelle était un peu de solution limpide. Elle tenait dans l'autre main une tasse d'émail qui allait servir à écoper le sang dans la cavité abdominale. Le citrate empêcherait le sang de se coaguler, le garderait fluide, afin qu'il puisse être pompé à l'aide du tube de caoutchouc et, par la veine du bras, remis dans la circulation.

Le péritoine ouvert, un flot de sang jaillit aussitôt, que Brade ne tenta pas de saisir, laissant l'interne manœuvrer tasse et cuvette du mieux qu'il pouvait. La chose importante maintenant était d'assujettir dans une pince ces vaisseaux jaillissants; il y aurait beaucoup de sang dans la cavité pelvienne qui ne s'écoulerait pas au-dehors. Il enfonça profondément sa main gantée à la recherche du pédoncule. Pendant un angoissant moment, ses doigts ne rencontrèrent que de molles boucles d'intestin, puis atteignirent le haut de la matrice et glissèrent vers le côté où il se rappelait avoir saisi la mince tige. Il sentit contre son doigt battre un faible jet de sang et comprit que c'était l'artère du pédoncule, le morceau coupé, partiellement rouvert, qui répandait du sang dans le ventre en un ruissellement saccadé. Ses doigts maintenant se fermaient sur le moignon; il pouvait sentir l'artère qui battait, tentant vainement de faire passer son flux entre les doigts joints.

— Je le tiens, annonça-t-il.

On entendit un unanime soupir de soulagement.

— Pince Kelly.

L'instrument était déjà dans sa main gauche tendue. Affermissant sa prise, il le fit glisser le long de sa main droite jusqu'à ce qu'il pût écarter les mâchoires de la pince et les serrer autour du moignon. C'était une affaire minutieuse, car s'il serrait quelque point vital, une boucle d'intestin, par exemple, il y aurait un grave gâchis. En fin de compte, il eut la certitude que seul le pédoncule était pris. Il serra doucement et entendit le clic-clic-clic rassurant des crochets qui s'engrenaient.

— C'est fait, annonça-t-il. Maintenant, le sang dans ses veines le plus promptement possible. La ligature du pédoncule peut attendre jusqu'à ce que la transfusion soit commencée.

Soigneusement, ils écopèrent la sombre flaque de sang du corps de la femme et le versèrent dans la cuvette contenant la solution de citrate. Une infirmière tournait lentement le contenu, pendant qu'une autre entourait la cuvette de linge bouillant, pris dans le bassin chauffé électriquement. Bientôt, il y en eut près d'une pinte où nageaient quelques caillots. Sewell versait soigneusement le reste du sérum dans le flacon toujours relié à une veine. La surveillante, prenant avec une pince stérilisée un entonnoir de verre, le laissa glisser dans le col du flacon et Spen y versa attentivement le sang qui parvenait filtré dans le flacon et le remplissait.

Sewell desserra une pince posée sur le tube de caoutchouc, et le sang commença de couler dans la veine.

— Tout va bien, annonça-t-il.

C'était un procédé hasardeux et compliqué que cette autotransfusion, mais elle sauvait fréquemment des vies lorsqu'on n'avait pas de sang étranger sous la main. Bien sûr, pas mal de sang se trouvait perdu, mais ce n'était pas grave. Le retour dans la veine de tout le sang retiré du ventre écartait le danger d'exsanguination totale. Cela soulagerait la patiente, apaiserait sa faim d'air respirable et ramènerait la tension à un niveau plus rassurant. Par la suite, il serait simple de compléter avec une transfusion du sang d'un donneur de même catégorie qu'elle.

— La tension monte, le pouls se calme, annonça Sewell d'un ton satisfait.

Ce fut comme une musique bienvenue aux oreilles de Spen, mais il restait du travail à faire. Dans la cavité maintenant dégagée, il voyait le pédoncule, y voyait battre l'artère qui avait donné tant de mal. La première ligature était toujours en place, mais, d'une façon quelconque — et il ne prit pas le temps d'un examen qui lui eût fait comprendre comment — l'artère s'était retirée de la boucle de catgut. Cette fois, il fit sa fixation à l'aiguille avant d'assurer une nouvelle ligature. En serrant le dernier nœud, il se dit seulement que ce vaisseau-là ne causerait plus d'hémorragie.

— Cela va bien?

Il prenait l'aiguille et un long fil de suture pour refermer le péritoine.

— La pression monte et le pouls s'apaise, répondit l'anesthésiste.

Un regard d'interrogation au docteur Burling, à côté de son flacon à transfusion.

— Sept cents centimètres cubes passés, dit-il. Il en reste environ mille à passer encore.

— Ça devra lui faire le plus grand bien. Couche après couche, il refermait la paroi abdominale, replaçant les points de suture qu'il avait coupés dans son hâtif passsage vers la source de l'hémorragie. Il sentait se détendre la tension qui l'avait soutenu pendant toute l'opération. Tous ses muscles faiblissaient. Il devait donner un effort sensible pour pousser chaque aiguillée. Il serait heureux, maintenant que tout allait être terminé au mieux, de se restaurer avec du café brûlant et de la nourriture chaude que tous ses nerfs réclamaient.

— Ça été du beau travail, Brade, dit Burling, de l'autre côté de la table.

Spen souriait de soulagement quand la voix de l'anesthésiste effaça ce sourire.

— Docteur Brade, elle ne respire plus !

Il bondit jusqu'à la table en arrachant ses gants.

— L'anesthésique?

— Non. J'ai arrêté il y a déjà plusieurs minutes.

— Le pouls.

— Toujours fort. Sa tension était bonne à l'instant.

— Adrénaline.

Il arrachait les enveloppements stérilisés pour commencer la respiration artificielle.

Il n'avait pas fini de parler que l'infirmière était près de lui avec la seringue. Il sentait le pouls, un peu rapide, mais fort et régulier. Aucune respiration discernable cependant. Les lèvres bleuissaient. Il souleva une paupière, la lumière toucha la pupille qui ne changea pas. Aucune contraction rassurante.

— Allons-y, dit-il vivement à Sewell qui avait contourné la table, se trouvait en face de lui et débarrassait le bras du linge qui le fixait.

Entre l'avertissement de l'anesthésiste et l'instant où les deux hommes commencèrent les mouvements de respiration artificielle, levant et abaissant alternativement les bras, de façon à produire l'extension et la compression successives des poumons, dix secondes à peine s'étaient écoulées. L'anesthésiste tenait un masque d'oxygène sur le visage livide, tentant d'en faire entrer dans la circulation. L'adrénaline injectée ne semblait avoir produit aucun effet.

— Comment est le pouls?

La voix de Spen était rauque.

— Il bat toujours un peu plus faiblement.

— Le teint reprend-il de la couleur?

— Elle est très cyanotique (1), mais cela ne semble pas s'aggraver.

(1) Bleue, par manque d'oxygène.

« Non, ce n'était pas possible, se disait Spen, tout en continuant les mouvements. Perdre une patiente après que l'hémorragie est arrêtée, après que la transfusion est faite, que le sang circule de nouveau dans les vaisseaux. C'est impossible. Et pourtant il la perdait, elle était perdue. Arrêt respiratoire. Pourquoi? Pourquoi? Elle avait eu un peu d'anesthésique, beaucoup d'oxygène. L'opération était terminée. »

Il regarda Sewell qui regardait Burling avec un sourire douloureux et perplexe, et Burling ne regardait personne.

— Je ne sens plus le pouls, dit l'anesthésiste.

Le cœur de Spen se serra, mais il n'abandonnait pas encore, il n'abandonnerait pas sans avoir tout tenté.

— Prenez ma place ici, Burling, dit-il au résident.

Puis, à la surveillante :

— Avez-vous une seringue et une longue aiguille?

Elle avait prévu son désir et tendait sur un plateau les objets demandés.

— Intracardiaque?

Remplissant la seringue d'adrénaline, il répondit d'un signe de tête. Une injection intracardiaque d'adrénaline, c'était le plus puissant stimulant connu de la circulation. On l'avait vu remettre en marche un cœur qui avait pratiquement cessé de battre.

Il désinfecta à l'éponge d'alcool une surface de la poitrine au-dessus du cœur et plongea la longue aiguille entre deux côtes, à travers le péricarde, membrane enveloppant le cœur, puis à travers le myocarde, le muscle même du cœur. Il tira légèrement sur le piston, et dans la seringue un jet sombre se mélangea à la solution limpide, témoignant que l'aiguille avait atteint la cavité du cœur. Alors il poussa le piston vivement, retira l'aiguille. Si cela ne rendait pas, rien ne rendrait. Il reprit sa place et continua les mouvements respiratoires. Combien de temps? Cinq, dix minutes? Il ne savait pas. Tout à coup il vit Sewell secouer la tête, tandis que son stéthoscope reposait sur la calme poitrine.

— Inutile. C'est fini, dit Burling.

— Mauvaise chance, mon vieux, fit Sewell avec sympathie. Vous avez vraiment fait tout ce qu'on pouvait faire. Embolie respiratoire, je pense. Vous ne pouviez pas empêcher cela. Personne ne pouvait. (Il regarda Brade attentivement.) Dites donc! Permettez-moi d'envoyer quelqu'un à l'économat chercher une gorgée de brandy. Vous avez l'air vidé !

— Ça va très bien, dit Spen d'une voix morne. Laissez-moi sortir d'ici.

A la porte il vit un taxi qui déposait deux voyageuses, Kenny et sa compagne d'appartement, Bertha. Le petit visage de Kenny était un vrai masque d'agonie. Comme elles approchaient, Spen se ramassa dans un coin. Elles passèrent sans le voir.

Il chercha des yeux sa voiture, se rappela avec effort qu'elle n'était plus là, et s'en fut à pied.

28

DEUX infirmières stagiaires se tenaient sur le perron de l'hôpital Markland : les potins sont la vie même des stagiaires. La plus grande prononça :

— Je vous l'avais bien dit qu'il baissait.

Et la plus petite :

— Tout de même, si quelque chose se détraquait dans mon intérieur, j'aimerais mieux être traitée par Spencer Brade que par n'importe quel médecin opérant ici.

— Oui. Mais ça, c'est parce que vous êtes pour lui comme la plupart des piquées de cet hôpital, riposta la première avec un petit rire désagréable qui ressemblait à un caquet de poule. Il a très certainement cafouillé dans le cas de ce kyste ovarien.

— Qu'est-ce que vous voulez dire, cafouillé? Ça arrive à tout le monde de perdre un client! C'est arrivé à tous les chirurgiens.

— Pas comme ça, tout de même! Vous ne savez donc rien? Burling l'avait averti que sa ligature n'était pas solide. C'est tout juste s'il n'a pas envoyé Burling coucher avec une pilule somnifère. Et il a refermé le tout sans passer une suture dans le pédoncule. C'est pourquoi elle est morte, vidée par l'hémorragie. Saignée à blanc.

— Je n'en crois rien. (Elle défendait héroïquement ses positions.) C'est l'opérateur le plus minutieusement attentif que j'aie jamais vu.

— Soyez donc pas idiote ! Billie Springer me l'a dit. Elle était de service à la table d'opération. On dit qu'il boit sec depuis quelque temps. Et sa femme l'a balancé. C'était miss Grahame, la belle de la haute de Charlesville, vous savez. Tonnes d'argent !... Oh ! Bertha, venez un instant par ici.

Bertha May, se rendant à l'injonction, prévint :

— Dites ce que vous avez à dire, Caroline, je suis pressée.

— Une demi-seconde. Vous connaissiez le kyste ovarien, pas vrai, la patiente de Brade?

— Oui. C'était la sœur de ma camarade d'appartement.

— Je racontais justement à Caroline comment Brade a loupé l'opération.

— Quoi? questionna vivement Bertha.

La stagiaire répéta son compte rendu avec quelques embellissements. A mesure que s'écoulait le flot de paroles, le visage de Bertha pâlissait et se pinçait.

— Ecoutez, vous ! Vous allez me faire le plaisir de fermer cette grande bouche ouverte. Je ne veux pas que Kenny Mangan entende ça. Elle est presque à bout de forces, la pauvre gosse, ça l'achèverait; si elle apprend que la mort d'Adèle était évitable, elle ne s'en remettra pas.

— Aucun doute qu'elle l'apprenne, dit aigrement l'autre. Ça court tout l'hôpital.

— Ça va. En tout cas, je vais lui éviter de le savoir jusqu'à ce qu'elle soit mieux en état de le supporter.

Toute la journée du lendemain, Bertha fut occupée par les démarches nécessaires pour faire rapatrier le corps par chemin de fer. Kenny demeura chez elle avec son chagrin. Une fois elle demanda :

— Pas un mot de Spen?

— Non.

— Etes-vous sûre qu'il n'a pas appelé?

— Je ne crois pas. Il n'est peut-être pas en ville.

Le petit visage trembla d'émotion.

— Je pensais qu'il passerait. Ou, du moins, qu'il enverrait un mot. Etes-vous sûre, Bertha?

Bertha n'était que trop sûre. Il y avait des fleurs des Tyre, avec une note amicale du senior, des fleurs de Terry Martin et du docteur Sewell et du docteur Palfrey, car Kenny était très aimée à la clinique. Rien de Brade.

— Ce qu'il y a de mieux à faire, c'est de l'oublier, dit durement son amie.

En route pour le train de huit heures du matin, Kenny se rappela quelques papiers qu'elle avait laissés sur son bureau et qu'elle désirait avoir avec elle. Elle fit attendre le taxi et monta. Entrant avec sa clef particulière, elle vit, jeté sur une chaise de la salle d'attente, un imperméable boueux, froissé, défraîchi. Une boule lui serra la gorge, elle se hâta vers le bureau de Spen. Il était étalé en avant sur sa table de travail, les yeux clos, le visage rouge sombre. Elle lui saisit l'épaule :

— *Spen! Spen!* réveillez-vous.

Il se secoua en grognant. Courant au filtre d'eau glacée, elle remplit un gobelet et versa une partie du contenu sur sa nuque, le reste sur son front. Se remuant, mal à l'aise et lourd, il finit par ouvrir les yeux. Lentement le souvenir y remonta; il la reconnut.

— Kenny, dit-il. Ken. En noir. Toute en noir.

Pour le moment elle repoussa son propre chagrin, bouleversée par sa sollicitude pour lui.

— Levez-vous, Spen. Il faut sortir d'ici. Dans quelques instants, tout le monde arrivera au bureau.

— Toute en noir. Alors elle est vraiment morte!

— Oh ! Spen !

— Je n'ai pas pu l'empêcher, Kenny. Je n'ai pas pu l'empêcher. Je jure devant Dieu que je n'ai pas pu l'empêcher.

— Je sais que vous n'avez pas pu, chéri. Le docteur Sewell m'a dit que vous aviez été admirable. Tâchez de vous tenir debout à présent.

Elle parvint à le faire mettre sur pieds.

— Voulez-vous que je vous reconduise à votre hôtel?

Il se ressaisit, par un puissant effort.

— Non, merci. Je puis y arriver, maintenant.

Il la regarda avec une sorte de trouble horreur.

— Vous savez comment c'est arrivé?

— Ne me racontez rien. Je sais que vous avez fait de votre mieux. Tout votre mieux. Tous ils ont fait de leur mieux. Oh! Spen! ne me laissez pas pleurer à nouveau... Venez, venez, vite.

Elle le conduisit jusqu'à l'ascenseur et l'y fit entrer avec elle, puis le mena à la rue. Il dit qu'il irait à pied, se rendrait tout droit à l'hôtel et se coucherait. Elle le suivit des yeux et le vit tourner au coin de la rue avec un pressentiment...

Jouissant d'un des rares moments de loisir qu'ils connussent en ce lieu affairé, Terry Martin et Owen James étaient assis, fumant en silence dans le bureau de l'hôpital. Terry, qui avait lancé un coup d'œil par la fenêtre, s'informa paresseusement :

— Est-ce que nous acceptons les *delirium tremens,* patron?

— Nous acceptons tout ce qui se présente.

— Eh bien! en voici un bien beau, si j'ai quelque précision de diagnostic, et qui nous arrive par ses propres moyens.

Tout à coup, il bondit de son fauteuil.

— Sainte Mistoufle! s'exclama-t-il, et il fila hors de la pièce.

Hors de vue de la fenêtre, il appréhenda le nouveau venu, qui était fort occupé à enlever avec difficulté de son chemin deux grandes feuilles mortes sur lesquelles il craignait de trébucher.

— Eh bien! vous voilà joli garçon, pas vrai! dit Martin, en guise de bienvenue.

Spencer Brade, M. D., leva la tête. Son visage n'était qu'une masse grisâtre agitée de tics.

— Je suis, comme vous dites, un joli garçon. Et si ça vous intéresse de le savoir, je suis aussi un meurtrier.

— Quoi? fit Terry, momentanément désarçonné. Qu'est-ce que c'est que cette histoire?

— Je désire voir Owen James, fit Brade, parlant minutieusement.

— Il est occupé. Feriez mieux de venir dormir d'abord.

— Peux pas dormir. Son visage ne me le permet pas. Si paisible, si beau.

— Oh ! des histoires de femme !

— De la femme que j'ai tuée.

— Comment???

— Sur la table d'opération.

Terry soupira de soulagement. Jusqu'alors il avait craint que cet ivrogne dément n'eût réellement assassiné quelqu'un.

— Je veux me confesser à Owen James.

— Que non pas ! riposta avec décision Martin. Owen James a bien assez de ses propres embêtements. Vous allez venir avec moi et je vais vous faire une petit piqûre au bras.

Une fois son nouveau patient endormi et en sécurité dans une chambre du haut, Terry Martin fit son rapport au patron.

— Que croyez-vous qu'il veuille dire avec cette histoire de meurtre?

Bien qu'il ne potinât jamais, ou peut-être pour ça, Owen James était le reposoir de quantité de renseignements; il semblait parfois les recueillir sans effort, dans l'air du temps.

— Il a fait une maladresse. Ça nous arrive à tous. Ce fut son malheur que celle-ci ait mal tourné.

— Ça l'a bien sonné ! J'ai cru comprendre qu'il a quitté les Tyre. Il jure qu'il ne touchera plus jamais un scalpel.

— C'est une âme malade, mais il s'en tirera.

Au casse-croûte d'ale et de fromage, l'équipe tint conseil. Après avoir entendu ce que Terry et Owen avaient à raconter, Flick Fleming, en qui l'épisode de l'Académie de médecine n'avait laissé aucun ressentiment, dit :

— Je me rappelle le vieux Powsie, à Lakeview, disant à la classe de ceux qui allaient passer leur dernier examen :

Messieurs, je ne crois pas qu'il y ait au monde un seul chirurgien parmi les meilleurs qui ne se soit jamais réveillé la nuit, trempé de sueur froide, pour se dire que, s'il avait fait ceci ou cela, ou s'il n'avait pas fait ceci ou cela, le malade vivrait peut-être encore.

— Cela visait une erreur de jugement, je pense, dit Félix Bernitz. Tandis que, dans le cas présent, cela semble avoir été bien près d'une vaniteuse négligence.

— Je ne suis pas suffisamment qualifié pour prononcer un jugement, dit Owen James, mais un point me paraît certain. Cet homme est un bon chirurgien.

— Il n'y en a pas un meilleur dans sa partie, confirma Fleming.

— Alors sa perte serait une perte pour la société. C'est là ce que nous devons considérer.

— Sauvetages soignés à petit prix. S'adresser à la clinique James. (C'était évidemment l'irrépressible Terry.) Quelle est l'ordonnance?

— Vous dites qu'il croit qu'il n'opérera plus jamais?

— C'est ce qu'il m'a assuré. Après quoi, il a pleuré.

— Nous devons lui faire surmonter cela d'une manière ou d'une autre.

— Il nous arrive des urgences chaque jour, dit Fleming. Est-ce que nous ne pourrions pas lui trouver une bonne raison pour le mettre dans l'obligation d'en opérer une? A l'improviste, comme Terry l'a déjà fait?

— Qu'en pensez-vous, Bernie?

— Terrain dangereux, dit le psychiatre. Si ça réussit, c'est parfait. Mais il se peut que la réaction soit défavorable. Alors c'en serait fait de la chirurgie. Et pour toujours.

— Quelle solution, alors? s'enquit Martin.

— Laissez-le se reposer, se détendre. Quand il sera redevenu à peu près normal, nous pourrons le sonder.

Pendant une semaine Spen demeura au lit, sans avoir l'ambition de se lever ou de faire le moindre effort au-delà de la lecture des magazines légers ou des romans policiers. Des tentatives nées des meilleures intentions, pour l'intéresser au récit de récents faits chirurgicaux remarquables, ne suscitèrent pas le moindre commentaire de sa part. Vaguement reconnaissant de ce que l'on faisait pour lui, il semblait, en dehors de cela, s'isoler totalement de la vie. Un jour, il demanda :

— Terry, est-ce que ma raison s'en va?

— Folie ! répondit l'autre. Sortez de ce lit et venez jouer aux boules avec moi.

— C'est très sérieux, Terry. J'entends des voix. Des voix, d'une façon répétée. Dans le couloir.

— Par exemple?

— La voix de ma femme.

Terry pouffa de rire.

— Et alors? Elle est infirmière volontaire ici, deux fois par semaine. Et bigrement bonne, pour ce qui est de ça.

— Terry, pensez-vous que je pourrais la voir?

— C'est elle que ça regarde, je suppose.

Il rapporta la conversation à Owen, qui appela Carol.

— Carol, veux-tu sauver l'âme d'un homme?

— C'est ta spécialité, n'est-il pas vrai? Je ne voudrais pas fouler tes plates-bandes.

— Pas celle-ci. J'ai Spencer Brade ici, en réparation.

— Accident? demanda-t-elle promptement.

— Non... Oui... A son esprit...

Elle leva la main à sa bouche :

— Tu veux dire... qu'il est fou? ...

— Nous n'employons pas ce terme. Et, de toute manière, il ne lui conviendrait pas. Tu le trouveras parfaitement normal, en apparence extérieure. Mais son esprit est malade. Et c'est même bien plus profond que l'esprit.

— Alors, tu veux que je le voie?

— Je crois que cela pourrait aider. Mais ne lui permets pas de tourner au tragique.

L'occupant de la chambre 38 en robe de chambre, était assis, distrait, près de la fenêtre, quand on frappa à sa porte. Carol entra.

— Spen !

Elle avait eu la courte aspiration rapide que provoquent les chocs imprévus.

Il sourit, d'un douloureux petit sourire contraint qui tordit le coin de sa bouche :

— C'est à ce point-là?

Elle avait repris son équilibre.

— Non. Il y a des semaines que je ne t'ai vu, tu sais.

— J'ai un message pour toi. J'aurais dû te le transmettre plus tôt, mais il m'est sorti de l'esprit pendant un temps. Tony d'Zaril est très malade à Savannah. Il désire énormément te voir.

— Tony est mort. Ne l'as-tu pas vu dans les journaux?

— Non. Ton nom n'a pas été cité, n'est-ce pas?

— Bien sûr que non.

— Pas de chance pour toi, Carol, d'avoir épousé deux escrocs !

— Est-ce là ce que tu penses de toi, Spen?

Il haussa les épaules.

— Aucune importance. Je suis fini.

— Je n'en crois rien. Owen n'en croit rien.

— Et c'est pourquoi tu n'en crois rien. Tu aurais dû épouser Owen, Carol. Je pense que tu le feras d'ailleurs. Il n'y a plus rien pour empêcher notre divorce maintenant.

— Tu m'as déjà protégée, Spen, dit-elle d'une voix adoucie. Tony m'a écrit et tout raconté. Je regrette de t'avoir mal jugé, Spen. J'aurais dû mieux te connaître.

— Je te devais bien cela !

— Tu ferais mieux de revenir à la maison, Spen, suggéra-t-elle avec gentillesse. Puisque tu as payé ta note de pension à tante Candace, ajouta-t-elle avec un éclair joyeux dans le regard.

— Aux conditions anciennes, je suppose, dit-il, la voix sombre.

— Est-ce qu'il te semble que tu as le droit d'en exiger d'autres?

— Aucun droit. Mais que ceci soit clair, Carol : c'est une situation que je n'accepterai plus jamais.

— Pourquoi pas?

— Elle ne tient pas compte d'un facteur important. Vois-tu, j'ai le malheur d'avoir été et d'être encore profondément amoureux de toi, bien que j'aie lutté contre cette évidence.

Les yeux de Carol se durcirent.

— Et la jeune fille de ton bureau, que devient-elle là-dedans?

— Elle était un palliatif, un calmant, un des moyens que j'employais pour essayer de t'oublier.

— Charmant pour elle.

— Oh ! je ne me vante pas de mon rôle. Je t'ai dit que tu avais épousé un escroc. Je pourrais ajouter : et un salaud. Mais je ne laisserai pas le blâme tomber sur Kenny. Elle a agi avec une entière droiture. Je voudrais pouvoir dire la même chose de moi. Elle était trop bonne pour moi. Autant que toi. Seulement, *elle* ne le croyait pas. (Carol rougit de colère.) Et elle a tenté de faire pour moi bien plus que tu n'as jamais fait.

— Oui. Evidemment. D'une manière.

— D'une manière très importante. Et de plusieurs autres aussi. Allons, c'est fini, tout cela. Elle n'aura plus jamais le désir de me revoir quand elle saura.

— Quand elle saura quoi?

— Excuse-moi. Parole inconsidérée. Owen te racontera l'histoire si tu souhaites la connaître. Alors tu ne voudras plus que je revienne. A aucune condition.

— Dans ce cas, je ne veux pas l'entendre, dit-elle avec chaleur. Je crois que tu broies du noir, Spen.

Il se redressa sur son siège, parlant avec une vigueur soudaine.

— Comprends-moi, Carol. Je n'accepte pas que tu t'attelles à ma rédemption. Ce n'est pas la peine de laisser Owen James te circonvenir pour que tu tentes mon sauvetage. S'il y a un sauvetage à faire, je le ferai moi-même. Mais un diagnostic lucide, sans passion, détaché en ce qui concerne Spencer Brade, M. D., me permet de te dire que je le crois entièrement fini. Je ne toucherai plus jamais un scalpel.

Elle s'écria :

— Tu ne peux pas abandonner ton travail de la sorte ! Que comptes-tu faire?

— Je ne sais pas. Que cela ne te préoccupe pas. Il n'y a qu'une seule façon dont je souhaite que tu t'intéresses à moi, et elle est impossible. Tu serais stupide même de l'envisager.

Elle posa son menton dans la coupe de ses mains et se pencha en avant, ses longs yeux brillants le contemplant sous ses cils lourds.

— Il fut un temps où j'étais toute prête à t'aimer, dit-elle. Tu le sais.

— Oui. Je sais cela, répondit-il avec amertume.

— Cela pourrait revenir. Mais pas avec l'homme que tu es à présent.

— Je ne serai plus jamais différent.

— Oh! ne lâche pas, lança-t-elle furieusement. Ne feras-tu aucun effort? Ne vaux-tu pas la peine? Qu'est-ce qui t'est arrivé?

Il se leva, marcha vers la fenêtre, regarda au-dehors, debout dans la lumière révélatrice du soleil. Le mot du vieux Powsie lui vrillait le cerveau : « Inapte ». Il avait la même résonance que l' « impur » qui condamnait le lépreux à une longue inutilité, à la mort lente. Il se tourna vers elle, les yeux intensément farouches :

— Et que veux-tu que je fasse?

Elle était préparée à cette question. Owen James avait donné ses instructions.

— Va à la salle d'opération et aide-les à travailler.

Il frissonna :

— Je ne pourrais pas tenir un bistouri.

— Alors regarde, regarde seulement. Mais vas-y chaque jour sans manquer.

Après un long silence, il dit :

— J'essayerai.

Quand Félix Bernitz fut mis au courant, il sembla très satisfait.

— Maintenant, nous avons quelque chose sur quoi bâtir. La reconstruction est commencée.

— Et s'il ne peut pas le supporter? demanda Fleming.

— Le fait qu'il a commandé à ses nerfs d'essayer est l'essentiel, répliqua Bernie.

Ils choisirent pour le premier essai une opération insignifiante à laquelle assisterait l'homme dont l'âme était malade. Une petite tumeur qui menaçait de s'enflammer sur la nuque d'une jeune fille et pouvait devenir maligne. A l'examen préliminaire, Spen témoigna d'un intérêt normal et fit une ou deux suggestions. Il parut dans la salle d'opération ponctuellement à l'heure, vêtu des blancs et du masque préparés pour lui. Flick Fleming opérait avec, comme assistant, Félix Bernitz, appelé pour surveiller les réactions de Brade.

Comme l'anesthésiste plaçait le cône et que les vapeurs de l'éther répandaient leur arôme doucereusement nauséeux, l'infirmière en charge dit à l'oreille de Bernie :

— Attention au docteur Brade. Je crois qu'il va s'évanouir.

Il ne s'évanouit pas mais il fut violemment et scandaleusement malade. Une des infirmières l'emmena, et un infirmier le remit dans son lit. L'opération terminée, Bernitz s'en fut écouter à la porte de Spen.

Il redescendit orné d'un large sourire.

— Que fait-il? demanda Terry, amèrement dégoûté. Il pleure pour s'endormir?

— Oh! que non! Il jure, il se traîne dans la boue, se traite de foie blanc, de lâche, d'autres choses encore. Pas la moindre allusion à aucun d'entre vous. Pas un mot. Et je parie, à trois contre un, qu'il sera là à l'heure pour la session de demain.

Personne ne releva la proposition. Bernitz était connu comme parieur avisé et chanceux. En l'occurrence, il aurait été à la hauteur de sa réputation. A huit heures tapant, Spen parut dans la salle d'opération, un peu pâle autour de la mâchoire, mais cette mâchoire résolue. C'était plus long, cette fois. L'amputation d'un pied gangréneux.

— A deux ou trois reprises, il a nerveusement avalé sa salive, il a eu une série de renvois, et ce fut tout, dit Fleming à Owen, l'opération terminée. Tout de même, il a tenu le coup.

Le lendemain, il fut pris de nausées encore, mais seulement après avoir assisté jusqu'au bout. Après quoi, il n'eut plus de malaise et se proposa comme assistant pour quelques opérations mineures.

L'épreuve véritable était encore à venir. Owen et Bernitz tenaient d'anxieux conciliabules auxquels assistaient Flick et Terry. Un cas de cancer de la matrice était annoncé. Un très mauvais cas. La peur de ce qu'elle risquait de s'entendre dire avait conduit la femme à reculer sa consultation à la clinique jusqu'à ce que la croissance maligne fût très avancée. Et maintenant, on se demandait si sa vie pourrait être sauvée. Flick et Spen l'examinèrent ensemble et furent immédiatement d'accord : le couteau offrait la seule chance possible.

— Ça, c'est à toi, Spen.

— Pourquoi moi?

L'autre sourit.

— Je ne jurerais pas que tu es un meilleur chirurgien que moi, mais la matrice est ton domaine particulier dans la géographie féminine. C'est à toi.

— C'est tout ce que tu ajoutes, non? demanda Spen en souriant.

L'insulte amicale était le témoignage de tout le terrain regagné depuis son arrivée.

— Bien sûr que si, répondit jovialement Flick. Et sans hésiter même. Quel autre moyen y a-t-il pour un chirurgien de garder faible son niveau de mortalité?

— Rien que pour ça, je vais le courir, et j'élèverai mon niveau positif en tirant Mrs Mac Dall d'affaire.

Spen étant couché de bonne heure, l'équipe tint conseil à son propos. A trois contre un, ils étaient d'accord sur l'utilité de l'épreuve, Terry Martin étant seul opposant.

— C'est un risque, répéta-t-il.

— Tout est risque quand on s'attaque à une situation comme celle-là, Terry, répondit Owen.

— Ça ne me plaît pas, je n'aime pas ça, insista le petit pathologiste. Si quelque chose tourne mal...

— Si quelque chose tourne mal, interrompit Bernitz, nous l'attraperons par le fond de sa culotte et nous ferons une autre tentative.

— Vous êtes un fichu brave gars, Bernie, dit Terry. Mais avez-vous jamais été un poivrot?

— Jamais, autant qu'il m'en souvienne.

— Eh bien! moi, je l'ai été. Et Spen était bien en marche pour prendre le même chemin. Et je vous dis que, s'il a une nouvelle secousse, il est bon pour aller promptement et tout droit en enfer par la vieille route de la gnôle.

Mais il était minorité absolue. Il s'en fut au lit, ronchonnant de lugubres prophéties. Plus tard, un messager de l'hôtel *Saint-Charles* apporta une lettre expresse au nom du docteur Brade. Pour éviter de le réveiller, Owen la fit glisser sous la porte.

L'opération de Mrs Mac Dall était pour huit heures. Spen ne parut pas au petit déjeuner. A travers sa porte fermée, Terry frappa. La voix de Brade répondit, étouffée :

— Faites-moi envoyer une tasse de café, voulez-vous, Terry? Et mes blancs. Je m'habillerai ici.

Terry descendit en hochant la tête.

Dans le couloir, à la porte de la salle d'opération, Bernitz arrêta Spen. Le visage du chirurgien était blême et fermé. Il semblait maître de lui.

— Ça va, Spen?

— Ça va aussi bien que cela ira jamais.

Bernitz hésita :

— Ma foi, je suppose que c'est suffisamment bien.

Et il s'en fut auprès d'un cas mental critique.

La main de Spen, comme il prit le bistouri, était ferme. Le seul contact de l'instrument lui donnait de l'assurance. Il était à son affaire; c'était à cela que le meilleur entraînement du monde chirurgical l'avait préparé. Il fit la première incision, longue et sûre. A ce moment, la voix perçante de l'infirmière-chef, s'adressant à l'infirmière chargée des instruments, força son attention :

— Est-ce l'ancien catgut, miss Gray?

— Je ne sais pas, miss Potter. C'est ce que le bureau a envoyé.

— Eh bien! assurez-vous-en, dit sèchement l'infirmière-chef. Nous ne voulons pas risquer de ligature qui glisse.

Les doigts de Spen se détendirent, sans nerfs, sur le manche du couteau qui glissa le long de la courbe du ventre nu et se planta dans le sol, vibrant sur la pointe, comme un présage de catastrophe.

Spen trembla de la tête aux pieds :

— Prenez la suite, je vous prie, docteur Fleming! dit-il d'une voix monotone et sans vie.

Violant la loi non écrite de la salle d'opération, Terry Martin se précipita derrière lui.

— Laissez-moi, Terry, dit Spen de cette même voix dévitalisée. Laissez-moi. Vous ne pouvez plus rien pour moi. Je suis fini. Retournez là où on a besoin de vous.

A huit heures vingt-cinq — l'infirmière du bureau l'annonça lorsque l'opération fut terminée, — le docteur Brade était sorti, en vêtements de ville, son pardessus sur le bras et rien à la main. Elle lui avait parlé, mais il n'avait pas répondu. Muni de ces renseignements, Terry Martin se hâta vers la chambre 38. Tout était en ordre. Une lettre ouverte était sur le lit. L'heure n'était pas aux délicatesses protocolaires. Le pauvre Terry regarda la signature « Kenny » et lut :

Bertha m'a tout raconté. Maintenant je ne retournerai jamais à Charlesville. Je n'ai plus rien à vous dire, ni vous à moi. Mais comment pouvez-vous espérer tenir encore un scalpel sans que son visage s'interpose entre vous et la prochaine malade que vous pourrez tuer ?

Terry bondit au téléphone. Le *Saint-Charles* répondit : oui, le docteur Brade était venu à l'hôtel, avait fait une valise, réglé sa note et était parti. L'un après l'autre, l'enquêteur appela les différents bars fréquentés par l'absent. Deux d'entre eux avaient eu sa visite. Il apprit ensuite qu'à neuf heures, à l'ouverture de la Second National Bank, le docteur Brade avait touché un chèque. Il paraissait très nerveux. A neuf heures vingt, dit le garage, il avait pris sa voiture.

Et là se terminait la piste. On ne découvrit plus rien relativement à Spencer Brade M. D.

29

Le brouillard du petit matin s'étalait sur la mer devant la Nouvelle-Orléans. Mal à l'aise dans le courant, un petit cargo de piètre apparence, le *Pasteur-Reuben,* repoussait doucement du nez son quai d'attache, comme si la hâte du départ le tenait. Une silhouette mince, bien habillée, rigidement droite, se fraya un passage entre les débardeurs suants et grimpa sur la passerelle. Au niveau du pont, la masse considérable du premier officier Olsen l'obstruait.

— Que désirez-vous, monsieur?

— Prendre passage.

— Pour aller où?

— À la guerre.

Le grand Suédois s'amusait :

— Qu'est-ce que vous lui voulez, à la guerre?

— Je veux devenir un foutu héros.

L'autre se tordit :

— Eh bien! en voilà une bien bonne! Devenir un foutu héros pas vrai? Et devenir un beau macchabée, peut-être?

— Pourquoi pas? Je ne suis pas bon à autre chose.

— Seulement voilà ! Nous tiendrons le *Pasteur-Reuben* éloigné de cette guerre et en dehors d'elle aussi longtemps que nous pourrons. Vous faites donc mieux de remettre pied à terre.

— Quelle est votre destination?

— Les ports de l'Amérique du Sud.

— Ça fera l'affaire.

Olsen le dévisagea avec attention.

— Vous êtes saoul, pas vrai, monsieur?

— Oui. Où est le bar?

— Ecoutez, camarade. Nous sommes pas un paquebot de luxe. Mon conseil, ben, ce serait que vous foutiez le camp avant que le vieux vous voie et que sa botte vous expédie par-dessus bord. Il est rude, le vieux.

— Je paierai, dit l'impétrant. Je paierai cent dollars. Deux, trois cents. Le prix qu'il faudra. Et je vous donnerai vingt dollars comptant si vous m'aidez.

— Et comment que je vais vous aider! fit son interlocuteur désormais favorablement disposé. Mais nous n'avons pas la licence pour passagers. Je ne crois pas que le vieux accepte. Demandez-le-lui : le voilà qui vient.

Un petit Yankee massif, carré, alerte, arrivait d'un pas ferme.

— Et qui êtes-vous?

— Il veut prendre passage, monsieur, expliqua Olsen.

L'esprit du nouveau venu avait fini par se concentrer autour de la question posée par le capitaine.

— Spencer Brade, M. D.

— Il a de l'argent, intervint Olsen, en qui l'espoir survivait.

— Qu'est-ce que c'est que cet M. D. en poupe?

— Ne vous en faites pas pour ça, dit hâtivement l'autre. Je vous donnerai trois cents dollars pour aller où vous irez.

Le capitaine avait de la suite dans les idées :

— Cela signifie que vous êtes médecin?

— J'étais.

— Peux pas prendre de passagers. Mais je peux

inscrire le médecin du bord. Montrez-moi les trois cents dollars.

Brade tira un rouleau de billets et compta la somme. Le capitaine considéra l'impressionnant volume de billets.

— Feriez bien de les mettre dans le coffre du bateau. Sommes des gens honnêtes ici.

— Ça a l'air de venir tout droit de la banque, suggéra Olsen. La police ne vous recherche pas, par hasard?

— Personne ne me recherche. Combien de temps serez-vous en mer, capitaine?

— Six mois environ. Et peut-être dix jours avant de toucher un port.

— Pourrais-je acheter quelques caisses de whisky et les faire envoyer ici?

— Certainement. Donnez l'argent à Mr Olsen, il se chargera de cela. Mais, si vous causez du désordre, je vous fais mettre au cachot.

Le passager acquiesça de la tête :

— J'aimerais aller dormir, maintenant.

— Une minute. Vous vous dites médecin. Mais ça ne prouve rien. Un de mes hommes a un pied en compote, écrasé. Venez voir.

Avec une attention de chat, il observa l'étranger tandis qu'il pansait et bandait le membre abîmé.

— Ivre ou pas, vous avez l'air de connaître votre métier, concéda-t-il. Est-ce que vous avez du fret?

— Seulement ce que je porte.

— Il reste deux heures avant le départ. Vous avez le temps de vous procurer des hardes. Un marin vous accompagnera pour que vous ne vous perdiez pas. Venez au rapport à dix heures, docteur Brade.

Il tourna sur ses talons et s'en fut inscrire le nouvel officier au livre de bord.

Le *Pasteur-Reuben* allait tranquillement son petit bonhomme de chemin à travers le golfe du Mexique, puis le canal de Panama, et, en temps voulu, se trouva au large de l'Amérique du Sud, enfonçant sa proue dans les eaux glaciales du courant de Humboldt, prenant d'aplomb la longue houle venue du large du Pacifique. De temps en temps une vague balayait le pont, car le cargo était lourdement chargé.

Un soir de grand vent, comme le second venait prendre le quart à la suite du premier officier Olsen, celui-ci s'informa :

— Comment va Doc?

— Il a bu, comme d'habitude.

— Curieux type ! Jamais vu de ma vie un homme aussi résolu à boire à mort !

— Oui. Une femme là-dessous je présume, fit le second qui était jeune.

— Pis que ça, fit Olsen. Un soir que je lui enlevais la boisson de crainte que ça tourne mal, il n'arrêtait pas de raconter je ne sais quoi à propos d'un visage qui était mort et qui ne voulait pas le quitter.

— Peut-être qu'il a tué quelqu'un dans une opération. J'ai lu une histoire comme ça.

Le premier officier Olsen descendit par la coursive jusqu'à la minuscule salle à manger, où il trouva le médecin du bord avec une barbe de trois jours, une bouteille à demi vide sur la table devant lui. Enlevant son suroît, Olsen épongea les embruns salés sur son visage avec un vaste mouchoir vert.

— Un verre? proposa Spen, tandis que l'autre se laissait tomber sur une chaise.

— Ce n'est pas de refus. Il a fait froid là-haut.

Il se versa une bonne rasade et but lentement, laissant la chaleur et le bien-être l'envahir?

— Dites, Doc, commença-t-il, penché en avant, vous êtes jeune, vous avez de la cervelle, vous avez de l'argent. Vous êtes un type épatant, dès que vous n'êtes qu'à moitié saoul. Dites-moi où tout ça va vous mener.

Spen le considéra sardoniquement :

— Sermon de tempérance?

— Non, protesta l'officier, non. Je ne suis pas une vieille fille. Mais la façon dont vous vous laissez aller, dégringoler, ça me fait de la peine.

Spen demeura un très long moment sans répondre, à regarder son verre et le liquide ambré qui le remplissait à demi. Quand il parla, sa voix avait perdu sa truculence :

— Vous êtes un bon gars, Niels. Mais ça ne sert à rien.

— Ecoutez, poursuivit l'autre avec obstination. Vous vouliez changer de bateau pour Londres. Et qu'est-ce qui arrive? Nous touchons Guayaquil et vous êtes dans votre couchette, plein jusqu'aux dents. Nous faisons escale à Valparaiso et pas un instant vous n'êtes assez sobre pour mettre pied à terre. Nous passons trois jours à Conception. Et vous? Est-ce que vous bougez? Oui! pour étendre la main et reprendre un verre après le précédent. Nous voilà en mer depuis six semaines et vous êtes toujours avec nous. Et on dit qu'ils ont besoin de bons médecins à Londres. Qu'ils en ont un besoin de tous les diables. Ils auraient *besoin de vous*.

— Maintenant, c'est vous qui allez écouter, fit sauvagement Spen. J'ai été un chirurgien, un excellent chirurgien. Mais c'est fini, je suis fini, je ne veux plus exercer. Peu importe pourquoi, mais c'est comme ça. Fini. Vidé. Inapte. Indigne. Kaput. Un autre verre?

— Alors, pourquoi diable vouliez-vous aller à Londres?

La réponse arriva pleine de lassitude :

— Parce que je ne suis bon à rien d'autre. Je pensais que je pourrais être volontaire comme conducteur d'ambulance ou brancardier ou planton dans un hôpital, et si une bombe m'avait eu, voilà un rien du tout qui disparaissait! Qu'est-ce qu'il y a d'autre, sinon boire?

— Eh bien! Je ne me sens pas particulièrement d'aplomb ce soir, fit l'officier, repoussant la bouteille que Spen avait glissée vers lui. Je crois que je vais aller me coucher.

— Voici à votre bonne nuit! répondit poliment Brade, remplissant et vidant son verre.

Spen dormait lourdement quand, pendant le quart de six heures, il fut secoué avec violence. Le visage du capitaine Harker était penché sur lui.

— Levez-vous.

— Qu'est-ce qui se passe?

La tête que Spen souleva était lourde de fumées d'alcool.

— Levez-vous. Un malade à bord.

L'autre se laissa retomber :

— Laissez-moi tranquille. Je ne suis pas en état.

Le capitaine trempa une serviette dans l'eau froide et en flagella le visage de l'ivrogne.

— Je ne le sais que trop bien que vous n'êtes pas en état. Mais vous pourrez peut-être tout de même soigner une douleur dans le ventre qui coupe un homme en deux.

— Oh ! donnez-lui de l'huile de ricin ! répondit Spen frissonnant sous l'aspersion.

— Dites donc, vous ! fit furieusement Harker. Vous êtes le médecin du bord, embarqué et signé comme tel, et par le Dieu vivant, si vous ne vous levez pas tout de suite pour venir près d'Olsen, je...

— Olsen ? Quoi, Olsen ?

— Oui, Olsen. Il est plié en deux comme un couteau de poche. Comme s'il avait été empoisonné.

Il arrive qu'un grand effort de volonté puisse dominer l'ivresse. Brade arracha son épaule de la poigne violente du capitaine, roula hors de sa couchette, bondit dans ses vêtements et, ce faisant, il devint plus calme et plus sobre et plus maître de lui de minute en minute, tandis que le sens des paroles pénétrait son esprit : « Douleur dans le ventre... plié en deux comme un couteau de poche... », signal de danger pour l'intelligence du chirurgien. Léger bouleversement dû à une nourriture mal acceptée ? Ou appendicite aiguë ? Ou bien encore ulcère perforant la paroi stomacale et laissant passer dans le ventre une petite goutte acide de suc gastrique, suffisante pour déterminer une péritonite catastrophique ? Qu'allait-il découvrir ?

Le premier officier s'agitait sur sa couchette :

— Hiya, Doc ! fit-il avec un pitoyable effort pour montrer du cran, votre gnôle ne m'a guère réussi !

— Ce n'est rien, Niels. Donnez-moi votre poignet.

Il pressa l'artère du doigt. Le pouls était rapide mais assez fort, le front brûlant, la fièvre déjà installée.

— Où avez-vous mal.

— Juste ici.

Le malade posa sa main avec précaution, comme si le simple contact le blessait, sur le haut de l'abdomen.

— Il y a deux heures à peu près que cela a commencé, mais j'avais cru que ça passerait.

— Déjà eu ça?

— Pas à ce point. De petites douleurs. Plutôt avant les repas.

— Manger les atténuait?

Un autre paroxysme survenant, Olsen haleta :

— Ou... Oui...

Brade releva doucement la chemise de l'homme jusqu'à ce que fussent exposés tout le ventre et le bas de la poitrine. La respiration était courte. Il semblait que chaque inspiration lui causât une souffrance intolérable. La paroi abdominale était dure comme une planche, les muscles sous la peau, tendus par le spasme, essayant de protéger du danger les fragiles organes qu'ils recouvraient. C'était un peu moins rigide dans la région de l'appendice et vers le bas-ventre.

Tout cela concordait avec le diagnostic qui était venu à l'esprit de Spen au moment où sa main gauche avait perçu la rigidité des muscles abdominaux.

Son esprit le ramenait à une des cliniques de Powers, une clinique opératoire où il avait été étudiant au Centre de Baltimore. Powers avait appelé autour de la table plusieurs étudiants, dont Spen. Il avait placé sa main sur les muscles abdominaux du patient.

— N'oubliez jamais ce signe, messieurs : la rigidité totale de l'abdomen. Elle ne peut signifier qu'une chose : ulcère perforé.

Brade avait suivi attentivement toute l'opération, le jeu des courtes mains potelées, incroyablement adroites, de Powers. Une semaine plus tard, l'opéré, dans la salle commune, souriait, aussi parfaitement heureux que si jamais rien ne lui était arrivé. Mais cela s'était passé dans la moderne salle d'opération d'un hôpital.

Depuis, Spen avait à son tour fait maintes fois la même opération — toujours avec une infirmière, des internes, une anesthésiste experte, des instruments brillants, tout le nécessaire sous la main.

Ici, c'était différent : une couchette agitée, plongeant et se relevant, dans un cargo sale, sur une mer rageuse.

Le capitaine Harker, qui était sorti, revint avec trois matelots.

— Emportez-le dans ma cabine commanda-t-il.

— Laissez-le tranquille.

La voix de Brade était cinglante d'autorité.

Les hommes s'arrêtèrent pile. Le capitaine n'en croyait ni ses oreilles ni ses yeux.

— Qui commande ici? demanda-t-il.

— Dans cette chambre de malade, c'est moi.

— Je voudrais bien voir ça !

Spen rencontra son regard furieux.

— Très bien, dit-il avec calme. Dans ce cas, je sors d'ici et vous serez responsable de la mort de cet homme.

— La mort? répéta l'autre, d'un ton différent. Est-ce si grave que ça?

— Oui.

— Appendicite?

— Je voudrais bien que ce soit aussi simple. Car, avec une appendicite, il aurait été relativement facile de s'en tirer. En n'y touchant pas cela pouvait former un abcès que l'on viderait à l'hôpital du prochain port. Ou bien il pourrait s'arranger avec des pansements de glace. Ou même, s'il le fallait, faire une simple appendicectomie. Cela était tout différent. « Faire attendre », se traduisait par « le condamner à mort ».

Très humblement pour lui, le capitaine demanda :

— Qu'est-ce que c'est, docteur?

— Perforation du duodénum, juste sous l'estomac.

— Ne pouvez-vous rien faire pour lui?

— Bien sûr que si. Mais c'est une opération majeure. Je n'ai pas d'instruments, et ce vieux sabot se cabre comme une mule.

— On pourrait le tourner dans le vent et peut-être vider un baril d'huile sur l'eau.

— Bonne idée. La meilleure place pour opérer sera la cuisine, je pense. Qu'y a-t-il dans votre pharmacie?

— Je vais la faire descendre tout de suite.

A la vue de cet outillage désordonné, le cœur manqua au médecin. Mais la découverte de deux bidons d'éther le réjouit grandement. Il n'aurait pas pu, pensait-il, faire une pareille opération sans le secours d'un anesthésiant. D'autres recherches amenèrent quelques comprimés de morphine, quelques instruments rouillés, une bouteille de cyanide de mercure. Plus qu'il n'en pouvait espérer. L'antisepsie aussi se trouvait donc assurée. Un peloton de fil de lin devrait faire office de ligature pour les vaisseaux sanguins et de suture pour les incisions à recoudre.

— Pas d'aiguilles, j'imagine, dit-il, se parlant moitié à lui-même.

— Il doit y en avoir, répondit Harker. Il y a quelques mois, j'ai recousu la main d'un garçon qui s'était coupé.

On découvrit en effet, sous des bandes à pansements, une demi-douzaine d'aiguilles courbes rouillées.

— Pas une paire de gants de caoutchouc à bord?

— Aucune chance.

— Nous devrons faire de notre mieux. Je compte sur vous pour m'aider, capitaine.

— Oui, monsieur, fit Harker, qui se reprit sèchement : Oui !

— Pendant que je prépare la piqûre, veuillez appeler celui des officiers qui vous paraîtra le plus habile.

— Ce sera Evans, dit le capitaine, désignant le second.

— Il me faudrait une douzaine de torchons propres. En les trempant d'eau bouillante, puis les tordant, nous ferons des pansements stérilisés et des éponges.

Pendant que Harker transmettait ses instructions, Brade prépara une solide dose de morphine, puis fit une piqûre au malade. Passant ensuite par le carré des officiers, il entra dans la cabine; la lumière y brûlait encore. Une bouteille de whisky s'y trouvait bien en vue, et chaque nerf de son corps réclamait l'alcool. La perspective de l'épreuve imminente rendait le besoin plus aigu. Rien qu'un verre. Cela le retaperait merveilleusement.

Quelque force nouvellement retrouvée l'arrêta. Quelque chose qui s'était réveillé en lui lorsqu'il avait appris que son ami était en péril, une puissance qui s'était accrue tandis qu'il palpait le ventre convulsé, assurait son diagnostic, se rendait compte que la vie de cet homme dépendait de lui, et de lui seul. Avec un grand élan de l'âme pour faire face à l'épreuve qui lui était imposée, il sut qu'il ne fléchirait pas, qu'il ne bousillerait pas, qu'il n'aurait pas peur.

Dans la cuisine, Evans, le second, attendait, et, avec lui, cette vaste carcasse de quartier-maître de Mac Bride, qui, ainsi qu'il le disait sans hésitation, avait, à deux reprises, servi comme infirmier dans des hôpitaux pénitentiaires.

La longue table étroite dont se servait habituellement le cuisinier était relativement commode, et la lampe qui pendait au-dessus assurait une vision parfaite. Le quartier-maître était déjà occupé à faire bouillir de l'eau. Mentalement, Spen l'inscrivit pour une bouteille de whisky en récompense lorsque tout serait terminé. Dans une grande casserole qu'il emplit aux trois quarts d'eau, Brade laissa tomber une poignée de comprimés de cyanide de mercure, en priant Dieu, comme il n'avait aucun moyen de mesurer la force de la solution antiseptique ainsi préparée, que le patient n'en absorbât pas assez avec les serviettes et les instruments pour s'empoisonner. Dans l'une des marmites du quartier-maître, il mit les serviettes, dans l'autre les instruments.

— Enlevez votre chemise, Mac Bride, vous êtes mon assistant! Nous allons nous brosser vigoureusement les mains.

— Oui, monsieur.

— Capitaine Harker, j'allais vous demander de donner l'éther, mais Evans me dit qu'il l'a déjà fait.

— Je serai plus utile sur mon pont, docteur, dit le capitaine visiblement soulagé.

Spen approuva. Déjà les mouvements du bateau s'atténuaient perceptiblement.

Lorsqu'ils eurent fini de se brosser, Spen et le

quartier-maître plongèrent leurs mains et leurs bras dans la solution de cyanide. « J'aurais probablement une éruption cutanée demain », pensa Spen : c'était l'effet habituel du cyanide de mercure sur lui. Des hommes entrèrent, portant Olsen, et le posèrent sur la table. Les instruments retirés de la marmite bouillante furent mis à refroidir dans la casserole d'antiseptique. Alors, une pince dans chaque main, il souleva et tordit les serviettes ébouillantées. Ce n'était pas le dernier mot de la perfection en fait de pansements stérilisés, mais néanmoins cela ferait convenablement son office.

Comme il surveillait la mise en état de la salle d'opération, il pensait que, pour rudimentaires que fussent ces divers accessoires, les médecins étaient loin d'en avoir autant un siècle plus tôt. Ils avaient sauvé beaucoup d'existences par leur courage et leur dextérité dans les cas urgents.

Evans se montra adroit et sûr dans le maniement du cône d'éther, dirigeant avec calme et habileté la coulée des gouttes sur la serviette pliée qui servait de masque. Pendant quelques instants, Olsen se tortilla et se débattit comme les âcres vapeurs pénétraient ses poumons, mais bientôt il s'apaisa. Quand sa respiration fut devenue forte et régulière, le quartier-maître releva les paupières et Spen put regarder la pupille. Le globe oculaire oscillait lentement de droite à gauche.

— Il est presque prêt, dit Brade. Continuez l'éther à cette allure. Il n'en prendra pas trop.

Avec l'extrémité d'une serviette trempée dans la solution de cyanide, il frotta vigoureusement le ventre. Puis, ayant secoué lcs serviettes bouillantes pour les rafraîchir, il les drapa de manière à ne laisser à découvert que la petite surface au-dessus du nombril, où il allait pratiquer son incision. Il regarda le solide quartier-maître et le trouva un peu pâle, mais il rencontra son regard, et l'autre eut un sourire rassurant :

— Mettez-vous en face de moi, de l'autre côté de la table. Coupez l'une des serviettes en lanières avec les ciseaux que j'ai bouillis et employez ces lanières pour éponger, dès que je commencerai.

Brade prit le bistouri : comparé aux lames effilées

comme des rasoirs qu'il avait coutume d'employer, il paraissait émoussé. Il était impossible de remédier à cela. Il lui fallut pousser fort pour trancher la peau résistante, mais ensuite cela alla mieux.

Vingt minutes plus tard, il découvrait l'ulcère au centre d'une surface enflammée et durcie du duodénum, — petit trou par lequel s'épandait le suc gastrique qui allait irriter le sensible péritoine. Son étrange public regardait, fasciné.

Il était arrivé à temps : une perforation, opérée au bout de six ou huit heures, se guérit en général fort bien, pourvu qu'il n'y ait pas de complications opératoires. S'il n'y en avait pas cette fois, ce serait vraiment un miracle. Comment allaient se comporter ces rudimentaires sutures?

Le quartier-maître soutenait du mieux que le lui permettaient ses mains inexpertes l'estomac et le début de l'intestin grêle. Une ou deux fois, tandis que Brade cousait une couche de tissu sur la réparation de l'ulcère, pour la consolider, la mauvaise aiguille déchira légèrement cette tendre paroi. Néanmoins, il parvint — son front en était mouillé de sueur — à boucher efficacement la mortelle ouverture. Même ainsi, il ne se trouva pas satisfait et, d'un dernier point de suture, il assujettit, sur cette réparation grossière, l'épiploon, repli flottant du péritoine, espèce de tablier graisseux intérieur qui protège les organes abdominaux et empêche de dangereuses infections de les atteindre.

Le reste alla facilement. Vingt minutes plus tard, on enlevait Olsen de la table...

Il aurait besoin de soins, de surveillance, d'attention, de fortes doses de sédatifs pour le garder tranquille jusqu'à ce que la nature puisse compléter, avec ses moyens curatifs puissants, la tâche que Brade avait effectuée. Mais, sauf accident, tout irait bien.

Toute la journée, puis toute la nuit, Spen veilla au chevet du malade, le gardant dans la stupeur d'abord, grâce à la morphine, puis, après les dangereuses douze premières heures, lui donnant une cuillerée de l'eau qu'il implorait. Très peu d'eau pour commencer. De quoi apaiser l'insupportable tourment de la soif et fournir au corps un peu du liquide dont il avait besoin. Dans un hôpital, il aurait disposé de flacons d'une solution de sel stérilisé et de glucose, nourriture qu'il lui aurait injectée dans les veines; ici, il fallait se battre avec les armes précaires dont il disposait. Au matin du second jour, Oslen tomba dans un sommeil naturel : la bataille était gagnée.

Totalement épuisé par manque de repos, le chirurgien appela Evans, qui n'était pas de garde, et lui confia le malade calmement endormi, pendant que lui-même gagnait le pont en titubant pour prendre quelques gorgées d'air frais. Là, le capitaine l'aperçut et l'envoya au lit. Le lendemain, il fut averti que l'argent de son passage lui serait remboursé. Amusé et touché, il supposa que telle était la méthode de haute mer qu'employait le capitaine pour offrir ses excuses.

Le *Pasteur-Reuben*, ayant contourné le cap Horn, cabota vers le nord, le long de la côte orientale, remontant vers la chaleur et le soleil. La provision d'alcool de Spen était épuisée, sauf une petite quantité qu'il avait mise à la pharmacie pour les urgences médicales. Pendant quelque temps ses nerfs implorèrent pitié. Puis cela s'atténua et passa. Il s'inséra dans la routine du bateau. Il n'était pas heureux, mais il avait trouvé une certaine paix.

La confiance, toutefois, n'était pas aussi simplement reconquise. Dans l'urgence, et comme il s'agissait de la vie ou de la mort d'un homme pour qui il s'était pris d'affection, il avait trouvé le courage de faire face à la crise et de surmonter son obsession. En faire autant de sang-froid et sans la pression de la nécessité, c'était une autre histoire. Le visage de sainte d'Adèle Harrow visitait encore ses rêves. Le mot du vieux Powsie, « inapte », résonnait encore dans son cerveau. La lettre de Kenny brûlait sa mémoire comme un acide.

Non. Quand Spencer Brade, M. D., tremblante épave, avait quitté la clinique James pour s'enfoncer dans le vertige alcoolique qui l'avait conduit à bord du *Pasteur-Reuben*, il avait laissé derrière lui l'espoir et l'ambition. A la fin de ce voyage, il retournerait à Charlesville pour régler ses affaires et puis, si quelque part sur la carte, au pays ou à l'étranger, il découvrait un endroit où, sans responsabilité, il pourrait se rendre utile, il ferait de son mieux. Mais rien qui eût un rapport effectif avec la pratique de la chirurgie.

Il doutait de pouvoir encore entrer dans une salle d'opération.

30

LE printemps faisait ruisseler sur la campagne l'or des genêts et la pourpre de l'arbre de Judée, lorsque Carol Brade, de retour d'un séjour à la côte, reçut un coup de téléphone d'Owen James :

— Carol, Spen sera en ville demain.

La réponse fut si longue à venir qu'il s'informa :

— M'entends-tu Carol?

— Oui, répondit-elle, le souffle coupé. Mais la nouvelle est plutôt... renversante...

— J'ai reçu une lettre ce matin.

— En dix mois, il ne m'a pas envoyé un mot.

— Il s'en allé hors du monde, et je crois qu'il a été un homme bien malade. D'après sa lettre, il me semble qu'il est guéri. Ou sur le point de l'être.

Comme se parlant à elle-même, elle dit :

— Et qu'est-ce qu'on attend de moi à ce sujet?

— D'aider, si tu le peux.

— Mais le puis-je?

— Cela, je ne saurais le dire avant de l'avoir vu. Si tu viens à la clinique, tu es à peu près certaine de te heurter à lui. C'est pour t'en avertir que j'ai téléphoné.

Il y avait une sorte de tension dans la voix qui répondit :

— Alors, je ferais mieux de ne pas venir? C'est là ce que tu penses?

— Au fond de ton cœur, désires-tu le revoir?

Owen était incapable d'empêcher sa tristesse de se trahir dans ses intonations.

Au bout du fil, cette fois encore, il y eut une pause. Enfin :

— Oui, au fond de mon cœur, je le crois. Mais je ne veux pas voir une épave. — Elle ajouta avec effort : — Ou une ombre.

— Non. Je ne le souhaite pas pour toi. Ainsi nous ferions mieux d'attendre.

— Mais, Owen, demain est mon jour de service, et je viens de m'absenter une semaine.

Carol donnait huit jours par mois aux travaux de la clinique.

— Essaye de te faire remplacer par Virginia Teale. Nous en reparlerons quand j'aurai revu Spen.

Tôt le matin, un appel téléphonique du fugitif parvint à la clinique. Et le premier mot que dit Owen après « Hello ! » fut :

— Votre chambre est prête et vous attend, Spen.

— C'est très bon à vous, après la façon dont je l'ai quittée. Mais... je ne sais pas...

— Qu'est-ce qui vous arrête?

— Carol. Allez-vous épouser Carol, Owen?

— Carol n'est pas une femme libre, fit sèchement l'autre.

— Je pensais... je craignais... Voyez-vous, je lui avais laissé un mot lui promettant de ne m'opposer à aucune action en divorce qu'elle voudrait intenter.

— Cela peut attendre. Quand venez-vous?

— Eh bien ! j'avais pensé ne voir personne aujourd'hui, ne rien faire de particulier que m'acclimater au fait d'être de nouveau à Charlesville.

— Pas une mauvaise idée ! Ecoutez, Spen : arrivez donc pour le petit souper de dix heures.

— Gy ! Comme cela me fera plaisir !

On aurait dit l'ancien Spen, si juvénile.

Terry Martin fut le premier à accueillir le voyageur dans les murs de l'hôpital.

— Hi ! Spen ! vous avez l'air dur comme un fer, de lance et à peu près aussi mince.

— Hello, Terry ! Je vais fort bien.

Ils se serrèrent la main.

— Mais où fichtre avez-vous été tout ce temps?

— Partout. Sur toute la côte. Par terre et par mer. J'ai commencé par baguenauder pendant trois mois de droite et de gauche en voiture, essayant d'oublier que j'étais vivant. Et puis, je me suis retrouvé sur un cargo de cabotage, me faisant passer pour le médecin du bord.

— Histoire de vous balader, sans plus?

— *Et* de boire.

— Vous n'en avez pas l'air. Mais pas le moins du monde. Combien de temps depuis votre dernier verre?

Spen sourit largement :

— Hier soir.

— Et combien hier soir?

— Un. Exactement.

— Il n'en a pas demandé un autre?

— Ça ne lui aurait servi à rien de le demander.

— Mais, alors, mon vieux, je crois que vous avez gagné la bataille.

— Je sais que je l'ai gagnée.

— Allez au diable ! s'exclama le petit pathologiste. J'avais parié contre Bernitz un billet de dix dollars tout rond que le schnaps vous tenait et ne vous lâcherait pas et que vous ne reviendriez jamais.

— Navré de vous faire perdre de l'argent, Terry.

Avec un effort visible, Spen enchaîna :

— A propos de la façon dont je vous ai quittés, je...

Martin l'interrompit brutalement :

— Oh ! la ferme ! personne n'a envie d'entendre parler de ça !

— Et Dieu sait que je n'ai pas envie d'en parler.

— Eh bien ! soyez sûr que ce ne sont pas les autres qui le feront si vous ne le faites pas. Hi ! Bernie !

Il hélait une silhouette passant au bout du couloir :

— Venez voir qui est là !

Bernitz accueillit le revenant avec autant de simplicité que s'il n'y avait pas eu dans le passé quelques épisodes gênants.

Terry s'éloigna, disant :

— Je vous verrai tout à l'heure.

Bernie examinait attentivement le visage de Spen :

— Combien de kilos avez-vous perdu?

— Environ vingt livres.

— C'est trop.

— Les cargos caboteurs n'ont pas le restaurant *Ritz* à bord.

— La nourriture est-elle seule en cause?

— Vous pensez à la boisson? Il y a plusieurs mois que j'ai cessé de faire l'imbécile.

— Non, je ne pensais pas à la boisson. Je pensais au sommeil.

— Pas trop bon. Ou plutôt pas trop assuré.

— Spen, c'est seulement par la force de la volonté que vous vous dominez, dites-moi?

— Ce n'est pas si facile de revenir ici.

— Plus difficile que vous ne le pensiez?

— Oui. Mais rien ne m'oblige à rester ici.

— Je crois que si, fit doucement l'autre. Votre place est ici. Je crois qu'il faut tenir bon. J'en suis certain, Spen.

— Il y a certaines choses dont je ne m'éloignerai jamais, si je reste.

— Vous n'avez pas à vous en éloigner. Vous avez à les battre sur leur propre terrain. A vous en défaire sur place. Spen, je suis au courant de l'opération de Markland, la femme qui mourut d'hémorragie.

— Je suppose que tout le monde est au courant maintenant, dit Spen avec amertume.

— C'est cela qui vous pèse, n'est-ce pas? La perte de cette malade?

— Surtout, c'est le genre de chose qu'on oublie pas.

— Parce que ce fut votre faute?

Spen frissonna :

— Oui !

— Supposez que ce ne soit pas votre faute.

— Demandez à Burling. Il m'avait prévenu au sujet de cette ligature.

— Supposez que ce soit cette ligature qui ait été mauvaise, que ce soit le catgut de qualité inférieure qui ait lâché?

Un douloureux sourire crispa les traits de Brade. Il laissa lourdement tomber sa main sur l'épaule de Bernitz.

— Bernie, vous êtes un ami épatant, et un bien chic type, mais vous êtes un fichu menteur ! J'avais eu moi-même cette espérance, quant au catgut. Et j'ai fait éprouver ce qui en restait. C'était aussi résistant qu'un câble. Non, Bernie, non, ça ne peut pas coller. Merci tout de même.

Ils descendirent ensemble au bureau, où ils furent rejoints par Owen James et Flick Fleming, qui écoutèrent avec intérêt le récit des expériences de Spen en haute mer.

— Ainsi donc, tu as opéré à nouveau, dit Fleming plein d'espérance.

— Dans un autre monde, dans un monde hors du monde.

— Ce ne sont pas les occasions qui vous manqueront dans celui-ci, dit le chef. Fleming est usé de travail jusqu'à la corde, ces temps-ci !

Lentement le sang quitta le maigre visage de Spen :

— Avez-vous oublié mon dernier passage dans votre salle d'opération, vous autres? Pas moi.

— Ne parlons pas boutique! fit vivement le psychiatre.

Après quoi et jusqu'au départ de Spen, la conversation se poursuivit sur une base scientifique et absolument impersonnelle.

— D'après son apparence et sa façon de parler, je l'avais cru absolument guéri, dit Martin.

— Il l'est peut-être. Je ne saurais dire. Mais, si vous ne le voyez pas là demain matin, vous pouvez aller le chercher, vous devez aller le chercher.

Le lendemain matin, Spen était présent avec son sac et ses bagages. C'est à la suggestion du psychiatre qu'il avait été installé dans son ancienne chambre, le numéro 38.

— Et maintenant, dit Félix Bernitz à ses associés, priez pour qu'il nous arrive une bonne urgence, bien critique.

— Avec ça qu'on a besoin de prier pour ça, dit avec conviction Terry. Quelle est la grande idée?

— De la mettre de force entre les mains de

Brade. C'est sa meilleure chance de se ressaisir.

— Mais il s'est ressaisi, objecta Flick Fleming. Comment aurait-il pu opérer le premier officier, s'il en avait été autrement?

Bernitz secoua la tête.

— Ce n'est pas du tout la même chose, assura-t-il. Opérer dans la cuisine d'un bateau crasseux, sans outillage convenable et sachant qu'on représente pour le patient l'unique chance de sauvetage, c'est, psychologiquement, tout autre chose que de passer par la routine familière, presque instinctive, d'une salle d'opération. Le cadre, l'entourage, c'est là ce que je crains pour lui. C'est cela qui peut lui ramener à l'esprit toute sa désastreuse aventure : la femme de qui la mort pèse sur sa conscience, son effondrement ici, tout. Avez-vous regardé son visage quand il est arrivé ici hier et qu'il a senti les premières bouffées de l'odeur d'hôpital?

— Alors pourquoi lui faire subir cette épreuve? demanda Terry.

— S'il n'en triomphe pas ici et maintenant, il n'en triomphera jamais. Cette inhibition ne s'atténue pas peu à peu au cœur des hommes, mais peu à peu elle les dévore. Maintenant, si l'un de vous, messieurs, veut bien avoir l'obligeance de se saisir d'une matraque et de fracturer le crâne de Terry?...

— Fort obligé! protesta Martin. Mais si je dois être mis en réparation pour un crâne démoli, je préfère courir ma chance avec Flick

— Il y a une difficulté immédiate, intervint James. Si une urgence se présentait, Fleming est normalement l'homme indiqué pour l'opération. Votre intention est-elle de prendre Brade comme assistant de Fleming?

— Non, protesta Bernie. Ça ne suffirait pas. Il faut que la responsabilité entière repose sur les épaules de Spen.

— Je serais tout disposé à fracturer le crâne de Fleming pour servir une bonne cause, fit Terry, magnanime.

— Il y a une bonne idée là-dedans, observa le chef. Flick peut avoir un accident opportun.

— Fort aimable à vous! opina le chirurgien. Quel genre d'accident conseilleriez-vous?

— Dégringolez l'escalier, suggéra Bernitz. Tout le monde peut tomber dans l'escalier! Rompez-vous la clavicule. Non, cela donne trop d'ennuis, simplement une bonne entorse.

— Très ingénieux, mais nous n'avons pas notre urgence, grommela Terry Martin.

Des accidents, à la filature ou au bistro, des accidents petits ou grands, fournissaient à l'hôpital une moyenne quotidienne appréciable. Et voilà que, jour après jour, avec une surprenante persistance, tout le monde dans le quartier semblait éviter ce qui dépassait la banale anicroche.

Il n'était pas possible, ainsi que le soulignait le psychiatre, de risquer l'avenir de Spen sur une blessure du cuir chevelu ou l'ongle incarné d'un orteil. Et, pourtant, rien de mieux ne se présentait.

Spen s'était mis tranquillement au rythme du lieu, n'évitant que l'étage des opérations. De nombreux mois loin du monde lui avaient donné un dévorant appétit d'informations médicales, et il absorbait insatiablement les publications techniques qui se trouvaient à portée de sa main. A la réunion du soir, il buvait une chope de bière, fumait un cigare, écoutait la plupart du temps et parlait peu.

— Il n'est plus aussi crâneur qu'autrefois, remarqua Terry, et c'est tant mieux.

— Et c'est tant pis, contredit Bernitz. Il va avoir besoin du maximum de confiance en soi. Il y a encore quelque chose qui le ronge.

— Pensez-vous que ce soit toujours la mort de Mrs. Harrow?

— Très probablement, répondit Owen James, qui, à part soi, pensait qu'il y avait plus que cela.

La rencontre entre les époux était inévitable. Owen savait que ce n'était qu'une question de temps. Vraisemblablement, Spen, au fond de lui-même, l'admettait aussi. Mais, après les questions posées à Owen le premier jour, il n'était plus revenu sur le sujet. Il sortait peu et ne se rendait pas du tout en ville, sauf une fois, pour voir Blanton Tyre, qu'il trouva considérablement vieilli, geignant et découragé. Les deux Tyre le supplièrent de revenir. Les choses n'allaient guère à la clinique.

Spen déclina : il ne leur serait plus, dit-il, d'aucune utilité. Timidement, il s'enquit de Kenny Mangan. Il n'avait plus pour elle d'autre sentiment qu'une bienveillance et cet ineffaçable sentiment de culpabilité pour la mort d'Adèle.

Oui. Ils avaient des nouvelles de Kenny par l'actuelle secrétaire, qui était une de ses amies. Elle travaillait à Beaumont et elle allait bientôt épouser un citoyen du Texas, un homme dans les pétroles, beaucoup plus âgé qu'elle et beaucoup plus qu'à son aise. Spen souligna avec une absolue sincérité que le prétendant inconnu aurait une bonne et loyale épouse.

Alors qu'il marchait le long de Main Street, en sortant de l'immeuble des Arts Médicaux, Spen fut surpris du nombre de gens qui s'arrêtèrent pour le saluer et lui dire combien ils étaient heureux de le revoir. Et, comme il quittait l'un d'entre eux, il se trouva face à face avec tante Candace Grahame, qui venait de descendre de sa voiture pour lui barrer la route.

— *Eh bien!* fit-elle. Comment allez-vous, Spencer Brade?

— Hello, miss Grahame! répondit-il, sans plus.

— Qu'est-ce qui vous est arrivé? demanda la vieille dame. On dirait que vous êtes redevenu un homme.

— L'air de la mer, expliqua-t-il. J'ai fait un long voyage.

— C'est ce que nous avons entendu dire. Et où allez-vous?

— Je retourne à la clinique James.

— Montez. Je vais vous conduire. Carol est dans la voiture.

Il n'y avait pas moyen d'échapper. Tante Candace l'aiguillonnait devant elle. Carol tendit la main.

— Hello, Spen!

— Hello, Carol! dit-il, prenant la main tendue. Tu parais florissante.

— Vous attendiez-vous à la voir dépérir? demanda miss Grahame avec aspérité. Pourquoi n'êtes-vous pas venu nous voir?

— Je ne fais que d'arriver.

— C'est un mensonge ça, n'est-ce pas?

Spen sourit :

— Oui.

— Eh bien! venez dîner avec nous ce soir?

Spen hésita.

— Qu'est-ce qui vous arrête? La pension vous déplaît-elle?

— Il est probable que je me bourrerais à en mourir. Si vous pouviez comparer avec mon menu des six derniers mois!

— Vous avez certainement payé un bon prix pour votre pension et votre logement. Quoique, ajouta-t-elle malicieusement, le logement laissât peut-être à désirer.

Carol et Spen rougirent ensemble.

— Vous étiez un bon hôte payant, insista-t-elle. J'envisagerais bien de vous reprendre.

— Pas dans mes moyens, dit Spen avec bonne humeur. Je suis en chômage.

— Le dîner de ce soir ne vous coûtera pas un sou, assura-t-elle. Vous pourriez le considérer comme un échantillon destiné à obtenir votre clientèle.

— Je regrette, mais j'ai du travail à faire pour Owen James.

— Je n'en crois rien. Je ne vous crois pas une seconde. Mais ça ne fait rien, on ne me froisse pas facilement.

A l'hôpital, Carol descendit avec Brade.

— J'ai un mot à dire à Owen, dit-elle pour expliquer son geste. — Puis : — Tu veux bien que je te pose une question, Spen?

— Vas-y, tout ce qu'il te plaira.

— Tu t'es complètement repris en main, n'est-ce pas?

— Complètement. (Il sourit.) J'ai même rejeté le complexe de Midas. L'argent me paraît avoir beaucoup moins d'importance.

— Resteras-tu à Charlesville?

— Je ne crois pas.

— Pourquoi?

— Diverses raisons.

— Suis-je l'une d'entre elles, Spen?

— Mais... oui... je pense que oui...

Elle fronça les sourcils et le regarda :

— Ne crois-tu pas que tu ferais mieux de vivre sans t'occuper de moi?

— Tu n'es pas si facile à oublier, Carol. Six mois de grand air salé ne t'ont pas effacée de mon souvenir.

Elle ne répondit rien à cela. Comme ils se quittaient à la porte du bureau de James, elle remarqua :

— Tantine t'invitera encore. Tu ferais mieux d'accepter !

Après avoir écouté son compte rendu, Owen lui exposa le plan auquel ils s'étaient arrêtés pour mettre Brade à une définitive épreuve.

— Plutôt effrayant, ne trouves-tu pas? Pourrais-je venir?

— Nous pourrions te cacher dans la galerie. Bien certaine de le souhaiter?

— Sûrement ! J'ai un intérêt personnel à cette épreuve.

Dans la voiture, Carol eut à faire face au sourire sardonique de sa tante.

— Tu es une stupide petite idiote, n'est-il pas vrai, Carol?

— Suis-je vraiment tout cela? Pourquoi?

— Tu ne t'es jamais guérie de ton penchant pour ce garçon, n'est-ce pas?

Carol leva le nez.

— Je considère cette façon de présenter les choses comme tout à fait vulgaire, indigne d'une dame, à plus forte raison d'une Grahame ! dit-elle avec superbe. Oh ! Tantine ! (Brusquement, elle descendit de ses grands chevaux.) J'ai tant de peine pour lui !

— Pooh ! il n'a plus de peine pour lui-même.

— Non, je sais. Mais tout de même, tout au fond, il y a encore quelque chose... Ne le vois-tu pas?

Miss Grahame considéra sa nièce avec une sorte de respect :

— Ma chère, quelquefois je me dis que tu n'es pas aussi déficiente intellectuellement que tu aurais le droit de l'être avec un aussi joli visage ! Ma foi, si, tout au fond, il y a encore quelque chose, arrange-toi pour l'extirper. Oblige-le à te révéler ce que c'est. Tu le peux.

— Je ne le sais pas trop, fit mélancoliquement la jeune femme. Je ne peux le mettre sur la sellette et lui faire subir un interrogatoire.

Les accidents ont la manie de se produire aux heures les plus mal commodes. Delbert Green, respectable camionneur, ayant fait sans dormir tout le tour du cadran, eut une involontaire défaillance et somnola quelques instants à la traversée de Charlesville, sur le coup d'une heure et demie du matin. Il fut promptement et brutalement réveillé dans le fossé par le poids du camion qui lui tombait dessus. Une habile opération de génie effectuée par la police le tira de là, et il fut dépêché sur l'hôpital James. Terry Martin, qui était de garde, l'examina vite et sommairement et appela son chef.

— Ça m'a tout l'air de ce que nous attendions. Contusions internes. Etat critique, à ce qu'il me semble.

— Appelez Spen, dit Owen. Je vais appeler Flick.

En passant, il donna instruction au téléphoniste de nuit d'avertir Mrs Spencer Brade qu'elle était attendue immédiatement à l'hôpital. Puis il retourna chez lui pour finir de s'habiller et fut rejoint par Terry.

— Comment a-t-il pris cela? s'informa anxieusement Owen.

— Je lui ai dit que nous avions besoin de son aide. Il a paru secoué, mais a répondu qu'il ferait ce qu'il pourrait si Flick avait besoin de son assistance. Nom d'une pipe! Qu'est-ce que c'est que ça?

— Ça, dit Owen, l'oreille tendue vers le couloir du haut, ça, c'est le docteur Foster Fleming qui fait une imitation tout ce qu'il y a de plus réaliste d'un chirurgien aux trois quarts endormi, dégringolant l'escalier.

Flick entra en boitant.

— Dépêchez-vous de me mettre une attelle au bras. Du diable si je n'ai pas trop bien fait les choses! J'ai été à deux doigts de me fendre la rotule.

Attifé de la facon la plus convaincante, il rencontra Spen sur le palier de la salle d'opération. A la vue du bras en écharpe, Spen blêmit.

— Qu'est-ce qui t'est arrivé, Flick?

— Descendu trop vite ces sacrés escaliers! Tombé.

— Tu ne peux pas opérer?

— Pas la moindre chance.

— Qui vas-tu demander?

— Pas le temps de demander quelqu'un, interrompit Terry qui arrivait. On ne peut pas mettre une rate éclatée sur la glace en attendant? Et c'est bien là son cas, si je ne me trompe.

Spen lutta pour se prendre en main.

— Amenez-le au bureau, ordonna-t-il. Owen (sa voix était implorante), vous savez que je ne puis me risquer dans la salle d'opération. Pas pour prendre le patient en charge moi-même.

— Il faut bien, pourtant. L'homme va nous mourir entre les mains. Il faut, Spen.

L'autre ferma les yeux quelques secondes :

— Le Seigneur me soit en aide ! dit-il.

Et Owen, bouleversé, pensa qu'il n'avait jamais entendu de prière d'un plus douloureuse sincérité.

Les deux mains de Spen tremblaient, comme il se forçait à gagner la table où était étendue la grande masse du camionneur blessé.

— Hello, Doc! fit l'homme avec une pitoyable jovialité. Que pensez-vous de moi?

L'appel animal des yeux injectés de sang eut une influence calmante. Brade parla avec l'assurance amicale qui donne du courage.

— Vous? Vous irez très bien. Voyons, que je regarde ça de près.

Examen et diagnostic rapides. La respiration courte, le pouls rapide et faible, les dernières côtes fêlées, une pression douloureuse sous le diaphragme occasionnant des élancements dans l'épaule gauche qui faisaient éclore aux lèvres du patient une longue plainte réitérée, la sueur perlant sur les joues et le front blêmes, tous ces signes évidents concordaient de façon complète avec la conjecture de Terry Martin : la rate était éclatée, la rate, cet étrange organe rougeâtre, haut placé sur la gauche, qu'on a rarement l'occasion d'apercevoir au cours d'une opération, auquel on ne pense jamais à moins qu'il ne soit enflé jusqu'à devenir sensible, ou bien qu'il ne soit déchiré par la force d'une pression extérieure, emplissant de sang l'abdomen supérieur, saignant la victime à blanc dans son propre intérieur, anéantissant toute résistance, tout mécanisme de dépense physique, par l'influence paralysante du choc chirurgical.

— Mieux vaut alerter tout de suite le laboratoire, pour un donneur de sang, dit Brade à Fleming.

— J'y vais moi-même.

Tirant Brade à part, Martin s'informa :

— Avais-je raison?

— Il y a peu de doute à ce sujet.

— Pas grand-chance de l'en tirer, hein?

— Si nous allons assez vite, je lui donnerais chances égales.

Félix Bernitz le saisit par le bras :

— Alors, allez-y! Pourquoi diable restez-vous à lambiner? fit-il avec une brutalité calculée.

Spen sursauta. Il ne s'était pas rendu compte qu'il traînaillait.

Au bureau, Owen expliquait les choses à Carol qui arrivait.

— C'est une des pires opérations qui soient. S'il peut en tirer le bonhomme, il doit être capable de n'importe quoi. Mets-toi dans un coin éloigné de la galerie, où il ne puisse te voir. Je ne veux pas que rien vienne le distraire en ce moment.

L'opération venait de commencer lorsque Carol s'installa dans l'étroit poste d'observation, qui faisait une sorte de balcon à mi-hauteur de la salle, bien au-dessus des chirurgiens travaillant autour de la table.

Penchée en avant pour regarder à travers l'écran de verre, elle pouvait voir et entendre tout ce qui se passait, sans être elle-même visible à moins que quelqu'un, sachant sa présence, tendît le cou volontairement dans sa direction. Elle regardait avec une concentration intense.

En bas, une lutte se livrait pour sauver une vie en péril, lutte qui s'était reproduite des millions de fois sous une forme ou sous une autre, et qui, cependant, ne perdait rien de son intérêt passionné, ni pour ceux qui combattaient, ni pour ceux qui suivaient les phases du combat. En l'occurence elle savait que le sort de deux êtres se jouait, d'une façon différente. Une hésitation, une incertitude, une erreur au moment critique... Elle ne voulait pas penser à cela !

L'incision avait traversé le péritoine, que des infiltrations de sang teintaient déjà.

— La rate est bien éclatée.

Il n'y avait aucune incertitude dans la voix maintenant; elle n'était ni rauque ni hésitante. C'était l'ancien Spen qui parlait avec la tranquille autorité du chef. Carol, les lèvres entrouvertes, sentit les battements de son cœur s'accélérer.

— Pince à pédoncule.

L'opérateur cherchait de la main gauche dans la cavité remplie de caillots qu'il venait d'ouvrir, tandis que sa main droite se tendait en arrière pour saisir l'instrument à longue tige, à l'extrémité recourbée. Pendant un instant, il tâtonna en aveugle. Carol le vit secouer la tête.

— Terriblement déchirée, dit-il. Il va falloir ligaturer les vaisseaux sanguins.

Remarquant le froncement de sourcils de Fleming, Carol devina que cela accroissait la difficulté. Avec des yeux fascinés, elle vit les doigts de Spen explorer la région supérieure de l'estomac, puis s'arrêter en un point qu'ils pressèrent fermement. Aussitôt le flot de sang cessa de couler.

— Je tiens l'artère splénique, dit-il. Si je puis passer une ligature autour ce sera bien. Ici, Terry. (Il guida les doigts du pathologiste vers le même endroit.) Et maintenez solidement la pression là, dit-il.

Carol était perdue. Ses connaissances superficielles d'anatomie ne lui permettaient pas de suivre davantage le mouvement, mais elle demeurait tendue et passionnément intéressée.

— Pinces.

Il les fit claquer aux endroits voulus, pratiqua une incision entre les deux, et l'œil du spectateur le moins exercé pouvait apprécier les dimensions des vaisseaux sanguins qu'il dégagea bientôt par l'ouverture à travers le rideau graisseux attaché au bord inférieur de l'estomac.

— Beau travail ! (C'était Flick Fleming qui s'exclamait.) Jamais vu l'artère et la veine spléniques plus habilement dégagées.

Remerciant d'un signe de tête, le chirurgien glissa un sombre fil de catgut autour de chacun des vaisseaux, qu'il noua étroitement, puis les reglissa dans l'ouverture pratiquée par lui sous l'estomac.

— Détendez la pression, dit-il à Terry. Je crois que nous la tenons.

Aucun jet de sang nouveau ne se produisit lorsque Martin retira ses doigts. Le reste se fit rapidement et sans à-coups. Maintenant que sa pourpre fontaine était tarie, Brade put dégager et isoler la rate. Elle était sombre et gonflée. Une large fente encombrée de caillots déchirait sa substance. Là encore, il glissa des ligatures autour des moindres vaisseaux sanguins, les nouant fermement eux aussi. Quand, finalement, Brade coupa l'organe et le retira, il n'y eut pas d'hémorragie. La plaie était propre. Refermer l'incision fut l'affaire de peu de minutes. Il s'écarta de la table.

— Cela doit pouvoir aller, dit-il.

— Du beau travail, vraiment, Spen, dit doucement Félix Bernitz, le rejoignant de l'autre côté de la porte.

Il ne voulait pas suggérer par ses façons ou son attitude que quelque chose d'extraordinaire s'était passé. Rien d'autre que la routine habituelle à un chirurgien. Ce n'était rien de plus qu'une besogne bien accomplie, différente seulement en nature de beaucoup d'autres que Brade aurait à effectuer, qu'on attendrait de lui. Tout cela était implicite.

— J'aimerais lui faire une piqûre de morphine, continua-t-il, s'adressant à Martin, tandis que Spen s'éloignait. La suite dépend tellement de la façon dont il passera la nuit.

Owen James arrêta Brade au passage :

— Venez dans mon bureau, voulez-vous, quand vous vous serez nettoyé?

Dix minutes plus tard, Spen ouvrait la porte. Assise dans le fauteuil du chef, Carol lui souriait avec des yeux brillants. Elle était seule.

— C'était merveilleux, Spen !

— Tu as vu?

— Tout, sauf le tout début.

— Je n'aurais jamais cru pouvoir m'en tirer.

La lumière qui lui était montée au visage à la vue de la jeune femme s'éteignit.

— Pourquoi pas?

— Ne le sais-tu pas? Je pensais que tout le monde était au courant.

Sa voix était sombre. Carol secoua la tête.

— Je sais qu'il y a eu quelque chose...

— Demande à Owen. Il est entièrement au courant. Il te racontera.

— Si je dois être mise au courant, j'aime mieux que ce soit par toi.

Il avala péniblement. Son visage pâlit et se durcit. et se durcit.

— Parfait. Si c'est ainsi que tu le désires. J'ai tué une femme. Sur la table d'opération.

— Une seule? dit-elle.

Il la regarda, ahuri, bredouillant.

— Quoi? Qu'est-ce que tu dis?

— Je demande si c'est la seule que tu aies tuée.

— Es-tu folle? s'écria-t-il.

— Du tout. C'est moi qui suis dans mon bon sens. Combien de vie as-tu sauvée sur la table d'opération? Mets toutes celles-là en face de cette vie que tu as perdue, est-ce que cela te paraît encore aussi important?

— Perdue! répéta-t-il avec amertume. Je n'en ai perdu que trop! Mais celle-ci est morte parce que je fus d'une criminelle négligence et ne voulus pas admettre que je pouvais avoir tort. Moralement, sa mort est sur mes épaules.

Penchée en avant, elle posa son menton dans la coupe de ses mains et le regarda entre ses cils, dans l'ancienne attitude contemplative, jamais oubliée, qui faisait bondir et souffrir le cœur de Brade.

— C'est enfantin et morbide, dit-elle avec calme. Veux-tu que je fournisse un cas parallèle? Sans toi, j'aurais pu être la mère d'un bébé illégitime. Cela fait-il de moi moralement une femme adultère?

Elle vit avec émotion se détendre les plis durement creusés autour de sa bouche.

— Bien sûr que non. Mais — ses traits se durcirent à nouveau — les cas ne sont pas les mêmes. Tu as été trompée, dupée. Ce n'était en rien ta faute.

— J'ai été têtue, égoïste et stupide. Exactement comme toi. Une faillite. Nous avons chacun payé la nôtre. Est-ce que ça nous marque pour la vie?

Il eut un lent, un profond soupir :

— Tu es une personne assez merveilleuse, Carol. Je l'ai toujours su. Mais je n'avais jamais su tout à fait jusqu'à quel point.

Elle se leva, montrant la pendule qui marquait trois heures vingt.

— Cela me paraît tard pour être dehors, pour une femme respectable.

— Je vais te conduire à ta voiture.

— Oui. Viens.

Dans l'épaisseur de la nuit, comme ils traversaient la cour, elle pensa : « Et si je lui demandais de rester avec moi maintenant? Ça ne serait pas difficile ! »

Car ce n'était pas là l'épave ou l'ombre qu'elle avait redouté de rencontrer. C'était l'époux à qui elle avait été bien près de s'abandonner, c'était lui, avec toute l'ancienne séduction, tout le charme d'autrefois, mais plus ferme, plus homme, plus sûr.

Pourquoi pas?

Il parlait maintenant.

— La clinique Tyre me doit encore de l'argent. Je ne sais pas exactement combien. A peu près assez, j'imagine pour...

— Moi je n'y toucherais pas! dit-elle durement.

Tout l'éclat de ses yeux s'était éteint.

— Ni moi, fut la calme réponse. Ni moi, si ce

n'était que je veux te rembourser. Je crains qu'il ne te faille accepter cela, Carol.

Douchée, elle répondit avec une lassitude résignée :

— Oh ! probablement. Puisque cela semble peser sur ta conscience.

Elle était au volant de sa voiture. Il posa la main sur celle qu'elle avait laissée sur le rebord de la portière.

— Pour ce qui est du reste, dit-il, tu as été d'un énorme secours. Plus que tu ne saurais imaginer. Elles sont dures à repousser, les puissances des ténèbres, quand une fois tu leur as permis de s'emparer de toi.

« Si je le quitte à présent, pensa-t-elle avec une crainte douloureuse, toutes les vieilles pensées morbides qui le guettent reviendront en force et s'empareront de son esprit. »

— Ecoute, Spen, fit-elle résolument, veux-tu tirer tout cela au clair?

— Avec toi?

— Pourquoi pas? Retournons au bureau d'Owen. Peut-être reste-t-il de la bière dans la glacière. Nous en ferons une nuit de conversation.

— Oh ! non ! répondit-il avec douceur. Je ne vais pas t'accabler de mes ennuis.

— Il me semble me souvenir que, jadis, je t'ai chargé des miens !

— Rentre chez toi, dit-il avec une tranquille obstination. Je crois que je pourrai dormir maintenant.

— Tu ne dors pas?

Sa question était rapide et anxieuse.

— Pas toujours. Il arrive que j'aie peur de m'endormir. (Il se ressaisit et s'arrêta.) Tout ira bien ce soir.

— Pourquoi as-tu peur de t'endormir? insista-t-elle.

— C'est puéril, admit-il, mais il arrive que je me retrouve dans la salle d'opération et je vois des visages.

— Quels visages?

— Une femme que Tyre et moi, ensemble, avons

perdue, et — et la femme dont je t'ai parlé. Et d'autres.

Carol eut une inspiration :

— Les as-tu vues pendant que tu opérais ce soir?

— Dieu merci, non! Une fois parti, j'ai été bien trop absorbé.

— Eh bien ! voilà ta réponse.

— Mais, c'est parce que tout en moi était concentré sur mon travail. La nuit, c'est différent. C'est alors que les visages ont leur chance.

Carol eut une autre inspiration :

— J'ai le remède contre ces figures.

La voix impudemment joyeuse fit monter un sourire aux lèvres de Spen.

— Tu en as un? Quel est-il?

— Pense à la mienne, de préférence, bien sûr! conseilla-t-elle.

Elle riait en le regardant, tandis qu'elle embrayait.

— Bonne nuit, Spen. Et bons rêves!

31

LA circulation dans Main Street était dense, tandis que Spencer Brade sortait de l'immeuble des Arts Médicaux. Il y eut un grand tintamarre de klaxons exaspérés tandis que deux agents de police, en sueur, essayaient vainement d'accélérer l'inaccélérable en la personne de Mrs Caroline Carkaddan, impériale dans sa voiture archaïque, d'où elle donnait ses ordres à Jim, son archaïque cocher noir.

L'ordre pour l'heure était :

— Stop !

— Whoo ! dit Jim.

Les autos impatientes prenaient la file; les agents discutaient et insistaient; les piétons riaient de bon cœur pendant que la vieille dame se levait et, d'un geste autoritaire de son ombrelle noire, intimait au jeune médecin l'ordre de la rejoindre.

— Montez ! dit-elle. Asseyez-vous ! En route Jim.

Le défilé se remit en marche. Spen, qui se sentait quelque chose comme un composé d'hôte d'honneur de la cité en même temps que de victime imminente de sévices populaires, suggéra timidement la bifurcation vers quelque voie plus calme.

— Avenue des Tilleuls, Jim, dit cousine Carrie. Je vous reconduirai à l'hôpital James, si c'est là que vous allez, jeune homme.

— Merci, j'y vais, dit Spen.

— Et pourquoi? Pourquoi vivez-vous là?

— Où faudrait-il que je vive?

— Avec votre femme.

Pas de réponse.

— Pourquoi n'êtes-vous pas venu me voir?

— L'occasion ne s'en est pas trouvée, n'est-ce pas?

— Professionnellement non. Mais je suis un membre de la famille. Est-ce que vous supprimez la famille?

— En aucune façon.

— Spencer Brade, je vous ai dit un jour que vous n'auriez pas un sou de mon argent par votre mariage avec Carol. Vous m'avez répondu que vous vous en fichiez comme des dattes.

— Est-ce que votre traduction ne trahit pas légèrement? murmura-t-il.

— Peut-être bien m'avez-vous dit d'aller au diable, précisa-t-elle. Vous n'aviez pas tort. J'avais tendu les poignets à la corde! Mais je pourrais changer d'avis au sujet de cet argent.

Spen lui sourit largement en face.

— Comment appelez-vous ça, cousine Carrie? Tentative de corruption?

— Ne soyez pas impertinent. Vous savez que je dis toujours ce que je pense.

— J'ai pu m'en rendre compte.

— Et j'en sais plus long sur ce qui se passe que bien des gens ne se l'imaginent.

— Je le croirais assez volontiers.

— Eh bien! Qu'est-ce que vous avez l'intention de faire?

— Parce que vous en savez plus long que les gens ne se l'imaginent? questionna-t-il avec une fausse candeur.

— A propos de la situation présente, jappa la vieille dame.

— Que conseilleriez-vous? demanda-t-il prudemment.

— Vous voilà devenu raisonnable, approuva-t-elle. Spen, où en êtes-vous avec la jeune Mangan?

Il ne s'était pas attendu à une attaque sur ce plan.

— Elle est partie, répondit-il après un moment.

— Je le sais bien qu'elle est partie. Mais est-ce que tout est terminé entre vous?

— Elle est sur le point de se marier.

— Parfait. Je sais tout ce qui vous concerne, vous et elle. Si c'était là tout ce qui clochait entre vous et Carol...

— Vous avez parlé à Carol? interrompit-il.

— Oui. Mais je n'ai pas eu à lui apprendre cela. Il y a un tas de choses pour lesquelles Carol n'est pas aussi sotte qu'elle l'est pour d'autres, dit généreusement cousine Carrie. A votre sujet, par exemple. Je ne vous blâme pas, pour ma part, le moins du monde. Si j'étais un homme et si j'avais une femme qui verrouille sa porte, j'en ferais probablement autant.

— Vous semblez remarquablement informée de mes affaires domestiques, fit sèchement Brade.

— Oh ! je me débrouille. Mais c'est Candace Grahame qui a mis Carol au courant de l'histoire de la secrétaire. Cette vieille vierge desséchée ! Qu'est-ce qu'elle peut bien savoir de ce qui concerne l'homme et la femme? J'ai mis les choses au point à ce sujet avec Carol. Lui ai dit que c'était la faute de sa propre imbécillité.

Spen retint une inopportune envie de rire.

— Vous m'avez l'air, pour votre part, d'avoir des théories plutôt précises et définies.

— J'en ai. Le cœur de Candace a changé à votre égard. Elle a abandonné l'espoir de marier Carol à Owen James. Je n'ai jamais été en faveur de ce projet. Owen est trop bien pour elle. Veuillez ne pas me contredire. Ce n'est pas votre cas; peut-être n'êtes-vous pas tout à fait assez bien. Et c'est comme cela que ça se doit. Mais arrangez-vous pour qu'elle l'ignore.

— Où tout ceci nous conduit-il? s'enquit Spen.

— J'y arrive. Nous allons nous rendre à la clinique. Et je vais attendre pendant que vous emballerez vos colifichets. Et puis je vous ramènerai à Grahame Lodge.

— Est-ce un message de Carol? demanda-t-il promptement.

— Si je n'avais pas plus de conscience que de science, je mentirais et dirais que oui. Ce n'est pas un message. Mais c'est mon meilleur avis. Et ce que vous auriez de mieux à faire, c'est de le suivre.

— Je regrette. Je ne puis faire cela.

— Pourquoi ne pouvez-vous pas?

— Cousine Carrie, depuis que je suis à Charlesville, j'ai vécu sur les Grahame. J'ai remboursé tante Candace; je suis encore en dette vis-à-vis de ma femme. Maintenant, comprenez-vous?

— Ce qui signifie que vous ne voulez pas rentrer?

— Très exactement.

— Vous avez une affreuse bouche mesquine quand vous faites votre tête de cochon, Spencer Brade, je me demande lequel de vous deux est le plus parfaitement imbécile. Quand je l'aurai découvert, je vous le ferai savoir.

— C'est une information que j'attendrai anxieusement.

— Umph ! renâcla cousine Carskaddan.

Et, pendant tout le reste du trajet, elle se cantonna rigoureusement dans l'exégèse des potins locaux.

La visite de Spen à la clinique Tyre avait été moins productive financièrement qu'il ne l'espérait. Il s'en fallait encore de quelque douze cents dollars pour qu'il pût effacer son ardoise. Il endossa le chèque à Carol, avec un mot dans lequel il la remerciait de son aide pour dissiper l'obsession. Il se sentait nettement mieux depuis leur conversation, écrivit-il.

Sa réponse fut froide, inamicale, avec une pointe de ressentiment. C'était toujours ainsi lorsque la question d'argent s'élevait entre eux. Eh bien! de ce côté-là, il n'y avait rien à faire pour l'instant. Comme son travail bénévole pour la clinique la conduisait surtout au-dehors, à travers les Plaines il ne la voyait qu'occasionnellement et passagèrement. Pour ce qui était de lui, il s'était inséré dans l'organisation de l'hôpital et, chaque jour, ou bien il opérait, ou bien il assistait Fleming.

Le fromage et la bière étaient sur la table, un soir de tempête, lorsque le téléphoniste appela le docteur Brade.

— Hello ! Hello !

— Hello ! Hello ! (La voix de Carol était anxieuse et tendue.) Hello ! Est-ce toi, Spen?

— Oui. Qu'y a-t-il, Carol?

— La cousine Carrie Carskaddan. Elle vient d'avoir une crise cardiaque.

— Où est-elle? Chez elle?

— Non. Ici, avec moi. Elle a dîné chez nous. Tante Candace est sortie ensuite pour se rendre à une réunion. J'ai aidé cousine Carrie à monter l'étage, et elle m'a demandé de t'appeler.

— Je serai là dans cinq minutes.

— Attends un instant, elle m'appelle.

Spen garda le récepteur. Carol revint au bout du fil.

— Elle paraît mieux. Elle dit que tu apportes ta brosse à dents. Elle pourrait avoir besoin de toi la nuit, au cas d'une nouvelle attaque. Je vais faire préparer ta... la chambre rouge.

— Entendu. Fais-la tenir tranquille, si tu peux.

A première vue de la vieille dame, roulée sur elle-même comme une coquille d'escargot, dans le grand lit, Spen fut surpris. Elle ne présentait pas l'apparence d'une femme qui souffrait du cœur. A la vérité, il n'y avait aucune raison, sauf la fatigue de l'âge, pour que son cœur lui causât le moindre trouble. L'opération après l'incendie avait, pour autant que l'on pût s'en rendre compte, laissé une plaie parfaitement guérie, une cicatrice parfaitement saine. Pourtant, elle était là, en apparence à demi-comateuse, et respirant avec bruit. Néanmoins son teint était normal, son pouls ne trahissait ni faiblesse ni irrégularité; le stéthoscope appliqué sur la poitrine ne décelait rien d'anormal dans le rythme du cœur.

Comme il lui soulevait la tête, la patiente ouvrit un œil langoureux, puis l'autre, et déclara :

— Hello, jeune homme, il vous en a fallu du temps pour arriver jusqu'ici !

— Dix minutes au plus, répondit Spen, vous ne pouviez m'attendre plus tôt.

— Penchez-vous, ordonna-t-elle.

Il mit son oreille tout contre les vieilles lèvres fermes.

— Dix minutes, mon œil ! Trois semaines ! Vous êtes resté trois semaines à vivre chez Owen James au lieu de vivre ici.

— Va me chercher une bouillotte d'eau chaude, Carol, dit-il de sa voix professionnelle la plus convaincante.

Quand elle eut quitté la pièce, le médecin tourna vers sa patiente un regard sévère.

— Alors, cousine Carrie, qu'est-ce que ça veut dire?

— Qui veut dire quoi?

— Vous ne vouliez pas berner un praticien innocent et crédule, n'est-ce pas?

— N'employez pas votre grossier langage médical en me parlant, jeune homme. Je suis une femme malade, une vieille femme extrêmement malade.

— Votre respiration a évidemment quelque chose d'anormal, concéda Spen.

— Vraiment? Quoi donc?

— Elle a du mal à faire son choix, répliqua-t-il avec un sourire narquois. Quand je suis arrivé, vous vous livriez à une exhibition très réussie. J'ai failli marcher. Maintenant votre respiration est aussi régulière que...

— Fermez ! jappa cousine Carrie.

Et, comme les pas se rapprochaient dans le couloir, elle reprit sans effort ses douloureuses exhalations, avec un admirable réalisme, et demeura passive à nouveau.

Carol se tenait debout à côté d'elle, l'angoisse pâlissant son jeune visage. Elle tira Spen par la manche et murmura :

— Peux-tu la laisser un moment?

Il acquiesça de la tête.

— Viens dans ma chambre, je voudrais te parler.

Derrière la porte à demi-fermée, elle questionna :

— Comment est-elle vraiment, Spen?

Il répondit sans se compromettre :

— Il n'y a pas à se tracasser pour le moment. Quand cela lui est-il arrivé?

— Il y a moins d'une heure.

Spen savait tout ce qu'il avait besoin de savoir au sujet du cœur de cousine Carrie; ce qui l'intriguait, c'est ce qui s'était passé dans l'alerte vieille cervelle.

— Est-ce que quelque chose s'est produit qui ait pu la surexciter?

Il s'informait toujours de la manière la plus professionnelle.

— Nous avons eu, après le dîner, juste avant le départ de tante Candace, une discussion qui tenait assez de la prise de bec.

— A quel propos?

Les coins de la bouche de Carol se retroussèrent drôlement.

— Est-ce une question médicale?

— Strictement.

— Eh-eh-eh... bien! à propos de toi. Cousine Carrie déclarait que tu étais un jeune imbécile, tordu, obstiné, à tête de mule, et que j'en étais une autre. Tante Candace rétorquait sur le même ton, et je commençais bien juste à prendre une main dans la partie quand cousine Carrie déclara qu'elle était fatiguée de nous deux et qu'elle allait s'étendre et tâcher d'oublier notre stupidité. J'ai conduit tante Candace à sa voiture et, quand je suis remontée, j'ai trouvé cousine Carrie qui tremblait de la tête aux pieds. Je lui ai demandé de quoi elle riait. Elle m'a répondu qu'elle ne riait pas, que c'était sa respiration. Et...

Elle s'arrêta, un soupçon se levant subitement en elle. Elle dévisagea Spen.

— Et maintenant, tu ris aussi! fit-elle, scandalisée. Si c'est une plaisanterie de famille, pourquoi me laisse-t-on hors du jeu? Qu'est-ce que vous avez, vous deux?

— Rien du tout. Absolument rien. Et surtout cousine Carrie. A cela près qu'elle a la folie des grandeurs en se considérant comme une stratège. Elle essaye de prouver qu'elle avait raison et que cousine Candace avait tort dans la discussion.

— Comment peux-tu savoir quels partis elles prenaient?

— Je le devine. Ce qui m'intéresserait davantage serait de savoir quelle était ta position dans le débat?

— Je ne m'étais pas encore compromise, murmura-t-elle.

Il marcha distraitement à travers la pièce et regarda par la fenêtre.

— Voilà une voiture, fit-il.

Une voiture était venue aussi la dernière fois qu'il s'était trouvé dans cette pièce. Il se demanda si Carol y pensait comme lui.

— C'est tante Candace. Je vais lui dire que tout va bien et qu'elle peut aller se coucher. Qu'en penses-tu?

— Très bien.

Il était encore près de la fenêtre lorsque Carol remonta. Il y avait un sourire sur ses lèvres à présent, et les couleurs étaient revenues à nouveau sur ses joues tandis qu'elle se tenait devant lui, le regardant.

— Tu n'es pas très observateur, n'est-ce pas, Spen?

— Probablement pas. Qu'est-ce qui m'a échappé?

Les yeux du jeune homme suivirent les siens en direction de la porte qui faisait communiquer les deux chambres. Le verrou était parti.

— *Carol!*

— Ne trouves-tu pas, murmura-t-elle quelques instants plus tard, entre ses bras, ne trouves-tu pas que cela fait mieux ainsi?

Après une longue pause, il dit :

— Et la cousine Carrie? Il ne s'agit pas de l'oublier. N'entre pas avec moi.

— Qu'est-ce que tu vas faire.

— Donner à cette magnifique vieille tricheuse ma bénédiction éternelle et un comprimé somnifère qui la tiendra tranquille jusqu'à demain matin neuf heures.

Carol rit doucement et joyeusement.

— J'ai toujours su que j'étais créée et mise au monde pour être la femme d'un chirurgien ! dit-elle.

ACHEVÉ D'IMPRIMER LE
21 FÉVRIER 1977 SUR LES
PRESSES DE L'IMPRIMERIE
BUSSIÈRE, SAINT-AMAND (CHER)

— N° d'édit. 292. — N° d'imp. 1995. —
Dépôt légal : 1er trimestre 1967.
Imprimé en France

COLLECTION PRESSES POCKET

DÉJA PARUS (suite) :

1153 La communarde.
T. 1. L'apprenti de Metz — **Cecil SAINT-LAURENT**

1154 La communarde.
T. 2. Le héros de mai — **Cecil SAINT-LAURENT**

1155 Le vengeur de Mayerling — **Maurice DEKOBRA**

1156 Kommando Reichsführer Himmler — **Sven HASSEL**

1157 Pic et pic et drôle de drame — **Erle-Stanley GARDNER**

1158 Raz de marée — **Daniel GRAY**

1159 L'oiseau de soleil — **Wilbur SMITH**

1160 Rendez-vous en noir — **William IRISH**

1161 La gueule pleine de dents — **Jean HOUGRON**

1162 La nuit sans aube — **Marie-Anne DESMARET**

1163 Le défi des hommes — **Heinz G. KONSALIK**

1164 Changement de décors — **Bill BALLINGER**

1165 Soleil vert — **Harry HARRISON**

1166 Picou fils de son père — **Édouard OLLIVRO**

1167 Le roi aux deux reines — **Dorothy EDEN**

1168 L'étreinte des ténèbres — **Ursula CURTISS**

1169 Les jours meilleurs — **Michel BATAILLE**

1170 Témoin parmi les hommes
T. 6. Les instants de vérité — **Joseph KESSEL**

1171 Mourir à quatorze ans — **André PIERRARD**

1172 Défense de sortir — **Thomas STERLING**

1173 Gretchen en liberté — **K. H. HELMS-LIESENHOFF**

1174 Les roses mortes — **William IRISH**

PRESSES POCKET

COLLECTION PRESSES POCKET

DÉJA PARUS (suite) :

1175 Le soleil brille pour tout le monde **Josiane CRISCUOLO**

1176 Ce fut notre amour **Marie Louise FISCHER**

1177 Le Temps des aventuriers
T. 1. Les mémoires de Maria **Marion et Thibaut d'ORLÉANS**

1178 Le Temps des aventuriers
T. 2. Les Temps nouveaux **Marion et Thibaut d'ORLÉANS**

1179 Face à face **Ellery QUEEN**

1180 Sébastien et la Mary-Morgane **Cécile AUBRY**

1181 L'hôpital de la haine **F. G. SLAUGHTER**

1182 Dossiers roses de la brigade mondaine **Gérard de VILLIERS**

1183 Un coup d'un milliard de dollars **Paul ERDMAN**

1184 La perle noire **Robert GAILLARD**

1185 L'homme au pistolet d'or **Ian FLEMING**

1186 James Bond contre Dr No **Ian FLEMING**

1187 Goldfinger **Ian FLEMING**

1188 Le voleur de coloquintes **Jean ANGLADE**

1189 Anicia et le tigre royal **Maurice DEKOBRA**

1190 Une femme seule **Régine ANDRY**

1191 La foire aux bidasses **JEAN-CHARLES**

1192 La blonde de Pékin **James Hadley CHASE**

1193 Chambre noire **James Hadley CHASE**

1194 Eh bien, ma jolie ! **James Hadley CHASE**

1195 200 problèmes d'échecs **Camil SENECA**

PRESSES POCKET

COLLECTION PRESSES POCKET

DÉJA PARUS (suite) :

1218 Cette femme est-elle coupable? **Marie Louise FISCHER**
1219 La Seconde Guerre mondiale (1939-1940). T. 1 **Raymond CARTIER**
1220 Laissez venir la mer **Henri QUEFFÉLEC**
1221 Enfer vert **Heinz G. KONSALIK**
1222 L'arbre de Goethe **Pierre JULITTE**
1223 La fortune fantôme **E. S. GARDNER**
1224 La Seconde Guerre mondiale (1941), T. 2 **Raymond CARTIER**
1225 Le lac aux mille facettes **Dorothy EDEN**
1226 Gretchen dans la débâcle **K. H. HELMS-LIESENHOFF**
1227 Femmes en blouse blanche **F. G. SLAUGHTER**
1228 Le partage **Régine ANDRY**
1229 Un ciel pour bombardiers **Len DEIGHTON**
1230 La peine du talion **Dolorès HITCHENS**
1231 La Seconde Guerre mondiale (1942-1943), T. 3 **Raymond CARTIER**
1232 Activité espionnage **David WISE et Thomas ROSS**
1233 La graine **Jacqueline MANICOM**
1234 En toute innocence **Harold ROBBINS**
1235 Ces dames aux chapeaux verts **Germaine ACREMANT**
1236 Plan traquenard **Paul KENNY**

COLLECTION
PRESSES POCKET

DÉJA PARUS (suite) :

1237 Je vis avec le cœur d'un autre — **Emmanuel VITRIA**
1238 L'enjeu — ****
1239 L'amour de ma vie — **Marie Louise FISCHER**
1240 L'homme au visage d'ange — **Heinz G. KONSALIK**
1241 Les gretchen se marient — **K. H. HELMS-LIESENHOFF**
1242 Mick Jagger — **Anthony SCADUTO**
1243 L'enfer de verre — **Thomas SCORTIA et Frank ROBINSON**
1244 La Seconde Guerre mondiale (1943-1944), T. 4 — **Raymond CARTIER**
1245 Auschwitz en France — **Henry ALLNINMAT**
1246 La toile d'araignée — **John Ross MACDONALD**
1247 Hardi les cancres! — **JEAN-CHARLES**
1248 La Seconde Guerre mondiale (1944-1945), T. 5 — **Raymond CARTIER**
1249 L'enfant noir — **Camara LAYE**
1250 Lavinia — **Dorothy EDEN**
1251 Tout l'or du diable — **Jean LARTÉGUY**
1252 Ondine, ma petite sorcière — **Marie Louise FISCHER**
1253 Coplan et le bataillon fantôme — **Paul KENNY**
1254 Les linges de la nuit — **Madeleine RIFFAUD**
1255 La madone des sleepings — **Maurice DEKOBRA**
1256 Les bêtes aussi ont leurs langages — **Docteur F. MERY**
1257 Belle et bien morte — **Patrick QUENTIN**

PRESSES POCKET

COLLECTION PRESSES POCKET

DÉJA PARUS (suite) :

1258 Quand la Provence nous est contée — **Marie MAURON**
1259 Je n'ai pas trahi — **Utta DANELLA**
1260 Enquête sur une mort suspecte : Marilyn Monroë — **Gérard de VILLIERS**
1261 La femme de sa mort — **Margaret MILLAR**
1262 Les Beatles — **Hunter DAVIES**
1263 Pour en finir une fois pour toutes avec la culture — **Woody ALLEN**
1264 Les dames à la Licorne — **René BARJAVEL**
1265 Cyclone sur la Jamaïque — **Robert GAILLARD**
1266 Butin de Gretchen — **K. H. HELMS-LIESENHOFF**
1267 Le visage du pardon — **Frank G. SLAUGHTER**
1268 Le vivier — **Henri TROYAT**
1269 La fosse commune — **Henri TROYAT**
1270 Le mort saisit le vif — **Henri TROYAT**
1271 Les semailles et les moissons, T. 1 — **Henri TROYAT**
1272 Les semailles et les moissons, T. 2 Amélie — **Henri TROYAT**
1273 Les semailles et les moissons, T. 3 La grive — **Henri TROYAT**
1274 Les semailles et les moissons, T. 4 Tendre et violente Élizabeth — **Henri TROYAT**
1275 Les semailles et les moissons, T. 5 La rencontre — **Henri TROYAT**
1276 Le jugement de Dieu — **Henri TROYAT**
1277 Grandeur nature — **Henri TROYAT**
1278 La tête sur les épaules — **Henri TROYAT**

COLLECTION PRESSES POCKET

DÉJA PARUS (suite) :

1279 Faux jour — **Henri TROYAT**
1280 L'araigne — **Henri TROYAT**
1281 La gloire de mon père — **Marcel PAGNOL**
1282 Le château de ma mère — **Marcel PAGNOL**
1283 Le temps des secrets — **Marcel PAGNOL**
1284 Marius — **Marcel PAGNOL**
1285 Fanny — **Marcel PAGNOL**
1286 César — **Marcel PAGNOL**
1287 La femme du boulanger — **Marcel PAGNOL**
1288 Jean de Florette — **Marcel PAGNOL**
1289 Manon des sources — **Marcel PAGNOL**
1294 Topaze — **Marcel PAGNOL**
1301 Le sommeil de la mer — **Daniel GRAY**
1302 Stalingrad en Normandie — **Eddy FLORENTIN**
1303 La Seconde Guerre mondiale (Après février 1945), T. 6 — **Raymond CARTIER**
1304 Une déesse ne pleure pas — **Heinz G. KONSALIK**
1305 Où est donc ma femme? — **JEAN-CHARLES**
1306 L'adieu à Saigon — **Jean LARTÉGUY**
1307 L'oiseau bleu — **Utta DANELLA**
1308 Jeunes filles en péril — **Marie Louise FISCHER**
1309 Victoire et la Florentine — **Solange FASQUELLE**
1310 La naissance de Jalna — **MAZO DE LA ROCHE**
1311 Matins à Jalna — **MAZO DE LA ROCHE**
1312 Mary Wakefield — **MAZO DE LA ROCHE**
1313 Jeunesse de Renny — **MAZO DE LA ROCHE**

COLLECTION PRESSES POCKET

DEJA PARUS (suite) :

1314 L'heritage des Whiteoaks — **MAZO DE LA ROCHE**
1326 L'eveque begue — **Erle-Stanley GARDNER**
1327 Confidences impardonnables — **Gilbert GANNE**
1328 Les dossiers cachés de la brigade mondaine — **Maurice VINCENT**
1329 Une victoire sur l'Himalaya — **Bernard PIERRE**
1330 Le chien jaune — **Georges SIMENON**
1331 Les fiancailles de Monsieur Hire — **Georges SIMENON**
1332 L'ombre chinoise — **Georges SIMENON**
1333 L'affaire Saint-Fiacre — **Georges SIMENON**
1334 Le coup de lune — **Georges SIMENON**
1335 La maison du canal — **Georges SIMENON**
1336 Le fou de Bergerac — **Georges SIMENON**
1361 Trop beau pour mourir — **William IRISH**
1362 Mots croisés souriants — **Guy BROUTY**
1363 Cent jeux historiques — **François DIWO**